ON AURA TOUT ESSAYÉ…

De la même auteure

Les Inamovibles de la République. Vous ne les verrez jamais, mais ils gouvernent, L'Aube, 2020 ; 2021.

Être vieux : relégation ou solidarité ? (avec Daniel Perron), L'Aube, 2021.

Le Populisme au secours de la démocratie ?, Gallimard, coll. « Le Débat », 2021.

On a les Politiques qu'on mérite, Fayard, 2022 ; Pluriel, 2023.

Chloé Morin

On aura tout essayé…

Fayard

Couverture : Le Petit Atelier
Photo de bande : Joël Saget/AFP

ISBN : 978-2-213-72208-5
Dépôt légal : février 2023

Prologue
Que restera-t-il ?

Qu'est-ce que le courage en politique ?

Telle est la question centrale de cet ouvrage.

Le courage, est-ce de s'opposer au peuple ? Est-ce, au contraire, de toujours se soumettre à sa volonté, même lorsqu'il s'égare ? Ou serait-ce plutôt de savoir rester fidèle à ses convictions, dire ce que l'on croit et ce, quel qu'en soit le prix politique ?

Lorsque je me suis lancée dans l'écriture de ce livre, j'ai fait un pari que les grincheux, trop nombreux dans le milieu politico-médiatique, qualifieront de naïf : livrer aux citoyens, soucieux de notre avenir, certaines « clefs » pour mieux comprendre la difficulté de gouverner une démocratie comme la France. Et, pour ce faire, quoi de mieux qu'interroger ceux qui ont gouverné, ou aspirent à le faire, et sont donc aux premières loges pour décrypter nos insuffisances, nos errements, mais aussi nos enthousiasmes et nos aspirations ?

J'ai donc sollicité des responsables politiques de tous bords. J'ai recueilli plus de quarante heures de discussions avec certains de nos plus éminents dirigeants passés et présents. Je leur ai donné le temps de développer leur pensée, je leur ai promis de ne pas chercher à extraire uniquement la « petite phrase » simpliste de la complexité de leurs discours. Soucieuse de respecter l'esprit de leurs confidences, je leur ai bien volontiers donné un droit de relecture sur leurs propos. Certains médias déforment tant la parole politique que je ne pourrais jamais me livrer à un exercice qui sacrifierait le fond pour une punchline et un buzz de quelques heures tout au plus.

Parce que j'en connais beaucoup de très courageux, intègres et sincères, j'en avais presque oublié que trop de responsables politiques sont dévorés ; dévorés d'inquiétude quant à l'image qu'ils projettent sur la place publique ; dévorés d'ambition électorale ; dévorés aussi par le doute, la peur de mal faire et de mal se faire comprendre.

Cela peut se comprendre car la moindre erreur, la plus petite parole de travers se paie cash en politique. Se souvient-on que la carrière d'une grande ministre d'État, qui a occupé tous les ministères ou presque, se termina en quelques mots à peine ? Des mots prononcés devant l'Assemblée nationale, lorsqu'elle était ministre des Affaires étrangères et qu'elle sembla proposer au dictateur Ben Ali « le savoir-faire français » pour épauler la police tunisienne contre ce qui restera dans l'histoire comme le début des printemps arabes ? Entre la faute politique lourde, et la simple erreur de com', il n'y a parfois pas grand-chose. Et pas de rédemption possible une fois la ligne rouge franchie.

Tétanisés, nos responsables politiques ont les yeux rivés sur la prochaine élection et se disent que le prochain président de la République ne sera pas le meilleur technicien, ni le plus visionnaire, ni même le meilleur communicant. Ce sera simplement le dernier debout, au terme d'un parcours semé d'embûches. Rester debout coûte que coûte. Rester debout quitte à ne pas dire la vérité. Rester debout quitte à sacrifier tout à la fois la sincérité, les idées, l'inventivité… C'est cela qui semble compter plus que tout, dans un paysage que médias et citoyens défiants ont contribué à transformer en champ de tir au pigeon.

Ce principe qui régit désormais la plus grande partie de la vie politique, je l'ai mesuré concrètement en préparant cet ouvrage.

Je commencerai donc ces pages en demandant à mes interlocuteurs – ceux que je vise se reconnaîtront – comme à vous, lecteurs, de se poser les questions suivantes :

Que restera-t-il du débat public lorsque toutes les paroles seront calibrées au mot près pour servir les stratégies électoralistes de ceux qui les prononcent ?

Que restera-t-il aux citoyens quand, à force d'avoir demandé la transparence absolue, ils n'auront plus à voir dans leurs cages en verre poli que des animaux politiques lisses, sans expérience, dépourvus de toute sincérité, sans aspérité et donc sans intérêt ?

Que restera-t-il aux hommes et aux femmes politiques lorsqu'ils auront cédé jusqu'à leurs convictions à l'idée qu'ils se font de l'air du temps ? Quand ils auront sacrifié toute forme de sincérité pour un bon mot, une punchline génératrice d'un clash retentissant ?

On dit souvent que la grande victime du débat politique à l'ère post-Trump est la vérité. Comme si la vérité avait un jour régné sur les feuilles de chou du tournant du XIXe siècle, ou sur les chaînes contrôlées par l'État aux quatre coins du monde et il n'y a pas si longtemps chez nous. Non, ce qui manque de plus en plus à notre débat public, c'est la sincérité. La sincérité de convictions exprimées en dehors de tout calcul de carrière, de toute crainte du mauvais buzz. La sincérité qui va souvent avec un autre mot désuet, quasi-disparu du débat public, la spontanéité. Que l'on s'entende bien : tout ce qui est sincère n'est pas forcément réfléchi et il vaut souvent mieux réfléchir pour s'extraire de la tentation de céder à l'émotion du moment. Plaider pour la sincérité, ce n'est donc pas apporter de l'eau au moulin du tourbillon émotionnel qu'est devenu le débat médiatico-politique. Reste que lorsqu'on pense que le pays va « très mal », que « ça ne peut plus continuer comme ça », que tout se désagrège, que l'État peut s'effondrer ou encore que des responsables politiques que l'on juge dangereux sont aux portes du pouvoir, lorsqu'on le pense *vraiment*, rien ne justifie que l'on s'abstienne de le dire. Or, nombre de mes interlocuteurs les plus éminents ont prononcé de telles paroles, avant de les retirer à la relecture.

Parce que ces paroles étaient sincères, du moins je le crois, parce qu'elles touchent à des sujets très graves et qu'elles sont utiles pour éclairer le débat public, j'ai décidé de les conserver contre l'avis de ceux qui les ont prononcées. Un personnage public a un devoir vis-à-vis des citoyens, pas seulement vis-à-vis de sa carrière politique. J'ai donc simplement anonymisé les propos que mes interlocuteurs n'ont pas souhaité assumer.

Avouons qu'il faut du courage pour affronter le champ de mines qu'est devenu le débat politique. Du courage pour affronter le suffrage bien sûr, mais aussi pour répondre aux interpellations, garder son calme lorsqu'elles sont injustes, résister aux attaques personnelles, et remonter sur son cheval après une élection perdue ou une humiliation publique.

Mais il est une autre forme de courage qui me semble de plus en plus manquer dans le milieu politico-médiatique, car les médias sont exactement pareils que les politiques à ce jeu-là : le courage de ne pas céder sur ses convictions et sa sincérité face à l'air du temps – qui relève pourtant si souvent de la chasse aux sorcières – et aux ambitions politiques individuelles.

Qu'on me comprenne bien : assumer ses convictions ne veut surtout pas dire s'obstiner, se fermer à l'autre et à la discussion. Bien au contraire. Trop souvent, les médias nous servent des paroles confites de certitudes mais dépourvues de toute sincérité et de la moindre conviction.

Faire de la politique est extraordinairement difficile. Je l'ai démontré dans mon précédent ouvrage. Mais je veux dire ceci aux politiques qui se reconnaîtront : si vous vous laissez entraîner toujours plus loin sur la pente où vous poussent médias et citoyens défiants, et si vous sacrifiez ce qui fait la beauté du combat politique pour le privilège – tout à fait hypothétique – de le poursuivre quelques instants de plus, alors vous mériterez l'immense mépris dans lequel nous finirons tous par vous tenir. Le mépris, puis l'oubli.

Nos démocraties méritent que l'on tente tous, chacun dans son rôle et à sa place, de résister à l'air du temps.

Merci à tous ceux qui m'auront confié leur parole avec sincérité.

Déclassé

Le taxi est à l'heure, tant mieux. Il fait relativement froid, en ce début de soirée, sur le pavé parisien. Si la circulation le permet, je devrais arriver largement à temps pour le direct sur le plateau de BFM-TV. J'ai eu un peu de mal à laisser mon bébé derrière moi, à l'appartement, mais il est entre de bonnes mains, ça va bien se passer.

Nous roulons. Je suis confortablement installée sur la banquette arrière. Cet intermède de quelques minutes de tranquillité n'a pas de prix. Enfin un moment de calme, où l'esprit peut vagabonder, le regard perdu dans les lumières de la capitale qui défilent devant soi. Les infos à la radio déroulent les derniers développements de la guerre en Ukraine, les missiles russes, l'hiver qui s'est abattu sur les habitants de Kiev et d'ailleurs.

Cela fait des mois que la planète est en crise profonde. Le post-Covid, après deux années d'angoisse sanitaire et de privation de liberté, devait ouvrir la voie à une ère nouvelle où plus rien ne serait comme avant. Les oracles promettaient une relance économique avec des chiffres records. Le monde pris d'une conscience soudaine de sa propre fragilité allait enfin changer : le *plus-jamais-ça* s'était imposé à tous. L'espoir a vite été douché par une inflation record, une pandémie persistante et la guerre de Poutine.

Le chauffeur de taxi me fixe du regard dans son rétroviseur :

— Vous êtes journaliste ?

J'évacue la réponse :

— Non, politologue. Je mène des enquêtes d'opinion.

Un silence. Il poursuit, après quelques secondes de réflexion :

— Les gens comme moi, ils n'ont plus leur place...

Intriguée, je l'invite à préciser sa pensée. Tout en pestant contre les cyclistes qui lui coupent intempestivement la route, mon interlocuteur évoque alors son ressenti sur le climat politique et social du moment et son indicible sentiment d'une perte de considération et de repères : « Vous savez, un chauffeur de taxi est toujours dans le bain. On ressent très bien les choses. Ça ne va plus depuis pratiquement Hollande. Non, ça ne va plus. C'est là que tout a commencé à être vraiment chamboulé. Et ça a continué sous Macron. J'ai l'impression que ce progressisme-là, il ne fonctionne pas, en tout cas, ce n'est visiblement pas la même morale que la mienne. Je suis kabyle, j'ai cinquante ans, j'ai été élevé par une grand-mère bretonne, qui était française. J'essaie de faire très attention à ce que l'école apprend à mes enfants. Je suis tout le temps derrière eux. »

Il semble hésiter un instant, puis il reprend le fil de sa réflexion : « Je suis en désaccord à 80 % avec ce qu'ils essaient d'instaurer, avec leur façon de mener le pays. Cette radicalisation du progressisme m'inquiète. Les gens comme moi qui respectent des codes de la morale du monde ancien, ils sont stigmatisés. On commence à les regarder de travers, vous êtes traités de *facho* ou de je-ne-sais-quoi. »

Ils... Sans doute les politiques, les décideurs, les élites...

Le chauffeur hoche la tête, la voiture roule au pas sur les boulevards maréchaux, notre destination approche. Il conclut : « C'est un réel problème, vous n'avez le droit de ne rien dire. C'est le règne des minorités. Vous devez penser comme elles, sinon, ça ne va pas, vous êtes rejeté. Les valeurs du passé sont déconsidérées. Tout ce qui est minoritaire, même médiocre, est mis en avant. Et les gens comme moi – nous sommes pourtant la majorité, nous travaillons – ils doivent se taire. Mais, on va où ? D'ici cinq, dix ans, dans quel état sera ce pays ? »

Elle est donc là, cette ligne de fracture documentée par nombre de sociologues et politologues, et qui divise profondément la société. Elle a traversé les ronds-points, les villes et les campagnes, les grands ensembles et les zones pavillonnaires, les réseaux sociaux, les écrans des chaînes d'info, toutes les couches de la société. Elle tourbillonne dans nos têtes et tisse son inextricable toile d'incompréhension et de colère pour dessiner une France polarisée, menacée par les extrêmes, hystérisée par le wokisme, un pays qui ne se comprend plus, qui ne se parle plus.

Le chauffeur, qui me dépose à temps devant l'immeuble lumineux du campus Altice, s'excuse alors pour son propos pessimiste – je ne lui en faisais pas le reproche, bien au contraire – tout en me souhaitant une bonne émission. Mais dans quelle catégorie m'a-t-il classée, au juste : ancienne ou moderne ?

Introduction
Le constat de nos blocages

La France est-elle ingouvernable ? Six personnalités posent le débat

« Le niveau du débat public pendant la campagne présidentielle, au moment où se cristallisent les enjeux et les lignes des uns et des autres et donc la capacité à engager un certain nombre de réformes par la suite, est très bas. »

Mon interlocuteur se penche en avant, jette un œil à sa tasse de thé. J'observe sa barbe qui a fait l'objet de commentaires pour avoir blanchi durant la crise sanitaire. Nous sommes installés au salon du Mama Shelter de la rue de Bagnolet, dans le 20e arrondissement de Paris. Il poursuit, précis, mais sans prendre toutefois cet air de soupeser chaque mot, cette prudence à l'extrême qui caractérise tant de politiques aujourd'hui et aseptise le débat : « En 2022, ça a été en dessous de tout. Mais en vérité, même en 2017, le Président a été élu sur des postures et sur des idées, sur quelques éléments de programme – qui n'étaient d'ailleurs pas cachés – mais on ne peut quand même pas dire que le débat public de 2017 ait été d'un bon niveau. Et d'ailleurs ça n'était pas mieux en 2012 non plus. Ça, c'est un très gros problème… »

À cet instant précis, je me fais la réflexion : malgré les vents contraires, ceux du désamour pour ne pas dire de la détestation de l'opinion, les acteurs du débat politique sont encore pléthore. Les prétendants à des fonctions ministérielles sont presque autant, encouragés par quelques funestes exemples récents qui font que chacun peut se dire : si ce tocard est ministre, pourquoi pas moi ?

Beaucoup plus rares sont ceux qui ont réellement assumé les plus hautes responsabilités. Mon interlocuteur a la particularité d'avoir gouverné la France – avec le Président qui le nomma – pendant une période exceptionnelle. Qui plus est, cet ancien Premier ministre a réussi le tour de force d'en sortir, non pas essoré et sous les jets de tomates, mais populaire !

Oui, populaire dans ce pays qui adore détester ses politiques… Il occupe d'ailleurs, au moment de notre rencontre – nous sommes le 28 septembre 2022 –, la première place du tableau de bord réalisé par l'IFOP pour *Le Journal du dimanche*, avec 57 % de bonnes opinions, loin devant le deuxième – son successeur à Matignon Jean Castex, avec 48 %.

J'ouvre une parenthèse : la plupart des hommes et femmes politiques feignent de se moquer des courbes des sondages. Coquetterie. Je suis bien placée pour le savoir, puisque mon métier consiste à analyser les études d'opinion pour les décideurs… Mais lorsqu'Édouard Philippe – car c'est bien de lui qu'il s'agit – s'exclame : « La popularité ne veut strictement rien dire ! La valeur d'un leader se mesure à sa capacité à faire accepter à son corps social des décisions qu'il ne veut pas entendre », on aurait presque envie de le croire. Après tout, pourquoi celui qui a connu les abysses de l'impopularité avant de côtoyer les sommets des courbes sondagières n'aurait-il pas appris ce recul si nécessaire et pourtant si rare ? Pourquoi, en politique aussi, la *near death experience* ne pourrait-elle pas changer le regard que l'on porte sur son propre destin ?

Le lieu où se déroule notre entretien est improbable : le maire du Havre et patron du mouvement Horizons ne vit pas dans le quartier quand il vient à Paris, il n'y a aucune institution proche. Il m'explique l'avoir choisi en fonction de ses rendez-vous précédents, tout en s'excusant de m'avoir demandé de me déplacer si loin des lieux de pouvoir habituels.

Quand il est entré dans la pièce, assez sombre et relativement vide à cette heure de la journée, juste avant le déjeuner, il était précédé de ses officiers de sécurité. Discrets, d'un professionnalisme exceptionnel, j'ai pu côtoyer ces hommes (et femmes) d'action lorsque je travaillais à Matignon.

Édouard Philippe ressemble exactement à l'idée que l'on s'en fait, faisant mentir cette sensation souvent éprouvée à la rencontre d'un personnage vu dans les médias, quand l'on se dit : « Tiens, je le voyais plus grand, plus gros, plus petit, plus maigre, plus vieux... » Pas de surprise avec l'ex-Premier ministre, c'est le même. Son propos politique aussi d'ailleurs, il annonce la couleur, sans détour. Le ton est grave – il est vrai que mon sujet n'est pas joyeux. Et nous arrivons, au bout de dix minutes de conversation, à ce constat implacable, que je partage malheureusement :

« Au moment des campagnes présidentielles, on débat non pas des objectifs en matière de chômage, de sécurité ou d'immigration, mais seulement de postures. Le débat public au moment de l'élection présidentielle est assez mauvais. Je dirais même qu'il est globalement très mauvais. C'est probablement dû en partie aux responsables politiques, j'y prends ma part, j'y prends notre part. Mais les politiques ne sont pas les seuls responsables de cette situation. Le débat est très peu technique, très peu documenté, rempli de postures, erratique... De mon point de vue, c'est pathétique. » La question vient, inéluctablement : était-ce mieux avant ? Je me la pose sans cesse, moi qui n'ai approché que récemment l'exercice du pouvoir sous la Ve République, sous le quinquennat Hollande. Comment était-ce du temps du général de Gaulle ou sous François Mitterrand ? Édouard Philippe se refuse à comparer les époques pour n'observer que le présent : « Mieux avant ? Je ne sais pas. En tout cas le niveau est très bas, j'en conviens. »

*

La France vit-elle des heures sombres ?

« Il y a un vrai risque démocratique, et je ne dis pas ça pour faire peur. » Laurent Berger, homme de dialogue, réformiste convaincu, ne cache pas son inquiétude en cette rentrée sociale de septembre 2022 : à quel point sera-t-elle tendue, sur fond d'inflation galopante, de guerre en Ukraine, de flambée des prix des carburants et dans la perspective de tensions extrêmes autour des réformes de l'assurance chômage et des retraites ? Va-t-on vers ce Grand Soir prédit à chaque automne et qui ne prend jamais, au grand dam de ceux qui rêvent de révolution ?

Nous sommes le vendredi 9 septembre 2022, au lendemain du lancement par le président Emmanuel Macron du Conseil national de la refondation, auquel le secrétaire général de la CFDT a participé, ce CNR voulu par le chef de l'État réélu pour relancer une forme de dialogue démocratique large et forger des compromis sur les grands sujets d'avenir.

Laurent Berger, qui dirige la Confédération française démocratique du travail depuis dix ans et préside la Confédération européenne des syndicats, a déjà connu deux présidents de la République. Il n'y va pas par quatre chemins : « Ce qu'on pressent ces temps-ci ne me rassure pas. La question que les médias se posent, c'est de savoir si la rentrée sera chaude, s'il y aura des manifestations ou pas. Mais ça, ça n'a pas d'importance ! Il serait même rassurant qu'il y ait des mouvements organisés et encadrés, que l'on sache mener et arrêter, parce qu'on a perdu ou parce que l'on a trouvé un compromis… Ça n'est hélas pas comme cela que ça se passera. »

L'alerte n'est pas à prendre à la légère. Le leader syndical, connu pour sa mesure, dit de lui-même qu'il n'est pas forcément « un bon client » pour les médias, plus friands de formules chocs qui feront le buzz pour quelques heures… avant de trouver un nouvel os à ronger.

Je le relance sur l'exemple corse, dont je parlerai plus loin : la manière dont une partie de la jeunesse étudiante s'est mobilisée, la violence dans les rues, un mouvement qui échappe aux structures partisanes comme syndicales... Sur Notre-Dame-des-Landes, quand les gouvernements cèdent à la violence des opposants alors que les riverains ont dit majoritairement oui par voie référendaire à ce projet d'aéroport controversé... Ou encore sur les Gilets jaunes qui ont provoqué le chaos des mois durant et que l'exécutif n'a pas réellement vu venir, provoquant l'incrédulité dans le monde entier. Avec à chaque fois le pouvoir qui se trouve sans interlocuteur crédible, capable de négocier et de ramener le calme. Laurent Berger pousse un soupir, las : « On vient vous chercher quand on ne sait plus quoi faire. Pour les Gilets jaunes, ils [le gouvernement] m'ont fermé la porte au nez quand j'ai proposé de se réunir pour trouver des solutions. Après, ils appelaient tous les samedis pour savoir comment on voyait les affaires, à chaque fois que ça empirait. Les syndicats – ça vaut pour nous, pour la CGT aussi – ont vraiment été responsables : s'ils appuyaient sur le bouton, ça partait encore plus loin. La prochaine fois, certains laisseront faire, peut-être parce qu'il y a eu trop de mépris... »

Sauf que le rapport à la violence est en train d'évoluer de manière inquiétante : les gouvernements reculent à chaque fois et semblent ainsi donner le signal qu'il est plus rentable de casser que de manifester pacifiquement ou de voter. Ce qui rend plus difficile la tâche des leaders syndicalistes, car n'est-il pas désormais compliqué pour eux de continuer à expliquer à leurs troupes qu'il faut se mobiliser pacifiquement pour obtenir des avancées ? Le secrétaire général de la CFDT acquiesce et me renvoie au dernier congrès de la Confédération, le 49e, en 2018 : « On a eu les interventions de ceux qui disaient chez nous qu'il fallait monter d'un cran pour peser dans le rapport de force. Ce qu'ils ne comprennent pas, au gouvernement, c'est que tout cela tient aussi parce qu'il y a des gens comme nous qui le font tenir. Moi, je leur ai annoncé la couleur : je ne vais pas rester des années. Si je gérais les choses en fonction de mes seuls intérêts personnels, avec la façon dont il y a eu du mépris, des attaques, eh bien je resterais à regarder tout cela de loin, en mettant les étincelles quand il y a besoin. » Laurent Berger semble regretter la dégradation d'un climat général : « Il n'y a pas un rapport sain et correct aux corps intermédiaires. Et je peux vous dire que ça ne se passait pas comme ça en 2012, avec le pouvoir en place. » Référence à son entrée en fonction, quand il a succédé à François Chérèque à la tête de la centrale syndicale, dix ans auparavant, quand un certain François Hollande s'installait à l'Élysée. C'était il y a un siècle.

En échangeant avec Laurent Berger, je mesure alors le risque pour les années à venir : que se passerait-il si tous les syndicats se comportaient en populistes irresponsables, comme le font déjà de multiples politiques ? Nombre d'élus – surtout de droite – estiment que les syndicats en France sont immatures, qu'il est impossible de discuter avec eux. Un ancien président de la République m'a même confié : « Ils ne sont là que pour préserver leurs intérêts, pas pour faire avancer le pays ! » Se rend-on réellement compte que cela pourrait être bien pire encore ?

Pour Laurent Berger, la rupture entre pouvoir et syndicats s'est opérée en 2017, année qui aura marqué selon lui la fin d'une culture du compromis. « Même à droite, ils n'étaient pas comme ça ! » Il n'y a désormais, à ses yeux, plus de réelle doctrine, la plupart des partis se comportant de manière totalement opportuniste.

Le patron de la CFDT – et c'était flagrant lors de la réunion la veille du lancement du Conseil national de la refondation – est frappé par le fait que tout le monde dit que nous sommes dans une situation de vulnérabilité démocratique. Tout le monde le ressent. Tout le monde en fait le constat, données à l'appui. « Tout le monde se dit que si on joue mal dans les semaines, les mois, les années à venir, le risque de l'extrême droite est quand même plus que présent. » Celui qui préside la Coopération européenne des syndicats, lieu de rencontre et d'échanges entre centrales au sein de l'Union, voit bien ce qui se passe en Italie : « Certaines organisations syndicales commencent à être amicales avec Giorgia Meloni ou Matteo Salvini, suivent leurs troupes. En France on n'en est pas loin… »

Les syndicats transalpins prenant langue avec les leaders de l'extrême droite italienne, parce qu'elle accède au pouvoir au pays qui a donné Benito Mussolini ? Et si le scénario se dessinait en France ?

Les responsables syndicaux que j'ai pu consulter m'en ont déjà fait part : le Rassemblement national devient un vrai problème à leurs yeux, parce que nombre de leurs adhérents s'en rapprochent. Les digues historiques seraient-elles en train de céder ?

Je soumets cette donne nouvelle à Laurent Berger : nous serions effectivement, d'après lui, entrés dans une zone de danger. « Où est la colonne vertébrale qui permet, collectivement, dans les partis, dans les organisations, de relever la tête ? Que nous la partagions ou pas, là n'est pas la question, les Insoumis ont peut-être une doctrine. Ce n'est pas le cas au sein d'autres formations. Les partis politiques sont souvent complètement à côté de la plaque, notamment sur les sujets socio-économiques. On ne sait plus vraiment où ils en sont. Chacun en a conscience, il n'y a plus vraiment personne pour incarner une forme d'autorité morale. Vous aviez autrefois, à gauche, des Mitterrand, des Rocard, des Chevènement qui pesaient. Et à droite des Chirac, des Juppé ou des Seguin. Chacun avait ses défauts, mais nous avions des poids lourds devant nous, avec de l'expérience, de la réflexion, de la culture… »

Ce propos m'interpelle : si l'on nous avait dit que nous, les gens plutôt de gauche, nous regretterions un jour les grands barons du gaullisme…

*

« Nous sommes un pays sous perfusion de morphine. La dépense publique est notre morphine. Et quand on enlève la perfusion, c'est très douloureux… »

Valérie Pécresse dialogue par écrans interposés depuis son bureau au conseil régional d'Île-de-France. Pour des raisons pratiques, nous sommes convenues de réaliser cet entretien en visio. Elle me distingue mal sur l'écran fixé au mur faisant face à sa table de réunion. Une collaboratrice s'est donc empressée de lui apporter un ordinateur portable, qu'elle a placé sur le bureau face à elle. De l'autre côté de l'écran, je l'observe depuis chez moi. Il fait encore doux en cette fin de mois de septembre. Mon fils de trois semaines – dont elle n'a pas oublié de demander des nouvelles – dort dans son couffin, posé sur la table juste à côté de mon Mac.

« À un moment donné, la dette ne montera plus jusqu'au ciel, et un jour les banques centrales ne suivront plus, les taux d'intérêt finiront par remonter… Et tout cela, on l'avait prédit ! Et tout le monde nous traitait de Cassandre. Personne n'avait voulu nous écouter, parce que personne ne croyait que les taux allaient remonter. »

Au moment où l'ex-candidate des Républicains à la présidentielle prononce ces mots, la France traverse un épisode inflationniste très important. La reprise économique post-Covid a engendré des tensions d'approvisionnement majeures. Les prix du gaz, du pétrole et de l'électricité flambent. La guerre que la Russie mène en Ukraine aggrave la situation. Bercy, à ce moment-là, anticipe 5,3 % d'inflation pour l'année 2022. En quelques mois, les perspectives économiques se sont assombries. La Cour des comptes alerte sur une explosion à venir de la charge de la dette, qui promet d'atteindre 60 milliards d'euros par an en 2027 – soit trois fois son niveau de 2020. Ce n'est pas anodin. La somme équivaudrait au premier budget de l'État, celui de l'Éducation nationale. Les leaders politiques qui balaient ces considérations du revers de la main ne sont-ils pas irresponsables ?

Pour Valérie Pécresse : « Nous nous étions habitués à l'argent pas cher, à de l'argent à taux négatif… Nous gagnions de l'argent en empruntant ! Donc tous les fondamentaux économiques ont été bafoués depuis des années. Nous avons une désaffection pour le travail… Une éducation, une santé, une industrie, des transports, des infrastructures qui tombent en ruines… Littéralement ! Et il nous faut chercher les solutions. Je regrette de ne pas avoir su imposer ce débat pendant la dernière campagne présidentielle, car il est absolument essentiel. »

Elle ne s'étendra pas davantage sur les quelques semaines de calvaire que fut sa campagne présidentielle. La patronne de l'Île-de-France a su remonter sur son cheval malgré le score humiliant obtenu en avril 2022, à savoir 4,78 % des suffrages, trop peu pour espérer être remboursée des frais avancés pour sa campagne. Elle a donc dû rebondir, comme tout vrai politique, elle qui m'avait confié lors de notre précédent entretien à l'automne 2021 être pleinement consciente de la dureté du moment qu'elle allait traverser.

L'ex-prétendante à l'Élysée, qui n'a nullement renoncé à faire passer ses idées pendant qu'il en est encore temps, dénonce longuement la faillite de l'État et de ses élites : « Notre pays dépense énormément d'argent, nous payons énormément d'impôts, pour un résultat extrêmement faible en termes de services publics. Il est là, le cœur de la crise française. Nous avions des infrastructures modernes, une éducation performante, le système de santé le meilleur au monde. Les Français ont toujours accepté de payer beaucoup d'impôts, cela fait partie de notre pacte social, parce que l'État était efficace. Mais la situation aujourd'hui s'est énormément dégradée faute d'avoir travaillé sur la question de la performance publique. Les chefs d'État successifs, pour se faire aimer, ont multiplié les chèques, surtout Emmanuel Macron… Il faut dire qu'il est difficile de ne pas être addict au tiroir-caisse ! La crise du Covid a justifié certaines dépenses, évidemment. Le "quoi-qu'il-en-coûte" est devenu en réalité un "ce-qu'il-faut-pour-être-réélu"… Vous voyez ? »

Et pourtant : qui est dans le vrai entre ceux qui estiment que l'État, nous-même à la vérité, a su protéger le pays à un moment critique et ceux qui accusent le gouvernement d'avoir « cramé la caisse », pour reprendre l'expression de Valérie Pécresse elle-même ?

Selon elle, la dégradation brutale de la situation en quelques mois seulement, qui a obligé le gouvernement à multiplier les aides, lui donne raison, même trop tard : « Nous distribuons aujourd'hui des chèques énergie colossaux, EDF est totalement noyée sous le poids des transferts de milliards d'euros que lui a infligé l'État pour pouvoir baisser artificiellement les coûts de l'énergie. Ce sont autant de bombes à retardement implantées dans l'appareil d'État, dans la sphère sociale, qui rendent beaucoup plus difficiles toute réforme et par conséquent le gouvernement de la France. »

Je repense en l'écoutant à la dernière étude que j'ai réalisée au cours de l'été. Il était question de pouvoir d'achat, de craintes sur le plan social et sécuritaire. Les citoyens interrogés ne semblaient pas du tout faire leur priorité de la maîtrise de la dette, dont ils ne se sentent nullement responsables, quand bien même elle aurait été nourrie par le financement des services publics dont ils bénéficient au quotidien. Je me dis que le travail de pédagogie réalisé au fil des années par de nombreuses personnalités s'est littéralement évaporé, à l'image du rapport Pébereau de 2005, amplement débattu dans la campagne de 2007.

Il semble bien que seule une catastrophe, une fois de plus, serait capable de nous faire bouger. Pourquoi attendons-nous toujours que les choses explosent pour faire évoluer le modèle ou en changer ?

Valérie Pécresse conclut, pessimiste : « Les Français ont pris l'habitude d'être aidés. C'est comme un malade placé sous morphine parce qu'il souffre : lui enlever la perfusion est très douloureux. Avec l'argent public, c'est pareil. » Le remède serait ainsi bien pire que le mal ?

*

Je me suis tranquillement installée au petit matin devant un expresso, à l'étage de la brasserie de l'Assemblée, lieu habituellement fréquenté par les parlementaires et leurs collaborateurs, à l'angle de la rue Saint-Dominique et de la rue de Bourgogne. François Ruffin vient de m'envoyer un SMS pour s'excuser d'avoir cinq minutes de retard. L'autoproclamé « député-reporter » La France insoumise de la Somme, que je rencontre pour la première fois, vient de faire son entrée sans oublier de saluer le patron et le serveur et de s'enquérir de leur santé, ainsi que de celle de leur établissement.

Je m'attends, en le rencontrant pour la première fois, au discours connu du groupe LFI. Je découvre un député un peu à part, pétri de culture, et surtout manifestement habité par le doute. Quelques semaines plus tard, *L'Obs* publiera son portrait en une, barré de ce titre : « Je suis social-démocrate ». Le turbulent député-reporter serait-il en train de s'assagir ? Lors de notre entretien, son discours est certes radical, mais je découvre un homme empli de doutes, à la capacité inhabituelle dans ce milieu de m'avouer ne pas être spécialiste de tout, et donc ne pas avoir un avis arrêté sur tout. Cela change des politiques qui, à peine élus pour la première fois, font mine d'avoir des idées claires à tout propos ! Je demande si je peux l'enregistrer, afin de m'assurer de bien transcrire sa pensée. Contrairement à d'autres, et bien qu'il ne me connaisse pas, il n'insiste pas trois fois pour relire avant publication – et ne corrigera presque rien, le nom d'une entreprise mal orthographiée, lorsque je lui soumettrai les citations retenues.

Alors qu'il vient de commander café et tartines – c'est l'heure du petit déjeuner –, j'enclenche directement sur l'ingouvernabilité supposée de la France. Il me répond : « La responsabilité est chez les politiques. Les choix faits pendant trente ans ont été de se lier les mains et de donner le pouvoir aux forces économiques qui exercent un chantage permanent. » Pour lui, les gens n'en peuvent plus de la croissance et de la mondialisation, de ce discours dominant du toujours plus, sorte de fuite en avant découplée de la réalité quotidienne.

Le député LFI, né à Calais mais qui a grandi à Amiens, la ville d'où est originaire Emmanuel Macron, n'a pas de mots assez durs envers le Président en exercice et sa vision de la société : « Le maître-mot de la Macronie, c'est *accélération… accélération… accélération…* » François Ruffin s'anime : « Quand on demande aux gens de quelle manière il serait efficace de sortir de la crise climatique, ils vous répondent très massivement : par un "changement de société", plutôt qu'un "changement technologique". Or la réponse qui nous est produite par ceux qui nous gouvernent est très massivement… le changement de technologie. » Les

Français – mais que regroupe cet ensemble dans un pays aussi fracturé – auraient envie d'ailleurs ?

*

Fabien Roussel, qui s'apprête à se lancer dans un tour de France à la rencontre des citoyens lorsque je l'interroge pour la première fois en octobre 2022, y croit encore. « En 1945, il y a un projet pour le pays, une nation, et il y a un chef : de Gaulle. Et il y a des communistes avec ! La France est en ruine, dévastée par la guerre. Et c'est à ce moment-là que l'on crée la SNCF, EDF, la Sécurité sociale… Et pourtant, la France est en ruine, mais on ne dit pas il n'y a pas de sous ! On dit aux Français : "On va y aller, on va reconstruire." Et Maurice Thorez dit aux mineurs : "Relevez-vous les manches". Et à ce moment-là, les mineurs vont bosser comme jamais ils ont bossé, certains y ont perdu la vie. Ils ont bossé les week-ends et les jours fériés pour chauffer les écoles et les hôpitaux parisiens. Et ils l'ont fait gratuitement ! Vous imaginez ça aujourd'hui ? Et c'est un communiste qui a demandé ça aux mineurs ! Parce qu'on reconstruisait et qu'on avait une ambition, on arrivait à se projeter dans l'avenir avec la garantie que tout le monde sera gagnant. Un discours. Cela s'appelait le programme des jours heureux. »

Les jours heureux ! Nous y voilà, la rengaine de la campagne présidentielle est de retour. Même s'il est souvent raillé par les médias, sans doute parce que l'époque n'est pas à l'enthousiasme, faut-il pour autant disqualifier ce discours ? Après tout, il a emballé un bon nombre de Français, et Fabien Roussel aurait certainement fait un score supérieur si la mécanique implacable du vote utile à gauche ne s'était pas enclenchée dans les derniers jours de la campagne. On a affirmé, parce qu'il assumait manger de la viande rouge, que Fabien Roussel était l'homme de gauche préféré de la droite. Est-ce à dire que, aujourd'hui, la vraie gauche est forcément végane-féministe-et-écolo-radicale ? Quand est-ce que les élites ont commencé à prendre le groupuscule – et la gauche a toujours compté des groupuscules radicaux, y compris violents, demandez aux ex-barons socialistes qui se baladaient avec des barres de fer sous le manteau dans leur jeunesse – pour le tout ?

Est-ce que l'enthousiasme d'un Fabien Roussel est trop désuet pour être pris au sérieux ? Le cynisme est davantage en vogue.

« Les Jours heureux, c'est ça qui me porte ! Je me dis que c'est de ça dont on a besoin aujourd'hui. Porter cette ambition forte. Rassembler tout le monde. Quand je dis ça, je m'adresse autant aux ouvriers qu'aux cadres ou aux chefs d'entreprise parce qu'ils y ont interêt. On a besoin de retrouver un État puissant, fort, qui donne des garanties autant aux salariés qu'au capital. Sinon, il ne participera pas.

— Ce n'est pas évident. » Je suis sceptique. Peut-on encore s'unir, vraiment ?

« Moi ça me passionne et je pense que c'est possible, même si ce n'est pas évident. Je le sens du bout des doigts. Je sens que ça va être ça, ou bien on va basculer… Comme la Suède ou l'Italie.

— La France, c'est plutôt Marine le Pen après.

— Effectivement, l'extrême droite est une vraie menace. Ça peut basculer. On a vécu ça en 1936. On a une accélération sociale énorme avec les grandes grèves, le front populaire, les congés payés et trois ans après… La revanche, Vichy, Pétain, les collabos. Tout ça en trois ans. Et en 1939, les premiers qui sont arrêtés par la France c'est les leaders de la CGT et du PCF. C'était les leaders de 1936.

— La plupart des gens que je rencontre me disent que Marine Le Pen peut être élue dans quatre ans maintenant. »

Fabien Roussel secoue la tête avec véhémence : « Je ne veux pas le dire. Je ferai tout pour que ça ne se fasse pas. J'interpelle même la droite, même les grands patrons. Ça va être qui votre poulain ? Vous en voulez à Macron ? Qui lancez-vous ? Ils n'ont personne. Ils vont porter une grande responsabilité aussi… »

Le savent-ils ? Après tout, ils ne seraient pas les premiers à pâtir d'un basculement politique.

*

Xavier Bertrand ne mâche pas ses mots sur les dysfonctionnements de la vie politique nationale. Je l'interroge à la veille des vacances d'août, alors qu'une France inquiète de l'avenir s'apprête à ouvrir une parenthèse estivale bien méritée. À l'autre bout du fil, le président de la région des Hauts-de-France vogue d'un rendez-vous à un autre dans son éternel bureau-roulant, un SUV Citroën qui sillonne inlassablement les routes de Lille à Calais, Arras, Lens, Maubeuge, Soissons, Amiens, Saint-Quentin ou encore au Touquet. Comme la plupart des élus que je connais, et peut-être plus encore, Xavier Bertrand fait beaucoup de terrain, sans doute par souci de ne pas laisser la machine administrative et la lessiveuse médiatique permanente l'éloigner des préoccupations de nos concitoyens. De nombreux élus et responsables syndicaux me feront part de la même obsession. Le pouvoir isole, le pouvoir éloigne, il vous coupe des réalités quotidiennes. Pour lui, la mécanique est grippée : « Vous savez comment cela se passe, en politique : quand on est dans l'opposition on attend que le fruit du pouvoir tombe, en pensant qu'il ne restera pas éternellement dans la main de ceux qui sont dans l'arbre. Et en attendant, on ne fait pas le travail de fond nécessaire. C'est toujours le vrai problème. Beaucoup pensent que l'alternance a un côté quasi-automatique et qu'il suffit d'attendre. On revisite deux ou trois idées de la campagne précédente, et après on se dit que ça suffira. Il ne faut pas s'étonner non plus que les gens ne soient pas dupes ! » Amertume, diront certains. Défait à la primaire des Républicains remportée par Valérie Pécresse le 4 décembre 2021, qui a elle-même pris une veste historique à la présidentielle, Xavier Bertrand avait vu partir en fumée deux années d'une campagne intense et peut-être le rêve d'une vie... Mais je crois davantage à la lucidité.

Leur capacité de rebond m'a toujours interpellée : comment une Pécresse, un Bertrand, peuvent-ils reprendre leur bâton de pèlerin après une telle défaite ? La sanction des urnes peut être si rude... Certains diront que la politique est une drogue dure et le sevrage de l'addiction au pouvoir quasi-impossible. L'explication ne me satisfait pas totalement. Il me semble qu'il existe bien d'autres drogues dont la facture, en termes de vie personnelle sacrifiée, de rémunération perdue, de considération, est bien moins salée. On ne mesure pas combien la politique a perdu en attractivité depuis quelques années.

« La politique ne se pose jamais la question de son attractivité », Xavier Bertrand en est convaincu. Pour lui, « les partis politiques ne jouent plus le rôle qui leur a été dévolu. C'est-à-dire, à la fois de penser et de former. Ils sont en partie responsables de l'affaissement du débat et de nos difficultés démocratiques. Pour former des militants, des cadres et des élus afin qu'ils puissent exercer des fonctions bien différentes, on a besoin d'autre chose, et c'est là le fond du problème. Car ça n'existe plus dans les partis. »

J'évoque la situation des Républicains, alors en pleine préparation de leur congrès de fin d'année. On s'écharpe chez LR pour désigner un chef et savoir s'il sera ou pas le candidat naturel à la présidentielle de 2027. Ce qui se passe chez les héritiers du gaullisme ne donne pas envie. Un parti doit être une force de proposition, il doit dessiner un horizon, donner de l'espérance. Mais comme ce qui se passe au sein du Parti socialiste, la formation et la production d'idées ont failli. Pour l'ancien ministre du Travail et de la Santé, « c'est quelque chose que les partis politiques ont oublié depuis bien longtemps. Il faut s'opposer en faisant des propositions, penser l'alternance et l'avenir, mais aussi former. On doit aussi savoir détecter les talents. Il y a une fonction qu'on ne méprise jamais dans les entreprises mais qu'on oublie toujours au sein des partis : les RH. La politique a bien compris que le marketing existait, mais la partie ressources humaines, personne ne sait à quel point c'était important. » Ce constat, de nombreux élus croisés ces dernières années le partagent. Je me demande donc bien pourquoi, s'il fait l'unanimité, nous ne parvenons pas à lui apporter des réponses concrètes pour enfin rénover les partis, plutôt que les ripoliner à l'infini.

J'embraye sur le déficit de responsabilité que j'observe dans le monde politique, mais aussi chez nos élites au sens large. La judiciarisation croissante de la vie politique, au-delà, bien sûr, des affaires de corruption, n'est-elle pas la conséquence d'un déficit de responsabilité démocratique ? Quand les élus ne rendent plus de comptes, la justice finit par se saisir d'affaires relevant de choix politiques. L'État est ainsi poursuivi pour inaction climatique, les ministres doivent justifier au juge leurs choix en matière de gestion du Covid. Un très haut personnage de l'État m'a confié que nous avions atteint des niveaux inégalés de mensonge dans la rédaction du budget. Selon lui, les hauts fonctionnaires qui travaillent sur le sujet mentent et se montrent totalement désabusés et cyniques. Xavier Bertrand, qui fut plusieurs fois ministre sous Jacques Chirac et Nicolas Sarkozy et qui connaît parfaitement les rouages de l'appareil d'État, en convient : « C'est pour ça que tout cela ne fonctionne plus. Il y a quasiment ce que nous pourrions appeler des mensonges d'État. »

Vient alors cette interrogation qui traverse l'ensemble des responsables politiques et élus de tous bords : dans cette longue succession de renoncements, de crises voire d'échecs dans les politiques publiques, qui provoquent incompréhension, déception et colère chez un grand nombre de concitoyens, la voie n'est-elle pas toute tracée pour le Rassemblement national ? Vote extrême pour les uns, vote ultime pour les autres, vote sanction pour tous, y compris ceux qui le combattent. Et vote d'adhésion, toujours plus, en témoigne les 89 députés élus à la régulière aux élections législatives de 2022. Peuvent-ils apparaître aux yeux des électeurs plus « raisonnables » que d'autres, dans le tumulte ambiant ? Xavier Bertrand répond sans hésiter : « C'est possible, parce que les autres ont déjà été essayés. Ils ne valent pas mieux et je pense même qu'ils sont bien pires, je le dis comme je le pense mais pour les gens, au bout d'un moment, où est la différence ? Ils se disent : les autres, on les a essayés, ils ont menti, ils ne sont pas efficaces, pourquoi se prendre la tête ? »

La réalité du terrain, au moment où nous nous parlons, est bien celle que décrit Xavier Bertrand. Je le sais, je le vois dans mes enquêtes : les erreurs des uns, les renoncements des autres, les blocages et les postures, les débats picrocholins et les polémiques à deux balles, tout concourt à nourrir l'idée que, finalement, le Rassemblement national ne serait peut-être pas si mal. Je me remémore alors une étude qualitative que j'avais réalisée dix ans plus tôt. En juin 2012, les socialistes venaient d'accéder au pouvoir, et j'avais rejoint Jean-Marc Ayrault à Matignon pour m'occuper de l'analyse de l'opinion publique. Dans les discussions de nombreux électeurs de François Hollande revenait un avertissement, lancinant : « Nous avons voté à gauche, par déception vis-à-vis de la droite. Mais si la gauche nous trahit, attention, car il ne nous restera plus qu'une option : le Front national. »

Depuis dix ans, la montée de Marine Le Pen semble presque inéluctable. D'affaire Cahuzac en ras-le-bol fiscal, de polémique sur la déchéance de nationalité en protestations contre la loi El Khomri, de « Gaulois réfractaires » en affaire Benalla, en passant par une réforme du Code du travail et une tentative avortée de réformer les retraites… Bien que beaucoup aient vu en Emmanuel Macron un potentiel sauveur du système, la politique française est devenue un jeu de qui-perd-gagne, où les populismes sortent toujours gagnants, et plus particulièrement le RN.

« Je ne suis pas dépressif, assure Xavier Bertrand, je n'ai pas de regret et pour l'enfant qui va naître [le mien est né un mois plus tard, le 29 août 2022], on peut sûrement bâtir une société un peu meilleure. La politique ne doit pas renoncer à vouloir changer la vie des gens. L'arrivée de l'extrême droite au pouvoir doit inspirer un sentiment de gravité tel qu'on en a rarement connu. Il est évidemment difficile et parfois hasardeux de faire des comparaisons historiques. Cela dit, il faut se souvenir du contexte de la république de Weimar, ne jamais perdre de vue comment les choses peuvent basculer dans un crépuscule démocratique, en Europe ou ailleurs, dès la fin de cette décennie, avec le consentement de la population. Certains estiment qu'on exagère à voir les choses ainsi. Mais quand même… »

Nous verrons bien. Peut-être, dans mon parcours, vais-je croiser de vrais optimistes, qui sait ? Mais à ce stade de mes rencontres avec des politiques, des syndicalistes, des entrepreneurs, des chercheurs, je sens monter ce sentiment de gravité que je n'avais pas imaginé jusque-là. Nous voyons bien qu'il n'y a plus, dans notre société, de garde-fous, les anticorps historiques contre les pires dérives. Nous voyons bien comment l'opinion ne se révolte plus contre ces privations de liberté qui nous mobilisaient jadis. Tout peut passer, ou presque, sur des questions comme l'immigration ou la justice, au nom de la quête de sécurité. De toute façon, c'est par l'intérieur que la démocratie s'effondre.

Nous détenons tous une part de la solution

Le constat de nos divisions et de nos difficultés multiples a été dressé tant de fois que revenir à nouveau dessus peut paraître vain, voire relever d'une forme de masochisme intellectuel. Nicolas Baverez a écrit *La France qui tombe* il y a vingt ans déjà, Pierre Cahuc et Yann Algan ont décortiqué *La Société de défiance* il y a plus de quinze ans. Cet état des lieux de plus en plus sombre est venu ensuite apporter de l'eau au moulin des déclinistes en tous genres, les succès du *Suicide français* d'Éric Zemmour, écoulé à plusieurs centaines de milliers d'exemplaires, ou les essais de Philippe de Villiers comme *Le moment est venu de dire ce que j'ai vu* en attestent. Disserter sur les multiples lignes de fractures qui parcourent la société française, la polarisation de nos débats ou encore nos difficultés à décider et agir ensemble peut à la fois être considéré comme banal et polémique : banal, parce que nous sommes habitués à ressasser nos maux, à remuer sans cesse le couteau dans la plaie de notre blessure narcissique – serions-nous un grand peuple *has been* ? –, et polémique, parce que nous ne sommes évidemment pas d'accord sur les maux qui nous rongent. Si presque tous semblent s'accorder sur le fait que c'était mieux avant, certains pensent qu'il faut incriminer l'ouverture et le multiculturalisme, d'autres le libéralisme économique et l'affaiblissement de l'État, responsables de la panne de l'ascenseur social, et d'autres encore le poids excessif de notre bureaucratie et de normes étouffantes.

Pourquoi toute réforme tourne-t-elle quasi systématiquement au psychodrame dans notre pays ?

Pourquoi passons-nous davantage de temps à nous affronter qu'à construire ensemble ?

Pourquoi semblons-nous incapables de faire des choix clairs, nous engageant dans la durée, sur des questions aussi cruciales que le défi climatique, l'organisation de notre système de soins, la dépense publique, ou la maîtrise de l'immigration ?

Pourquoi le peuple entretient-il une haine croissante à l'égard de ses élites ?

Pourquoi déplorons-nous la confiscation du pouvoir par une élite de plus en plus endogame, alors que nous sommes de moins en moins nombreux à nous intéresser à la vie publique ?

Pourquoi tant de conflits sociaux, tant de manifestations ?

Pourquoi les victoires électorales ont-elles si souvent le goût amer des défaites politiques annoncées ?

Pourquoi les politiques d'hier nous semblent-ils tellement meilleurs, plus audacieux, plus cultivés et responsables que ceux d'aujourd'hui ?

Pourquoi chaque président de la République semble-t-il condamné à l'impopularité, voire à la détestation tenace d'une partie de ceux qui auront contribué à son élection ?

Au fond, une question émerge, lancinante, du brouhaha médiatique qu'est devenu le débat national. Une question de plus en plus pressante, mais que nous aimerions feindre d'ignorer le plus longtemps possible : la France est-elle ingouvernable ?

Les Français ont un avis sur le sujet – nous y répondrons avec un sondage réalisé spécialement pour cet ouvrage – mais leurs représentants, à l'occasion des campagnes électorales, sont rarement en mesure d'en refléter réellement toutes les nuances et encore moins d'en débattre sereinement. Par définition, les campagnes ne sont pas faites pour trouver des compromis, mais pour affirmer des différences, au risque de les caricaturer. Le temps du compromis devrait normalement venir plus tard, une fois que chacun a pu se compter, lorsqu'il s'agit de gouverner. Trop souvent hélas, pour des raisons que nous allons détailler, ce temps-là n'arrive jamais. Et le citoyen ne peut alors que constater avec un écœurement croissant que ceux dont les désaccords ne paraissent pourtant pas insurmontables ne parviennent jamais à se réconcilier. Comme le dit si bien l'avocat, haut fonctionnaire et académicien François Sureau dans un tweet publié le 9 août 2022 : « L'esprit de controverse a déserté l'espace public au profit de la condamnation réciproque. »

Des points d'accord, il en existe pourtant. Les multiples entretiens conduits pour cet essai le démontrent. Mon parti pris a été d'interroger des acteurs politiques de tous bords et de tous niveaux, ainsi que des acteurs syndicaux et des entrepreneurs. Et qu'ai-je découvert ? Qu'il existe parfois de surprenantes convergences, dont il est permis de douter qu'elles seront assumées au grand jour dans le débat public.

Or, nous le savons bien : une équipe médicale qui ne parviendrait pas à s'accorder sur un diagnostic aurait peu de chances de sauver le malade. Aujourd'hui, nous ne cherchons même pas véritablement à partager certains éléments de diagnostic. La situation de nos retraites en est un excellent exemple : comment pourrions-nous nous accorder sur la manière de sauver le système, alors même que tout le monde ne partage pas l'idée qu'il est en péril financier ?

Même l'élection reine ne semble plus en mesure de trancher nos différends et de donner au président élu la légitimité pour mener à bien son programme. Début janvier, une poignée de jours avant l'annonce par Élisabeth Borne des détails d'une réforme des retraites visant à rééquilibrer les comptes en reculant l'âge de départ, près des deux tiers des Français (64 %) jugeaient que, « même si Emmanuel Macron l'avait annoncé durant sa campagne, repousser l'âge légal de départ à la retraite à 64 ou 65 ans n'est pas légitime », contre 35 % estimant qu'« il est normal que l'âge légal de départ à la retraite soit repoussé à 64 ou 65 ans, car Emmanuel Macron l'avait annoncé durant sa campagne ». Cette dernière opinion est la plus répandue chez les électeurs de Macron (68 %) et de Pécresse (56 %), chez les catégories sociales supérieures (38 %) et les personnes gagnant plus de 3 500 euros par mois (46 %), soit les personnes étant par ailleurs les plus favorables à la réforme des retraites.

Un sondage Ipsos publié au même moment nous indique que 79 % des Français sont opposés à la mesure phare de la réforme Macron, à savoir le report de l'âge de départ à la retraite. Seuls 15 % des Français sont opposés à la réforme, mais estiment qu'Emmanuel Macron est légitime à la conduire.

L'objectif de cet essai n'est pas de créer, par une juxtaposition artificielle de points de vue, un débat que nous ne savons guère plus avoir autrement. Ce serait bien audacieux. Plus modestement, je cherche à exposer une partie des réponses apportées par certains de nos plus grands décideurs publics – et privés ! – à une question épineuse et essentielle. Je m'efforcerai d'être la plus fidèle possible à leurs propos – je m'y suis engagée auprès de chacun d'entre eux – sans pour autant prétendre à une objectivité absolue ; ce serait hypocrite de ma part. Ma démarche n'est pas de faire une encyclopédie, mais d'offrir aux lecteurs un essai (et un seul) accessible, présentant les grands enjeux et quelques réponses aux questions que nous nous posons tous sur l'avenir de notre pays. Ambitieux, peut-être, mais je suis convaincue que renoncer à un projet au prétexte de ne pas pouvoir l'accomplir de manière définitive et parfaite relève d'une forme de facilité à laquelle nous cédons trop souvent. C'est justement cette obsession française de ce que Valérie Pécresse appelle les « réformes cathédrales » qui nous empêche d'avancer. Nous ne savons pas accepter ce principe plein de sagesse selon lequel le mieux est l'ennemi du bien.

Parce que bâtir des ponts est une tâche plus ardue que faire sauter des digues.

Parce que dialoguer et faire des concessions est politiquement moins payant qu'asséner des certitudes et affirmer des divergences.

Parce que le véritable courage réside dans la modération, la nuance et l'empathie, alors que notre société valorise l'obstination, qu'elle confond avec la force des convictions, porte haut le conformisme, dès lors qu'il s'autoproclame *disruptif*, et loue comme jamais la capacité à communiquer, qu'elle prend pour de la profondeur de pensée.

Parce qu'il est urgent de confronter des points de vue, sans chercher à départager le vainqueur du vaincu.

Parce que chacun d'entre nous détient sans doute une part de la solution… Il est donc temps de nous poser collectivement cette question : la France peut-elle encore être gouvernée ?

Ce que disent les Français de nos divisions

Le sondage OpinionWay, réalisé en plusieurs vagues pour *On aura tout essayé*... dont des références se trouvent en annexes (pages 379-394), le démontre clairement : par l'effet combiné de la panne perçue du modèle d'intégration à la française et de celle de l'ascenseur social, nos concitoyens perçoivent notre pays comme profondément, peut-être irrémédiablement divisé.

Divisé socialement, d'abord, entre riches et pauvres, emplois précaires et emplois protégés : plus de neuf Français sur dix, quel que soit leur situation sociale, leur niveau de revenu ou leur lieu de résidence, partagent cette opinion.

Divisé politiquement, ensuite. Là encore, plus de neuf Français sur dix s'accordent avec ce point de vue, quelle que soit leur idéologie, leur milieu social ou leur zone géographique de résidence.

Divisé sur le plan culturel et religieux, presque tout autant : 85 % des Français partagent cette opinion, et si les électeurs de Marine Le Pen (88 %), d'Éric Zemmour (94 %) ou de Valérie Pécresse (90 %) sont plus enclins à souligner cette fracture, elle n'en est pas moins partagée par l'immense majorité des autres sensibilités politiques, y compris par 86 % des électeurs de Jean-Luc Mélenchon et 80 % des électeurs d'Emmanuel Macron. Il existe par ailleurs peu de différences entre musulmans, qui partagent cette opinion à 87 %, catholiques pratiquants, à 79 %, et citoyens sans religion, à 86 %.

Au total, huit Français sur dix estiment que notre pays est profondément divisé dans ces trois domaines à la fois, alors que seulement 2 % estiment qu'il n'est en rien divisé.

Divisé, notre pays l'est également sur le chemin qu'il conviendrait de suivre pour sortir du marasme actuel : tout changer, ou conserver les acquis ? Réformer, ou préserver ?

À ce sujet, nous avons profondément évolué depuis 2017 : une enquête réalisée en juin 2021 par l'IFOP pour l'agence NoCom à l'élection d'Emmanuel Macron indiquait que pour près de sept Français sur dix, la priorité était de transformer en profondeur la France, contre un petit tiers qui voulait ne toucher à rien pour protéger son identité face au monde qui change. En une année seulement, marquée par une succession de polémiques sur la coupe des 5 euros d'APL, la suppression de l'ISF, en passant par l'affaire Benalla et la fiscalité sur les carburants qui a allumé le mouvement des Gilets jaunes, la part des enthousiastes qui voulaient tout transformer a fondu de quinze points.

Dans le sondage réalisé à l'été 2022 puis en janvier 2023 ce livre, deux camps désormais se font face, réformateurs et conservateurs. Dans le premier se retrouvent pêle-mêle une courte majorité des actifs d'âge moyen, les socio-démocrates et les Marcheurs, les plus riches et les diplômés, les habitants des villes moyennes et grandes. Face à eux, un camp qui compte 44 % des Français et comprend les plus jeunes et les plus âgés, les ruraux, les moins diplômés, les revenus modestes et les plus pauvres, les perdants de la mondialisation, la droite traditionnelle, le Rassemblement national et Reconquête. Marine Le Pen a su capter six conservateurs sur dix au second tour de la présidentielle de 2022. Score identique pour Emmanuel Macron chez les réformateurs. Cela raconte un pays coupé en deux, fracturé, avec d'un côté des citoyens qui prospèrent et rêvent d'un monde nouveau, et face à eux, tous ceux qui voient leur situation sociale menacée et manifestent leur inquiétude ou leur colère. Comme si ces deux France irréconciliables se faisaient face sans jamais pouvoir converger.

Divisé sur la direction à prendre à l'avenir, entre préservation des acquis et changement profond, notre pays l'est aussi sur le plan idéologique. Les nombreux affrontements qui se sont succédé au Parlement depuis l'élection de nos députés en juin 2022 illustrent une culture du compromis pour le moins lacunaire. Souvent, ce sont les politiques que l'on blâme : campés sur leurs postures, cherchant à s'illustrer plus qu'à construire… Cette critique n'est pas inexacte, mais elle est insuffisante, car c'est dans l'opinion publique elle-même que se trouvent les raisons d'affrontements médiatico-politiques parfois absurdes.

Jugeons-en par la polarisation idéologique : pas un seul parti politique aujourd'hui ne recueille une majorité de Français estimant pouvoir voter pour lui. Selon notre sondage OpinionWay pour *On aura tout essayé…*, les partis les plus populaires, ceux pour qui vous pourriez voter, sont à jeu égal : le Rassemblement national, Renaissance et Europe Écologie-Les Verts, mais avec des socles d'adhésion potentiels à 40 %. Si l'on observe les autres « grands partis », au sens de victoires électorales récemment remportées, 39 % des Français estiment pouvoir voter un jour pour le Parti socialiste, 38 % pour les Républicains, à jeu égal avec Horizons, le parti de l'ex-premier ministre Édouard Philippe. La France insoumise ferme la marche avec 30 % seulement. Pas de quoi former une majorité, une assise large susceptible d'appuyer des réformes audacieuses…

Quand bien même gagnerait-il les élections législatives à la suite d'une potentielle dissolution, comment Jean-Luc Mélenchon parviendrait-il à gouverner, alors que 63 % des Français déclarent « qu'ils ne voteront jamais pour La France insoumise », et que seuls 18 % jugent qu'il ferait mieux que le Président actuel ?

De même, quelle serait la force politique d'une présidente Le Pen, dont 56 % des Français disent qu'ils ne voteraient jamais pour son parti ?

Lorsque nous constatons que 55 % des Français déclarent en juillet 2022 (57 % début janvier 2023), à l'issue d'une période électorale chargée, qu'ils ne pourraient jamais voter pour le parti d'Emmanuel Macron, nous mesurons la difficulté que le Président réélu éprouve à entraîner le pays depuis quelques mois, à créer de l'adhésion autour de ses réformes.

Une idée s'impose comme une évidence : sans alliance, sans coalition, nul parti ne semble aujourd'hui en mesure de gouverner un pays qui doit faire face à des défis d'ampleur inédite.

Lorsqu'il s'agit non pas de leur demander à qui ils pourraient confier leurs votes, mais quel(s) parti(s) « semble(nt) le(s) plus efficace(s) pour protéger les intérêts des gens comme » eux, les Français sont encore plus durs. Aucun parti ne trouve grâce aux yeux d'une majorité, et le mieux placé, le Rassemblement national, rassemble à peine plus d'un Français sur cinq (22 %). Parfaite illustration de la crise de défiance politique dans laquelle nous nous enfonçons toujours davantage depuis au moins deux ou trois décennies, ces résultats sont édifiants : seulement 13 % des Français estiment que le parti du président de la République « est le plus efficace pour représenter les intérêts des gens comme eux », 12 % pour La France insoumise, 9 % pour Les Républicains, ou encore 7 % pour le Parti socialiste et 9 % pour Europe Écologie-Les Verts… Même les électeurs de ces différents partis ne sont pas unanimement convaincus de leur capacité à les représenter : 56 % des électeurs de Jean-Luc Mélenchon estiment que LFI est le parti le plus efficace pour les représenter, 44 % des électeurs de Macron pensent de même du parti présidentiel, et 74 % des électeurs de Marine Le Pen jugent que le RN est le plus à même de défendre leurs intérêts – le Rassemblement national rencontre là encore un soutien plus solide que ses concurrents… Ce qui est de bon augure pour Marine Le Pen en vue de la présidentielle de 2027.

C'est une évidence : la vie politique française, à l'heure de la désaffiliation partisane et du triomphe de la personnalisation du pouvoir, ne se structure plus – ou presque plus – autour des partis politiques, réduits à l'état de coquilles vides, incapables de produire des idées ou de former des candidats. Nous pourrions donc penser qu'il n'y a rien d'étonnant à ce que les Français soient si peu nombreux à se reconnaître dans telle ou telle étiquette partisane.

Les personnalités politiques ne sont guère mieux loties. Les plus populaires sont souvent éloignées du pouvoir d'une manière ou d'une autre. L'exemple le plus marquant de notre histoire restera sans doute Jacques Chirac : détesté durant son règne, adulé à sa disparition. De la même manière, la popularité des deux anciens Premiers ministres Jean Castex et Édouard Philippe n'a jamais été si grande que depuis qu'ils ne sont plus aux manettes à Matignon.

Mais dès qu'il s'agit de présidents de la République en exercice, de présidentiables, d'ex-candidats, de patrons de partis majeurs, les choses se compliquent. Ainsi, OpinionWay, toujours pour *On aura tout essayé…*, a demandé aux Français à l'été 2022 – vague réalisée fin juillet – puis en janvier 2023, qui de Marine Le Pen, Jean-Luc Mélenchon ou Emmanuel Macron ils aimaient le moins. Les résultats apparaissent somme toute très partagés : certes, à respectivement 34 et 36 % en janvier (– 2 et + 1 points par rapport à juillet), Le Pen et Mélenchon s'affirment sans surprise comme les personnalités les plus clivantes. Mais le score du chef de l'État s'élève tout de même à 28 % (+ 1 depuis juillet 2022), ce qui fait beaucoup en termes de désamour pour un Président réélu vis-à-vis des deux figures incarnant les bords politiques extrêmes de l'échiquier politique.

Dans le détail, parce qu'il est toujours sain d'affiner un sondage, catégorie par catégorie, nous découvrons que les plus enclins à rejeter par-dessus tout Marine Le Pen sont les plus jeunes (45 % des moins de 35 ans), les plus diplômés (38 % des personnes détentrices d'un bac +2 et plus), les cadres et professions intellectuelles supérieures (55 %), et évidemment les sympathisants de gauche (55 %). Ceux qui sont plus enclins à rejeter avant tout Jean-Luc Mélenchon sont les plus de 50 ans (43 %), et particulièrement les plus de 65 ans (47 %), les personnes gagnant plus de 2 000 euros net par mois (40 %) et particulièrement celles gagnant au-delà de 3 500 euros (45 %), les propriétaires de leur logement (41 %) et notamment d'un appartement (49 %), et bien sûr les sympathisants de la majorité présidentielle (52 %) comme de la droite (70 %), et de l'extrême droite dans une moindre mesure (44 %).

Quant à Emmanuel Macron, le rejet dont il fait l'objet est plus marqué chez les moins diplômés (36 %), les artisans, commerçants et chefs d'entreprise (48 %), les ouvriers (39 %), les chômeurs (47 %), les personnes gagnant moins de 2 000 euros par mois (33 %), et les personnes locataires de leur logement (35 %).

Les Français n'exemptent pas leurs concitoyens de toute responsabilité dans le marasme actuel, même s'ils sont évidemment infiniment moins nombreux à s'incriminer personnellement : quand ils pensent à « tout ce qui ne fonctionne pas en France », ils sont 65 % à considérer que « cela s'explique notamment par le fait que trop de citoyens ne respectent pas les règles », plutôt que l'autre idée proposée, à savoir « cela n'a pas grand-chose à voir avec le comportement des citoyens. » Souvenons-nous, durant le premier confinement au printemps 2020, de la multiplication des messages sur les réseaux sociaux dénonçant ici un voisin allant promener trop souvent son chien, là une voisine abusant de son droit de sortie pour faire les courses… Nous adorons nous critiquer, voire nous dénoncer les uns les autres, pointer la paille dans l'œil du voisin.

Cette idée d'un affaissement de toute forme d'autorité, et d'une explosion des cadres et des règles qui nous permettent de vivre ensemble, n'a certes rien de nouveau. Mais elle s'ancre toujours plus profondément, en particulier chez les plus de 65 ans (70 %), les détenteurs d'un patrimoine immobilier – même modeste –, les propriétaires d'une maison ou d'un appartement (70 %, contre 56 % des locataires de leur logement), et les personnes s'inscrivant soit dans la majorité présidentielle (77 %), soit à droite de l'échiquier politique (82 % à droite, contre 65 % des sympathisants du Rassemblement national).

Si nous adorons nous chamailler, nous aimons encore plus désigner des boucs émissaires, responsables de tous nos maux. Et lorsqu'il s'agit de pointer du doigt les principaux responsables de « tout ce qui ne fonctionne pas en France », la catégorie qui dépasse à nos yeux toutes les autres de très, très loin est celle… des politiques ! Nous sommes ainsi 76 % à citer nos élus – parmi deux réponses possibles dans la liste suggérée, soit onze points de plus en en janvier 2023 qu'en juillet 2022 – puis 30 % à blâmer les riches et 18 % les médias. Les étrangers, alors que l'on imagine sans peine qu'ils puissent occuper une place bien plus importante au vu du succès médiatique et parfois politique de certaines polémiques et de ceux qui en font commerce – je pense évidemment à Éric Zemmour en premier lieu – ne sont qu'en cinquième position de nos boucs émissaires favoris, avec 14 % de citations, juste après les syndicats (16 %). Ces derniers n'étaient jugés responsables de nos difficultés que par 5 % des Français en juillet, dans un contexte où ils n'avaient pas fait parler d'eux. Mais en octobre, au cœur des blocages de raffineries orchestrés par la CGT, ce pourcentage est monté à 23 %, avant de retomber à 12 % en janvier. Il est probable que cette proportion reparte à la hausse dans les semaines à venir, si la mobilisation promise contre la réforme des retraites se traduit par une paralysie de certains secteurs comme les transports.

Ces perceptions varient évidemment de manière assez nette selon le bord politique auquel on appartient : pour les électeurs de Mélenchon ou Jadot, les riches sont jugés responsables à 57 et 50 % et les étrangers à seulement 3 %. Pour les électeurs de Pécresse, les étrangers sont jugés responsables à 22 % – et cette proportion s'élève jusqu'à 26 et 27 % aux yeux des électeurs de Zemmour ou Le Pen – et les riches à seulement 13 %. Quant aux électeurs d'Emmanuel Macron, ils blâment avant tout les politiques (52 %), devant les syndicats (35 %, presque autant que les électeurs de Pécresse, à 38 %), les médias (28 %, soit l'électorat le plus critique vis-à-vis des médias), et jugent la responsabilité des riches et des étrangers marginale (17 % et 11 % respectivement).

Les médias font l'objet d'une condamnation répartie de manière assez homogène dans la population. Les plus jeunes (31 % des moins de 35 ans) ont tendance à être aussi sévères que les plus âgés (29 % des plus de 65 ans), les ruraux (26 %) presque autant que les Parisiens (29 %), les catégories populaires sont à peine plus clémentes que les catégories sociales supérieures (23 % contre 28 %). Les électeurs de Jean-Luc Mélenchon (15 %) et de Marine Le Pen (13 %) sont moins nombreux, néanmoins, à incriminer les médias que les électeurs d'Emmanuel Macron (28 %) ou de Valérie Pécresse (26 %).

Des partis politiques qui ne se montrent plus, comme jadis, leaders et porteurs d'idées, une fracture sociale qui s'est aggravée au fil des décennies malgré une alternance au pouvoir qui aura déçu à chaque fois, laissant se creuser les déficits, les écarts de richesses et de salaires au sein d'une population déboussolée, en mal de repères et de récit collectif ; des Français en colère qui ne voient jamais leur quotidien s'améliorer en dépit des promesses ; une succession de crises, sanitaire, économique, liées au prix de l'énergie, à l'inflation, au pouvoir d'achat ; le sentiment d'un découplage du réel de la part de nos élites, régulièrement accusées au mieux de retard à l'allumage, au pire d'indifférence et de mépris… Ce constat inquiétant, attisé sur les réseaux sociaux et dans les médias, n'incite guère à l'optimisme.

Jouons-nous à nous faire peur ou bien sommes-nous dans la seringue d'un inexorable déclin ? Les Français sont las, ils aspirent à un monde meilleur et ne veulent pas de la révolution.

Est-il plus difficile de gouverner aujourd'hui qu'hier ?

J'ai commencé par poser la même question à tous ceux qui ont déjà gouverné ou qui aspirent à le faire : est-ce qu'il vous semble plus difficile de diriger notre pays aujourd'hui qu'il y a vingt ans,trente ans ou plus ?

Il faut avant toute chose mentionner deux éléments, qui influencent considérablement les réponses. Tout d'abord, ceux qui ont réellement expérimenté l'exercice du pouvoir en auront nécessairement une approche différente de ceux qui ont toujours été dans l'opposition. Il faut ensuite garder à l'esprit un biais de mes répondants : la plupart sont encore actifs. Ils espèrent donc un avenir politique, voire, parfois, accéder aux fonctions suprêmes. Ils ne peuvent ainsi guère affirmer qu'ils aspirent à gouverner un pays qu'ils jugeraient ingouvernable ! Il peut en résulter un discours quelque peu étonnant, où le réalisme du diagnostic est compensé par une bonne dose de volontarisme, comme s'ils affirmaient un « oui, c'est très difficile, mais moi j'y arriverai ! » nourri, il faut bien le reconnaître, par des éléments de preuve objectivement faibles. Nous sommes priés de croire que tous ceux qui ont gouverné étaient nuls, mais que les suivants seront forcément meilleurs, point.

Les responsables politiques de tous bords gagneraient franchement, à ce sujet, à jouer la carte de l'honnêteté. Je pense que nombre de Français préféreraient parfois qu'on leur dise : « Non, je ne sais pas si le pays est ingouvernable, mais j'ai des idées à vous proposer pour améliorer les choses, j'y crois, je pense que l'on doit tenter. »

Édouard Philippe est sans doute le moins pessimiste du lot, au sens où il relativise beaucoup les difficultés à gouverner aujourd'hui. Non pas qu'elles soient minimes : le patron du parti Horizons avoue qu'il est très difficile de gouverner la France, mais a du mal à penser que la situation soit nouvelle. Une humilité assez bienvenue, à l'heure où n'importe quel politique se rêve en de Gaulle, où la moindre manifestation est vécue et contée comme une redoutable épreuve politique. Il y a, bien sûr, aux yeux de l'ancien Premier ministre, un certain nombre de choses qui ont changé et rendent la tâche moins facile qu'avant, mais certaines difficultés d'hier ont également disparu. « Vous avez la litanie des responsables habituels : les hommes et femmes politiques, les chaînes d'info et réseaux sociaux, l'administration devenue omniprésente, des jurisprudences, l'intégration européenne… Enfin bref. » Ce n'est pas pire, à ses yeux, qu'en 1954, quand la France faisait face aux guerres de décolonisation et à une situation économique dégradée. « C'était également le cas en 1958, quand nous étions à deux doigts d'une guerre civile, vous voyez ? Il y a beaucoup de désinvolture dans l'idée selon laquelle, par nature, une période serait "*la plus*" quelque chose. En vérité c'est difficile, c'est très difficile. Est-ce que l'on est à la hauteur des enjeux ? Je ne suis pas sûr. »

La plupart des autres responsables politiques, chefs d'entreprise, ou syndicalistes rencontrés convergent à la fois sur le fait que la France est très difficile à gouverner, sans doute plus qu'hier, mais qu'elle n'est pas ingouvernable pour autant. Que les politiques disent cela est somme toute assez naturel : pourquoi se présenteraient-ils devant les électeurs s'ils pensaient que le job est infaisable ? Il est sans doute normal, par conséquent, que les chefs d'entreprise interrogés soient à la fois plus pessimistes sur le fonctionnement du système politique français que les élus eux-mêmes et moins pessimistes sur la situation de notre pays. Ces grands patrons, appelés à exercer hors de nos frontières, sont naturellement enclins à s'extraire des bonnes vieilles querelles franco-françaises et comparer les avantages et inconvénients de notre modèle avec ceux des autres pays. Quand je me regarde, je me désole, quand je me compare, je me console…

Parmi eux, Emmanuel Faber, qui a dirigé Danone de 2017 à 2021, est à ce titre assez emblématique de ce regard porté par ceux qui sont extérieurs au système politique tout en ayant été amené à diriger des dizaines de milliers de personnes. Celui dont l'un des hauts faits d'armes restera d'avoir transformé une gigantesque entreprise cotée en

« entreprise à mission », dirige aujourd'hui l'ISSB, l'International Sustainability Standards Board, une organisation destinée à édicter les normes internationales d'une finance durable. Sa carrière est étroitement liée à la défense de l'intérêt général, raison pour laquelle j'ai souhaité l'interroger. Il me semblait, pour autant que les données dont je disposais pouvaient me le laisser penser, avoir une vision très globale de la société et donc du rôle de l'entreprise.

Il était trop réducteur, en lançant cette série d'entretiens sur la gouvernabilité de la France, de me cantonner aux seuls responsables politiques. Les chefs d'entreprise sont à la fois extérieurs au jeu politique, mais peuvent souvent l'observer de très près. Je ne me doutais pas que nombre de ceux que j'ai sollicités se montreraient gênés, parfois par manque d'intérêt, mais plus souvent par sentiment de ne pas être légitimes à discuter des problèmes qui minent notre pays. Comme si ces sujets n'étaient pas ceux de tous les citoyens, mais devaient rester la chasse gardée des élus. Je suis assez déçue que davantage de patrons n'aient pas souhaité être cités dans ces pages. Ceux qui l'ont fait ont, à mes yeux, permis de donner un prisme de lecture, un éclairage différent de celui des responsables politiques que j'ai rencontrés.

Les produits Danone sont présents dans plus de cent vingt pays sur la planète. Les cent mille salariés du groupe sont répartis dans cinquante-cinq pays et 43 % de son chiffre d'affaires est réalisé hors d'Europe. Celui qui dirige un tel mastodonte a donc nécessairement une vision de la place de la France dans le monde et une idée des mérites comparés des différentes démocraties. Dès lors, Emmanuel Faber commence par me rappeler que la question de l'ingouvernabilité se pose sans doute dans un grand nombre de démocraties, même si chaque pays a ses spécificités et sa culture. Il m'invite également, à raison, à éviter d'évoquer « le pays ». Il serait plus judicieux, à ses yeux, de parler de ses habitants : « On ne gouverne pas la France, mais les Français. »

Ce principe édicté, le grand patron va droit au but : ce qui rend la plupart des pays difficiles à gouverner ? « C'est l'économie. À savoir, étymologiquement, *oikos nomia*, les règles que nous nous donnons pour gérer un lieu que nous habitons ensemble. L'économie est indissociable de la démocratie, c'est-à-dire de nos modes de gouvernement. Pendant quatre décennies, elle a permis l'émergence d'une classe moyenne, qui a consolidé la démocratie par l'accès à l'éducation, l'accès à un travail, à du temps libre. Tout cela était basé sur le fait que demain allait être mieux qu'aujourd'hui. Donc gouverner signifiait surtout arbitrer entre des opportunités, plus qu'entre des problèmes à régler. »

Tant que les richesses augmentaient, le regard porté sur notre voisin était moins inquiet et envieux. Les crises s'accumulant et se conjuguant entre elles, la fin de l'abondance – ce mot n'est pas le sien, je tiens à le préciser – pointant le bout de son nez, nous nous trouvons tous plus fragiles, plus inquiets pour l'avenir, plus particulièrement celui de nos enfants. Plus exigeants, donc, au moment même où l'interconnexion de nos économies a considérablement diminué les marges de manœuvre du politique. Rappelons une évidence trop souvent oubliée : même si la zone euro présente d'immenses avantages, un pays qui n'a plus la maîtrise de sa politique monétaire se trouve, de fait, amputé d'un levier d'action auquel des générations de politiques avaient fréquemment recouru, souvent à mauvais escient, avec l'inflation comme conséquence.

J'ai interrogé un autre capitaine d'industrie très connu pour son engagement dans ce que l'on appelle la RSE, la responsabilité sociétale de l'entreprise : Jean-Dominique Senard, ex-patron de Michelin, qui se dit fier au passage d'avoir passé de nombreuses années à travailler en région, à Clermont-Ferrand. Il préside aujourd'hui le groupe Renault. Pour lui, l'interconnexion croissante de nos économies est l'une des causes centrales de l'ingouvernabilité. Jean-Dominique Senard évoque également les difficultés de compréhension que la plupart des Français ont vis-à-vis de la manière dont fonctionnent les économies et l'entreprise en particulier. Nos compatriotes pensent souvent, à tort, que tout se joue dans l'Hexagone.

Je ne citerai pas ici l'intégralité des plus de trente entretiens réalisés pour cet ouvrage, car de nombreux arguments se recoupent. Je ne conserve que l'essentiel.

Bernard Pignerol présente un profil atypique, au carrefour de la politique et de la haute administration. Celui qui participa en 1984 à la fondation de SOS Racisme a été président de la Commission des conflits du PS de 2008 à 2013, ainsi que membre du Bureau national, la direction du parti. Il a claqué en 2013 la porte du Parti socialiste, suivant ainsi son vieux compagnon de route, un certain Jean-Luc Mélenchon, parti cinq ans plus tôt. Ce conseiller d'État contribua à la construction de ce qu'est aujourd'hui La France insoumise. Ce qui ne l'a pas empêché d'entretenir de très cordiales relations avec certains de ses condisciples du bord politique opposé, notamment Édouard Philippe (camaraderie de corps) et Bruno Le Maire (camaraderie de promotion, puisqu'ils ont fait l'ENA ensemble).

Je précise au passage que plusieurs personnalités sollicitées chez LFI n'ont pas pu ou voulu me répondre, à l'image de Jean-Luc Mélenchon, ce que je regrette.

Son ami Bernard Pignerol souligne, pour répondre à ma première question, que c'est l'interdépendance toujours plus grande de nos économies et de nos pays, en raison de la mondialisation et des questions climatiques, qui les rend plus difficiles à gouverner. La France n'est à ce titre pas une exception. Le cadre national n'est tout simplement plus le seul cadre pertinent pour déployer des politiques publiques et pour agir. Gouverner est désormais à la fois une question nationale et supranationale. Cela suppose de penser le monde, mais aussi d'intégrer de nouvelles contraintes, notamment des acteurs économiques transnationaux superpuissants, qui dépassent le PIB de nombreux États. Lorsque nous parlions de multinationales, il n'y a pas si longtemps, il n'y en avait que quelques-unes, mais désormais ces acteurs sont de plus en plus nombreux et nous échappent totalement. « Quand Elon Musk va envoyer ses fusées sur la lune, est-ce qu'il va s'approprier le territoire de la lune, et qui aura les moyens de toute façon de l'en empêcher s'il le fait ? C'est ça qui contribue à rendre la gouvernance difficile. » Je mesure combien, quand nous parlons de politique française, nous avons tendance à nous replier sur les sujets franco-français, alors que certains éléments extérieurs ont un poids immense sur nos destins. Le conseiller d'État de La France insoumise évoque également, pour expliquer nos difficultés à gouverner, « un effet ciseau entre le fait que les classes moyennes sont plus éduquées, et s'appauvrissent dans le même temps ». Cela génère un sentiment de frustration considérable. Enfin, il évoque – comme tous mes autres interlocuteurs – le rôle des médias et notamment des réseaux sociaux, qui pèsent de plus en plus sur nos débats et sur nos gouvernants, en leur imposant leur rythme effréné.

À y regarder de plus près, parce que les critères se retrouvent partout et presque à l'identique, ce sont tous les pays démocratiques qui sont aujourd'hui difficiles à gouverner. Geoffroy Roux de Bézieux en est convaincu. Le président du MEDEF depuis juillet 2018 décrit un double phénomène, à l'œuvre depuis une trentaine d'années. D'abord, comme mentionné par Jean-Dominique Senard, un accès à l'information disponible bien plus large qu'auparavant. Surtout, les réseaux sociaux et les algorithmes tendent à créer des phénomènes de bulles, où chacun se trouve conforté par les personnes qui pensent les mêmes choses que lui. Ils créent aussi un phénomène de nivellement, où toute parole est équivalente, celle de l'expert comme celle du citoyen qui n'a que sa propre expérience à faire valoir. Toute figure d'autorité se trouve bien plus facilement fragilisée, voire mise en cause. Un Président élu peut désormais être contesté de manière forte par la population à peine quelques mois après son élection. « J'ai écrit un livre il y a peu sur de Gaulle et l'économie, qui couvre la période de 1958. Il est intéressant de noter que les antigaullistes, très nombreux à l'époque, se sont pendant cinq ans, bon gré mal gré, rangés derrière le Général. Ils l'ont laissé gouverner. Et lui l'a fait parce qu'en ce temps-là, la légitimité de son élection et du référendum lui donnaient la force politique nécessaire. Emmanuel Macron, élu de la même manière en 2017, renouvelle tout le personnel politique et n'aura pas une année tranquille pour reformer, avec l'arrivée des Gilets jaunes… » Geoffroy Roux de Bézieux y voit au passage un signe évident de l'irruption des nouveaux médias, qui accéléreraient à outrance le temps politique au point d'entraver la marche du pays. Y aurait-il, néanmoins, une spécificité française dans la difficulté que nous avons à nous accorder sur la voie à suivre ? Le patron du MEDEF commence par souligner que la défiance vis-à-vis des élites, très marquée dans notre pays, l'est aussi dans nombre de démocraties. S'il y a un point qui distingue peut-être la France des autres, à ses yeux, c'est notre passion pour la politique. Ce qui nous rendrait nécessairement très exigeants vis-à-vis d'elle.

L'un de ses interlocuteurs réguliers, Laurent Berger, déplore lui aussi une dégradation du niveau des débats publics. Ainsi qu'une classe politique « trop souvent prisonnière de son époque, adepte de la réaction immédiate, sans avoir pris le temps d'un réel diagnostic, de la prise en compte de la complexité des sujets ». Les politiques ont un rapport toujours plus utilitariste aux experts et aux intellectuels, alors qu'ils devraient les utiliser pour les bousculer dans leurs certitudes. La population s'avère particulièrement hétérogène dans ses aspirations et polarisée dans ses opinions. Le responsable syndicaliste regrette enfin l'hypercentralisation du débat. Non, dit-il en substance, le pays n'est pas ingouvernable, mais ça devient de plus en plus difficile.

Vous avez ceux qui jugent la France « substantiellement mal gouvernée ». Les mots sont ceux d'un grand personnage de l'État – qui, comme d'autres, ne les assumera pas publiquement. Allant dans le même sens, le premier président de la Cour des comptes Pierre Moscovici sourit : « Il y a une suspicion de vieux con qui dit que c'était forcément mieux avant, mais il me semble que la qualité de la gouvernance de ce pays ne s'améliore pas. » Depuis quelques décennies nous vivons une « crise politique larvée », qui tient beaucoup aux défaillances, voire à l'impuissance du politique. Il n'en dira pas plus, eu égard à son devoir de réserve. C'est déjà bien assez.

Permettez-moi d'ouvrir une parenthèse sur le devoir de réserve : dans la fonction publique française, il découle du principe de neutralité du service public. Il se définit comme l'obligation, pour les fonctionnaires et un certain nombre de personnalités comme le président de la Cour des comptes ou les membres du Conseil constitutionnel, de s'exprimer avec une certaine retenue et de ne pas donner à leurs fonctions des fins politiques. Si le principe se comprend, il me semble que la ligne entre la politique politicienne et la Politique avec un grand *P* n'est pas toujours claire. Et tout n'est-il pas par définition politique ? Un exemple : j'ai sollicité un éminent membre du Conseil constitutionnel pour cet ouvrage. Alain Juppé s'est excusé, en invoquant son devoir de réserve. Ce que j'ai regretté tout en le comprenant. Mais alors, pourquoi Pierre Moscovici aurait-il accepté de jouer le jeu, ce dont je lui suis d'autant plus reconnaissante ? Et pourquoi le même Juppé a-t-il accordé, quelques semaines après ma sollicitation, un grand entretien au journal *Le Parisien* à l'occasion des vingt ans de la fondation de l'UMP ? Et ce, quelques jours à peine avant le congrès des Républicains, parti héritier de l'UMP. Difficile de trouver timing plus politicien… Il y fut question d'affaissement de la droite de gouvernement, d'union de la droite et du centre, de déclin de tous les partis de gouvernement, et d'attachement du peuple français aux valeurs républicaines. Autant de thèmes qu'il aurait pu développer dans ces pages… qui n'étaient peut-être finalement pas assez politiques à ses yeux ?

Revenons à notre question. Carole Delga, la présidente socialiste de la Région Occitanie qui a toujours cultivé la proximité avec le terrain dans sa carrière politique, ajoute un élément au diagnostic : quand une grande majorité de parents estiment que leurs enfants vivront moins bien qu'eux, c'est la légitimité même d'un système fondé sur la promesse républicaine qui est remise en cause. Tant que l'on ne traitera pas le sujet, mais aussi le besoin de justice sociale et territoriale, la situation ne fera qu'empirer.

Je terminerai ce chapitre introductif en convoquant Fabien Roussel. Le secrétaire du Parti communiste français, ex-candidat à la présidentielle de 2022, tient à souligner tout d'abord qu'il n'est pas impossible de mener des réformes en

France. Le problème à ses yeux est que ces réformes sont rarement faites pour le peuple et trop souvent contre ses intérêts et sa volonté, une lecture largement partagée à gauche de l'échiquier politique. Fabien Roussel s'explique : « Ils mènent des tas de réformes, mais pas au service du peuple. Il y a eu une accélération du mouvement ces quinze dernières années : le pays a été affaibli, détricoté dans un grand nombre de domaines, notamment dans ce qui fait la force de la France, ses services publics, son système de protection sociale. Et ce, après avoir abimé son appareil productif ! Et je n'oublie pas l'agriculture et la pêche. On a énormément perdu en quinze ans. Sarkozy a privatisé EDF en 2004, les gouvernements successifs ont totalement libéralisé le marché en Europe et on en paie les pots cassés aujourd'hui. Poutine sait très bien où il peut taper puisque la déréglementation du prix de l'énergie est une connerie qui rend exsangue notre économie. » Ainsi, à ses yeux, le pays a été abîmé par trop de mauvaises réformes. Les Français n'en veulent donc plus, car elles sont à chaque fois synonymes d'aggravation de leur vie, avec pour conséquence le creusement de la fracture démocratique. Un fossé s'est creusé entre les citoyens et leurs représentants. « Treize millions d'abstentionnistes au premier tour de l'élection présidentielle, presque vingt-six millions aux législatives, c'est plus de la moitié des électeurs. Et ça, c'est le résultat de quinze années de réformes brutales. Les gens se disent : gauche, droite, rien ne change. Enfin si, on vit plus mal, c'est ça qui change. Ça ne sert plus à rien de voter, on n'a plus confiance ! Voilà ce qu'ils expriment, la colère, la désespérance. Et un vote à l'extrême droite, de plus en plus. »

Désillusions, désaffection, indifférence, colère, abstention… Les phénomènes sont connus, mais ne cessent de s'amplifier, prenant des proportions tout à fait inquiétantes.

À la fin, c'est Le Pen qui gagne ?

Première partie

La culture politique, un mal français

Sectarisme, radicalisation et tribalisation de la société

« Mais avec qui je discute ? » Cette expression souvent entendue chez mes amis corses résume bien la difficulté de l'exercice. Qui sera en mesure de nous dire : « Voilà, je vais vous dire pourquoi ce pays est aujourd'hui sclérosé, fracturé, en panne sèche, je vais vous raconter ce que j'ai foiré quand j'étais au pouvoir » ? Avec qui donc vais-je discuter ? Qui sera en mesure de fendre l'armure pour cet exercice cathartique salutaire, même si j'ai déjà moi-même une petite idée de ce qui coince, pour l'avoir éprouvé de l'intérieur des années durant, depuis mon poste à Matignon de conseillère opinion de Jean-Marc Ayrault puis de Manuel Valls ?

Pour tenter de comprendre pourquoi notre système politique s'est encalminé à ce point, disons ces vingt ou trente dernières années, quoi de mieux que solliciter Lionel Jospin, qui a gouverné la France un quinquennat durant au cœur du septennat de Jacques Chirac, avec la volonté de réformer le pays ? De cette parenthèse étrange de l'histoire de la Ve République, qui a vu cohabiter un roi fainéant mais si attachant avec un Premier ministre courageux mais si austère, nous ne retiendrons que l'instauration de la semaine des trente-cinq heures, vraie avancée de la société pour les uns, qui aura largement profité aux cadres supérieurs qui peuvent s'offrir d'agréables week-ends prolongés, cauchemar administratif pour les autres, qui aura vidé les hôpitaux pour ne citer qu'eux et durablement élimé le dynamisme de ce pays.

J'ai logiquement sollicité Lionel Jospin, comme la plupart des Premiers ministres récents d'ailleurs. Je l'ai fait par SMS, mode d'échange à la fois pudique et efficace, et l'ancien leader socialiste m'a très aimablement répondu sans traîner. Après avoir demandé que mon éditeur lui fasse parvenir mon précédent ouvrage – *On a les Politiques qu'on mérite* –, l'homme qui faillit être Président m'a écrit le message suivant : « Je vous remercie de m'avoir fait parvenir le livre demandé que j'ai lu avec intérêt. Mais nos approches et nos références historiques et personnelles sont trop différentes pour que je figure utilement dans votre prochain ouvrage. Désolé. Cordialement, Lionel Jospin. »

Je suis restée médusée un long moment, face à une double interprétation : soit mes idées sont trop éloignées des siennes et il ne faudrait surtout pas les confronter de peur de les salir. Soit – et c'est l'option que je préfère retenir – ma réflexion n'est pas assez profonde, ne plane pas assez haut au-dessus du marécage qu'est le débat public actuel pour l'ex-Premier ministre. Sectarisme ou snobisme, au fond, peu importe, je n'ai d'indulgence pour aucun de ces deux travers.

Je lui ai donc répondu : « Monsieur le Premier ministre, je vous remercie pour votre réponse. Je regrette que vous n'accédiez pas à ma demande. J'ignore quelles sont les approches et références historiques et personnelles auxquelles vous faites référence. Je reste convaincue que c'est précisément lorsque nous n'avons pas les mêmes points de vue que le dialogue s'avère utile et constructif. L'objectif de cet essai est de retranscrire la diversité des points de vue, pas de les contredire. Cordialement. »

L'homme qui a décidé de se retirer de la vie politique au soir de sa défaite du 21 avril 2002, laissant orphelins ses 4 610 113 électeurs ne m'aura guère surprise, finalement. Mieux vaut laisser en suspens cet héritage mitigé et les éventuelles leçons d'une gouvernance qui aura débouché sur le rejet des Français et un naufrage politique majeur.

Alain Juppé a également refusé ma sollicitation, eu égard à son statut de membre du Conseil constitutionnel, un poste auquel il a succédé justement à Lionel Jospin et pour lequel il se doit d'observer un devoir de réserve. Je me suis donc tournée naturellement vers l'un de ses anciens lieutenants.

Gilles Boyer est aujourd'hui député européen du groupe macroniste Renew. Après avoir été proche d'Alain Juppé, il fut le conseiller spécial de son ami Édouard Philippe à Matignon, entre 2017 et 2020. Il partage son ADN politique, comme son goût pour la littérature – il est d'ailleurs le coauteur du dernier ouvrage de l'ex-Premier ministre, *Impressions et lignes claires*, une réflexion sur l'exercice du pouvoir.

Je n'avais rencontré Gilles Boyer qu'une seule fois avant de le solliciter pour cet ouvrage. Dire que je le connais bien serait par conséquent un mensonge. Mais j'apprécie plutôt le fait que des responsables politiques recherchent la discussion et l'analyse de personnes qui ne sont pas du même bord politique qu'eux, ce qui fut son cas lorsqu'il me contacta pour échanger. C'est hélas relativement rare, et mérite donc d'être souligné.

Il me dit lors de notre entretien, mi-découragé, mi-exaspéré : « Pendant la primaire de la droite, en 2016, j'interpellais les journalistes car ils n'invitaient que des sarkozystes dans les médias. Et l'on me répondait que nous, les juppéistes, étions de mauvais clients : modérés, mesurés… chiants quoi ! » Les médias n'ont-ils donc rien compris ? Édouard Philippe, tout juppéiste, modéré et donc chiant qu'il puisse être, est l'homme politique le plus populaire de France… D'ailleurs, ses conférences de presse qui rythmèrent le premier confinement étaient souvent si longues qu'elles dépassaient le cadre alloué par le service public (France 2). Celui-ci zappait alors le Premier ministre… On se rendit compte plus tard qu'à chaque fois que la chaîne publique zappait le « PM » dans ses exercices de pédagogie, l'intégralité de son audience, subjuguée, basculait sur TF1 – la chaîne privée ayant vite remarqué, elle, les audiences records que généraient ces rendez-vous télévisuels entre le Premier ministre et ses concitoyens. Les médias sont si habitués à ce que seul le clash et le buzz fonctionnent qu'ils ne savent même plus reconnaître de vrais moments de télévision politique quand ils en voient…

Quand on parle de sectarisme, d'impossibilité du débat – comme illustré plus haut –, ou encore de radicalité et de tribalisation de la société, les regards se portent souvent spontanément à l'extrême droite, brièvement incarnée par Éric Zemmour en 2022. Mais l'on peut aussi regarder les dérives de l'autre bord, où une forme de féminisme est en train de s'emparer des pires travers anglo-saxons pour mener un combat politique dont on peut se demander où il s'arrêtera.

Je ne connaissais pas Julien Bayou avant d'écrire ce livre. Pas plus qu'Adrien Quatennens. Sollicités tous les deux, parce que représentant une nouvelle génération et des sensibilités pesant de plus en plus à gauche, ni l'un ni l'autre n'a souhaité s'exprimer. Pour être tout à fait transparente, Julien Bayou m'a répondu sans fermer totalement la porte, mais en me signifiant qu'il avait avec moi de nombreux désaccords politiques, et me trouvait bien dure avec les écologistes. Il n'a pas tort : je n'ai guère de sympathie pour ceux qui multiplient les controverses secondaires au lieu de faire avancer le combat majeur qu'est la lutte contre le réchauffement climatique. Je préfère la gauche qui parle des forêts, de la mer, de la biodiversité, des animaux et de la santé environnementale, à celle qui cherche à interdire le Tour de France ou polémique sur les sapins de Noël et les barbecues.

J'avais répondu très respectueusement à Bayou qu'étant de gauche – je ne l'ai jamais caché, bien que je doive avouer savoir de moins en moins si ma gauche existe encore –, je suis évidemment beaucoup plus exigeante, et donc sévère, avec ceux dont j'attends le plus.

C'était avant ce que l'on appelle désormais les « affaires » Bayou et Quatennens. Soyons clairs : les deux n'ont pas grand-chose à voir, si ce n'est les méthodes de combat politique d'un certain féminisme, qui revendique être le seul et authentique, que je dénonce depuis des années.

Sans doute Julien Bayou, parmi les multiples reproches qu'il aurait pu me faire, désapprouvait-il ce que j'ai pu écrire sur ce féminisme dont il fut l'un des promoteurs, aux côtés de Sandrine Rousseau, Clémentine Autain ou encore Alice Coffin.

Le 7 juillet 2020, j'ai publié une tribune dont les extraits, ci-dessous, me paraissent hélas d'une triste actualité :

> Déjà, outre-Atlantique, des éditorialistes comme Bari Weiss au *New York Times* démissionnent face aux pressions d'une forme de nouvel ordre moral, imposé au moyen de violences verbales ou psychologiques. Nul doute que nous y arriverons bientôt.
>
> Savoir qui parle est devenu plus important, pour beaucoup, qu'écouter ce qu'il a à dire. Les actes pèsent moins que les intentions que l'on prête à tel ou tel, les liens qu'il tisse et les amitiés qu'il entretient, et ce qu'il est.
>
> Peu à peu, le débat se déporte de l'avoir et du faire, vers l'être. Or, personne ne peut– ni ne doit être contraint à – négocier son identité. L'affrontement des identités ne peut amener qu'au conflit.
>
> Et au fond, quelles que soient les causes, quelle que soit leur légitimité – et la lutte contre la pédophilie, l'homophobie, les violences faites aux femmes sont évidemment extrêmement importantes –, la manière dont elles sont défendues ne fait que rendre l'espace du débat public plus insupportable, nauséabond, violent, au point que de plus en plus de gens raisonnables fuient l'espace public pour se replier sur leur jardin.
>
> A-t-on le droit, encore, d'être femme sans se sentir solidaire des combats féministes les plus radicaux, sans pour autant se faire traiter de réactionnaire, voire taxer de complicité avec les misogynes ou les violeurs ?
>
> Je ne veux pas vivre dans une société où l'on peut être condamné par un tribunal populaire sur Twitter, banni de la sphère sociale, jugé infréquentable, voire perdre son emploi avant même d'avoir été mis en cause par la justice

de son pays. Qui plus est, pour des faits, des pensées ou des propos n'étant pas forcément illégaux. Je dénie à quiconque le droit de juger de ce que je pense et de ce que je dis, dès lors que la loi – qui, heureusement, préserve encore ces libertés fondamentales – n'est pas enfreinte.
Je veux que l'on ait le droit d'être une femme sans être féministe. Ou d'être féministe sans être traitée de féminazi. Le droit de dire son malaise devant certaines méthodes ou propos, sans être immédiatement sommée de choisir son camp, de se lever et de se casser.
Je ne veux pas vivre dans une société où la liberté de penser peut se payer du bannissement social. Une société où l'on ne pourrait plus se dire « de gauche », et « progressiste », sans partager l'intégralité des combats de cette gauche qui veut s'arroger le monopole d'un combat féministe et anti-raciste « pur » et « vrai ».
Je refuse que la réputation et la morale aient désormais plus de poids que le droit et la loi. Si la justice dysfonctionne gravement – il faut bien le dire, j'en ai des exemples parmi mes très proches –, ce n'est pas une raison de se jeter dans les bras du tribunal Twitter.
Et le pire est que personne n'a jamais démontré que la société de la morale et de la vertu, de la transparence absolue, ferait avancer les droits des minorités. Au contraire. Cette société qui se dessine, à travers des combats qui mélangent tout, qui confondent soupçon et crime, qui veulent venger bien plus que faire changer les comportements, je n'en veux pas, tout simplement.

Quelques semaines après ma première sollicitation, survenait l'affaire Quatennens. La révélation d'une main courante déposée par son épouse contre le jeune député LFI du Nord, héritier désigné de Jean-Luc Mélenchon, entraîna son retrait de sa fonction de coordinateur de La France insoumise. Il reconnut ensuite, pas le biais d'un communiqué, des violences

(« une gifle » donnée « un an plus tôt » dans « un contexte d'extrême tension et d'agressivité mutuelle », geste qu'il aurait « profondément regretté ») envers Céline Quatennens.

Pendant des semaines, le débat médiatique fit rage, et les accusations d'hypocrisie à l'égard d'une gauche – dont faisait partie le député LFI – à la pointe dans le combat féministe se multiplièrent. Le député accusé a brisé le silence dans *La Voix du Nord*, puis sur BFM-TV le jour de la demi-finale victorieuse des Bleus face au Maroc – une interview passée inaperçue qui n'a fait qu'aggraver son cas. Il a été condamné à quatre mois de prison avec sursis et à verser 2 000 euros pour le préjudice moral à son ex-femme.

Une poignée de jours après le début de l'affaire Quatennens, ce fut le leader des écologistes, Julien Bayou, qui se mit en retrait de ses fonctions à la tête du parti EELV, en raison d'accusations de « violences psychologiques » venant d'une de ses ex-compagnes. Même si l'affaire est bien différente, l'emballement médiatique s'est avéré à peu près équivalent, tout comme les accusations d'hypocrisie lancée à la gauche, et au parti de Sandrine Rousseau, pionnier dans ces combats (et à l'origine de la révélation de l'affaire, au détour d'une question de journaliste dans l'émission *C à vous*). Cette fois, les accusations de « violences psychologiques » ne furent jamais précisées, et aucune procédure ni enquête n'a jamais été initiée.

Ces deux affaires ont fait les choux gras des médias pendant des semaines, au risque de provoquer chez le citoyen moyen une overdose de faits divers. Le voyeurisme côtoyant toujours, chez nous, l'esprit critique, je ne doute pas que les mêmes qui ont passé leurs journées à dénoncer l'instrumentalisation médiatique de ces polémiques secondaires sont aussi ceux qui n'auront pas perdu une miette des gifles et autre SMS amoureux et désespérés étalés sous leurs regards avides. Mais passons, on pourrait écrire un livre entier sur les hypocrisies françaises.

Ce qui m'intéresse dans ces affaires, c'est qu'elles sont symptomatiques d'une culture politique qui, venue des pays anglo-saxons, grignote nos démocraties.

Elles disent un rapport au collectif, et donc un rapport au droit et à la justice, qui n'est pas sain. Et qui, poussé au bout de sa logique, aboutirait à supplanter le droit de tous par la morale de quelques-un(e)s, à grands coups d'accusations souvent peu étayées, et de culpabilisation de l'intégralité des hommes. Outre qu'il ne suffit pas de vouloir brûler les hommes sur la place publique pour être une authentique féministe, je crois que le combat politique ne peut pas employer tous les moyens possibles, quand bien même la cause serait juste. Il est des limites que l'on ne saurait franchir sans affaiblir tout l'édifice patiemment construit depuis des générations, pour préserver les minorités, tout en protégeant la majorité de la dictature des minorités. Ces principes sont la présomption d'innocence, le contradictoire, le droit de tout accusé à savoir de quoi on l'accuse, et à se défendre devant un juge.

On oublie trop souvent, en matière de féminisme, qu'il ne suffit pas d'être une plaignante pour être une victime. Et les réseaux sociaux ne sauraient rendre justice : ils permettent au mieux de libérer une parole confuse, et de chercher une forme de vengeance populaire. Mais la justice ne peut être la vengeance. Pas dans une démocratie digne de ce nom.

Jade Dousselin est l'avocate d'Adrien Quatennens. Au moment de notre échange, cette « affaire » est en cours, l'issue est encore incertaine. Mais à 33 ans tout juste, cette avocate pénaliste n'en est pas à son premier dossier lié à des accusations de violences sexuelles ou sexistes. En 2018, elle défendit l'un des membres de l'UNEF visé par un article du journal *Libération*, l'accusant d'agression sexuelle. « C'est ma première confrontation avec ce phénomène, nouveau pour ce type d'accusations de violences, où la défense se déploie d'abord dans les médias, avant de pouvoir arriver jusqu'à la justice », se souvient-elle. Elle a défendu, un peu plus tard, Sandra Muller, l'initiatrice du mouvement Balance ton porc, qui avait dénoncé le harcèlement sexuel qu'elle avait subi de la part d'Éric Brion, patron de la chaîne Equidia. Poursuivie par ce dernier pour diffamation, Sandra Muller venait de perdre en première instance, et d'être lourdement condamnée. C'est à ce moment-là qu'elle fit appel à Jade. Elles gagnèrent leur bataille devant la cour d'appel. « J'en suis très fière. Il y a aussi eu cette affaire du nonce apostolique [Mgr Luigi Ventura, ex-ambassadeur du pape à Paris, accusé d'agressions sexuelles par cinq hommes], j'ai été désignée du côté de la défense des victimes, et nous avons obtenu la levée de l'immunité de la part du Vatican et une condamnation, une première dans l'histoire judiciaire. »

Comme la plupart de ses confrères, Jade a donc défendu à la fois des victimes et des personnes accusées d'agressions sexuelles et sexistes. C'est son regard sur l'impact du militantisme médiatique sur le fonctionnement de la justice qui m'intéresse. A-t-elle noté, depuis cinq ans, des changements dans la manière dont la justice appréhende le phénomène des violences sexuelles et sexistes ?

« Je pense que le sujet de #MeToo et de Balance ton porc n'est pas du tout le même que celui qui se pose aujourd'hui. Au moment de Balance ton porc, des femmes ont pris publiquement la parole parce que la justice, et la société dans son ensemble, refusaient de prendre leurs plaintes et de les entendre. Clairement, je n'ai pas le sentiment que le mouvement #MeToo ait amélioré l'accueil des plaignantes, et leur traitement par la police ou la justice. Je pense même que le manque de moyens de la justice devenant de plus en plus important, l'accueil a pu se dégrader depuis 2018. Et ce n'est pas uniquement la faute de la police qui ne prendrait pas les plaintes. J'ai moi-même constitué des dossiers pour des violences conjugales, avec des preuves assez claires – des certificats médicaux, des vidéos, des messages de menaces envoyés par le conjoint de mes clientes, etc. – que je fournis au procureur de la République. Et ces dossiers-là ne sont pas traités. J'ai encore eu un exemple récemment : il y a trois mois, j'avais un enregistrement audio où l'on entend le mec taper à la porte en disant “Ouvre, je vais te tuer”, etc. Et l'on m'a notifié quelque temps plus tard que le dossier était classé sans suite. »

En contrepartie de ce déficit abyssal d'écoute, l'avocate note que le peu d'affaires de violences conjugales qui sont traitées par la justice le sont avec la plus grande sévérité – une sorte d'automaticité de condamnation pour les agresseurs. Comme si le juge cherchait, d'une certaine manière, à compenser les défaillances du système en aval des procédures. « Dans tous les dossiers récents où je défendais un homme accusé de violences conjugales, il n'y avait aucune preuve directe, des certificats médicaux tardifs, rien de probatoire. Et pourtant, tous ont été condamnés, à des peines plutôt très légères par ailleurs, une amende, pas d'inscription au casier judiciaire... Comme si l'on appliquait une sorte de principe de précaution, pour se prémunir d'éventuels actes ultérieurs dont on pourrait attribuer la responsabilité aux juges, trop laxistes avec un assassin en devenir. »

Il y aurait donc un gouffre entre le traitement médiatique des affaires de violences conjugales, leur traitement judiciaire au moment de la plainte, et la manière dont on condamne automatiquement les rares cas qui arrivent jusqu'au juge.

« J'étais à l'aise avec le fait de défendre Sandra Muller, qui a dénoncé des agressions sexuelles. Et je suis tout aussi à l'aise lorsque je défends un homme accusé de violences conjugales, qui demande à avoir un procès équitable, où ses droits sont protégés. Parce que pour moi, il y a une différence entre une femme qui va dire sur un réseau social qu'on l'a agressée, et que la police ou la justice ne veut pas l'entendre, et les gens qui vont se faire rapporteurs de rumeurs, sans preuve, ou médiatiser des procédures judiciaires alors que les premiers concernés veulent que la justice puisse suivre son cours à l'abri des regards. Les seconds se réclament de #MeToo, mais c'est à mon sens un dévoiement du mouvement. On lynche médiatiquement des gens alors même que la justice est en train de passer et ne s'est pas encore prononcée. »

Sandra Muller parlait de son propre cas. Les femmes qui ont « balancé leur porc » l'ont fait parce que la justice ne voulait pas les entendre. Dans les cas Bayou ou Quatennens, il ne s'agit pas d'aider des victimes à se faire entendre. Les médias polémiquent sur des faits rapportés, on ne connaît pas le dossier dans son intégralité, et les premiers concernés n'ont aucune volonté de médiatiser leur demande de justice – lorsqu'elle existe…

L'erreur initiale, selon Jade Dousselin, des militant(e)s s'inscrivant dans le mouvement #MeToo, est d'avoir dit à toutes les potentielles victimes : « Je te crois », au lieu de : « Je t'écoute. » « Si on te croit, sans que la justice soit passée, ça veut dire que la justice est inutile, et qu'il suffit de parler pour condamner. Nous ferions mieux de dire : "Je t'écoute", parce que depuis quarante ans, la justice n'écoute de fait pas les victimes. Avec le : "Je te crois", il n'y a pas besoin d'apporter des preuves ou d'entrer dans une procédure contradictoire. Les principes qui fondent notre État de droit deviennent obsolètes. » Et certaines féministes assument cette position : puisque nos institutions ont failli à protéger les femmes, il faudrait remettre en cause les principes mêmes sur lesquels elles sont bâties. Ainsi, Raphaëlle Rémy-Leleu – militante de l'association Osez le féminisme ! et membre d'EELV – écrivait dans un tweet datant du 3 octobre 2022 : « Si vous comprenez l'urgence vitale à renverser la domination patriarcale, vous ne pouvez pas baser vos argumentaires sur la préservation des principes qui ont échoué à abolir la violence sexiste, voire s'en sont accommodés ou l'ont reproduite. »

Jade Dousselin conclut : « Ne condamnons pas les Balance ton porc parce qu'on ne leur a pas laissé le choix. Mais les victimes ont besoin de la justice. Pas du "Je te crois" médiatique, qui est très éphémère, mais d'institutions qui les écoutent et sont capables de sanctionner les agresseurs, au terme d'une procédure où les droits des deux parties auront été garantis et préservés de l'arbitraire. »

Quelques jours après sa mise en retrait de ses fonctions, une enquête de *Libération* est venue jeter une lumière nouvelle sur « l'affaire Bayou ». On y apprend que depuis trois ans, « il vivait sous la pression d'un collectif féministe informel qui lui reprochait sa conduite et enquêtait sur ses relations ». Julien Bayou a fini par sortir de son silence pour dénoncer ce qu'il ne considère pas être une dérive du féminisme, mais une forme de Maccarthysme.

Il existe très peu d'enquêtes d'opinion permettant de situer – au-delà de tel ou tel fait divers – les Français dans ce débat entre « présomption d'innocence » et « présomption de culpabilité », entre nécessité de croire la parole des victimes présumées et devoir de laisser aux personnes accusées de violence se défendre, entre ceux qui pensent qu'aucune forme de violence ne peut être expliquée, et ceux qui minimisent la portée d'une gifle. Le débat est complexe, certes. Cela explique que toute enquête comporte nécessairement des biais et des limites, quand bien même chercherait-on à les réduire au maximum. Pour éclairer le débat, j'ai donc réalisé une enquête spécifique, au cours de laquelle un échantillon national représentatif de Français devait se positionner sur un certain nombre d'affirmations alternatives. Selon leurs réponses, et avec l'aide de l'institut Opinionway, je les ensuite regroupés en quatre « familles » de pensée différentes, allant des « activistes néo-féministes » aux « traditionalistes » (les plus fermés aux idées néo-féministes).

Le tableau suivant expose les phrases sur lesquelles les Français ont été invités à se positionner.

Premier enseignement de ce sondage : une très large partie des Français (63 %) partage l'idée, avancée par Jade Dousselin, que le système judiciaire français ne condamne pas la majorité des cas de violences faites aux femmes.

De cette enquête, nous pouvons également conclure que la société est bien plus divisée que ses élites politico-médiatiques sur un certain nombre de sujets. Par exemple, les Français sont presque aussi nombreux à juger que, s'il est accusé de violences à l'encontre d'une ou plusieurs femmes, « un élu doit obligatoirement démissionner, même s'il n'a pas encore été jugé » (50 %), que : « un élu ne doit être obligé de démissionner qu'à partir du moment où il a été jugé coupable par la justice » (48 %). De même, ils sont aussi nombreux à penser que « une gifle qui part dans un couple, même lors d'une dispute, mérite systématiquement une condamnation pour violence conjugale » (49 %), que « dans un couple, il peut arriver qu'une gifle parte lors d'une dispute et cela ne mérite pas systématiquement une condamnation pour violence conjugale ».

L'opinion concernant le traitement des violences faites aux femmes
1036 personnes
Q. Voici une série d'alternatives concernant les violences faites aux femmes. A chaque fois, avec laquelle des deux affirmations êtes-vous le plus d'accord ?
Favorable à une évolution du traitement des violences faites aux femmes
Opposé à une évolution du traitement des violences faites aux femmes
Dans l'immense majorité des cas, le système judiciaire français ne condamne pas les violences faites aux femmes.
63%
35%
Le système judiciaire français ne condamne pas moins les violences faites aux femmes que d'autres formes de violences.
NSP : 2%
S'il est accusé de violences à l'encontre d'une ou plusieurs femmes, un élu doit obligatoirement démissionner, même s'il n'a pas encore été jugé.
50%
48%
S'il est accusé de violences à l'encontre d'une ou plusieurs femmes, un élu ne doit être obligé de démissionner qu'à partir du moment où il a été jugé coupable par la justice.
NSP : 2%
Une gifle qui part dans un couple, même lors d'une dispute, mérite systématiquement une condamnation pour violence conjugale.
49%
49%
Dans un couple, il peut arriver qu'une gifle parte lors d'une dispute et cela ne mérite pas systématiquement une condamnation pour violence conjugale.
NSP : 2%
Dans une période de libération de la parole concernant les violences faites aux femmes, il faut accepter le risque que certains témoignages s'avèrent être finalement de fausses accusations.
42%
56%
Il faut se méfier des témoignages individuels concernant les violences faites aux femmes pour s'assurer de ne pas être trompé par de fausses accusations.
NSP : 2%
Il faut instaurer une présomption de culpabilité (considérer la personne coupable jusqu'à ce que l'enquête prouve son innocence) pour les personnes accusées de violences à l'encontre d'une ou plusieurs femmes.
42%
56%
Il faut respecter strictement la présomption d'innocence (considérer la personne innocente tant que l'enquête n'a pas prouvé le contraire) même pour les personnes accusées de violences à l'encontre d'une ou plusieurs femmes.
NSP : 2%
Dans les affaires de violences faites aux femmes, la protection de la santé psychique des victimes présumées est plus importante que le droit de réponse des personnes mises en cause.
37%
60%
Dans les affaires de violences faites aux femmes, les personnes mises en cause doivent toujours pouvoir répondre, même si cela fait du mal aux victimes présumées.
NSP : 3%
Il faut par principe toujours croire les femmes qui accusent des hommes de violences.
36%
62%
Quand une femme accuse un homme de violences, il faut attendre que la justice enquête avant de croire sa parole de victime présumée.
NSP : 2%
"opinionway pour POLLitics
4

Sur certains autres sujets, les proportions de la population qui adhèrent aux propositions que l'on pourrait appeler « néo-féministes », telles qu'elles peuvent être énoncées par Sandrine Rousseau par exemple, sont minoritaires mais néanmoins conséquentes. 42 % pensent que « dans une période de libération de la parole concernant les violences faites aux femmes, il faut accepter le risque que certains témoignages s'avèrent être finalement de fausses accusations ». La même proportion juge qu'« il faut instaurer une présomption de culpabilité (considérer la personne coupable jusqu'à ce que l'enquête prouve son innocence) pour les personnes accusées de violences à l'encontre d'une ou plusieurs femmes ». 37 % adhère à l'idée que « dans les affaires de violences faites aux femmes, la protection de la santé psychique des victimes présumées est plus importante que le droit de réponse des personnes mises en cause ». Enfin, 36 % jugent qu'« il faut par principe toujours croire les femmes qui accusent des hommes de violences ». C'est donc une partie tout à fait conséquente de la population qui considère que, au nom du combat contre les violences sexuelles et sexistes, un certain nombre de principes fondamentaux de notre droit doivent être relégués au second rang, voire disparaître, comme la présomption d'innocence ou le droit des agresseurs présumés au contradictoire.

Dans le détail, on trouve des différences conséquentes dans les réponses données selon le sexe, le niveau d'éducation et l'âge des répondants – les femmes et les plus jeunes étant les plus enclins à souscrire aux préceptes féministes. Par exemple, 55 % des femmes et 46 % des moins de 35 ans jugent « qu'il faut instaurer une présomption de culpabilité pour les personnes accusées de violences à l'encontre d'une ou plusieurs femmes », contre 37 % des plus de 65 ans, et 27 % des hommes seulement. Sur le sujet, plus le niveau d'étude des répondants est élevé, plus ils sont enclins à se montrer attachés au principe de présomption d'innocence. Notons que s'agissant du sujet qui, avec l'affaire Quatennens, a divisé la Nupes pendant plusieurs semaines, une nette majorité des sympathisants PS (61 %) estiment qu'un élu mis en cause dans une affaire de violences doit démissionner, avant même que la justice ne se soit prononcée, alors que le reste de la gauche est plus divisé (47 % des sympathisants LFI et 45 % des sympathisants EELV).

Autre question qui illustre les fractures de l'opinion sur le féminisme : l'idée qu'il faudrait accepter le risque que certaines accusations s'avèrent être infondées, au nom de la libération de la parole. Alors que 51 % des femmes souscrivent à ce principe, ce n'est le cas que de 32 % des hommes ; 43 % des moins de 35 ans y adhèrent, contre 35 % des plus de 65 ans. Les personnes sans diplômes, enfin, approuvent ce principe à 36 %, contre 47 % des diplômés de l'enseignement supérieur.

Malgré les proportions conséquentes de Français adhérant aux principes énoncés par le néo-féminisme, ceux qui adhèrent à la majorité de ses propositions restent à ce stade très minoritaires. Ainsi, comme l'on peut le constater ci-dessous, seuls 11 % peuvent être considérés comme de véritables « néo-féministes », c'est-à-dire adhérant à six ou sept des propositions soumises aux répondants dans cette enquête. 32 % donnent quatre ou cinq réponses allant dans le sens des néo-féministes, et peuvent donc être considérés comme favorables à cette orientation politique. À l'opposé, 40 % des Français sont catégorisés comme réfractaires au néo-féminisme (ils ne partagent que deux ou trois propositions), et 17 % sont « traditionalistes », et ne partagent presque aucune proposition néo-féministe. Sur le plan politique, le clivage ne recoupe pas nécessairement la partition gauche-droite : 39 % des électeurs Mélenchon (premier tour de la présidentielle) sont favorables aux principes néo-féministes, de même 42 % chez les électeurs Roussel, 53 % chez les électeurs Jadot. Dans la majorité présidentielle, ces familles représentent 40 % (électeurs Macron au premier tour de la présidentielle), et 38 % chez les électeurs Pécresse. De manière surprenante, la proportion est plus élevée chez les électeurs de Marine Le Pen, où 45 % adhèrent plus ou moins aux principes du néo-féminisme. Il est donc difficile de dépeindre, comme le font souvent les médias, les électeurs RN comme totalement réactionnaires en matière de droits des femmes… Bien plus que les clivages partisans, c'est en fonction de leur sexe que les Français se distinguent sur les questions liées au féminisme : 30 % des hommes sont plutôt ou très favorables aux principes néo-féministes, quand 53 % des femmes le sont.

Maccarthysme ou dérives du militantisme féminisme, les méthodes employées par un nombre croissant de groupes militants s'affranchissent de plus en plus souvent des règles collectives qui régissent nos rapports sociaux et politiques. Ici, on va jeter de la soupe sur un tableau de Van Gogh, comme le firent deux jeunes militantes britanniques du mouvement Just Stop Oil, en niant l'utilité des travaux conduits par le GIEC depuis des années, car pas assez radicaux. Là, on estimera qu'adhérer à un parti ou à un syndicat est inutile, car seules la radicalité et la violence pourraient faire bouger les choses. Partout, la modération, la mesure, la nuance reculent, au profit de conflits identitaires et radicaux, où chacun s'arroge le monopole du statut de victime et désigne ses boucs émissaires. Jamais il n'est question de compromis, de convaincre. Il faut vaincre l'adversaire, à tout prix.

Que faire pour enrayer le cercle vicieux ? La résistance commence par une prise de conscience de ces mécanismes, que nous nourrissons tous, chacun à sa manière et souvent bien involontairement. C'est notre consommation médiatique, nos comportements politiques, nos réflexes face à l'émotion, nos idées reçues sur le monde politique, sur les élites, ou encore sur tous les boucs émissaires classiques de notre société – riches, politiques, étrangers, assistés – qu'il nous faut questionner. Bien plus complexe que de voter une loi, en pensant avoir ainsi réglé le problème…

L'opinion concernant le traitement des violences faites aux femmes
1036 personnes
Q. Voici une série d'alternatives concernant les violences faites aux femmes. A chaque fois, avec laquelle des deux affirmations êtes-vous le plus d'accord ?
Catégorisation sur la base du nombre de positions favorables à une évolution du traitement des violences faites aux femmes.
17%
Traditionalistes (0 ou 1 réponse)
40%
Réfractaires au néo-féminisme (2 ou 3 réponses)
32%
Favorables au néo-féminisme (4 ou 5 réponses)
11%
Activistes néo-féministe (6 ou 7 réponses)
Nombre de positions néo-féministes auxquelles on adhère
opinionway pour POLLitics
5

Incurable pessimisme ?

Les chiffres sont bien connus : 75 % des Français pensent que notre pays est en déclin[1] et 69 % pensent que, en France, c'était mieux avant. Seulement 46 % souscrivent à l'idée que l'avenir de la France est plein d'opportunités.

Nous sommes un pays profondément pessimiste, voire en pleine dépression collective. Ce fait n'est pas nouveau, mais il ne fait que s'aggraver.

Je m'arrête un instant sur l'angle d'analyse adopté dans cet essai. Le parti pris est d'apporter aux citoyens le regard de ceux qui gouvernent ou aspirent à gouverner sur ce qui dysfonctionne en France. Cela ne veut nullement dire que rien ne marche, et que nous serions fichus. Thierry Delaporte, directeur général de l'entreprise d'origine indienne Wipro, un géant du conseil informatique et de l'intégration de système, souligne à juste titre que nous aurions tort de ne pas savoir apprécier les nombreux atouts de notre pays. Cet ex-directeur général délégué de Capgemini a vécu vingt-deux ans à l'étranger. Au moment de notre échange, il m'explique être rentré en France depuis trois ou quatre ans, et garder un regard extérieur « parfois un peu en décalage avec le niveau de stress et d'hystérie permanent ». Convaincu que nous sommes l'un des pays les plus riches et les plus chanceux du monde, il s'interroge : « Quand je vois l'hystérie des gens par rapport à la situation de la France, je me demande

1. Sondage annuel « Fractures françaises » Ipsos-Sopra Steria, pour *Le Monde*, la Fondation Jean-Jaurès et le Cevipof, 2022, 10e édition.

s'ils sont déjà allés voir ailleurs. » À ce sujet, il estime qu'il n'y a aucun courage des politiques. Évidemment qu'il y a une pauvreté, des gens qui s'en sortent moins bien que d'autres dans ce système, et qu'il faut travailler pour eux. « En revanche je trouve qu'il y a une forme de lâcheté des politiques d'une manière générale, qui ne parlent pas honnêtement aux Français. Ils vont un peu dans leur sens, "oui c'est vrai, c'est horrible, c'est la fin du monde, on ne s'en sort plus, la France est foutue, on ne peut pas faire entrer un seul étranger, on n'a pas de quoi les nourrir..." C'est n'importe quoi ! Mais personne ne veut le dire. On alimente, si je puis dire, cet espèce d'état dépressif des Français. »

Selon lui, la manière dont les médias, et notamment les chaînes d'information en continu, tournent en boucle autour de sujets plus anxiogènes les uns que les autres n'améliore nullement la situation. Mais la responsabilité première est celle de nos dirigeants. C'est à mes yeux vrai, mais c'est un cercle vicieux auquel il est difficile d'échapper : dès lors qu'une majorité de Français estime vivre moins bien qu'il y a quelques années, et craint pour l'avenir de ses enfants, je souhaite bon courage à l'élu qui osera dire aux gens d'arrêter de se plaindre... Le soupçon de déconnexion est tel que les politiques ne peuvent plus dire quoi que ce soit de positif, même quand c'est vrai.

Je souscris totalement à sa conclusion, néanmoins : « Les gens considèrent qu'ils n'arrivent pas à imaginer leur avenir de manière sereine alors que nous sommes le quatrième ou cinquième pays le plus riche du monde, et certainement pas le plus déséquilibré. Si malgré cela nous arrivons toujours à la sensation que "c'est foutu", qu'"on ne s'en sortira plus", qu'"il n'y a plus d'avenir", c'est que le problème n'est pas économique : c'est une crise d'identité, une crise de sens. »

Culture du compromis contre culture de l'affrontement

Les politiques sont-ils capables d'emmener les gens avec eux ? Réformer non pas contre, mais avec le peuple ?

Ce n'est pas Emmanuel Macron, François Bayrou ou un autre responsable politique « centriste » ou central, mais Fabien Roussel qui se pose ces questions à voix haute. Il espère un jour faire la démonstration, en tant que président de la République, que c'est possible. Contrairement à une grande partie de la classe politique – et notamment de la gauche emmenée par La France insoumise – qui pense clivages et départage le monde entre des victimes et des boucs émissaires, il s'efforce de tenir un discours rassembleur.

« Je me pose ces questions constamment, en tant que responsable du Parti communiste, une gauche de rupture, parce que je veux présider la France », reprend Fabien Roussel, pensif. « Est-ce possible qu'un président communiste puisse rassembler les Français sans cliver ? Je cherche le moyen. Je veux y croire et je veux le faire ! Quand je lance des débats sur le travail comme je l'ai fait, je sais qu'une partie des responsables de gauche vont être heurtés par ces propos. » Il fait référence à une petite phrase prononcée à la Fête de l'Humanité en septembre dernier : « La gauche doit défendre le travail et ne pas être la gauche des allocations et minima sociaux. » Ces paroles avaient fait bondir la plupart des responsables politiques de gauche, qui sont allés jusqu'à l'accuser de reprendre le vocabulaire de l'adversaire. Il persiste et signe : « Quand je fais cela, je sais que je parle à tous les

Français, de gauche et de droite, et aux abstentionnistes, et à ceux qui vont à l'extrême droite, aux chefs d'entreprise, aux ouvriers… En faisant ça, je teste, et je vois que c'est possible. Je vois qu'on peut rassembler. »

Cela peut paraître étonnant pour un communiste, mais Fabien Roussel se demande comment emmener la bourgeoisie (ou du moins une partie) derrière lui. Il veut la convaincre qu'elle a tout intérêt à ce que la France soit réformée pour plus de justice sociale, pour éviter de nouvelles convulsions politiques. Jusqu'à maintenant, il y a eu plein de changement de président mais ils n'ont rien changé au système : « Changer de patron, sans changer de régime, pour apaiser la colère, retrouver un semblant de sérénité. Je veux démontrer, y compris à une partie de la bourgeoisie, qu'il faut aussi changer le système. C'est dans l'intérêt de tous. »

Il semble sincère, et enthousiaste, en m'exposant ses réflexions sur la manière d'unir le pays autour d'un grand projet. Au-delà des mots, qui cherche encore vraiment à unir, quand les meilleurs carburants politiques sont le clivage, le ressentiment, la colère, la jalousie ? Il est beaucoup plus simple de parier sur les forces qui désagrègent, clivent et fracturent… Dans un pays aussi polarisé que le nôtre, un grand projet unissant le peuple est-il encore possible ?

Pour aller plus loin dans la compréhension des mécanismes engendrant le délitement du lien civique et social, Augustin de Romanet, P-DG d'Aéroports de Paris, invoque les thèses de François Jullien, philosophe, helléniste et sinologue français : « Je pense que nous sommes très grecs, et pas du tout chinois. Les Grecs sont adeptes des transformations douloureuses, à coups de boutoir. Quand ils font la guerre, ils arrivent avec beaucoup de soldats, des trompettes, des chevaux, et commencent à crier partout qu'ils vont gagner la bataille. Les Chinois, au contraire, ne déclenchent la guerre que le jour où ils l'ont gagnée. Le Chinois va vérifier que son ennemi est bien au fond d'une vallée, qu'il y a du brouillard dans la vallée, qu'il a bien fait boire tous les soldats ennemis, que ses troupes sont bien cachées dans la montagne au petit matin. Et quand les ennemis ont tous bu, qu'il y a du brouillard, et qu'ils sont endormis, à ce moment-là l'attaque est lancée, les troupes descendent de la montagne et gagnent sans coup férir. Le Chinois est adepte de la transformation silencieuse : il passe du temps à la préparer, mais il n'y a pas d'effusion de sang. Les Grecs, c'est tout le contraire. »

Il n'est pas dans notre culture, mais l'exercice du compromis s'apprend. C'est du moins ce que m'auront dit les nombreux élus locaux interrogés pour cet essai. Mathieu Klein, maire socialiste de Nancy, partage le constat que, en France, nous ne savons pas construire de compromis politiques, et buttons donc même sur les évidences. « Je pense que si l'on ne met pas les sujets importants à débat, c'est parce qu'il y a peut-être une forme de tétanie. En effet, ouvrir le débat voudrait dire affronter des réalités que l'on n'a pas forcément envie d'affronter. Alors qu'à l'échelle locale, on le fait. » Il évoque la réunion dont il vient de s'extraire pour répondre à mes questions. Il s'agissait de la mise en place de la zone à faibles émissions de CO_2 du Grand Nancy. Parmi les questions posées aux élus présents, se trouvait le périmètre du territoire concerné, la question d'autoriser ou non les véhicules diesel, de comment accompagner concrètement les gens à changer de mode de déplacement… « Ce sont des questions qu'on se pose à l'échelle territoriale car on est obligés de se les poser. Nous savons tout simplement que nous devons bâtir des solutions, et qu'on le fera en forgeant des compromis, et en mettant tous les élus et les forces économiques autour de la table pour ne pas créer de controverses inutiles. À l'échelle locale on se rapproche de la réalité, donc ça rend le débat plus concret, il ne peut pas être esquivé. » Le niveau municipal serait donc le dernier lieu où l'on peut discuter de façon raisonnable ?

Le président du groupe Les Républicains au Sénat, et sénateur de Vendée, Bruno Retailleau, me reçoit dans son bureau du palais du Luxembourg. Assis face à moi, à sa table de réunion, il se lève de temps à autre en s'excusant platement, pour régler quelques urgences. On sent que l'activité parlementaire a pris un nouveau rythme depuis les législatives de juin 2022. Les fenêtres donnent sur les jardins de la présidence du Sénat, éclairés par un soleil radieux en cette fin de matinée du début du mois d'août. Le sénateur commence par resituer les problèmes de gouvernabilité français dans un contexte plus global de fatigue démocratique qui impacte tous les pays occidentaux. Mais évidemment, la France a une situation particulière : le général de Gaulle ne disait-il pas : « Comment voulez-vous gouverner un pays qui a 258 variétés de fromages » ? Cette phrase fut également la première que me cita le député socialiste, ex-ministre délégué à l'Agroalimentaire du président Hollande, Guillaume Garot.

Bruno Retailleau évoque notre héritage révolutionnaire, qui a formaté notre culture politique. Notre rapport à la politique peut être violent, d'autant plus que « la Révolution française a ouvert des promesses tellement abstraites et générales, telles que la liberté, l'égalité, la fraternité, qui dans ce monde ne sont sans doute pas réalisables. Il y a là une sorte de vertige démocratique, qui pousse à la fuite en avant. » Et donc, dans un pays qui n'avance que par crises et révolutions, au conflit.

Comme de nombreux élus interrogés, le sénateur constate que les désaccords politiques de notre pays se traduisent par des confrontations de plus en plus violentes. Pour expliquer cette violence, il évoque le rôle des réseaux sociaux, qui par leur fonctionnement sont simplificateurs. Les algorithmes sont totalement « hystérisants ». Mais surtout, il évoque « la grande fragilisation de la classe moyenne. Tocqueville avait toujours indiqué que c'est elle "le socle de la démocratie". Cette fragilisation de la classe moyenne comporte deux aspects : un aspect de fragilisation économique, une forme de déclassement, et un autre aspect, le fait qu'elle n'est plus la référence culturelle du pays. »

Ce socle étant fragilisé, la société se fracture et se polarise de plus en plus. Emmanuel Macron a une responsabilité, lui aussi, aux yeux de son opposant Républicain : une accentuation de la tribalisation de la société. « Les électeurs votent désormais de plus en plus pour ce qu'ils sont, et de moins en moins pour ce qu'ils croient : le vote n'a jamais autant dépendu du niveau de vie, du revenu, de la génération, du diplôme et maintenant même de la religion. Il y a une forme d'assignation des électeurs dans leurs différences. » Les dérives évoquées plus haut, sur le combat féministe, illustrent à mes yeux parfaitement ce phénomène : si vous êtes un mâle blanc de cinquante ans, votre légitimité à porter ce combat est perçue comme relativement faible…

J'ai consacré des chapitres entiers de l'un de mes précédents ouvrages, *Le populisme au secours de la démocratie ?*, au péril identitaire montant. Cette mécanique infernale, où le débat glisse de ce que l'on fait ensemble vers ce que l'on est, et où l'identité d'un personnage compte désormais davantage que ce qu'il fait ou dit, n'est pas près de s'enrayer. C'est au Royaume-Uni et aux États-Unis qu'elle trouve ses manifestations les plus aiguës. J'ai d'ailleurs interrogé, au détour d'une conversation consacrée au rôle des médias, la journaliste Anne Sinclair sur le phénomène. Elle qui est née à New York et a vécu aux États-Unis, pense-t-elle que notre démocratie suit les travers de sa sœur américaine ?

« Oui, nous sommes sur la même pente, il n'est que de voir l'interdiction de parler de certains sujets par exemple. L'humour de Desproges serait aujourd'hui mal vu, l'humour de *Charlie Hebdo* choque de nombreuses personnes parce qu'il va à l'encontre d'un *certain* politiquement correct… Il y a une forme de simplification qui fait que quand on la dénonce, on apparaît comme totalitaire ou au contraire briseur de pensée, alors que l'on est au contraire dans son enrichissement. » Lorsqu'elle évoque Desproges, la « vieille modérée » social-démocrate, comme elle aime à s'appeler, Anne Sinclair sait déjà être à la limite de l'acceptable pour une partie de ce qui a toujours été son camp politique. Quelle ironie que ce soit ce bord politique-là qui ait choisi d'importer des pays anglo-saxons ce qu'ils avaient de pire en matière de culture politique !

« Le populisme – qui est en fait de la démagogie, poujadiste avant-hier, trumpienne hier, et bolsonariste plus près de nous – consiste à flatter l'auditeur qui vous écoute sans lui restituer la complexité de la situation. Pourquoi ai-je de l'admiration pour Mendès ou Rocard ? Probablement parce qu'ils n'étaient pas des hommes politiques. Ils étaient des penseurs de la politique, et avaient un tort considérable qui était de pouvoir donner raison à l'adversaire, ou en tout cas se donner le temps de réagir, ou même de reconnaître leurs torts. » Elle soupire. Et déplore que plus aucun responsable politique n'ait de regrets. Personne ne donne jamais le point à l'adversaire. Elle reprend : « Quand j'ai regardé Jean-Luc Mélenchon chez Léa Salamé dans sa nouvelle émission du samedi soir l'autre jour, il a dit : "J'accepte les critiques que vous me faites." » Elle fait là référence au premier tweet publié par le leader de La France insoumise, en réaction au retrait d'Adrien Quatennens de ses fonctions au sein du parti, après avoir avoué une gifle donnée à son épouse dans un contexte de séparation compliquée. Il lui a été reproché de soutenir son poulain, et de n'avoir pas un seul mot pour l'épouse en question. « Ce n'est pas : "J'accepte les critiques" qu'il aurait dû dire ! C'est : "Je reconnais que j'ai peut-être eu tort de dire tout mon soutien et mon affection à Quatennens au moment précis où il avouait avoir giflé sa femme"… Personne ne dit plus : "Oui, c'est vrai, j'ai fait une erreur d'appréciation…" » Et le débat public n'en devient que plus insupportable, irrespirable, déserté par un nombre croissant de nos concitoyens (qui déplorent chez leurs élites des travers qu'ils pratiquent eux-mêmes avec bonheur dans les déjeuners familiaux, il faut bien le dire). Ils préfèrent alors aller discuter dans leur coin, s'enfermer dans leur bulle, où ne se côtoient que des personnes pensant les mêmes choses.

Désinvestissement citoyen et déresponsabilisation

Face au spectacle quotidien de ce qu'est devenu le débat politico-médiatique, comment résister à la tentation du repli ? Et comment blâmer ceux qui, fatigués de notre culture éruptive et de nos psychodrames permanents, voguent vers d'autres horizons pour essayer de réussir autrement ?

Le repli sur soi, l'individualisme et la déresponsabilisation font partie des causes majeures du dysfonctionnement de notre système, tant politique que social et économique. C'est l'avis de David Lisnard, qui déclare : « Si l'on veut que le pays redevienne beaucoup plus tonique, prospère et unifié, nous devons recréer une société de la responsabilité. C'est le cœur de ma pensée et de ma façon de voir les choses. Il faut rétablir de la responsabilité et donc de la liberté, ce qui n'exclut évidemment pas le contrôle ou la sanction. »

J'ai rencontré David Lisnard, le maire de Cannes, en fin d'année 2020. Son cabinet m'avait sollicitée car il avait noté nos convergences de visions sur l'administration et la bureaucratie. J'avais publié au mois d'octobre *Les Inamovibles de la République*, essai critiquant les travers de la haute fonction publique, il était l'auteur d'une tribune remarquée dans *Le Figaro*, sur le désastre bureaucratique révélé par la crise du Covid. Il souhaitait échanger, mon étiquette d'« ex-membre de cabinet de Premiers ministres socialistes » et « contributrice à la Fondation Jean-Jaurès » n'effrayant visiblement pas le libéral de droite qu'il est. Chaque fois qu'un élu ne partageant pas toutes mes idées m'interpelle, je me prends à croire en notre démocratie, malade des postures et du sectarisme trop répandus. Nous avons souvent échangé depuis trois ans, sur son rôle de maire, sur notre État malade, sur ce pays que nous aimons autant l'un que l'autre, même si nous ne partageons sans doute pas exactement toutes les solutions à mettre en œuvre.

David Lisnard fait partie des élus, peut-être trop rares aujourd'hui si j'en crois la plupart de mes interlocuteurs, qui aiment les idées, l'Histoire. C'est un paradoxe vivant : un homme de droite qui pense la politique culturelle comme prioritaire. Le maire d'une ville associée aux paillettes et à la *jet set* dans l'imaginaire collectif, qui rayonne par son festival de cinéma, mais dont l'attitude très humble et les loisirs (la course à pied, la musique punk rock, la lecture) l'ancrent dans une réalité qui n'est pas celle du *star-system*. Lorsque vous verrez une photo des rues de Cannes postée sur Twitter à 5 heures du matin, sachez qu'il ne s'agit pas d'un artifice de communication : comme des milliers de maires de France sans doute, il fait la tournée de sa ville pour voir si tout fonctionne, si les poubelles sont bien ramassées, les rues propres et les employés municipaux satisfaits de leur travail.

Il essaie de penser la société, et de la conceptualiser à l'épreuve de la vie quotidienne et de ses difficultés. Exercice trop rare à l'heure où nous n'avons d'yeux que pour les autoproclamés « pragmatiques » rejetant les idéologies. Il pense comme moi que c'est la confrontation des idées qui fait avancer la société, et qu'il n'y a pas de « troisième voie » raisonnable qui détiendrait la vérité contre toutes les autres. Nous sommes d'accord sur nos désaccords, et dans un monde politique où tous les repères s'estompent, c'est très rassurant. Son constat sur les maux de la France s'inscrit dans une filiation idéologique libérale, souvent assez peu ou mal incarnée en France.

« La France a une culture très centralisatrice qui fait beaucoup de dégâts et n'est pas adaptée au monde actuel qui demande souplesse et capacité d'adaptation. Mais ça n'a pas toujours été le cas, il n'y a pas un gène de la centralisation en France. Je suis attaché à l'État-nation. Pour autant je suis favorable à un État décentralisé – mais pas fédéral, ce n'est pas la même chose. »

David Lisnard tente de décortiquer les mécanismes psychologiques, historiques et juridiques responsables à ses yeux du délitement de la responsabilité individuelle dans notre pays : « Une accumulation de choses dans notre histoire récente a généré chez nous une croyance qui n'est pas rationnelle, qui laisse penser que face à tout problème, face à toute situation très souvent guidée par l'émotion, on doit répondre par une réponse venant d'en haut. L'État serait forcément une forme de garantie de neutralité et d'efficacité. Or, l'État, ce sont aussi des individus qui ne sont pas plus neutres que d'autres. Et pour chaque problème, on crée des schémas – dans le vrai sens du terme, par exemple le schéma d'organisation des territoires (SCoT), schéma régional de-je-ne-sais-quoi, schéma départemental-de-truc... – qui ont des portées juridiques, normatives très chronophages et productrices de bureaucratie. Ils partent d'une bonne intention et voudraient laisser penser que chaque situation de vie peut et doit être prévue dans un texte *a priori*. Or, ce n'est pas le cas. »

David Lisnard livre un exemple tout à fait effarant. Il fut réélu en 2020 sur la base d'un projet comportant la construction d'une unité de traitement et de valorisation des déchets. « Il s'agit de traiter moi-même, en circuit court, mes déchets ménagers. Je prends le risque politique, je le fais délibérer, et je suis réélu avec un projet de création d'une unité de valorisation énergétique. Terme politiquement correct pour dire “incinérateur”. Donc je l'assume politiquement. Eh bien, je n'arrive toujours pas à le faire, plus de deux ans après ma réélection ! » Les citoyens auraient-ils changé d'avis ? Y aurait-il des oppositions locales trop fortes ? Pas du tout. La machine bureaucratique s'est mise en route, tout simplement... « Il a fallu adapter le plan local d'urbanisme. C'est normal. Il faut que celui-ci soit compatible avec le SCoT. Il y a désormais des “inter-SCoT”. Ils doivent respecter la directive territoriale d'aménagement, qui elle-même doit respecter scrupuleusement les principes du droit commun de l'urbanisme et des normes européennes. Il doit désormais être complété d'un PADD, projet d'aménagement et de développement durable, auquel va être adjoint dans les prochains mois – nous travaillons dessus et ce sont des heures et des heures de réunions – un PDM, plan de mobilité urbaine. Le tout deviendra opposable, car il est annexé à un document qui lui-même est normatif. Une fois tous ces documents fournis, et après avoir réalisé les "études quatre saisons" – qui, par définition, durent un an – que m'imposera la DREAL [direction régionale de l'environnement, de l'aménagement et du logement], le tout devra être inscrit au SRADDET [schéma régional d'aménagement, de développement durable et d'égalité des territoires]. Ce que je ne pourrai pas faire, parce que le président de la Région [Renaud Muselier, soutien d'Emmanuel Macron] ne veut rien inscrire qui vienne de Cannes [ville Les Républicains]. » Un cauchemar bureaucratique, toujours au nom des plus belles intentions du monde… Pour un simple incinérateur !

La bonne méthode, qui permettrait de responsabiliser tous les acteurs et de redynamiser la société, consisterait selon lui à « fixer les grands objectifs de politique publique, à la fois sociaux, économiques, écologiques…, ainsi que des règles qui rappellent la finalité et encadrent les pratiques. Ensuite c'est à chacun, aussi bien dans la société civile qu'au niveau local, d'atteindre ses objectifs. Si on ne respecte pas ces règles, si on triche, alors il faut des sanctions réellement appliquées. »

David Lisnard incarne un courant de la droite, une pensée plutôt libérale dans un pays qui l'est très peu. Est-il pourtant si éloigné de ce que peuvent défendre des acteurs, plutôt marqués à gauche, tels que le syndicaliste Laurent Berger, lorsqu'il affirme que la solution ne peut passer que par la confiance accordée aux acteurs ? Laurent Berger dénonce le manque de confiance accordée par l'État aux corps intermédiaires. David Lisnard ne fait peut-être que pousser le curseur un peu plus loin. « Il faut faire confiance, dit-il, donc accepter le risque. Donner des objectifs simples et clairs, et laisser les gens s'organiser pour les atteindre. C'est également applicable en entreprise. »

Je lui demande pourquoi les efforts, de gauche comme de droite, conduits pour simplifier notre maquis normatif, ont toujours échoué. Je me souviens bien du « choc de simplification » annoncé avec tambours et trompettes par François Hollande. L'exercice s'était lamentablement enlisé, sans d'ailleurs que je comprenne véritablement pourquoi, car le ministre en charge – Thierry Mandon – me paraissait plutôt compétent et déterminé à mener sa tâche à bien. « La matrice intellectuelle de départ est souvent problématique, me répond-t-il. Le chantier de Thierry Mandon était pertinent, il avait réussi à produire quelque chose d'intéressant. Mais c'est ensuite passé à la moulinette des ministères, les mêmes qui n'ont pas confiance dans les échelons inférieurs, et dont la vocation même est de produire toujours plus de règles. Si l'on voulait changer les choses, il faudrait qu'il y ait davantage d'entrepreneurs, au sens d'individus capables de prendre des risques, dans l'État. »

Conscient que la notion de risque n'est pas très aimée au pays du « principe de précaution », il précise que cette notion n'est pas équivalente à la loi du plus fort, et que l'on doit évidemment se doter d'un État fort qui contrôle et sanctionne *a posteriori*, sans empêcher les acteurs d'agir *a priori*. Il dénonce « une matrice commune qui fait que pour simplifier, on croit bon de légiférer à nouveau ». Et fournit quelques exemples : la loi climat et résilience, ou la loi NOTRe[1], sont « des exemples types de textes de loi qui confondent les modalités et les finalités, et rendent impossible l'action publique. Vu qu'en tant qu'élu, on ne peut pas accepter l'inaction, soit on agit quand même et on se met en danger, soit on passe notre temps à créer des dérogations, des

1. La loi NOTRe, promulguée le 7 août 2015, s'inscrit dans l'acte III de la décentralisation et confie de nouvelles compétences aux régions, tout en redéfinissant les compétences attribuées à chaque collectivité territoriale. La loi climat et résilience vise à lutter contre le dérèglement climatique et à renforcer la résilience face à ses effets. Elle s'inspire directement de la Convention citoyenne pour le climat.

exceptions… En fait, on ajoute des couches de complexité à chaque fois. »

À tous les nostalgiques de De Gaulle, qui fleurissent à gauche, à droite, au centre et même aux extrêmes, il lance : « Moi je veux bien que l'on revienne au gaullisme ! Mais attention, ça sera beaucoup plus libéral qu'aujourd'hui. Il y aura beaucoup moins de prélèvements obligatoires, beaucoup moins d'impôts, beaucoup moins de charges, beaucoup plus de liberté entrepreneuriale, beaucoup moins de schémas directeurs, beaucoup moins de schémas organisationnels… »

Valérie Pécresse, qui fait partie de la même famille politique, s'inscrit dans une logique identique. Et dénonce donc, de la même manière, notre propension à nous déresponsabiliser, et à rejeter sur l'État ce qui relève de notre responsabilité. Il faudrait que l'État résolve chaque problème, sans que nous fournissions le moindre effort collectif. « Mais quand vous dites aux gens qu'il faut qu'on fasse des efforts, on vous répond que "vous êtes une privilégiée", et on se tourne vers celui qui, comme Jean-Luc Mélenchon, va proposer d'augmenter les retraites et les salaires. » Convaincre chacun de prendre sa part d'effort est un chemin beaucoup plus escarpé. « Je passe ma vie à essayer de faire voter des projets, à convaincre les gens de choses dont ils n'ont pas toujours envie qu'on les convainque. Pour mieux dépenser l'argent public, pour des services publics plus efficaces, pour baisser les charges et les impôts à la fin. C'est ça être un homme ou une femme politique responsable. Ce n'est pas dire aux gens ce qu'ils ont envie d'entendre mais leur dire la vérité sur l'état du pays. Leur dire que nous sommes à un stade où il va falloir travailler plus, dépenser mieux, et pas forcément tout faire comme avant. Oui, il va falloir changer nos habitudes. Mais quand on dit cela, on a Marine Le Pen en face de nous qui répond : "Mais non mais non, tout ça c'est ridicule ! Vous allez pouvoir tout faire comme avant. Et ne vous inquiétez pas, je vais vous régler d'un seul coup de baguette magique le problème de l'immigration, le problème de l'insécurité, et je vous remettrai la retraite à 62 ans"…

Ça n'aide pas à renouer avec la culture de la responsabilité et à prendre des décisions difficiles. »

Olivia Grégoire, ministre chargée des PME, du Commerce, de l'Artisanat et du Tourisme[1], offre un autre regard sur le délitement de la solidarité nationale et la déresponsabilisation que déplorent tant d'élus. Elle me reçoit dans son bureau à Bercy, entre deux conférences téléphoniques avec des patrons de la grande distribution, avec lesquels elle négocie les termes d'une charte engageant les grands groupes à soutenir les PME touchées de plein fouet par l'inflation. Pour elle, les responsables politiques ont un rôle majeur à jouer pour renouer les fils de la solidarité : « On oublie souvent que la France est le premier pays redistributeur au monde. Quand l'école ou l'hôpital sont gratuits depuis des décennies, les gens finissent par oublier que tout cela a un coût. Et après tout, c'est assez normal. Il nous – ministres et élus – faut donc remettre en perspective les droits et les devoirs. »

La ministre a notamment en charge les PME et tous les indépendants. Une population qu'elle estime stratégique par rapport aux choix politiques que feront les Français en 2027. « Nous sommes un pays où il y a de plus en plus d'indépendants, et cela fragmente le corps social, affaiblit le sentiment de solidarité de classe. Et si les indépendants et les petits patrons de PME flanchent, j'ai la conviction que le pays passera à l'extrême droite », dit-elle avec cette franchise qui la caractérise. Et de me livrer une anecdote, qui conforte tant d'études d'opinion réalisées sur ce sujet depuis dix ans : « L'autre jour, un patron de PME m'interpelle lors d'un déplacement, en me disant qu'il paie trop de charges. Rengaine que l'on entend au moins depuis Poujade… Ce procès en fiscalité excessive n'est jamais étayé par l'extrême droite : quelles charges, quelles lignes budgétaires supprimer ? Je lui réponds que nous avons déjà baissé les charges, notamment les cotisations de 0,3 point en 2018. Il

1. Olivia Grégoire est la seule ministre en poste citée dans ce livre, même si d'autres ont été interrogés. Je la remercie de sa franchise.

me répond que ce n'est pas suffisant. Et qu'il souhaiterait payer davantage ses salariés, mais qu'après toutes les charges ponctionnées par l'État, il ne leur reste que le SMIC. Je lui rétorque : "Pas de problème, allons-y ! Prenons une fiche de paie : qu'est-ce qu'on coupe ? la CSG ? l'assurance chômage ? l'assurance maladie ? les frais de transport ? qu'est-ce qu'on coupe ? La CRDS, la CSG, le pass 100% maternité ?" » La ministre estime que nos avis d'impôts devraient comporter des indications claires permettant de comprendre ce à quoi correspondent concrètement les montants que l'État nous prélève. Elle ajoute que cette incompréhension ne touche pas uniquement la feuille d'impôts : « Elle concerne aussi la fiche de paie et la facture d'électricité. Je défie quiconque d'être capable – y compris moi-même, avant d'étudier la question – de décoder ligne à ligne ces objets de la vie quotidienne. Et l'on se demande pourquoi il n'y a plus d'adhésion à l'impôt… Mais peut-on adhérer à quelque chose qui est illisible ? Le sentiment de spoliation se nourrit – en partie au moins – de l'incompréhension et de l'opacité. Et c'est notre travail, à nous ministres et élus, de restaurer de la lisibilité et du sens dans tout cela. » Rendre les prélèvements obligatoires plus lisibles, compréhensibles, et progressifs : c'était déjà l'enjeu dessiné par les études d'opinion que nous avions réalisé pour le Premier ministre à l'été 2012. Dix ans plus tard, les choses n'ont guère progressé, et la désolidarisation et la déresponsabilisation poursuit son œuvre.

Nous importons leur propension à la tribalisation, à la cancel culture et au wokisme. Mais avons-nous quelque chose à apprendre de la culture du business anglo-saxon, et du monde des start-up ? Adrien Nussenbaum est l'un des visages de la réussite de la « Start-up nation ». L'entreprise qu'il a co-fondée en 2012 avec Philippe Corrot, MIRAKL, réalise les *market places* (places de marché en bon français, ou plateformes de vente en ligne pour être plus clair) de nombreuses enseignes comme Carrefour, Décathlon ou Leroy Merlin. En 2020, MIRAKL a réalisé l'exploit de lever 225 millions d'euros, la plus grande levée de fonds réalisée sur le sol français jusqu'alors. Cette opération valorise l'entreprise à plus de 1,5 milliard de dollars. De quoi promettre la création de 400 nouveaux emplois en France en trois ans (pour une entreprise qui en comptait 500 à la date de la levée de fonds), dont 300 ingénieurs à Paris et Bordeaux.

L'entrepreneur de 44 ans vit aujourd'hui avec sa famille à Londres, d'où il m'accorde un entretien en visioconférence à la rentrée de septembre 2022. Il rappelle avoir voté pour Lionel Jospin en 2002. « Je sais aussi où j'ai grandi », en France, bénéficiant de l'éducation gratuite, mais également dans un milieu un peu plus privilégié qui n'est pas la norme. Il n'a pas oublié la propension que nous avons à mettre les gens dans des cases. On sent qu'il aimerait échapper à l'étiquette de « chef d'entreprise expatrié, donc privilégié, donc forcément illégitime à parler des problèmes collectifs ». D'autres comme lui renonceront à me parler, de peur de ne pas être jugés légitimes à traiter mon sujet. Les stratégies de repli ne procèdent pas simplement de découragement devant la violence du débat, elles sont aussi des stratégies de protection.

La philosophie que revendique Adrien Nussenbaum est plus proche de la philanthropie pratiquée dans les pays anglo-saxons que de celle habituellement pratiquée en France. Il me dit d'ailleurs : « Nous n'avons pas cette culture du *give back*, de rendre à la société ce qu'elle nous a donné, sans pour autant y être obligé. » Ainsi, il a créé un programme de bourses avec HEC, visant à aider les étudiants de pays en guerre à faire leurs études dans la prestigieuse business school française. « J'ai réalisé en devenant entrepreneur et en vivant à l'étranger qu'en France, on s'attend toujours à ce que la société change l'homme et pas que l'homme change la société. Et je pense qu'à votre question "La France est-elle ingouvernable ?", la réponse est non, la preuve, elle l'est. Mais à mon avis, le plus important est de se demander "Comment doit-elle être gouvernée ?" ou "Par qui doit-elle être gouvernée ?". Pour moi cette question invite à un changement de paradigme : arrêtons de penser que l'homme politique et la politique doivent impulser le changement par le biais d'une action nécessairement collective et coordonnée. Je pense qu'il nous faut adopter une autre vision : "l'homme peut changer l'homme". Pour l'illustrer, Xavier Niel a créé l'école 42, Station F. Il n'attend pas que les initiatives viennent d'en haut. C'est un bon exemple du principe que je prône. » D'aucuns diront que cette philosophie conduit à déresponsabiliser l'État, et à culpabiliser le citoyen, qui ne prendrait pas assez d'initiatives. Éternelle posture visant à ne jamais remettre en cause ce que nous faisons et ce que nous sommes. Comment change-t-on une culture politique, si c'est véritablement notre état d'esprit collectif qui pose problème ? Personne n'a de solution toute faite. Et il est tellement plus simple et gratifiant à court terme, pour un politique, de voter des lois qui nous donnent l'illusion de régler un problème… Donc il est fort probable que nous allons continuer à empiler toujours plus de lois, et à nous désengager toujours davantage de la vie collective, chaque nouveau dysfonctionnement de notre modèle politique et social devenant prétexte à fuir nos responsabilités.

Enfants gâtés ou promesse républicaine en panne ?

La plupart des entrepreneurs interrogés pour cet essai – en *on* ou en *off* – ont tendance à relativiser le poids de nos échecs et l'ampleur de notre dépression nationale. Le contact de pays étrangers les incite à considérer la France de manière beaucoup plus positive que nous le faisons. Et à nous inviter à faire preuve de davantage de lucidité sur nos atouts et nos acquis, voire à nous comporter un peu moins en enfants gâtés. Adrien Nussenbaum par exemple, dont la plupart des salariés sont en France mais qui a vécu aux États-Unis et vit aujourd'hui à Londres, rappelle que même si les écarts de richesses se creusent ici aussi, nous bénéficions de nombreux avantages que n'ont pas tous nos voisins : « La Sécurité sociale, l'école gratuite, les musées, etc. Il faut aller ailleurs pour se rendre compte de la chance que nous avons en France, il suffit de traverser la Manche et d'aller en Angleterre pour se rendre compte de la qualité de l'hôpital public ! Et je ne vous parle pas des États-Unis où c'est le grand écart puissance douze. » Le risque pour la France, à s'enfoncer dans ce pessimisme et cette forme de haine de soi, « c'est de ne pas capitaliser sur ses richesses et de petit à petit avoir un nivellement par le bas. Mais attention, la chute ne sera pas brutale, comme l'annonce un Nicolas Baverez. Ce sera plutôt un effondrement lent ».

Certains voient, tantôt comme cause, tantôt comme conséquence de notre pessimisme national (75 % des Français pensent que la France est en déclin, selon l'étude Ipsos

« Fractures françaises » 2022, publiée en octobre dernier), un état d'esprit consistant à condamner la réussite économique et financière. « Elle est complètement galvaudée et diabolisée par la gauche, et je ne dis même pas l'extrême gauche. Et la droite ou l'extrême droite, notamment la droite, s'est toujours trouvée piégée par la caricature du MEDEF, qui n'est qu'une sorte de réminiscence de l'aristocratie française. D'une part, les plus riches se savent peu aimés. Mais il faut dire qu'ils ont encore aujourd'hui très peu la culture du *give back* que l'on retrouve beaucoup dans les pays anglo-saxons. »

Jaloux de la réussite, les Français ? Les études d'opinion démontrent en tout cas qu'ils sont nombreux à souscrire à l'idée qu'il y aurait d'un côté les « assistés du bas », souvent chômeurs (67 % pensent que les chômeurs pourraient trouver du travail s'ils le voulaient vraiment, en hausse constante depuis 2017) ou immigrés (41 % des Français pensent que « pour réduire le nombre de chômeurs en France, il faut réduire le nombre d'immigrés », et 61 % pensent que l'on peut trouver de la main-d'œuvre en France sans avoir recours à l'immigration), et de l'autre les assistés du haut, élites financières ou politiques (qui recueillent 18 % de confiance, toujours selon Ipsos).

La gauche répondra que les injustices s'accumulant et se conjuguant – inégalités dont les individus ne sont pas responsables – induisent le repli, la désespérance, et la colère. Qui est responsable du désengagement et du délitement du lien civique ou social, l'individu ou la société ? C'est une ligne de clivage politique majeure de notre pays depuis toujours, qui continue à structurer nos débats même après l'éclatement des partis dits de gouvernement en 2017. Une ligne qui passait autrefois entre droite et gauche, mais traverse parfois les anciennes formations politiques comme les nouvelles. Ainsi, Xavier Bertrand se situe bien à la droite de l'échiquier politique, mais souscrit pourtant à l'idée que « l'escalier social n'existe plus que dans les discours. On ne va pas reprendre les erreurs de l'OCDE sur les sept générations qu'il faudrait pour grimper d'une catégorie à une autre, mais force est de reconnaître que si les inégalités progressent à l'intérieur des nations, c'est parce que tout ceci est en panne. » François Ruffin, Laurent Berger, Guillaume Garot, Fabien Roussel… Tous les responsables de gauche font le constat d'une vie de plus en plus dure pour les plus modestes, et de catégories moyennes gagnées par les difficultés.

Culture centralisatrice et culte de la réforme cathédrale

La plupart de mes interlocuteurs jugent que l'un de nos travers est d'avoir une culture centralisatrice et d'attendre tout de l'État. Un autre tort pointé de manière récurrente par plusieurs personnes interrogées est notre croyance au Grand Soir, qui conduit à un attachement aux réformes globales, complètes, définitives et donc souvent trop ambitieuses.

Geoffroy Roux de Bézieux, patron du MEDEF, rappelle ainsi que nous sommes « le pays de Colbert, de Napoléon ou de Jules Ferry, et donc de l'excessive centralisation des décisions. Cela les rend souvent non acceptées et non acceptables, parce qu'elles viennent de loin, d'en haut ». Il prend pour exemple le sujet des énergies renouvelables, et notamment des éoliennes qui peinent tant à se développer sur le territoire français. « Il y en a en revanche partout en Europe du Nord, qui défigurent le paysage de la même manière qu'ici, mais peut-être parce qu'elles ont été mieux discutées au niveau local, elles trouvent moins d'oppositions que ce qu'on peut connaître ici. » Il faudrait donc davantage décentraliser les décisions, cette idée revient de manière récurrente dans mes discussions, tous bords politiques confondus. Mais attention à ne pas tomber dans les travers des pays qui sont allés trop loin dans la décentralisation, avertit Roux de Bézieux : « Quand le fédéralisme est trop marqué, cela conduit au repli sur soi des communautés comme aux États-Unis. Je suis très frappé par le fait que les programmes scolaires soient en train de diverger d'un lieu et d'une communauté à l'autre. Pour moi, le ciment d'une nation, c'est ce que l'on enseigne à l'école, et si vous apprenez une histoire de votre pays qui est différente, cela provoque des fractures. Nous on a encore la chance d'avoir un programme scolaire à peu près unique dans toutes les classes, mais pour combien de temps encore… »

Autre tendance politique, mais même idée : Carole Delga, présidente de la Région Occitanie, plaide également pour davantage de décentralisation. Elle rappelle que lorsqu'il a posé l'acte fondateur de la décentralisation en 1981, Mitterrand a dit : « La France a eu besoin d'un pouvoir fort et centralisé pour se faire. Elle a aujourd'hui besoin d'un pouvoir décentralisé pour ne pas se défaire. » Se défaire ? Nous en sommes donc là ? « Je crois, oui, qu'on en est là. Il y a un fossé toujours plus grand entre l'agilité que vous permet la proximité, et la lourdeur réglementaire et aussi temporelle de l'État. »

*

Il est 10 h 56 lorsque je sonne à l'un des portails entourant l'étrange bâtiment des années 1960 situé place du Colonel Fabien. Une voix métallique et étouffée sort de l'interphone, comme venant du fond de la mer.

« J'ai rendez-vous avec Fabien Roussel. Mais je ne sais pas si je me trouve à la bonne entrée, comme il y en a plusieurs. » Silence. Puis : « D'accord ! » Puis plus rien pendant cinq minutes. Me suis-je trompée ? Tout à coup, une dame corpulente essoufflée sort du bâtiment et vient à ma rencontre. Elle porte une tenue rouge et noire « sécurité incendie ».

« Z'êtes qui ? Vous avez rendez-vous ? L'entrée c'est pas par là… Vous venez pour l'exposition ?

— J'ai rendez-vous avec Fabien Roussel.

— Fabien qui ? »

Octobre 2022. Nous sommes bien au siège du Parti communiste français, parti qui structura la vie politique de notre pays pendant une bonne partie du XXe siècle, et désormais marginalisé par ce même héritage. Il n'y a pas grand monde dans le bâtiment dessiné par Oscar Niemeyer, érigé entre 1965 et 1980. Les moquettes vertes et beiges crient leur nostalgie des heures de gloire du PCF.

Je viens voir Fabien Roussel, ex-candidat à la présidentielle que nombre de commentateurs ont longtemps pris pour la « surprise » annoncée de la présidentielle du printemps 2022. Las, le « vote utile » de la gauche en faveur de Jean-Luc Mélenchon, pour se prémunir d'un nouveau duel Macron/Le Pen, aura eu raison de ses espoirs. Il a tout juste sauvé son siège de député grâce à un large accord de la gauche pour les législatives – accord qu'il porte sans grand enthousiasme. « Comme le Président au premier tour, comme tous les députés, j'ai été élu par une toute petite minorité du corps électoral, compte tenu de l'abstention. Il faut bien avoir cela à l'esprit : l'assise électorale de ceux qui dirigent, Parlement comme Président, est de plus en plus étroite. Ça invite à l'humilité. »

Lorsque je lui expose mon projet, il m'interroge avec une curiosité apparemment sincère : « Pourquoi vous attaquez-vous à une si vaste question ? » Je réponds que cette question – comment gouverner la France, le peut-on encore sans cliver ou différer les décisions ? – est souvent mal traitée, ou totalement escamotée, dans le débat médiatique. Qu'il faut de la nuance, du temps pour développer son point de vue. Ce que permettent de moins en moins les médias. D'où l'écrit, le livre. Et j'ajoute : « Je sais que c'est ambitieux ! Néanmoins je n'ai pas la prétention de dire comment gouverner. Je pose seulement la question à ceux qui l'ont fait, ou aspirent à le faire. En espérant qu'ils y aient un peu réfléchi... »

Ma réponse à l'air de le satisfaire. De toute façon, Fabien Roussel n'a pas ce regard sévère et inquisiteur que peuvent avoir certains de mes autres interlocuteurs. Il est exactement comme je l'imaginais, au vu de ses interviews et saillies médiatiques : simple, proche et sincère. Ce qui n'est pas une manière polie de dire qu'il manque d'intelligence ou de culture, au contraire. Je lui fais comprendre que mon livre est une tribune offerte à des gens comme lui, pour aider les citoyens à comprendre comment on gouverne, pourquoi on décide souvent si mal et, éventuellement, comment remédier aux dysfonctionnements démocratiques.

« Je crois que nous étions seulement deux. Deux candidats à la présidentielle qui ne vivaient pas à Paris. Ça dit quelque chose du problème que nous avons avec nos responsables politiques, ça, non ? »

Les communistes sont une espèce à part au sein de la gauche : furieusement pro-nucléaires, lorsque le reste de la gauche ne parle que de fermer des centrales et de développer les énergies renouvelables. Anti-système, aussi, mais pas comme on le pense le plus souvent : « Moi je ne pense pas que l'on puisse gouverner avec un programme de rupture, sans convaincre une large part du peuple et au moins une partie de la bourgeoisie. C'est pour ça que j'essaie de parler à tout le monde, du patron au salarié. Je vais me lancer dans un tour de France, pour aller à la rencontre des gens, et écouter. On ne le fait jamais assez. Moi je veux présider la France. Donc je sais que dans notre histoire, la gauche n'a jamais pu gouverner sans convaincre une partie de la bourgeoisie. Elle a intérêt à ce que les choses changent, dans le bon sens. Quand je parle de la gauche “des allocs”, je choque mes partenaires à gauche bien sûr. Mais je sais que je parle à la majorité des Français. Et pour gouverner, il faut commencer par convaincre largement. Pas uniquement rester dans son couloir. »

Rassembler, l'un des mots les plus galvaudés, et pourtant les plus nécessaires du vocabulaire politique français…

« Dans ce pays, on n'arrive à avancer que par crises successives. » Pierre-René Lemas connaît bien les dysfonctionnements de notre système décisionnel : il est un de ces hauts fonctionnaires dont la longue et riche carrière les a amenés à explorer presque tous les rouages de l'État. Issu de la fameuse promotion « Voltaire » (celle de François Hollande et Dominique de Villepin, deux de ses amis), il démarre sa carrière comme sous-préfet de la Dordogne au début des années 1980 et a été préfet de Corse entre 2003 et 2006. Elle le conduit jusqu'aux sommets de l'État, comme directeur de cabinet du président du Sénat entre 2011 et 2012, puis secrétaire général de la présidence de la République. Il devient ensuite directeur général de la Caisse des dépôts, jusqu'en 2017, et préside désormais France Active, un réseau d'entrepreneurs de l'économie sociale et solidaire.

Pierre-René Lemas observe que nous avons collectivement tendance à nous adapter par à-coups, par ruptures, une fois placés au pied du mur. Ce qui paraissait impensable hier devient soudain possible dans l'épreuve. Pas d'adaptation continue et graduelle, mais des séismes successifs. « Prenez l'exemple de la Corse : on passe directement de la cécité à la sidération. La Corse était un objet “pas sérieux”. Donc le pouvoir la regardait de très loin, avec des préjugés, “ils veulent parler du peuple corse, c'est folklorique, méditerranéen et ensoleillé”. » Donc on ne faisait rien, ou à peu près. On répondait aux demandes par une indifférence à peine polie. « Et puis survient une nuit bleue. Un truc se passe, une révolte. On fait péter la DDE et quelques gendarmeries, sous Jospin, un acte d'une violence absolue. Et d'un coup, ce qui était considéré par le mépris devient extrêmement grave. On prend conscience des choses, et par effet de sidération toutes les digues sautent. Et ce qui était absolument impossible la veille, à la fois le contenu de la réforme mais aussi la manière de la conduire, devient possible. Et à l'époque de Jospin et Chevènement (Premier ministre et ministre de l'Intérieur), avant que ce dernier ne démissionne, pour élaborer un nouveau statut de la Corse, nous avons mis autour de la table des gens avec qui l'on refusait catégoriquement de parler jusque-là (notamment les nationalistes durs). » Ce qui est en cours en Corse depuis le printemps 2022, selon lui, est du même ordre. Les nationalistes avaient gagné les élections territoriales haut la main, par deux fois. La compétition entre autonomistes et indépendantistes était rude. Tout cela aurait mérité une analyse politique un peu plus fine que de mettre tout le monde dans le même sac. Le tout se déroulait sur fond de montée de la violence mafieuse. Puis d'un coup, tout explose, à la suite de l'assassinat d'Ivan Colonna dans des conditions incompréhensibles. Et soudain, l'État qui était sourd jusque-là, se déclare – par la voix du ministre de l'Intérieur Gérald Darmanin – prêt à parler de tout, y compris d'autonomie, mot encore tabou quelques jours avant d'être prononcé dans une interview à *Corse-Matin*.

Il juge par conséquent que « n'importe quelle réformette est désormais une révolution. Il faut que ça fasse mal pour que ce soit une bonne réforme, c'est comme ça qu'on conçoit les choses en France ». Il prend pour exemple la réforme des retraites conduite par Marisol Touraine pendant le quinquennat de François Hollande. Jamais présentée comme révolutionnaire, cette réforme a été faite de manière relativement consensuelle, avec très peu de manifestations. « La réforme est entrée dans les mœurs, elle se met en place, personne ne dit que c'est la mère des batailles. Mais personne ne considère que c'est une "vraie" réforme ! Une bonne réforme, ça met tout le monde dans la rue, comme Juppé il y a vingt-cinq ans en voulant réformer la sécurité sociale. »

Le haut fonctionnaire de gauche en revient à la Corse : lorsque, à l'époque de Hollande, Marylise Lebranchu et d'autres ont fait une réforme du statut – qui est le statut actuel, c'est-à-dire la suppression des départements, le regroupement sur une collectivité unique de Corse –, ce fut perçu sur l'île comme une formidable avancée. Et pourtant, « si vous regardez du côté de l'opinion publique, je pense que personne ne sait qu'il y a eu une réforme du statut de la Corse à ce moment-là. Et pour une raison simple : il n'y a pas eu de psychodrame, de violences ou de manifestations. »

Elle n'est pas du même bord politique que Pierre-René Lemas, mais fait à peu près le même constat : Valérie Pécresse dénonce le « culte de la réforme cathédrale ». Nous voulons que tout soit parfait, immédiatement. Que chaque réforme soit LA réforme. « La réforme de la Constitution européenne par exemple, c'était une cathédrale magnifique ! Mais il y avait tellement de choses dedans que ça a coalisé les oppositions, et les gens ont fini par la rejeter majoritairement. Il ne faut pas faire des réformes "idéales", "ultimes" et finalement irréalisables, il vaut mieux les faire progressives et concrètes. La réforme des retraites de Macron en 2019, qui visait à instaurer un système à point, c'était trop compliqué : on touchait tout le monde, il y avait trop de perdants, il y avait trop de paramètres... Si on veut avancer, il faut faire des réformes que les gens comprennent. Et il vaut mieux en faire plusieurs, par exemple en faisant passer la retraite à 64 ans, ou bien en disant que l'on passe de vingt-cinq régimes de retraite différents à douze, et ensuite y revenir. »

L'ex-ministre de l'Enseignement supérieur de Nicolas Sarkozy, candidate malheureuse à la présidentielle de 2022 et présidente de la Région Île-de-France, est convaincue qu'il existe un « effet cliquet » des réformes. « C'est comme en escalade : quand vous allez planter le piolet, il n'y a pas de retour en arrière possible, puis après hop ! vous progressez. Il ne faut pas avoir peur, ne pas hésiter à faire des réformes plus modestes mais tous les ans, ou tous les deux ans. De toute façon c'est ça la vie, on change petit à petit. » Et de s'étonner que l'on débatte si peu, en France, de la manière de faire les réformes. Il est vrai que les politiques qui théorisent le « comment » sont rares. Ils exposent leur vision, disent les objectifs à atteindre, mais décrivent rarement la méthode pour y parvenir.

Valérie Pécresse a amplement réfléchi au sujet, et tiré les conclusions de ses expériences de ministre et présidente de région. Son credo : dire où l'on va, pourquoi on y va, et ensuite discuter de la manière d'y aller. Pour avancer, elle juge qu'il vaut mieux s'appuyer sur des innovateurs, qui montrent l'exemple et ouvrent le chemin aux réfractaires, que chercher à convaincre et embarquer tout le monde d'un coup. « Lorsque j'ai réformé les universités, je m'étais dit que j'allais prendre uniquement les quelques volontaires qui voudraient avancer. Du coup, toutes les universités sont venues me voir en me disant : "Donnez-nous une chance, donnez-nous un calendrier et on va tous devenir autonomes." Je me suis dit qu'il serait très compliqué de faire passer, non pas quinze mais quatre-vingt-cinq universités à l'autonomie. Et puis finalement, comme elles étaient toutes volontaires, je ne pouvais pas laisser les autres derrières. Sinon j'allais construire un système d'universités à deux vitesses. Donc j'ai accepté que toutes passent à l'autonomie. Cela m'a pris quatre ans, et elles sont aujourd'hui toutes autonomes. Bien sûr, il y en a qui ont été plus ou moins bien gérées, le succès n'est pas total d'un coup. Mais ça, c'est comme un bébé : si vous ne le mettez pas par terre il ne marchera jamais. Il faut accepter que le bébé trébuche, si vous le gardez tout le temps dans vos bras il ne saura jamais marcher. C'est ça l'autonomie, ça s'apprend, il ne faut pas vouloir toujours bâtir une cathédrale parfaite du premier coup. »

Toutefois, Valérie Pécresse semble au moins en partie souscrire à la vision dénoncée par Pierre-René Lemas, selon laquelle il n'y a pas de vraie réforme qui ne mette personne dans la rue. « La réforme, c'est comme un élastique, et l'enjeu est de tirer un maximum sans qu'il ne craque. S'il lâche, c'est trop tard, c'est foutu : tout le monde est dans la rue, vous ne pouvez plus avancer. Comme disait Xavier Darcos : “Les lycéens c'est comme le dentifrice, une fois que c'est sorti on ne peut plus les remettre dans le tube.” Bien sûr, il faut aussi savoir résister à la rue. Il n'y a pas de vraie réforme s'il n'y a pas de manifestations en France, donc à un moment donné il faut se dire : “Bah voilà, il y a des gens dans la rue, eh bien il y a des gens dans la rue !” Il faut avoir le courage physique de tenir face aux grèves. Quand on décide, on décide et on tient. C'est ce que j'ai fait quand j'étais ministre, c'est ce que je fais aussi à la tête de ma région. Mais sur les modalités il faut être souple, parce que vos interlocuteurs ont peut-être de très bonnes idées sur le sujet. »

Le MEDEF est un syndicat patronal dont la voix est très entendue dans le débat national. Bien que défendant une ligne économique libérale, il n'est pas le plus jusqu'auboutiste en matière de réformes. Selon son président Geoffroy Roux de Bézieux, élu en 2018, « nous avons, en France, le culte de la grande réforme, avec des grands mouvements d'opposition qui conduisent au blocage et à l'impasse… Nous n'avons pas du tout le culte de ce qu'on fait dans de nombreuses entreprises, à savoir l'amélioration continue. Il ne nous arrive presque jamais de faire une réforme avec une durée de vie de X années, où l'on fait le point au bout du compte pour en évaluer l'impact et la modifier le cas échéant ». Il prend l'exemple des réformes des retraites, au moment où le gouvernement s'apprête à en proposer une nouvelle, après celle, avortée, de 2019-2020 : « Typiquement, dans une telle réforme, il faut de la sueur et du sang. Donc on va être tenté de dire que l'on reporte l'âge de départ à 65 ans. En réalité, tout le monde sait qu'avec une réforme qui dit que l'âge sera 65 ans en 2035, avec un président de la République élu pour cinq ans, c'est l'âge de départ à la fin du quinquennat qui compte. Mais si on ne vise que des objectifs modestes, alors c'est un peu une réforme sans ambition, ce n'est pas considéré comme assez dur, pas assez gros, pas assez grandiloquent. »

Deuxième partie

Des institutions obsolètes ?

Des institutions du XXe siècle pour affronter les crises du XXIe

Nos institutions, qui datent du XXe siècle, sont-elles adaptées pour affronter les crises exceptionnelles du XXIe ? C'est à se demander si elles ne sont tout simplement pas dépassées. L'âge de la retraite a-t-il sonné pour la Ve République, qui fêtera ses 65 ans cette année ? Le régime est-il fatigué, à bout de souffle, faut-il passer à une VIe République sans en revenir à la précédente à la si mauvaise réputation ?

À ceux qui mettent en avant le péril climatique, la pandémie de Covid-19, la guerre en Ukraine et ses possibles débordements au cœur de l'Europe, les coûts croissants de l'énergie ou les effets souvent dévastateurs d'une économie mondialisée, il faut rappeler le contexte insurrectionnel de 1958 : la France est alors en guerre civile en Algérie. Le pays est engagé dans un conflit sanglant qui fait s'opposer par les armes des populations qui coexistaient depuis plus d'un siècle. Les morts de part et d'autre ne se comptent plus. Le 13 mai a lieu le putsch des généraux à Alger, véritable coup d'État militaire. La France est déchirée, la République au bord de l'abîme. Sans parler de l'instabilité politique et parlementaire chronique d'une IVe République, celle des présidents sans pouvoir Vincent Auriol et René Coty, qui a vu s'affronter, gouvernement après gouvernement, communistes et gaullistes qui disposent depuis l'après-guerre d'un poids considérable. Le règne des partis a rendu le pays presque… ingouvernable.

La France, comme celle d'aujourd'hui, est déjà déchirée entre deux visions : libérale et collectiviste. L'une, tournée vers l'ouest et le mirage américain, promet la liberté et la richesse à ceux qui entreprennent. Et l'autre, alignée à l'est sur le rêve soviétique, promet l'égalité et le partage pour tous. Tiens, cela ne vous rappelle rien ? La France des riches *versus* la France qui souffre. Plus de soixante années ont passé et rien n'aurait vraiment changé ?

La crise de mai 1958 a débouché sur le retour du général de Gaulle, nommé président du Conseil le 1er juin par René Coty, avec pour mission de rédiger une nouvelle Constitution, pour sortir de l'instabilité et de la guerre qui dévore le pays, déversant des torrents de violences, d'attentats, de racisme et de haine. La France de 1958 ne vit pas une évolution institutionnelle tranquille. Elle est un chaos qui va emporter un peuple qui a la prospérité et la croissance à portée de main et qui frise le désastre. Là encore, cela ne vous évoque rien ?

Michel Debré s'est attelé à la tâche. Il en sortira une République dirigée par un Président au pouvoir renforcé, clef de voûte des institutions. Désormais, l'exécutif va primer le Parlement. Et cette Ve République, au fil de ses révisions constitutionnelles, va se montrer plus flexible qu'on ne l'aurait cru, avec toutefois des institutions qui n'auront de cesse qu'elles ne confortent nos travers français : culte de l'homme providentiel, individualisme, déresponsabilisation.

Une grande partie des élus rencontrés – notamment ceux de gauche – font le constat de pouvoirs excessivement concentrés entre les mains du seul chef de l'État et plaident pour davantage de pouvoirs au Parlement et aux oppositions. Mais pour quel résultat au juste ? Pour revenir à la fragilité et à l'immobilisme d'antan ?

Comment sommes-nous passés d'un général de Gaulle grand ordonnateur des Trente Glorieuses à cette France fracturée et presque empêchée aujourd'hui ? Qu'est-ce qui fait que les crises majeures d'hier, guerres de décolonisation ou Mai 68, dans un pays de forte opposition idéologique, n'a pas entravé sa marche, là où les crises d'aujourd'hui le plongent au contraire dans l'attentisme, la colère et l'inaction ?

Est-ce un problème de gouvernance avec des élites déconnectées, ou bien de basculement du nouvel ordre mondial, dont nous serions les spectateurs impuissants ?

J'ai voulu poser la question à un ancien Président, qui a su se faire élire en se réclamant de la « rupture » d'un système qu'il entendait bousculer, référence explicite au général de Gaulle, l'homme du 18 juin.

Nicolas Sarkozy n'a pas souhaité répondre à mes questions, non pas pour se dérober, mais parce qu'il réserve sa parole en des moments rares et choisis, eu égard à sa fonction passée. Contrairement à d'autres personnalités qui n'ont pas donné suite, il m'a toutefois longuement reçue à son bureau de la rue de Miromesnil, afin d'échanger sur la situation politique.

Rendez-vous est donné un mercredi matin. L'ancien Président s'apprête à se rendre à l'Institut de France, pour intervenir devant un parterre d'académiciens, juste avant l'heure du déjeuner, lors d'un colloque intitulé « Faut-il réformer nos institutions politiques ? ». Nous sommes donc au cœur du sujet. L'organisateur, l'Académie des sciences morales et politiques, y a également convié François Hollande, mais en tout début d'après-midi ; les deux anciens adversaires ne se rencontreront pas.

Nicolas Sarkozy m'offre un chocolat – l'une de ses passions – à peine la porte de son bureau passée. Je lui fais part de mon questionnement, du constat global d'un délitement, pas simplement politique d'ailleurs, mais aussi intellectuel et culturel. Et du grand désarroi qui s'est emparé du pays. Je lui glisse, tout en déglutissant mon chocolat : « J'ai l'impression que beaucoup de nos dirigeants ne savent plus comment gouverner la France. »

Nicolas Sarkozy, très allant sur le sujet, ne voit dans mon propos que l'expression d'une élite découplée du réel et notamment d'une gauche égalitariste, pour qui « tout se vaut, alors que tout le monde n'est pas Van Gogh ». L'ancien Président, qui a toujours estimé qu'il faut « une incarnation » pour diriger le pays et « qu'aucune société ne peut fonctionner sans autorité, sans hiérarchie », développera plus tard, devant les académiciens, sa vision du pouvoir, limité à deux mandats présidentiels, l'une des dispositions de la réforme constitutionnelle qu'il a portée en 2008 : « Le pouvoir est dangereux, on s'y habitue. Mais au bout de dix ans, on n'entend plus… on devient fermé. La limitation est une protection. » Puis il ajoutera, toujours à l'Institut de France, à propos de l'usage du 49.3, que sa réforme a limité aux projets de loi de finances et de financement de la sécurité sociale et à un seul autre texte, mais seulement une fois par session parlementaire : cette procédure est une « preuve de faiblesse ». Il n'y a pas eu recours durant son mandat, y compris au moment des manifestations contre sa réforme des retraites : « Si j'avais mis le 49.3 et contraint l'Assemblée à voter, je prenais un risque de violence. »

Nicolas Sarkozy, lorsqu'il évoque la gouvernance devant moi, sait que j'ai longtemps émargé à la Fondation Jean-Jaurès et que j'ai collaboré à Matignon en tant que conseillère sondages de Jean-Marc Ayrault puis de Manuel Valls durant le quinquennat de son successeur François Hollande. Conscient d'être forcément en désaccord avec la famille politique que j'ai servie, il conclut avec un grand sourire et une certaine bienveillance : « Bon, excusez-moi, hein, je vois que vous êtes intelligente, je vous dis ça pour vous. Ce serait bête d'écrire n'importe quoi. Oui, bien sûr que la France est gouvernable. »

Oui, mais nos institutions sont-elles toujours adaptées ?

Nous sommes passés de la 4CV à la Zoé, de Johnny Hallyday à Orelsan, de l'ORTF à Twitter, du 22 à Asnières à l'Apple Watch, d'un peu plus de 44 millions d'habitants en 1958 à près de 68 en 2022 et les institutions de la France, elles, restent immuables. Au point de perdre pied ?

Pierre Moscovici me reçoit le 26 juillet 2022 dans son bureau, au premier étage de la Cour des comptes, institution majeure de notre pays qu'il dirige depuis deux années. J'ai toujours eu le sentiment, en entrant dans ce palais de la

République qui a ouvert ses portes en 1912 rue Cambon, tout près de la place de la Concorde, que le temps s'y écoulait un peu plus lentement qu'ailleurs. C'est là l'un des rares lieux où l'on essaie peut-être encore un peu de s'extraire du tourbillon médiatique et des vertiges du court-termisme, pour penser le moyen et le long terme.

Pierre Moscovici, comme Alain Juppé, soumis à un devoir de réserve, va prendre soin de ne pas sortir des limites de sa fonction. Le premier président de la Cour des comptes, haut fonctionnaire, d'obédience socialiste, a enchaîné les mandats et postes clefs de la République, pêle-mêle député du Doubs, ministre chargé des Affaires européennes, député européen, ministre de l'Économie et des Finances, commissaire européen aux affaires économiques et sociale pendant cinq ans, avant de succéder à un autre socialiste, Didier Migaud, rue Cambon. Son regard sur les institutions est donc nourri d'un long parcours à la fois local, dans le pays de Montbéliard, et national, au sein de ces institutions européennes que nous aimons tant critiquer sans vraiment les connaître.

Il restera sans doute l'un des plus optimistes de mes interlocuteurs quant à notre capacité collective à relever les défis du XXIe siècle avec les institutions du XXe. Je le presse de questions sur nos institutions : Sont-elles encore adaptées ? Pouvons-nous vraiment affronter le défi climatique, réduire les inégalités, retisser les liens d'une société qui se fracture, avec ce modèle conçu par Charles de Gaulle ?

Sur l'adaptabilité – mot barbare souvent entendu en période de crise – de notre Constitution, Pierre Moscovici rappelle immédiatement qu'elle a tout de même été modifiée à plusieurs reprises ces dernières années. L'instauration du quinquennat, entré en vigueur à l'élection présidentielle de 2002, représente à ses yeux un tournant tout à fait négatif dans la vie politique française. Après l'instabilité chronique, évoquée plus haut, inhérente à la IVe République, le nouvel équilibre instauré par le général de Gaulle s'est révélé relativement efficace. À y regarder de plus près, la pratique du pouvoir a varié au gré des différents Présidents, selon leurs personnalités, selon l'existence ou non d'une majorité parlementaire aussi.

« Disons que tous les Présidents jusqu'au passage au quinquennat ont été des sortes d'arbitres sur le terrain, mais sans fonction managériale directe. Giscard s'y était un peu risqué, Pompidou était très au fait des dossiers car il avait été à Matignon sous de Gaulle... Mais il y avait toujours eu un équilibre entre le Premier ministre, le gouvernement et le Président, qui définissait le cap de la Nation mais tenait à sa fonction arbitrale et d'incarnation en surplomb. À mon sens cet équilibre était le bon », regrette Pierre Moscovici. Pour lui, le quinquennat a écrasé et compacté tous les pouvoirs, qui se trouvent désormais entre les mains d'une seule et même personne, le chef de l'État. « Nous avons d'ailleurs le système le plus déséquilibré parmi les grandes nations démocratiques. Notre système n'est pas tout à fait présidentiel, car s'il l'était comme aux États-Unis, il ne devrait normalement pas prévoir la capacité de dissoudre l'Assemblée nationale. Il est hyper-présidentiel. »

Vous y ajoutez, depuis 2002, la réforme Jospin qui a réduit le mandat de sept à cinq ans et fait se succéder élections présidentielle et législatives dans la foulée, le président confronté à un mandat court se voit obligé de gérer les affaires en direct. Le calendrier électoral inversé, le Parlement devient la résultante directe de l'élection phare, la présidentielle, ou du moins sa correction pour ce qui est du cru 2022. Le Parlement, depuis vingt ans, est réduit à un rôle mineur, tout comme Matignon et le gouvernement.

Ce constat est partagé par François Ruffin. Pour le député Insoumis de la Somme, « c'est aujourd'hui la grande hypocrisie. On fait comme si c'était à l'Assemblée nationale que se faisait la loi, alors que c'est faux. La loi, elle est décidée à l'Élysée, elle est fabriquée de manière technocratique par les ministères, elle est enregistrée à l'Assemblée nationale. Cette discussion est le temps de l'habillage démocratique, mais ça n'est qu'un vernis. » Le groupe LFI aura vécu le premier quinquennat à dix-sept dans l'hémicycle. Lorsque je l'interroge, la donne a considérablement changé, puisque LFI compte désormais soixante-quinze députés et la majorité présidentielle, devenue « relative », cent soixante-six. Mais le rapport de force ne semble pas lui paraître plus équilibré pour autant, l'élu insoumis d'Amiens souhaite aller plus loin dans le rééquilibrage du partage des pouvoirs : « Si l'on décide que la loi se fait vraiment à l'Assemblée, alors il doit y avoir un basculement véritable du pouvoir vers le législatif. Il faut couper le cordon ombilical entre l'Élysée et l'Assemblée ! Ça veut dire, par exemple, que les élections ne se déroulent pas en même temps. Ou alors qu'au contraire les deux scrutins se déroulent le même jour pour qu'il n'y ait pas des majorités automatiques d'autorité. »

Est-ce là réellement la bonne piste ? Même si leur opinion semble minoritaire au regard de la trentaine de personnalités que j'ai interrogée, certains de mes interlocuteurs estiment à l'inverse que nous ne souffrons pas d'un excès de concentration du pouvoir, bien au contraire. C'est le cas de Valérie Pécresse. Pour elle, passage au quinquennat et inversion du calendrier donnent un pouvoir stable : « On élit un Président et, derrière, il obtient sa majorité. Bon, ça n'a pas été le cas cette fois-ci, mais c'est lié au contexte assez exceptionnel de cette présidentielle. » À savoir, une campagne quasi inexistante, en raison de la crise du Covid et de la guerre en Ukraine. Mais aussi une entrée tardive dans la campagne du Président sortant. Finalement, aux yeux de la présidente de la Région Île-de-France, le vote se serait résumé à un choix *pour ou contre* Emmanuel Macron, avec à la sortie une sorte de plébiscite en faveur du chef de guerre, avec un effet drapeau très sensible. « Ce vote aura certes été marqué par la peur des extrêmes. Reste qu'à mes yeux, les institutions françaises favorisent un Président puissant et stable, qui a les moyens de faire passer les lois qu'il souhaite. » Pour celle qui a voulu mettre en avant la lutte contre la dette et la réforme de l'État, sujets très clivants au sein de la société française, il ne peut y avoir de réforme dans ce pays sans ce pouvoir fort à l'Élysée.

Institutions plastiques, trop rigides pour certains, pas assez pour d'autres. Au fond, existe-t-il des institutions idéales ?

Gilles Boyer, eurodéputé Horizons, attire mon attention sur la lecture évolutive que nous faisons de nos institutions. Après tout, ce 49.3 si banal hier lorsqu'il était utilisé par Michel Rocard, n'est-il pas devenu un symbole de quasi-dictature, alors même que son usage a été restreint par Nicolas Sarkozy ? « C'est un outil constitutionnel avec des contreparties pour le gouvernement qui l'engage. Il met en jeu sa responsabilité, c'est très important, et pourtant c'est devenu synonyme de dictature, de passage en force. Rocard, qui n'était pas un dictateur, l'a utilisé trente fois. Cet exemple fait partie des choses qui, dans notre vie politique depuis vingt-cinq ans, se sont totalement transformées, délitées. »

Il me rappelle que, si les précédents gouvernements n'ont pas voulu changer les institutions, les Français l'ont fait à leur place lors des dernières législatives. « Sans en être conscients d'ailleurs, c'est la magie de la somme des volontés individuelles... Moi je crois que nos institutions sont merveilleuses... d'ambiguïté ! Et de souplesse. Donc avant de les changer il faut bien réfléchir. » Doivent-elles être très claires, ou plutôt très souples ? C'est un débat éternel. Gilles Boyer fait partie des gens qui pensent qu'avant de changer la Ve, il faut sérieusement peser le pour et le contre. « Par ailleurs, je note que les Présidents élus peuvent calibrer presque à l'envie leurs champs d'interventions. C'est très intéressant. Il y a aussi la focalisation médiatique sur la personne du Président, qui fait qu'en dehors de l'Élysée, point de salut. Je ne sais quelle est la cause et la conséquence, entre la focalisation médiatique et le pouvoir institutionnel du président, mais c'est sans doute un mélange des deux qui pose problème. Je constate aussi que le Premier ministre et le président doivent en permanence se régler, sans que la répartition des tâches entre les deux soit aussi claire que cela. » Il parle d'expérience, lui qui, en tant que conseiller spécial, était aux premières loges pour constater les difficultés d'ajustement rencontrées par le couple Macron/Philippe – couple politique dont la plupart des commentateurs s'accordent à dire qu'ils avaient trouvé un bon équilibre dans la répartition des rôles.

Il souligne enfin que nous sommes par ailleurs le seul pays de l'UE qui n'ait pas au moins une dose de proportionnelle dans son scrutin législatif. Les seuls, sur vingt-sept États membres ! Celui qui est resté très proche de son ami Édouard Philippe conclut : « Tout cela, cet ensemble de choses fait que l'on sent bien que la Ve République a un problème, mais on ne voit pas très bien par quoi la remplacer. » Les institutions façonnent notre culture politique, il en est convaincu – et d'autres, comme Marine Le Pen, exprimeront la même idée lors de nos échanges. Dans les autres pays européens, on fait campagne en sachant qu'une fois au pouvoir, on va devoir faire des coalitions. Cela change profondément la nature des campagnes en question. « Au lieu de chercher les lignes rouges, on cherche plutôt à ménager l'avenir. On cherche plutôt à ne rien dire qui compromette une alliance future. Ça change tout ! Et ça change surtout la tonalité du débat public. En France, on mène campagne en sachant que l'on ne devra jamais se mettre d'accord. Admettre un accord avec quelqu'un d'autre, c'est un crime. Ça, c'est un problème. Nous avons cette question d'acculturation, et nous le voyons d'ailleurs bien aujourd'hui à l'Assemblée : on n'a que des choses incompatibles entre elles. Et en même temps, est-ce que c'est mieux ? Est-ce mieux de gouverner comme ça, en ne faisant que des compromis ? Est-ce que la volonté de l'électeur est mieux respectée dans un système à la proportionnelle où deux partis s'allient, qui n'ont rien à voir ? Ou bien est-ce que le système français, avec une prime à la majorité, est meilleur ? Aucun système n'est parfait. En tout cas, on sent bien qu'il y a un truc qui coince. Moi, mon grand scepticisme, c'est se dire que si l'on met la proportionnelle, tous les Français vont soudain se sentir bien représentés à l'Assemblée et il n'y aura plus jamais de problème. Je n'y crois pas. Ce sera peut-être vrai de ceux qui votent, mais pas de ceux qui ne votent pas. »

Le président a-t-il tant de pouvoirs que ça ?

Qu'on se félicite ou qu'on déplore cette apparente concentration des pouvoirs, n'a-t-on pas tendance à surestimer celui que détient le Président ? Je me souviens qu'à l'été 2020, je m'étais rendue rue de Rivoli, dans les bureaux de François Hollande, à son invitation. Nous venions de signer, avec mon ami conseiller politique Daniel Perron, spécialiste de l'agriculture et de la forêt, un petit livre plaidant pour une réhabilitation et une rénovation des partis politiques. Celui qui n'a nullement pris sa retraite en quittant l'Élysée et continue aujourd'hui encore à prendre une part très active dans le débat public, souhaitait s'en entretenir avec nous. Nous avions été très étonnés de sa réflexion : le président de la République, à l'en croire, n'aurait pas tant de pouvoirs que cela. Était-ce là une manière de se trouver des excuses, pour ne pas avoir réussi à tenir toutes les promesses faites à ses électeurs de 2012 ? Je n'ai en tout cas pas l'impression que Nicolas Sarkozy, lors de l'échange que j'ai eu avec lui sur la question, partage l'avis de son successeur...

En tout état de cause, ceux qui ont véritablement exercé le pouvoir en ont une image assez différente de ceux qui aspirent à l'exercer, ou l'observent de près.

Édouard Philippe, au moment de notre échange, est en pleine réflexion sur le rôle de nos institutions. Et par moments, en plein doute... Une surprise, chez celui que j'ai toujours connu de par ses prises de position publiques comme viscéralement attaché aux institutions de la Ve République.

Or, la thèse qui est la sienne est une lecture assez originale, à rebours de ceux qui expliquent que nous manquons de contre-pouvoirs en France. Pour l'ancien Premier ministre et désormais patron du parti Horizons, le système s'est complexifié à outrance par couches successives, voire même « ossifié » à force d'empilement de lois, de normes, d'agences créées, de traités signés, de pouvoirs délégués vers le haut ou vers les collectivités... C'est à tel point que les marges de manœuvre des gouvernants se réduisent comme peau de chagrin, sans qu'il y ait jamais eu de volonté claire et manifeste d'aucun gouvernant de se lier les mains ou de s'empêcher soi-même. Un comble !

Je soumets cette thèse à son condisciple du conseil d'État, très proche conseiller de Jean-Luc Mélenchon, Bernard Pignerol. Le cadre de pensée de nos dirigeants ne s'est-il pas enfermé dans les moyens existants, eux-mêmes toujours plus restreints ? « Le cadre actuel, pour la plupart des gouvernants qui appartiennent au "cercle de la raison", est clairement d'inspiration libérale. Évidemment, si vous pensez que vous ne pouvez ni élargir, ni sortir du cadre pour faire les choses, alors oui, vous êtes très contraint. » Ce ne serait donc qu'une question de volonté ? Clairement, l'un des principaux penseurs du mouvement des Insoumis a l'air de croire qu'il est possible de changer le cadre de la décision et de l'action publique. Si les principaux partis dits « de gouvernement », dont celui auquel il a appartenu, le Parti socialiste, n'ont pas tenu leurs promesses, c'est par peur de sortir du cadre fixé par d'autres. La technique a tout envahi, remplaçant les idées et toute forme de vision, et « quand vous essayez d'avoir un débat un peu idéologique dans un parti dit de gouvernement, on vous dit "non, ça, c'est impossible". Moi je fais partie des gens qui pensent que si l'on veut, on a encore des moyens d'agir pour améliorer la vie des gens ». L'inverse serait inquiétant...

Celui dont le parti a prôné avec constance, bien avant que d'autres n'y viennent, un changement institutionnel radical avec le basculement vers une VIe République, voit d'un œil amusé et quelque peu moqueur le ralliement tardif d'autres familles politiques à l'idée qu'une forme de changement institutionnel serait nécessaire. « Ils se rendent compte enfin que cette concentration folle du pouvoir nous conduit dans le mur. Mais rendons à César ce qui appartient à César, Lionel Jospin était cohérent avec sa propre pensée, puisqu'il a toujours dit qu'il était pour un régime présidentiel. Avec le quinquennat, il a donc suivi son intuition. Il a fallu attendre vingt ans pour avoir une simple majorité relative à la chambre, vingt ans pour que l'édifice commence à se fissurer. »

Lorsque nous parlons de la pertinence de nos institutions, nous évoquons évidemment la présidence, le gouvernement, le Parlement, la répartition des pouvoirs au sein même de l'Assemblée et du Sénat. Mais nous oublions au passage les autres lieux où se fait la décision et qui parfois, à en croire Bernard Pignerol, échapperaient à tout contrôle. Le conseiller de Jean-Luc Mélenchon cible… les intercommunalités : « Elles ont fait beaucoup de mal, beaucoup plus qu'on ne le pense. Elles ont conduit à la dépolitisation du débat et des élus. Je l'ai observé à Marseille, où la présidente LR de la métropole a été élue avec les voix de deux ou trois maires de toutes petites communes communistes qui ont ensuite bénéficié de grosses subventions. Comme il n'y a pas de suffrage direct, l'intercommunalité, c'est quand même “passe-moi le sel, je te passe le poivre”. » Nous sommes face à une opacité et une complexité organisée qui rendraient tout l'édifice incompréhensible pour la population. Bernard Pignerol, qui plus est, déplore l'absence de débats politiques à cet échelon, « alors qu'aujourd'hui dans la plupart des territoires, c'est là qu'est l'argent et c'est là qu'est le pouvoir de décision. On a volontairement technicisé tout ça en supprimant le suffrage direct. » Et de citer le Grand Paris en exemple, où « la droite a la majorité, alors que les communes sont toutes de gauche. On a l'impression d'un gloubi-boulga et qu'ils se mettent d'accord dans notre dos pour se répartir les finances. C'est ça que les gens se disent ». C'est pour cette raison, m'explique le conseiller de Jean-Luc Mélenchon, que La France insoumise défend avant tout la commune et le département comme échelons de décision et d'action de proximité privilégiés. Pour lui, au final, « ni les institutions nationales, ni les institutions locales ne sont globalement adaptées aux enjeux. Il faut également réfléchir à la centralité et la prééminence du pouvoir exécutif et la manière dont il peut totalement brider l'Assemblée. » Mais où est donc le point d'équilibre ? Quel serait le système le plus représentatif et le plus démocratique qui, en même temps, ne bloquerait pas l'exercice du pouvoir ?

Ironie de l'histoire, la Première ministre Élisabeth Borne, quelques jours plus tard, actionnait l'article 49.3 de la Constitution, engageant ainsi la responsabilité de son gouvernement afin de faire voter un budget pour lequel elle n'obtenait pas de majorité parlementaire. Et Pignerol de conclure, d'un air sombre : « Si j'avais 18 ans aujourd'hui, je commencerais à me dire que ça ne sert à rien de voter, moi qui n'ai jamais raté un scrutin et qui ne me suis jamais abstenu, jamais ! »

Et si changer nos institutions ne suffisait pas ?

Changer nos institutions peut s'avérer nécessaire. Même urgent pour certains. Mais aux yeux d'une partie des personnes interrogées depuis quelques mois, les changements institutionnels ne suffiront pas si, par ailleurs, notre pratique des institutions ne change pas elle aussi.

Laurent Berger m'explique qu'il ne cesse de chercher, à la tête de la CFDT, à bouger les structures de son syndicat afin de les adapter au mieux aux besoins d'une société en pleine transformation. « C'est important de vouloir faire évoluer nos institutions politiques, mais ça ne changera rien si on ne fait pas évoluer nos façons de *faire* de la politique. Ça n'est pas qu'une question de mécanique. Je vois bien que dans une organisation, il y a des choses qui ne fonctionnent pas, avec par exemple trop de conflits. Et l'on pense souvent que changer les structures va suffire à régler les affaires. Mais ça n'a jamais marché comme ça. Il faut faire régulièrement avancer les structures, car l'organisation du pays change, mais faire croire que ce serait la solution au marasme politique actuel… Ce serait une bêtise. » Pour le leader du premier syndicat de France, le plus important est d'avoir une réelle volonté d'apaiser un débat public de plus en plus difficile et de nourrir de vraies confrontations d'idées, honnêtes et documentées. Exactement ce dont des responsables politiques, à l'instar d'Édouard Philippe, déplorent l'absence.

Mais comment changer les institutions ?

Jean-Dominique Senard dénonce la tentation, qui touche le monde politique comme celui de l'entreprise, de réduire sans cesse la durée des mandats. « Dans les entreprises, on dit quatre ans, et maintenant on se demande même si cela ne devrait pas être trois... » Comment fixer des stratégies de long terme avec un tel horizon temporel ? Ça complique forcément l'exercice. Il explique cette obsession de la réduction par le fait que depuis trente à quarante ans, le monde économique, puis politique, a été de plus en plus influencé par les notions de performance à court terme. « Tous les débats que vous avez aujourd'hui sur l'introduction de la question sur l'environnement, le social, la gouvernance, et donc de la traduction du temps long dans la stratégie de l'entreprise tournent autour de ce problème-là. C'est l'idée qu'il fallait aller vite, avoir des résultats rapidement, quitte à passer sur des choses aussi fondamentales que les valeurs humaines. »

Laurent Berger propose lui aussi de réinscrire la politique dans le temps long. Ce qui équivaut, sans doute, à toucher à la durée des mandats, notamment présidentiel. « Tout va trop vite », me confie celui qui applique le temps long en question, puisqu'il dirige la CFDT depuis 2012. Allons bon, devrions-nous revenir au bon vieux septennat, par exemple ? Avec un seul mandat possible ? Laurent Berger réfléchit : « Oui, peut-être, pour qu'il n'y ait pas la question de la réélection... Donc le Président fait le travail. Mais je ne sais même pas s'il faudrait d'ailleurs conserver le président de la République. » Le leader cédétiste s'interroge. Son expérience du dialogue social l'amène à dire qu'il y a, dans notre pays, un vrai problème institutionnel. « En ce moment il y a un tas de sujets, notamment sociaux, à régler. Mais si vous en parlez avec la Première ministre, ou encore le ministre du Travail, ils vous diront qu'ils sont peut-être d'accord avec vous, mais qu'ils ont besoin de l'arbitrage du président de la République. Franchement ? Ça ne peut pas marcher comme ça. »

Tout remonte au Président !

Dans notre belle démocratie, au pays des Lumières, le locataire de l'Élysée, porté par le suffrage universel, décide de tout et du reste. Cela a commencé sous le général de Gaulle, selon sa volonté, c'était son projet pour sortir le pays de la panne générale et de la guerre civile, mais la place du Premier ministre était tout de même prépondérante. Et être ministre, cela avait son poids, cela comptait même dans une carrière. Aujourd'hui, nombreux sont ceux qui refusent les portefeuilles : trop mal payés, trop exposés et trop souvent sous la dictée de l'Élysée. Ne pas bouger une oreille, se faire engueuler pour une virgule mal placée, à quoi bon ? Le Président réduit à cinq ans tente de réformer en mode accéléré, la main sur sa majorité élue dans sa foulée, s'exprime à la télé ou sur TikTok pour un oui ou pour un non, tout passe par lui, en prise directe. Nicolas Sarkozy avait été accusé d'avoir créé et incarné « l'hyperprésidence », mais le mouvement, par-delà sa personnalité très volontariste, était inéluctable avec l'accélération du temps, des médias, des réseaux sociaux et d'une mondialisation toujours plus prégnante.

Le Président fait tout, peut tout, est au cœur de tout : voilà une critique que Nicolas Sarkozy aura fortement connue en son temps, tout comme François Hollande après lui. Mais aux yeux de Laurent Berger, le phénomène s'est accentué sous Emmanuel Macron. Le leader syndical plaide au contraire pour une responsabilisation des acteurs. Chacun son rôle ! Et surtout, mettons plus d'action, plus de confiance dans les différents échelons décisionnels, dans la démocratie sociale et moins de commentaires et de postures stériles. « Je l'ai constaté de manière croissante au fil de mes dix années de mandat à la tête de la CFDT, y compris sur les comportements au sein même des cabinets. Le nombre de fois où vous les appelez et ils vous dégomment leur propre ministre ! Étonnant de les entendre parfois critiquer tout ce qui est fait par ceux pour qui ils travaillent… »

Je reviens sur cette interrogation centrale : mais comment donc changer les institutions ? Pour Fabien Roussel, ce n'est pas vraiment le sujet, c'est la manière de le faire qui compte. Oui, elles doivent être réformées, estime le secrétaire national du Parti communiste français, pour être plus en phase avec les besoins d'aujourd'hui, plus de démocratie, de partage des décisions et plus à l'écoute des abstentionnistes. « Mais je défends une France qui doit répondre aux demandes du monde du travail, sans braquer le monde économique et une bourgeoisie qui sent bien qu'elle est assise sur une pétaudière, qui sait bien qu'il faudra lâcher du lest et qu'elle ne pourra pas garder tout ce qu'elle a aujourd'hui. Je veux changer le pays, je veux le réformer, mais on ne le fera, nous ne le ferons que si on emmène, avec les classes populaires et les classes moyennes, une partie de la bourgeoisie avec nous, pas les super riches, mais cette classe « moyenne-aisée » qui subit aussi le poids de la financiarisation de l'économie, qui souffre aussi de la concurrence libre et non faussée imposée par les traités. »

Ne pas braquer une partie du pays et le faire adhérer à un élan commun. Le leader du PCF n'est pas du tout sur la même dynamique que La France insoumise de Jean-Luc Mélenchon : « C'est toute la question sur le partage des richesses, les responsabilités sociales et environnementales et les pouvoirs nouveaux que nous devons donner aux salariés dans les entreprises. Ça, ce sont des débats que nous avons à gauche. Il y a ceux qui sont dans la radicalité : crack, ça sera comme ça, on nationalise tout et tant pis pour vous ! En faisant ça, ils n'auront jamais le pouvoir. Je pense au contraire qu'il faut des réformes de ruptures fortes et qu'on doit les faire par la force de la conviction. Donc, est-ce qu'il faut réformer les institutions pour ça ? Pourquoi pas, mais je pense que ça passe plutôt par un discours de rassemblement, d'ambition qu'on doit avoir pour tout le pays. Ils font peur. Au contraire, pour mettre en œuvre des réformes importantes, pour transformer le système économique actuel, nous devons réussir à porter un discours ambitieux, mobilisateur, rassembleur qui entraîne tout le pays, le monde du travail, des salariés comme des ingénieurs, des cadres, des chefs d'entreprise. Je sais bien que personne ne peut faire l'unanimité dans un pays mais quand même, nous pouvons nous fixer l'objectif d'en convaincre une majorité ! C'est le minimum dans une démocratie ! Notre pays est à genoux. Nous arriverons à le redresser ensemble, avec une ambition commune. Il y a tellement de défis à relever qui peuvent nous rassembler, nous mobiliser, inciter à s'engager au service du pays, pour l'avenir de nos enfants ou sur des thèmes précis comme la transition écologique ou l'allongement de la durée de la vie. Sur l'écologie, il y a d'énormes besoins d'emploi, de formation. Tout comme la révolution technologique, numérique, ce n'est pas forcément des robots qui vont prendre la place des ouvriers. Il faut porter un discours qui s'adresse à la Nation, au peuple, en disant qu'on va redonner sa place à la France dans l'Europe, dans le monde, que l'on va répondre à ces immenses défis, on va être les meilleurs, on va tenir la trajectoire zéro carbone d'ici à 2050 et tout ça sans braquer, sans appauvrir les gens. Et là, on va les surmonter, les défis. J'ai envie de porter un discours comme ça qui, je le pense, est mobilisateur. »

Pour Fabien Roussel, le peuple de France a besoin d'un discours fédérateur qui le rend fier et qui l'unit. Les institutions, c'est bien gentil, ça passionne les élites, mais ça viendra bien après.

Mathieu Klein n'est au fond pas très éloigné de ce point de vue, lui qui partage l'idée selon laquelle changer nos institutions compte sans doute beaucoup moins que faire évoluer nos pratiques politiques. Pour le maire socialiste de Nancy, la priorité est de se placer dans un état d'esprit favorable à la construction de coalitions de projets. « Je pense que la France est parfaitement gouvernable, à condition de se donner le temps de bâtir sa gouvernance. Notre système politique empêche aujourd'hui cette idée même de coalitions d'avenir. » Mathieu Klein, comme bon nombre d'élus, dénonce sans détour ce mythe de la toute-puissance présidentielle, conception désuète et inadaptée : « Une seule personne détient tous les pouvoirs et c'est à son rythme et à ses intentions que l'ensemble de la vie publique, des partis, des appareils, des formations, des sensibilités, que tout le monde doit se mettre à ce diapason de la volonté d'un seul homme ! » Dit comme ça...

Pour ce maire d'une grande ville, Emmanuel Macron, contre toute attente, aura accéléré cette *hyperprésidentialisation* et manqué une belle occasion de nous faire entrer dans une ère politique nouvelle, plus vertueuse, plus respectueuse de chacun. N'était-ce pas pourtant la promesse initiale du candidat Macron de 2017 ? Mathieu Klein, dont le profil en faisait un Marcheur de la première époque, poursuit : « Macron avait de l'or dans les doigts et l'a très vite transformé en plomb. Parce qu'il n'a pas profité des conditions exceptionnelles de son élection pour appuyer sur *pause* pendant quelques semaines et tendre la main à toutes celles et tous ceux qui auraient pu bâtir une vraie coalition. Tout en respectant les sensibilités et les identités de chacun. Il aurait pu bâtir un vrai programme de coalition, avec un agenda politique, social et économique partagé, y compris avec la société civile, les syndicats, les associations. Nous aurions alors vécu un vrai moment de transformation. La réforme des institutions aurait découlé de cette démarche, elle n'aurait pas été agitée comme un totem, mais elle aurait été la conclusion d'un processus de transformation démocratique. »

Le maire socialiste, dont on imagine aisément qu'en d'autres circonstances, il eût pu faire partie d'une telle coalition, pousse un profond soupir : « Au lieu de tout cela, nous sommes restés dans le syndrome de cette hyperprésidentialisation, de "tout le monde doit entrer dans En Marche ou n'existe plus". Un parti au service d'un seul homme et qui n'arrive pas à exister en dehors de cet homme-là, ainsi que l'écrasement des autres forces politiques, a pour conséquence un débat démocratique atrophié. » En Marche dans les pas du RPR ou du PS tout-puissants à l'époque de leurs règnes respectifs... Et la cocotte-minute continue à bouillir. Jusqu'à quand ?

Nos institutions ne protègent pas la démocratie

Comment la France réagirait-elle à l'arrivée d'un dirigeant « autoritaire » à la présidence de la République ? Le groupe Les Verts/Alliance libre européenne du Parlement européen a initié, à l'automne 2022, une démarche visant à déterminer les capacités de nos institutions à maintenir l'État de droit. À l'heure où Giorgia Meloni, une *post-fasciste*, dirige l'Italie, la perspective ne semble plus relever du simple fantasme agité par des élites politiques en mal d'idées pour faire voter le peuple dans le bon sens. J'ai évoqué, page 31, le *focus group* (étude dite qualitative, visant à interroger un panel d'une dizaine de Français) réalisé par le gouvernement à l'été 2012 pour prendre le pouls de l'opinion. Plusieurs électeurs de François Hollande – plutôt des électeurs « par défaut », qui avaient avant tout voulu sanctionner Nicolas Sarkozy, lequel n'avait pas été à la hauteur de leurs espérances – exprimaient déjà le sentiment d'avoir donné sa dernière chance au système en élisant un Président de gauche. De l'avis de beaucoup d'analystes, Emmanuel Macron aura su fournir, par deux fois, un sursis à un système politique dysfonctionnel, perçu comme à bout de souffle. Presque tous les interlocuteurs sollicités pour ce livre m'ont exposé la certitude que le *statu quo* conduirait inéluctablement à l'arrivée au pouvoir du Rassemblement national.

Les juristes mobilisés dans le cadre du « stress test démocratique » par les parlementaires européens écologistes ont, sans surprise, souligné les nombreuses faiblesses de notre système politique. Toute démocratie, rappellent-ils opportunément, est « faillible et mortelle ». Nous avons tendance à penser que le passage de la démocratie à la dictature procède nécessairement de la rupture brutale, qu'il s'agirait d'un processus net, alors que l'histoire récente démontre que le risque est celui d'un lent glissement, parfois imperceptible, dont l'apathie citoyenne ou la médiocrité de la classe dirigeante sont bien plus responsables que les coups de boutoir portés par des leaders autoritaires autoproclamés.

Le juriste Sébastien Platon a notamment pointé le fait qu'un « certain nombre de garanties de l'indépendance des membres du Conseil d'État, juridiction administrative suprême de la République, ne résultent que de la coutume, sans assise textuelle ». Autre constat du professeur de droit public à l'université de Bordeaux, « le statut des membres du Conseil constitutionnel ne protège pas ces derniers contre toute forme de pression politique », de même que l'indépendance de la justice n'est pas garantie. En outre, à l'unisson de la plupart de mes interlocuteurs politiques, syndicaux et patrons d'entreprises, le rapport souligne l'ultra-concentration des pouvoirs entre les mains du président de la République. Enfin, « étant donné la tradition française, qui place l'État en surplomb de la société, et les différents types de conflits d'intérêts entre la haute administration, le monde politique, le monde des affaires et la société civile, la France semble particulièrement mal placée pour résister à un processus de démantèlement des contre-pouvoirs qui serait organisé par une nouvelle majorité autoritaire ».

Un tel test aurait mérité d'être complété par un autre volet, évaluant nos propres réflexes démocratiques. Les données sont connues : selon l'enquête annuelle « Fractures françaises » publiée par Ipsos, 79 % des Français estiment qu'on « a besoin d'un vrai chef en France pour remettre de l'ordre ». Selon une étude réalisée par l'IFOP pour Décider ensemble en décembre 2021[1], juste avant la dernière prési-

1. « Les Français et l'état de la démocratie : le bilan du quinquennat d'Emmanuel Macron » : https://www.ifop.com/wp-content/uploads/2021/12/118648_PPT_02.12.2021.pdf

dentielle, 54 % des Français jugeaient alors que la démocratie ne fonctionnait pas bien en France, dont près de un sur cinq « pas bien du tout ». Interrogé sur les moyens de revitaliser la démocratie, le penchant majoritaire ne va pas au renforcement des contre-pouvoirs – notamment les pouvoirs des oppositions parlementaires, ou même du Parlement dans son ensemble – mais à un recours accru aux référendums locaux et nationaux. La pente naturelle, dans notre pays, est à la recherche de « l'homme fort » et à l'organisation d'un dialogue direct entre lui et le peuple, et non à un renforcement des corps intermédiaires ou des contre-pouvoirs. Souvenons-nous qu'il suffit que la peur panique d'un virus inconnu nous saisisse, en mars 2020, pour que nous jetions par-dessus bord nos institutions et acceptions sans problème d'être enfermés sans discussion parlementaire et que nos vies soient temporairement régies par un Conseil de défense sanitaire totalement opaque et échappant à tout contrôle des députés et des sénateurs. Quoi que l'on pense des décisions prises alors – et je suis de ceux qui pensent que globalement, aucun autre gouvernement n'aurait vraiment fait mieux –, ce que nous avons vécu en 2020 mérite d'être examiné avec attention. Nous devrions en tirer davantage de conclusions. La force de la démocratie n'est pas uniquement celle de ses institutions, de ses contre-pouvoirs, de son parlement, de ses juges. C'est aussi, et peut-être surtout, celle de ses citoyens.

Oui, les solutions existent !

Nous sommes face à un défi majeur : il faut de toute évidence valoriser davantage le temps long par rapport aux urgences du moment, afin de prendre des décisions à la fois plus audacieuses, efficaces et plus acceptables pour une majorité de nos concitoyens.

À la vérité, les études et les propositions sont déjà sur la table. Juristes, constitutionnalistes, parlementaires, chercheurs ou associations ne cessent de proposer, de débattre. Certains ex-candidats à la présidentielle, à l'image de Jean-Luc Mélenchon, ont fait d'un meilleur partage des pouvoirs dans notre pays un axe central de leur programme. La plupart des prétendants à l'Élysée ont proposé une série d'ajustements institutionnels. Il est donc étonnant, voire assez navrant, que le candidat élu ait été le seul à n'avancer aucune innovation démocratique au-delà d'un Conseil national de la refondation dont le péché originel, qui signe son échec annoncé, est de procéder uniquement du bon vouloir présidentiel. Nul doute que les convulsions sociales et crises en tout genre que nous nous apprêtons à affronter pendant ce quinquennat reposeront la question jusqu'ici volontairement évacuée par le président de la République. Le tour de passe-passe du Grand Débat national initié en janvier 2019 pour en finir avec la crise des Gilets jaunes ne sera alors plus possible. Ses conclusions sont restées lettre morte. Les Français ne s'y laisseront pas prendre deux fois.

Dans un pays aussi fracturé, sans majorité parlementaire, réformer les institutions paraît illusoire dès lors que cela requiert justement, pour la plupart des mesures envisageables, une très large majorité parlementaire. Hyper-majorité que le jeu habituel des postures politiciennes ne permet pas d'envisager. Nous allons donc rester bloqués et la question essentielle du « comment prend-on des décisions ensemble ? » restera en suspens. Pourtant, les convergences trans-partisanes existent sur ce sujet, les réponses que m'ont fait mes interlocuteurs le prouvent.

Ainsi, pour Bernard Cazeneuve, nous devrions, sur un sujet de cette nature, pouvoir réunir les différentes forces politiques autour de la table et parvenir à créer les conditions d'un consensus. L'ancien Premier ministre de François Hollande en est convaincu : « Dire cela, c'est revenir à l'esprit des institutions de la Ve République, retrouver leurs origines, à savoir donner une capacité d'arbitrage au Président, en faire le garant de la réflexion de long terme et de *l'urgence du temps long*, et redonner au gouvernement ce qu'il a perdu. C'est faire des ministres de vrais responsables de politiques publiques, et non les collaborateurs d'un Président dont le temps court l'oblige à vouloir s'occuper de tout, à chaque instant, pour exister. »

Nous y revenons donc : cette nécessité de redonner du temps afin de retrouver du souffle, de ne pas subir la dictature de l'instant, de regarder vers un horizon plus lointain que le bout de ses chaussures, malgré la pression ambiante.

Certains, à défaut de vouloir en finir avec le système, proposent plus sobrement de l'amender, une fois encore. Bruno Retailleau, patron des sénateurs Républicains, le parti héritier de la famille gaulliste, m'expose trois pistes possibles : tout d'abord séparer le mandat du président de ceux des députés, en finir avec cette superposition pour « redonner de la vigueur au Parlement ». Renforcer ensuite la démocratie directe en revoyant l'article 11 de la Constitution afin d'élargir son champ d'application. « Aujourd'hui, par exemple, si on voulait faire un référendum sur l'immigration, cela serait trop compliqué à cause de certaines jurisprudences mais aussi du Conseil constitutionnel, qui a déclaré inconstitutionnel le décret de convocation des électeurs pour le référendum. » Et troisième élément, le sénateur LR de Vendée estime nécessaire de « se ressaisir des moyens de gouverner, notamment vis-à-vis des jurisprudences du Conseil constitutionnel et des juges européens, sans toutefois tout écraser bien sûr. Il faut inscrire dans la Constitution que pour tout ce qui relève de nos intérêts vitaux, le dernier mot revient à la loi et non aux juges. »

Autre manière de redonner du pouvoir au Parlement tout en cherchant à inscrire l'action présidentielle dans le temps long : Xavier Bertrand prône un mandat présidentiel unique, non renouvelable, plus long que le mandat de cinq ans actuel. « Il faut un système à six ans. En 2027 par exemple, on élirait l'Assemblée nationale pour six ans, la moitié du Sénat pour six ans, et à mi-mandat on ferait les élections locales et l'autre moitié du Sénat. Avec le septennat, nous aurions un risque de cohabitation à la fin du mandat qui, quoi qu'on en dise, signifierait instabilité électorale. Là, mon système aurait un avantage : les mandats seraient tous de même durée, à mi-mandat on aurait une vraie respiration démocratique, même si ce ne sont pas vraiment des *mid-terms* car ce ne sont pas des élections nationales. On sortirait ainsi la France de ce système de campagne électorale permanente où, *grosso modo*, il faut bien viser pour avoir une année sans élection. Cela changerait à mon avis beaucoup les choses. » Nous conserverions le lien entre élection présidentielle, et élection de la majorité parlementaire dans la foulée. « Il faut donner au Président les moyens de faire, je crois beaucoup à cela. »

Pour Pierre Moscovici, premier président de la Cour des comptes, il est urgent de mieux faire fonctionner les institutions du pays, qui ont été détournées par le quinquennat et l'inversion du calendrier électoral. Le Président concentre, à ses yeux, trop de pouvoirs. Il m'explique, tout d'abord, être hostile à l'élection du président de la République au suffrage universel depuis toujours. Mais il sait que cette culture politique est si fortement ancrée qu'il semble difficile de nous en défaire d'un coup d'un seul. Troisième point, il se dit par conséquent partisan d'une lecture primo-ministérielle des institutions, ce qui suppose que le binôme parlement-gouvernement finisse par l'emporter.

Il évoque la question, importante à ses yeux, de la décentralisation. Puis en vient au sujet du non-cumul des mandats instauré sous le quinquennat de François Hollande. « Tant qu'on ne construit pas un Parlement doté de moyens conséquents, il ne faut pas exclure de recumuler. Il est vrai que nous étions les seuls à cumuler en Europe, mais il fallait en l'interdisant redonner du pouvoir au Parlement. Si vous arrêtez le cumul sans accroître symétriquement le pouvoir du Parlement, vous risquez de déconnecter les parlementaires du terrain, et d'éloigner les élus locaux du Parlement. Cela peut déboucher sur un Parlement qui tourne sur lui-même avec une fonction parlementaire qui est très dévalorisée. »

Enfin, il m'explique que le gouvernement devrait être composé de politiques, et dirigé politiquement. « L'expérience Jospin reste pour moi, qui ai eu l'occasion de participer à deux gouvernements à quinze ans d'écart, très instructive et assez unique. Certes, nous étions en cohabitation, le pouvoir était pour l'essentiel à Matignon, mais le Président gardait l'international, le G7 et le G20, le Conseil européen. Lionel Jospin avait instauré, sous sa direction, une vraie culture de la délibération. Nous, les ministres, avions des séminaires tous les quinze jours qui n'étaient pas vides ni vains. Les ministres avaient une vraie délégation, ils étaient pleinement en responsabilité. Ils n'étaient pas contrôlés dans le détail par l'Élysée ni Matignon. Le Président et le Premier ministre pilotaient de manière assez serrée, mais le ministre était un vrai ministre. Pris individuellement, les ministres n'étaient pas forcément meilleurs que ceux de François Hollande, mais la direction était plus claire et le collectif plus fort. » Et de conclure, la mine sombre, que la démocratie, quand elle n'est pas bien pilotée, « fait soit n'importe quoi, soit pas grand-chose, parfois les deux ».

Je demande à Anne Sinclair si la période où Lionel Jospin a été Premier ministre, dont toute la gauche de Mélenchon à Pierre Moscovici parle comme d'une sorte d'âge d'or, n'est pas idéalisée. Cette période lui a coûté son job, puisque pour garder son indépendance vis-à-vis du gouvernement auquel appartenait son mari, Dominique Strauss-Kahn, elle a alors quitté son émission *7 sur 7*.

La journaliste politique hésite à répondre. Je comprends sa gêne. Mais elle reprend, comprenant que je ne lui demande pas de porter un jugement sur la politique menée, mais sur la manière dont la gauche a su transformer sa diversité en richesse, et conjuguer ses différences. « C'était une période de double cohabitation. Il y avait une cohabitation gauche-droite. Et à l'intérieur même de la gauche, une pluralité de sensibilités se mettait d'accord pour gouverner ensemble. C'est ce que la Nupes (Nouvelle union populaire, écologique et sociale) cherche à réactiver depuis juin 2022, mais ça n'a rien à voir car à l'époque, les différents courants de la gauche partageaient beaucoup plus de choses qu'ils ne le font aujourd'hui, je crois. »

Bien sûr, me dit-elle, la période a eu des ratés, elle a été insuffisante notamment dans la non prise en compte de l'insécurité qui travaillait la population… Reste que ce fut un moment où la gauche a essayé de donner des réponses. « Je m'exprime comme une sociale-démocrate démodée, encore une fois, comme quelqu'un qui croit plus aux petits pas qu'à la révolution et à la subtilité et à la nuance plus qu'à la réponse définitive. »

Un courant minoritaire de la gauche aujourd'hui, en effet. Cela signifie-t-il pour autant qu'il ait tort ?

C'est sans doute l'avis de Bernard Pignerol, président de l'association L'ère du peuple. Le compagnon de route de longue date de Jean-Luc Mélenchon pense que cette gauche social-démocrate, qui inscrit son action dans le cadre national, ne peut guère plus changer la vie, comme le promettait Mitterrand. Il me dit avoir été d'extrême gauche, puis social-démocrate, une trajectoire politique somme toute classique. « J'ai pensé au départ que le cadre national pouvait encore permettre de changer la vie des gens. Et après, on est un certain nombre [avec Jean-Luc Mélenchon, qui claqua la porte du PS en novembre 2008 en dénonçant la dérive libérale de son parti] à s'être dit que non, en fait la social-démocratie n'a plus d'espace géographique. » Ce fut le point de départ du long cheminement qui conduisit l'ex-sénateur socialiste à penser la Nupes, une gauche refondée autour de sa composante la plus radicale.

La réflexion sur le renouveau institutionnel est centrale dans la pensée de cette famille politique. « Il faut régulièrement réfléchir à l'équilibre des pouvoirs, et consolider d'abord les trois principaux qui sont l'exécutif, le législatif et le judiciaire. Il faut ensuite réfléchir aux autres contre-pouvoirs qui peuvent exister. Nous proposons par exemple le référendum révocatoire, ce n'est pas un dispositif parfait, il faut faire en sorte que le Parlement ait tout de même du poids, mais tout cela, ce sont des équilibres nouveaux à trouver. »

Même au prix de changements institutionnels profonds, cette gauche pense réellement que l'on peut encore changer la vie, et pas simplement ajuster les choses à la marge. Elle sait aussi que pour cela, il faudra sans doute beaucoup de volonté politique : « Le terme de révolution citoyenne est fort, nous sommes bien conscients que pour changer il faudra que ça soit une révolution. Citoyenne certes, c'est-à-dire démocratique, mais malgré tout un processus renversant. Parce que sinon, nous resterons dans la gestion. »

L'un de mes interlocuteurs n'ayant pas souhaité assumer ses propos, en dépit de leur gravité pour le pays et de sa fonction éminente (ou plutôt, en raison de celle-ci), résume : « Pardon de le dire comme ça, mais la probabilité que Marine Le Pen soit la prochaine présidente de la République est grande. C'est pour cela qu'il faut qu'il y ait la proportionnelle (aux élections législatives), car si en plus nous lui donnons tous les pouvoirs, tout cela devient extraordinairement dangereux. »

Pierre Moscovici plaide quant à lui pour une meilleure collaboration de l'exécutif et du législatif. « Il faut que les gens réapprennent à travailler ensemble. La situation actuelle n'est pas saine. » Mais n'est-ce pas là précisément ce que les oppositions refusent à Emmanuel Macron, à une exception notable, qui n'a de cesse – dans nos échanges, que nous évoquerons plus loin – qu'elle prône une culture du compromis... Marine Le Pen ?

Ce qui compte tout autant sinon plus, pour Édouard Philippe, c'est notre comportement, notre pratique des institutions. Comme Bernard Cazeneuve, le patron d'Horizons relativise l'impact de changements institutionnels. Et trouve dans nos comportements politiques matière à espérer en l'avenir, pour peu que chacun prenne ses responsabilités. Je lui rappelle que la plupart des politiques, lui mis à part, deviennent populaires seulement lorsqu'ils quittent le pouvoir. En octobre 2022, on trouvait ainsi aux premiers rangs des personnalités politiques les plus appréciées, selon le baromètre IFOP pour *Paris Match*, non seulement Philippe et Castex, mais aussi Hollande, Sarkozy ou encore Dati. Qu'est-ce que cela révèle de notre rapport à ceux qui exercent le pouvoir ? Il lève les yeux au ciel : « Ça révèle qu'on est cons. Ça ne veut rien dire la popularité. Moi, j'ai été populaire à la fin du Covid. Mais pourquoi à ce moment-là ? C'est parce qu'un Premier ministre ne parle quasiment jamais directement aux Français, contrairement au Président. Et puis, il y a eu le Covid, situation inattendue avec les gens enfermés chez eux... Et il se trouve que j'ai eu la chance d'avoir des gens qui étaient là, devant leur téléviseur, et à qui j'ai raconté un truc sans faire le malin, avec le ton qui leur paraissait naturel. Bon, bah ils ont apprécié. »

Il me rappelle que Le Havre, sa ville d'élection, est historiquement un bastion de gauche. Les électeurs y votent Mélenchon, la CGT y est vraiment ancrée. Et pourtant, ils votent pour lui, Édouard Philippe, homme de droite assumé. Hasard ? Incohérence ? Pas du tout, c'est avant tout un signe d'intelligence démocratique, sur lequel il fonde ses espoirs pour l'avenir du pays : « Les gens de gauche votent pour moi et ils me disent que c'est parce qu'ils ne sont pas forcément d'accord avec ce que je dis, mais au moins je le dis, je suis honnête. Et surtout, je fais. Et ce que je fais, ils pensent que c'est plutôt bien. » Il en tire la conclusion que les électeurs savent orienter leur vote indépendamment de leur bord politique, en fonction de ce qu'ils voient, ce qui est une forme de maturité considérable. D'autre part, c'est le signe qu'ils sont capables d'étalonner dans le temps l'évolution d'une ville, de faire preuve de mémoire politique à long terme.

Il en tire une réflexion sur le fonctionnement global de nos institutions : « Ce qui est beaucoup plus facile quand on est maire, c'est qu'on a le temps, la légitimité, la marge de manœuvre. C'est tout le contraire lorsque vous êtes au gouvernement. Qu'est-ce que l'on voit en pratique de ce que décide un gouvernement ? Où est la constance qui permet aux gens de se dire qu'ils vont dans le bon sens ? C'est totalement invisible. Je ne sais pas s'il est impossible de gouverner, mais c'est impossible de comprendre l'impact de ceux qui gouvernent. Regardez l'impact de ce qu'on a fait sur le marché du travail : nous commençons seulement à voir aujourd'hui les effets de la réforme sur l'apprentissage qui date de 2018. »

À ma question de départ, « La France est-elle ingouvernable ? », Édouard Philippe me dit pouvoir apporter deux réponses : celle du bon élève… et l'autre. Le bon élève est horrifié de voir que de mauvais élèves sont en charge de nos institutions. Il pense que notre système politique est fait pour fonctionner d'une certaine manière, et si on le fait tourner autrement, alors il ne marche plus. Le Président devrait présider, et non gouverner, les ministres devraient réellement piloter leurs dossiers et rencontrer leurs directeurs d'administration une fois par semaine pour leur expliquer ce qu'ils veulent faire. Chacun à sa place et notre pays sera bien gouverné. L'autre réponse est celle du politique qui est en train de se rendre compte que lorsque le système politique est extrêmement contraint, qu'il est soumis à des pressions s'exerçant de toute part, il se produit une chose presque inéluctable : *il pète*. Ce politique, un peu effaré car il a toujours admiré et chéri nos institutions, pense donc que notre système institutionnel est sur le point de péter, car il n'est plus capable de se réorienter. Les contre-pouvoirs sont devenus trop puissants pour le lui permettre.

Édouard Philippe conclut : « La réponse à votre question est donc que la France serait mieux gouvernée si tout le monde faisait ce qu'il devait faire. Mais l'évolution du droit, de la société, du débat public, du cadre institutionnel est telle que si nos concitoyens ont le sentiment que le système ne peut pas répondre à une crise intérieure ou extérieure, ils changeront le système institutionnel car à la fin, c'est eux qui choisissent. » Nous sommes un pays où, lorsqu'il faut changer, il faut faire péter le cadre.

Je demande à l'ex-Premier ministre s'il pense donc qu'il nous faut changer de cadre, comme le dit par exemple Jean-Luc Mélenchon.

« Non, parce que je commence tout juste à me faire à l'idée. C'est un grand travail sur moi-même, moi j'ai toujours eu la réponse du bon élève, qui d'ailleurs reste possible. Je le crois très sincèrement. Avec de la constance, de la cohérence, de la clarté, je pense que l'on peut gouverner. La réponse du bon élève est toujours valable mais je crains qu'elle ne devienne rapidement plus à la hauteur des enjeux. Et la modification du cadre se pense très intimement et très profondément car les dangers sont considérables. Je n'ai toujours pas fini ma réflexion là-dessus. »

Troisième partie

État et administration : l’impuissance publique

Services publics en panne

L'un de mes ex-patrons, Manuel Valls, a coutume de dire que le langage politique est une langue morte. Il était particulièrement exigeant, dans la rédaction de ses discours de Premier ministre, sur l'emploi des mots justes. À ses yeux, l'éloignement perçu des responsables politiques est en partie dû au fait qu'ils semblent évoluer dans une réalité sémantique parallèle, et ne parlent plus aux citoyens des sujets avec leurs propres mots. Il y a quelques mois, mon expérience personnelle a donné une résonance particulière à ce constat. Je me suis rendu compte que le sujet que j'abordais très sérieusement depuis des années mais de manière conceptuelle, avait des implications concrètes dont je ne mesurais pas l'ampleur des conséquences sur la vie quotidienne de millions de Français.

Si j'évoque ici ma situation personnelle, c'est avant tout parce que le sujet de la réforme de l'État, tel qu'évoqué par la plupart des élus, paraît souvent complexe et lointain à la plupart des gens, alors qu'ils sont intéressés au premier chef. Aussi loin que je me souvienne, j'ai toujours entendu parler de « crise des services publics », de « sentiment d'abandon », de nécessité de « réformer l'État » pour davantage de « performance publique ». Je connais le constat, intellectuellement du moins, dans ses moindres détails. Je sais que les déserts médicaux sont un problème majeur, que de nombreux services ne vont plus jusqu'aux habitants des villes petites et moyennes, sans parler des communes rurales. Je sais que l'on manque de personnel et de moyens. Que la justice travaille dans une situation de quasi-dénuement. Je sais que les performances de Pôle emploi en matière de retour à l'emploi sont clairement insuffisantes. Que l'on souffre dans l'hôpital public, dans les écoles, dans la police, de ne pouvoir faire son travail correctement faute de moyens. Je sais tout cela, et pourtant, je n'ai jamais entendu ce constat formulé d'une manière qui me parle très directement. Or, rien ne remplace l'expérience directe des défaillances de l'État pour mesurer le désarroi, l'incompréhension, et la colère qui peuvent saisir tout un chacun lorsqu'il constate que, en dépit des impôts qu'il paie scrupuleusement, l'État français lui fait défaut lorsqu'il en a parfois cruellement besoin. La réalité est que, au quotidien, les entorses à ce qui fait le fondement de notre pacte social – j'ai des devoirs, celui de payer mon dû à la collectivité notamment, et d'en respecter les règles, mais j'ai aussi des droits, celui de faire soigner mon fils malade, d'être aidée dans ma recherche d'emploi, indemnisée lorsque je perds mon travail… – sont légion.

Mon cas personnel n'a de valeur que parce qu'il recoupe exactement les situations de centaines de milliers de personnes dans notre pays. Des citoyens qui se voient renvoyés, dans le discours de leurs dirigeants, à des statistiques, des procédures et des principes qui ne correspondent en rien à leur ressenti, et ne semblent jamais susceptibles d'apporter le moindre début de commencement de solution.

Au cours des derniers mois, j'ai eu besoin des services publics plus que d'ordinaire. Pour des raisons tout à fait heureuses, qui plus est – qu'en eût-il été si elles avaient été tragiques ? Je n'ose hélas imaginer.

Je vous passerai les détails, que tous les parents connaissent, des démarches à effectuer avant d'avoir un enfant. Certaines ont été considérablement simplifiées ces dernières années. Les choses sont relativement rapides pour peu que l'on ait un accès convenable et une maîtrise relative d'Internet – ce qui est déjà une condition difficile à remplir à l'heure où selon l'INSEE, 7 % de la population ne dispose pas d'un téléphone portable et d'Internet à son domicile. J'ai déclaré la naissance de mon fils en trois clics sur le site des impôts. Les services de l'État ont ensuite fait le nécessaire pour transmettre à mon employeur mon nouveau taux de prélèvement obligatoire, pour l'impôt sur le revenu à la source.

Reste qu'un jour, il a fallu s'occuper de recruter une garde d'enfants à domicile. Je suis passée par un site privé, sur les conseils de mon entourage. L'espoir d'obtenir une place en crèche lorsqu'on ne s'y prend pas un an à l'avance est totalement illusoire dans bien des villes de France, dont la mienne. Le recours aux connaissances directes et autres passe-droits s'impose alors, du moins pour ceux qui le peuvent...

À la CAF, je déclare sur Internet la naissance de mon fils le 11 septembre 2022, onze jours après sa naissance, et la prise de fonction d'une garde à domicile à compter du 26 septembre. Le dossier m'est retourné validé le... 11 octobre. Soit un mois plus tard, et près de quinze jours après que la nounou a commencé à travailler. Ne sachant que faire, j'ai dû la payer pour la fin du mois de septembre sans savoir si mon dossier serait accepté. Face à l'incertitude, et de peur de faire des bêtises, je cherche donc à joindre la CAF tout début octobre. Un rendez-vous téléphonique m'est accordé le... 19 octobre. L'employée que j'ai alors au téléphone, au demeurant très sympathique, me rassure : mon dossier est bien conforme. Mais le service que je dois utiliser pour payer la nounou, « Pajemploi », ne m'a pas retourné mes codes d'employeur. C'est à moi de les joindre, la CAF ne peut rien faire pour moi... Il faudra plus d'un mois après la prise de fonction de la garde à domicile pour que mon dossier soit en règle et que je puisse la payer selon la procédure normale. Heureusement que je n'ai pas attendu pour payer directement : l'État pense-t-il que quand on est garde à domicile, on a forcément un mois de salaire devant soi ?

Quand un enfant naît en France, sachez-le car je l'ignorais moi-même, tant cela me paraît délirant, il ne naît pas avec une carte d'identité. Les enfants nés sur le sol français sont « sans papiers », seul le livret de famille est automatique. C'est aux parents, débordés, le nez dans les biberons et les couches, de faire la démarche pour obtenir CNI et passeport. Et, deuxième incongruité, il se trouve que dans la cinquième ou sixième puissance mondiale, il faut des mois pour obtenir des papiers. Un ancien Premier ministre m'a d'ailleurs confié, résigné : « Il faut au moins deux mois pour obtenir un passeport dans ce pays, et personne ne sait vraiment pourquoi. » J'en suis restée bouche bée, ne sachant pas ce qui m'abattait le plus : le délai, ou le défaitisme de cet éminent personnage de l'État.

Me voici donc, en septembre 2022, entamant les démarches pour faire fabriquer la carte d'identité de mon fils. Elle est notamment indispensable lorsqu'on se déplace beaucoup pour le travail. Je remplis en ligne un formulaire. Miracle de la modernité, mon dossier est prêt en quelques dizaines de minutes. Mais c'est là que tout déraille : pour achever la procédure, il faut forcément avoir un rendez-vous en mairie. N'importe laquelle en France. Mais après consultation de plusieurs maires et adjoints parmi mes amis, il s'avère que des rendez-vous, il n'y en a quasiment nulle part. Nous cherchons, cherchons, et finissons par être renvoyés, par un ami maire d'un petit village corse, vers ses services administratifs. « Allez-y de ma part, ils vous recevront. » Nous voilà partis en ce lundi 17 octobre 2022 à l'annexe de la mairie de Peri, à côté d'Ajaccio, bébé sous le bras et honteux de notre passe-droit. L'employée municipale qui nous voit débarquer soupire en entendant notre histoire : non, elle n'a pas été prévenue. Et non, elle n'a pas de place avant décembre. Elle croule sous le travail. Les gens sont tendus, parfois insultants, ils n'en peuvent plus de ne pas obtenir de réponse. On vient d'Ajaccio et de toutes les communes alentour pour faire ses papiers ici, car les services sont modernes. Elle nous propose un rendez-vous en… décembre. Nous nous excusons platement. Le service est surchargé, pas question de couper la file. Elle jette un œil au bébé, qui pleure sans cesse depuis plusieurs jours (j'y reviendrai). Et parce que nous ne nous sommes pas énervés, parce que nous l'avons traitée avec considération, ce qui n'est sans doute pas le cas de l'immense majorité des citoyens-consommateurs de services publics excédés (à raison souvent), elle se radoucit. « Écoutez, venez demain à 16 h 30. Je m'occuperai de vous. Ne soyez pas en retard, car à 17 heures je serai partie. » Nous la remercions, honteux d'avoir coupé la file. Elle prévient : « Une fois la procédure achevée, vous aurez vos papiers en neuf semaines environ. » Plus de trois mois, donc, pour obtenir un simple petit bout de papier. Une procédure simple, dans un pays où l'administration est totalement embolisée.

Dans les trois premiers mois, les nourrissons sont souvent malades. C'est ainsi. Angoissant pour les parents, mais normal. Ce serait néanmoins infiniment moins angoissant si la France n'était pas un gigantesque désert médical. Deux mois avant la naissance, nous trouvons une pédiatre qui accepte de suivre notre fils. Miracle, elle est à moins d'un kilomètre du domicile, il sera donc facile de s'y rendre. Mais nous n'avons pas anticipé que les médecins d'aujourd'hui ne sont pas ceux d'hier qui, comme mes deux parents, ne comptaient pas leurs heures et restaient accessibles assez facilement en cas d'urgence. Désormais, vous prenez rendez-vous sur Doctolib, et il n'y a guère de créneaux pour les urgences. Et quand vous appelez le cabinet médical, vous tombez sur une centrale téléphonique. Inutile de leur dire que vous avez une urgence, ils vous renvoient sur le service des urgences pédiatriques le plus proche. Impossible, donc, de joindre la pédiatre à l'improviste. Et encore moins lorsque le bébé hurle de douleur à minuit ou 2 heures du matin. La case « urgences pédiatriques » est obligatoire. Et ce, même si le bébé a davantage de chances d'y attraper des maladies diverses et variées que d'y être adéquatement soigné par un interne débordé et exténué. Le désert médical, ce n'est pas uniquement, du point de vue du malade, l'endroit où il n'y a pas de médecin. Ces zones représentent déjà une immense portion de territoire. La désertification est aussi ressentie à travers l'impossibilité d'accéder à des soins en un laps de temps raisonnable. Ma pédiatre est à un kilomètre de mon domicile à peine, mais à quoi bon, si je peux difficilement la joindre en urgence, ou s'il faut attendre des heures dans sa salle d'attente avec un bébé hurlant, dans les rares moments alloués aux « sans rendez-vous » ? Là encore, la seule solution, c'est le passe-droit, le réseau, les amis ou amis d'amis. Il se trouve que nous connaissons un très bon pédiatre, qui habite beaucoup plus loin mais qui répond au téléphone… En désespoir de cause, nous lui écrivons un SMS un soir, tard. Il nous rappellera à l'aube le lendemain, et nous prodiguera des conseils. Il recevra le bébé deux jours plus tard, et suivra son rétablissement pendant des semaines. Ex-député maire, il me parlera de la problématique des déserts médicaux pendant des heures. À ma question : « N'a-t-on pas vu venir le fiasco ? », il répondra simplement : « Évidemment… »

On a coutume de dire qu'en France, nous avons le meilleur système de santé du monde. Peut-être. C'est pire ailleurs. Sans doute. Mais nous, citoyens, ne nous comparons pas avec « ailleurs » ; comparons avec les droits que l'on nous fait miroiter quotidiennement dans les discours, et avec les standards de qualité des services du secteur privé. Le consommateur est roi, le citoyen/usager des services publics ne l'est clairement pas. On peut commander n'importe quoi sur Amazon ou la Fnac/Darty et se faire livrer en moins de vingt-quatre heures, mais on attend des semaines voire des mois pour un renouvellement de carte vitale ou de passeport. On peut joindre son service client SFR, Bouygues, Orange ou Free en quelques minutes, mais la CAF met trois semaines à vous rappeler et Pôle Emploi répond aux emails et aux appels de manière très aléatoire (toujours avec une bonne raison : « Votre situation est complexe », « Vous avez oublié de nous envoyer le bon document », « Ma collègue est en congés »…).

Il ne s'agit pas ici de jeter la pierre aux personnels administratifs, qui pour l'immense majorité font leur travail au mieux, avec les moyens qu'on leur donne. Le problème n'est pas un sujet d'hommes et de femmes, c'est un dysfonctionnement systémique. Il appelle à repenser les services publics en profondeur, plutôt qu'ajuster à la marge, et empiler les rustines sur des pneus crevés. J'aimerais que les politiques de droite soient capables d'éviter la caricature du « il faut moins de fonctionnaires », et ceux de gauche le systématisme du « il faut plus d'argent public ». Tant que nous ne parviendrons pas à avoir un vrai débat sur nos services publics, où chaque bord politique sortira des postures et des solutions de facilité, nous n'arriverons pas à régler cette crise de nos services publics. Et donc, nous continuerons à creuser le fossé de défiance qui sépare nos élus de nos concitoyens. Car ne l'oublions pas : les services publics sont la base de notre pacte social. Et ce sont d'abord les plus modestes, ceux qui n'ont pas les bons contacts, qui ne connaissent ni le maire ni le député ou n'ont pas de médecin dans leur entourage proche, qui sont pénalisés par la faillite des services publics. Leur effondrement nous conduit tout droit à la tribalisation, à la déresponsabilisation et à un individualisme toujours plus exacerbé.

Plus d’argent public rend-il plus heureux ?

J’interroge Valérie Pécresse, qui avait mis la réforme de l’État au cœur de son projet présidentiel, au sujet des services publics. Comment explique-t-elle que ce problème-là n’arrive pas à s’imposer, notamment dans la campagne présidentielle où le débat reste superficiel, alors que c’est une préoccupation majeure des Français ?

Selon la présidente de la Région Île-de-France, qui compte 1 800 agents sous ses ordres, et 8 800 agents techniques dans les lycées, les Français ne se rendent même plus compte de ce qu’ils paient en impôts. Depuis la mise en place de la retenue à la source, le débat sur l’impôt sur le revenu n’existe plus, parce que les gens ne savent même pas combien ils payent. Ils connaissent juste leur salaire à la fin du mois, et le jugent donc insuffisamment élevé. « Ce n’est pas le salaire qui n’est pas assez élevé, c’est les charges et les impôts qui sont trop importants ! », s’exclame-t-elle. Le niveau des salaires brut en France est plutôt haut, les chefs d’entreprise passent leur temps à le dire : « Une grande partie du salaire brut part en charges salariales et patronales, puis on prélève sur la feuille de paie l’impôt sur le revenu. Les Français ne le voient plus, et ils ne savent pas non plus combien ils payent de TVA. » Elle ajoute qu’avec la suppression de la taxe d’habitation (effective en 2023 pour tous les Français), il n’y a plus que les propriétaires qui payent les taxes locales. Finalement, il n’y a plus de rapport clair et direct, donc lisible, entre le contribuable et la collectivité – commune, département, région, État – à qui il paie son impôt. Donc la fiscalité est une question sortie du débat public qui se déporte sur le sujet du pouvoir d'achat. « Un pouvoir d'achat qui est bas surtout sur les petits salaires, mais pas seulement. Parce que même les salaires de la classe moyenne en France sont beaucoup moins élevés qu'en Allemagne. Et tout cela, c'est parce qu'on paie trop de charges et d'impôts. » Elle soupire : « Ce débat-là, je n'ai pas réussi à l'amener dans la campagne présidentielle. Quand j'ai dit dès septembre 2019 qu'on augmenterait les salaires de 10 % en proposant un chemin de réformes sur cinq ans pour baisser les charges des entreprises, les entreprises ont hurlé. Elles n'ont retenu que la hausse des salaires, pas la baisse des charges. J'étais devenue "Pécresse la gauchiste" … Mais pourtant c'est ce qu'il faut faire : un donnant-donnant, baisser les charges pour qu'il puisse y avoir une hausse de salaire ! »

Elle aborde ensuite la question centrale à mes yeux : pourquoi pense-t-on que la solution est une hausse perpétuelle des dépenses publiques, alors que nous sommes déjà champions en la matière ? « Les Français restent persuadés que plus on dépense, meilleurs seront les services publics. On parle souvent de l'assistanat, mais ce n'est pas seulement donner des allocations sociales à quelqu'un qui ne travaille pas. L'assistanat, c'est aussi se dire "finalement l'État aura une solution à mes problèmes". Il suffira qu'il dépense plus et la solution arrivera. » Or, pour elle, il ne suffit pas de dépenser plus : l'hôpital public en est une bonne illustration. « Il y a quelques mois, il y a eu la loi Ségur : on a augmenté tous les salaires… Mais les infirmières continuent à s'en aller. Elles partent parce qu'en fait, c'est l'ambiance de travail qui ne va pas, et c'est l'hôpital lui-même qui ne va pas. Simplement, l'État ne sait pas faire, parce qu'il a privé les médecins de leur pouvoir, et par conséquent les médecins n'ont plus le moral… Tout est suradministré, la bureaucratie est partout. On a créé un climat très anxiogène dans lequel le personnel ne s'épanouit plus. » Voilà un problème beaucoup plus difficile à corriger que de mettre plus d'argent sur la table… Valérie Pécresse souligne d'ailleurs qu'à l'issue de la loi Ségur, les soignants ont bien dit au gouvernement qu'il avait certes mis plus d'argent, mais que l'argent ne suffirait pas à régler les dysfonctionnements systémiques de l'hôpital public.

Édouard Philippe abonde dans le même sens : ce qui fait défaut dans la manière dont l'État est piloté et réformé depuis des années, c'est la pensée stratégique, la vision à long terme. « Oui l'État fonctionne mal ! Mais c'est débile de dire que ce serait simplement parce qu'il n'y a pas assez de moyens, ou que c'est juste mal organisé. » Le Premier ministre avait chargé, au début du premier quinquennat d'Emmanuel Macron, une mission constituée d'experts de divers horizons de repenser l'État. Les Gilets jaunes et la crise du Covid auront eu raison de cette initiative… « Comme il n'y a plus de pensée stratégique dans ce pays, personne n'est capable de dire : “Bon, on se pose. Qu'est-ce qu'on arrête ? Qu'est-ce qu'on fait ?” Je trouve de plus en plus intéressant lorsque quelqu'un me dit ce qu'il a envie de faire, de lui répondre : “Très bien, mais qu'est-ce que t'arrêtes ?” C'est beaucoup plus intéressant. Car gouverner c'est choisir, et choisir c'est renoncer. Donc qu'est-ce que l'on est prêts à arrêter ? Si tu me dis ce que tu arrêtes, je commencerai à t'écouter, sinon ça veut dire qu'au fond tu rajoutes simplement une couche par-dessus les autres. S'il n'y a plus de pensée stratégique, il n'y a plus de possibilité de changer la matrice. Il y a une trouille de changer la matrice, dans ce pays. »

Du courage, donc, pour renoncer. De la vision, aussi. Une capacité à tirer les leçons de nos propres échecs. Le fiasco des déserts médicaux qui gangrènent notre pays est une parfaite illustration du déficit de courage, de vision à long terme et de capacité à apprendre de nos erreurs. Le député socialiste et ex-maire de Laval, Guillaume Garot, a fait des déserts médicaux l'un de ses combats principaux. Je l'ai croisé à plusieurs reprises lorsque j'étais en poste à Matignon, et lui ministre de l'Agroalimentaire. Je l'interroge sur les origines de ce désastre médical : Pourquoi n'a-t-on pas anticipé la pénurie actuelle de médecins ? Pourquoi une telle faillite ?

D'abord, m'explique-t-il, « on a considéré dans les années 1970 que si on voulait maîtriser les dépenses de santé, il fallait réduire l'offre de santé ». Le *numerus clausus* a donc été mis en place. C'était une approche comptable : moins de médecins, moins de stylos ; moins de stylos, moins d'ordonnances. « Et souvenons-nous que dans les années 1990, l'antienne du Premier ministre Juppé était de dire : "Ah, mon Dieu, il faut arrêter de multiplier les examens !" » Ce qui a été expliqué à nos concitoyens, selon le député socialiste, c'était l'idée qu'il y a trop de dépenses médicales. « Rappelez-vous, on nous disait : "Il y a des gens qui vont voir leur médecin plusieurs fois par semaine ! Il y a des médecins qui prescrivent trop d'examens inutiles ! Ou encore des patients qui sont des consommateurs patentés de consultations médicales et de prescriptions !" C'est pour cela que plus récemment, on a fait le parcours de soins, le dossier médical partagé, pour rationaliser la prise en charge. »

L'origine du *numerus clausus* était donc la poursuite résolue de l'objectif de diminution des dépenses. Pour ce faire, on a cru bon de diminuer l'offre. Le seul problème, dans cette approche, c'est l'anticipation : on a trop diminué le nombre de médecins, et l'on n'a pas anticipé que la population française allait augmenter et vieillir. Or, les pathologies d'une personne âgée sont différentes de celles des plus jeunes. Donc la demande de soins est plus importante. Par ailleurs, nous n'avons pas anticipé non plus que les médecins n'exerceraient plus en 2022 comme ils exerçaient trente ans auparavant. « Le médecin seul dans son cabinet au fin fond de sa campagne, c'est ter-mi-né. Voilà. » Pour remplacer un médecin aujourd'hui, il faut deux, voire deux médecins et demi – les chiffres ne sont pas totalement établis. Les nouveaux médecins ont des aspirations en termes de rythme et de qualité de vie, c'est ainsi. Ce sont tout simplement les mêmes aspirations que celles du reste de la société. En outre, m'explique-t-il, « il y a un problème de répartition de nos médecins. On essaie de nous "vendre" l'idée que la France serait un grand désert médical… mais non ! Les inégalités de répartition, ça existe. Il y a trois fois plus de médecins généralistes par habitant dans les Hautes-Alpes qu'il n'y en a dans l'Eure-et-Loir. Il y a dix-huit fois plus de dermatologues à Paris qu'il n'y en a dans l'Ariège. Et dix-huit fois plus d'ophtalmologues par habitant à Paris que dans la Creuse. C'est ça, la réalité. » Alors, doit-on faire sauter la sacro-sainte liberté d'installation ? Je lui précise au passage que mes deux parents sont médecins, en Ardèche (désert médical, encore…). « Les médecins nous expliquent que ce n'est pas à eux de régler la facture de nos incohérences, à nous, les politiques. Donc ils disent "ne touchez pas à cette liberté-là, on ne veut pas payer les pots cassés". On ne s'en sortira jamais sans y toucher, pourtant, seulement en l'encadrant. » Mais ce faisant, si l'on envoie chaque jeune médecin (ou moins jeune) dans un désert médical, ne risque-t-on pas de rendre le métier moins attractif ? Faux problème, pour Guillaume Garot : « La rémunération nette mensuelle d'un généraliste libéral, une fois les charges déduites, est de 7 600 euros en moyenne en 2019, selon les chiffres du ministère de la Santé. Le métier est plutôt attractif financièrement… Il y a une telle sélection en fin de première année d'études : le problème n'est pas la vocation, mais plutôt celui la sélection, trop stricte, qui écarte un grand nombre d'étudiants pourtant très motivés. Après, il faut aussi – et c'est un autre sujet – s'interroger sur l'origine géographique et sociale des étudiants en médecine. »

Donc, le problème serait que nous avons du mal à assumer le fait que la médecine « libérale » participe d'un service public, et doit donc avoir les contraintes liées à ce statut. « À un moment, soit on se posera les bonnes questions, en partant des besoins de soins de la population, et on se donnera une chance d'apporter les réponses adéquates. Soit on continuera à éviter des sujets, en préservant des organisations et des intérêts établis, et nous continuerons à soigner de plus en plus mal les Français. Et donc, à creuser la fracture démocratique. Pour moi, le combat contre la désertification médicale est un combat POUR la République, pour la présence de services sur l'ensemble de notre territoire, qui préservent le pacte social », conclut Guillaume Garot. Sera-t-il un jour entendu par une majorité… ? La question médicale ressemble beaucoup à l'une de ces impasses dans lesquelles nous nous enfonçons, en accusant le voisin de n'avoir rien vu venir. Et il est probable que dans dix ans, nous n'aurons toujours pas réglé la question.

Bureaucratie, explosion des normes

La « bureaucratie » est une spécialité française, au même titre que la baguette de pain ou le sauté de veau, même si, honnêtement, elle est un bien universel partagé qui relève du patrimoine mondial de l'humanité. Dans la littérature, le dénommé Joseph K. y est tragiquement confronté dans *Le Procès* de Franz Kafka, une histoire qui commence avec des fonctionnaires obséquieux derrière des bureaux sans âme et finit très mal pour Joseph K., exécuté dans une petite clairière. Mais sans verser jusque dans la tragédie la plus noire, cette forme obsessionnelle de folie administrative collective aux obscurs desseins reste une constante qui se retrouve dans chaque système, dictature ou pas, à quelques variantes près, son seul objet intrinsèque étant le contrôle et l'entrave des populations, par elles-mêmes, au mépris de toute forme d'efficacité. Et la France, pourtant patrie des Lumières, en a fait un sport national.

Quand nous dénonçons les dérives de la bureaucratie, nous imaginons une sorte de labyrinthe décisionnel absurde, mais il est souvent difficile d'en saisir les contours et surtout les effets très concrets. L'un de mes interlocuteurs, grand patron d'un groupe privé – il préfère garder l'anonymat, ne souhaitant pas fâcher la sphère étatique avec laquelle il est en lien dans son activité – m'a livré ce récit, un parmi des milliers, illustrant les absurdités auxquelles notre système public, embolisé et inefficient, peut aboutir. Il raconte : « Au démarrage de l'épidémie de Covid, il se trouve que nous possédions dans un hangar un stock d'un million de masques. À quoi bon les conserver vu l'urgence ? Nous avons donc appelé la préfecture concernée. Le message était simple : prenez-les, on vous les donne. » C'était au moment où plus personne n'en possédait, forçant le pays tout entier à un confinement strict. Le sujet occupait la une des médias. Comme personne ne semblait vouloir s'activer et qu'une menace pesait sur la marchandise, le grand patron a pris son téléphone afin de prévenir le préfet en personne : « Attention, on me dit qu'il y a des gens qui rôdent, il faudrait surveiller le stock. » Réponse : « Non, non, on ne peut pas, cela ne va pas être possible. » Aucune règle officielle ne prévoyait ce cas de figure. L'auteur de l'anecdote conclut, consterné : « Franchement, était-ce à moi de surveiller un stock que je donnais ? Au bout du compte, ils ont fini par le faire, mais ont mis six mois pour récupérer les masques. Alors que les hôpitaux pleuraient pour en avoir ! Un pur scandale… »

L'opinion publique a intégré l'idée que nous – citoyens, entreprises – serions de plus en plus entravés par des normes dont l'efficacité est inversement proportionnelle à leur volume. Fantasme, ou réalité ? Le haut fonctionnaire Christophe Eoche-Duval rappelle[1] que les normes qui régissent le fonctionnement de notre société sont aujourd'hui regroupées dans pas moins de… 78 Codes ! Il souligne que, rien que pendant le premier quinquennat d'Emmanuel Macron, la « prolifération législative » – qu'il avait pourtant dénoncée avec force, en juillet 2017 – a augmenté, toutes normes confondues, de 15 %. Sur la base de ses travaux, le haut fonctionnaire indique que, au 25 janvier 2022, le droit en vigueur dans notre pays comptait 44,1 millions de mots. Il faudrait donc 2 453 heures pour lire l'ensemble des normes qui en découlent. Et dire que nul n'est censé ignorer la loi…

Les magistrats Jean-Rémi Costa et Alexandre Stobinsky exposaient quant à eux[2] la succession de lois pénales qui

1. « Plutôt que de perpétuer l'inflation normative, la France gagnerait à mieux appliquer les textes existants », *Le Monde*, 8 août 2022.

2. « La paralysie de l'Assemblée nationale est une aubaine pour le droit pénal », *Le Monde*, 8 août 2022.

depuis vingt-cinq ans se sont « succédées frénétiquement : loi du 17 juin 1998 sur la prévention et la répression des infractions sexuelles ; loi du 15 juin 2000 renforçant la protection de la présomption d'innocence et les droits des victimes (loi Guigou) ; loi du 9 septembre 2002 d'orientation et de programmation pour la justice (loi Perben 1) ; loi du 9 mars 2004 sur l'adaptation de la justice aux évolutions de la criminalité (loi Perben 2) ; loi du 12 décembre 2005 relative au traitement de la récidive des infractions pénales ; loi du 10 août 2007 renforçant la lutte contre la récidive des majeurs et des mineurs (instauration des peines planchers) ; loi du 24 novembre 2009 pénitentiaire (loi Dati) ; loi du 6 décembre 2013 relative à la lutte contre la fraude fiscale et la grande délinquance économique et financière ; loi du 15 août 2014 relative à l'individualisation des peines et renforçant l'efficacité des sanctions pénales (loi Taubira) ; loi du 27 février 2017 portant réforme de la prescription en matière pénale ; loi du 3 août 2018 sur la lutte contre les violences sexuelles et sexistes ; loi du 23 mars 2019 de programmation 2018-2022 et de réforme pour la justice ; loi du 30 juillet 2020 visant à protéger les victimes de violences conjugales ; loi du 24 décembre 2020 relative au parquet européen, à la justice environnementale et à la justice pénale spécialisée ; loi du 21 avril 2021 visant à protéger les mineurs des crimes et délits sexuels et de l'inceste ; loi du 24 janvier 2022 relative à la responsabilité pénale et à la sécurité intérieure… » De quoi donner le vertige.

Un certain nombre de responsables politiques, essentiellement situés à la droite de l'échiquier politique, ont fait de la nécessité d'alléger le maquis normatif et de simplifier les procédures qui nous entravent un cheval de bataille. Voire une priorité politique. C'est le cas de David Lisnard, le maire Les Républicains de Cannes. Il décrit – au même titre que des milliers de ses collègues maires – un maquis normatif d'autant plus difficile à combattre que bien souvent, nos règles procèdent de l'empilement aveugle des meilleures intentions du monde. Il est évident qu'il faut protéger la biodiversité, établir des normes pour encadrer les jeux pour enfants, tout faire pour s'assurer qu'aucun ne puisse se noyer dans un bassin public, ou encore garantir l'accès des handicapés à tous les bâtiments publics… Mais les meilleures intentions du monde peuvent mener au cauchemar. Nos concitoyens comme nos élus le mesurent chaque jour.

Qui dit normes, dit procédures, contestation et appels multiples : n'importe quel élu local sait aujourd'hui que le moindre projet d'infrastructure – routes, ponts, éoliennes, panneaux solaires ou projets architecturaux – fait l'objet d'une multitude de recours. Franck Louvrier, le maire Les Républicains de La Baule-Escoublac, est un de ces élus « de terrain » que j'ai consultés pour chercher à comprendre comment se prennent les décisions locales aujourd'hui. Il me reçoit dans son bureau, perché au sommet d'un immeuble de 1972, une mairie à l'architecture étrange dont on peut douter qu'elle aurait été acceptée par la population si elle avait été construite aujourd'hui. Justement, il me donne l'exemple du domaine culturel : « Aujourd'hui, serions-nous capables de faire la pyramide du Louvre ? Serions-nous même capables de faire la Philharmonie de Paris ? La réponse est non ! Non, parce que nous avons empilé, au fur et à mesure du temps, des normes et des décrets, ce que les Anglais appelleraient des *firewalls*. Cela conduit à l'immobilisme : plus personne n'est responsable de rien, ni n'a les pouvoirs de vraiment imposer quoi que ce soit. Chacun passe son temps à essayer de filer la responsabilité à un autre. » Nous avons donc conçu un système que nous avons bloqué à coups de normes, de judiciarisation, de dilution des pouvoirs et des responsabilités. Puisque d'une part, nous voulons collectivement des éoliennes mais personne ne les veut devant chez soi, que d'autre part il existe de multiples moyens juridiques de s'opposer, et que par ailleurs il n'existe plus de grands barons locaux concentrant beaucoup de pouvoirs et capables d'imposer des décisions, même impopulaires, nous avons bloqué le système. « Avant, il y avait des patrons, de région ou de département, des gens qui pouvaient trancher, engager leurs responsabilités et décider pour les autres. Aujourd'hui, notamment en raison du non-cumul des mandats, le député a la même importance que le président d'intercommunalité ou de département. On a donc annihilé le rapport de force. Plus aucune décision forte n'est prise au niveau local. On a immobilisé le pays par irresponsabilité individuelle et abolition des hiérarchies. Et par conséquent, en France, nous ne sommes plus capables de faire un aéroport. »

Aux yeux de David Lisnard, le nœud gordien qu'il convient de trancher absolument est « la surenchère bureaucratique et les contradictions qui en découlent ». Comme d'autres élus locaux, il passe son temps à les chasser, à les dénoncer, et à chercher des solutions à cette inflation normative et législative. « Depuis vingt ans, m'explique-t-il, nous avons 68 % de textes réglementaires et législatifs de plus. Pourquoi est-ce un problème ? Parce qu'au-delà des règles que l'on se fixe, nous avons cette tendance de surcontrôle, de contrôle du contrôle. Il en faut, des vérifications et des sanctions, mais pas tout le temps ! Car on passe notre vie à faire ça… À la fin, on organise notre action publique en fonction du contrôle, et non plus avec pour boussole les exigences des habitants. » Il souligne que cette dérive majeure n'est pas l'apanage du secteur public, elle se retrouve dans les grandes organisations privées. Mais dans la sphère publique, elle est exacerbée en raison du conformisme que je dénonçais dans mon précédent essai, *On a les Politiques qu'on mérite*. « À ma petite échelle, j'ai dénoncé nos élites et leur uniformité de pensée. Je dénonce cette croyance – parce que c'est de cet ordre là, une croyance – en une puissance qui serait forcément pertinente et neutre dès lors que c'est celle de l'État. Tout cela crée une société de la défiance, de la restriction *a priori* de nos actions, alors que nous devrions miser sur des contrôles *a posteriori* et ciblés, des contrôles forts et vraiment appliqués. » C'est cette mécanique qui alimente l'impuissance publique. On multiplie les contrôles pour une même action, les procédures se superposent et s'empilent à l'infini. « Pour avoir parfois les mêmes résultats, les mêmes caractéristiques d'une action publique, d'un service ou d'un investissement, on crée beaucoup plus de contraintes que nécessaire. Et donc tout est beaucoup plus long, et beaucoup plus cher. Cela crée de l'insécurité juridique, parce qu'il y a un nombre grandissant d'administrations qui ouvrent le parapluie. C'est un des freins à la transition énergétique, à la prospérité, à l'instruction publique. C'est devenu pour moi la mère des batailles. Parce vouloir parler de sécurité, d'instruction publique, d'éducation de qualité ou encore de politique culturelle, d'aménagement du territoire, de politique environnementale, de lutte contre le changement climatique ne peut se faire que si l'appareil administratif est au service de la société. Or, il devient lui-même une sorte de léviathan consommateur d'énergie. »

Valérie Pécresse apporte elle aussi, avec son regard d'ex-ministre de l'Enseignement supérieur et de la Recherche, un exemple de notre capacité à empiler de la complexité, et donc à nous entraver nous-mêmes : « Je désespère, car pour que la France revienne aux premiers rangs, il faudrait que l'on soit un grand pays de recherche et d'innovation. Or, on ne l'est plus. Pourquoi ? Parce que nous avons multiplié les structures administratives. Nous avons en matière de recherche médicale : les Sciences du Vivant du CNRS, l'Inserm, les Sciences du Vivant du CEA, l'Institut Pasteur, l'Institut de la recherche pour le cancer, l'Institut de la recherche sur le sida, tous les grands hôpitaux et les CHU qui font de la recherche... Et après, on s'étonne que les Américains, qui eux, ont un seul institut qui s'appelle l'Institut national de santé, aient plus d'argent à donner aux chercheurs ! Mais nous, une bonne partie de notre argent, il passe en frais administratifs et en doublons, car tout le monde fait la même chose ! »

Elle soupire, sa frustration est manifeste : « Après, pour rationaliser, on invente des regroupements, comme ça on remet une petite couche de suradministration par-dessus tout le reste. Les patrons de laboratoires passent leur temps à gérer les dossiers de subventions alors que s'il n'y avait qu'un seul et unique organisme, il n'y aurait plus de doublons. Il y aurait beaucoup moins de concurrence et surtout beaucoup plus d'argent dans les labos. Parce que quand on met 10 millions sur la table, les Américains en mettent 100. Voilà pourquoi nous n'avons pas trouvé le vaccin du Covid. Notre système n'encourage plus la prise de risque. Un Français, Stéphane Bancel, a créé Moderna aux États-Unis… Nous sommes en permanence englués dans la bureaucratisation. Et à un moment donné, quand un pays ne favorise plus l'innovation mais la bureaucratie, lorsque les chercheurs qu'il a formés partent ailleurs, cela annonce un déclassement. Éviter le déclin viendra d'une meilleure performance publique. La mère des réformes c'est celle de l'État. Supprimer la bureaucratie, l'inflation des normes, les dérives du principe de précaution. C'est mon credo. » À ses yeux, ce n'est même pas une question de dette publique, ni de temps de travail : 45 % de ce que l'on gagne part en impôts pour financer de la dépense publique, qui elle-même est mal dépensée. La question du pouvoir d'achat se pose ainsi sous un angle différent de celui que l'on adopte le plus souvent dans nos débats politiques, à savoir par l'augmentation des salaires : baisser la dépense, et donc l'impôt, ce serait gagner du pouvoir d'achat.

Haute administration : un problème ?

J'ai exposé en 2020, dans un essai intitulé *Les Inamovibles de la République*, ce qui m'apparaissaient être les dysfonctionnements de notre haute administration. Trop dure aux yeux de l'immense majorité des hauts fonctionnaires, j'étais sans doute en deçà de l'exaspération qu'ils suscitent dans le reste de la population. Mon objectif n'était pas de stigmatiser, encore moins de caricaturer, mais d'apporter ma pierre à un débat qui me paraît central. Après tout, il est question d'une partie de ceux qui pilotent nos services publics. Et donc, qui bâtissent notre avenir. J'ai évidemment sollicité mes interlocuteurs sur le sujet, et nombre d'entre eux partagent mon point de vue sur les défaillances de la haute fonction publique : distante, conformiste, peu incitée à faire preuve de vision à long terme, sans parler de prendre le moindre risque. Il est néanmoins important de restituer ici les points de vue de ceux qui, pour des raisons que je comprends, et certaines que je peux même partager, défendent les hauts fonctionnaires.

Édouard Philippe, conseiller d'État et maire du Havre, ex-Premier ministre, dit avoir commencé à s'intéresser à la fonction publique à son entrée à Sciences Po. Il s'est alors rendu compte qu'il souhaitait servir l'État. Cette vocation est pour lui une fierté. « À l'époque, on tapait déjà comme des sourds sur l'État. Mme Cresson avait eu la bonne idée de dire que l'ENA devait partir s'installer à Strasbourg, ce qui était tout aussi intelligent que d'expliquer que l'ESF allait s'implanter à Niort. C'était vexatoire, et ça a eu un impact car les étudiants, au lieu d'avoir un cercle ouvert à Paris composé d'amis extérieurs à l'école, se sont tous retrouvés à ne rester qu'entre eux. » Il y a donc eu un effet inverse à la sortie de « l'entre-soi » souhaitée. Pour lui, cet exemple est symptomatique du fait que depuis trente à quarante ans, notre pays tape régulièrement sur sa haute fonction publique et s'étonne qu'après toutes ces années, elle ait été marquée par cela. « Mais lorsque vous tapez longtemps et fort, cela produit un effet. Il y a donc maintenant un corps social qui n'a plus confiance en lui, et qui se voit assiégé par des gens qui ne prennent pas leurs responsabilités. Ce corps social se transforme donc, se protège de la société au lieu de s'ouvrir, et personne n'y gagne quoi que ce soit. » Édouard Philippe ne nie donc pas en bloc que la haute fonction publique ait des travers. Mais pour lui, le fait de la critiquer n'a fait que renforcer lesdits défauts.

Pierre Moscovici, premier président de la Cour des comptes depuis juin 2020, est un haut fonctionnaire qui a également une longue carrière politique. Il fut notamment député européen, vice-président du Parlement européen, ministre en charge des Affaires européennes de 1997 à 2002, mais aussi député du Doubs en 1997, 2007 et 2012. Il fut en outre nommé commissaire européen aux affaires économiques et financières, à la fiscalité et à l'union douanière pendant une partie du quinquennat de François Hollande. Dans ses fonctions actuelles, il dirige l'un des plus prestigieux grands corps. C'est à la fois le politique et le haut fonctionnaire qui parlent lorsqu'il affirme que nous avons « encore une administration de qualité, mais avec un mal-être assez fort. L'administration à la française, quoi que vous en pensiez, est fondamentalement loyale, elle a besoin d'avoir un cap et de le suivre. Sinon, elle ne sait pas ce qu'elle fait. De surcroît, si on ne lui demande pas de prendre des initiatives et de proposer, elle ne le fait pas ».

Jean-François Copé, énarque lui-même, en est persuadé : « Lorsque le pays est commandé, on a des résultats. Lorsqu'il n'est pas commandé, c'est n'importe quoi. » Le maire de

Meaux se remémore qu'un de ses professeurs à l'ENA lui avait un jour dit : « Copé, si vous avez un jour l'honneur d'être nommé ministre, retenez une chose : un ministre, un vrai, ce n'est pas celui qui fait une bonne émission à la télé ou donne son nom de famille à une loi. Le vrai ministre c'est le patron de son administration. Il est d'abord là pour la commander. » Copé n'a pas oublié ce message. « Quand vous commandez votre administration, c'est-à-dire que vous donnez des instructions précises et que vous vérifiez qu'elles sont mises en œuvre, alors vous vous rendez compte que vous avez sous votre autorité des fonctionnaires qui comprennent ce qu'ils ont à faire, qui savent qu'ils vont être évalués sur la manière de faire, et qui vont se mettre en ordre de marche. »

Quand l'administration suit une direction claire, Pierre Moscovici est convaincu que la haute fonction publique est capable du meilleur. Il n'adhère pas à la thèse selon laquelle « elle serait un facteur de trouble ou un obstacle à la décision ». Il convient qu'il faudrait sans doute la redresser, car il y rencontre trop de jeunes démotivés ou désorientés, qui ont perdu leurs repères bien qu'ils aient une vraie envie de faire. Il observe que de nombreux jeunes, à Sciences Po, à l'ENA ou dans les premières années de leur carrière de fonctionnaires, veulent aller en cabinet ministériel sans en avoir nécessairement la conviction politique. Ce qui, à ses yeux comme aux miens, est un non-sens. En outre, il estime que ceux qui font preuve d'autonomie et de jugement ne sont aujourd'hui pas suffisamment valorisés par le système. « Il y a beaucoup de choses à faire et à refaire, mais nous avons des capacités. Et il y a de nombreux éléments qui invitent à l'optimisme. C'est pour cela que je reviens à mon idée de départ, en réponse à votre question, qui est que la France n'est pas tant ingouvernable qu'en attente de bonne gouvernance. Si l'on se compare à d'autres, nous avons encore une classe politique avec des gens formés et intelligents. Les performances du pays restent solides malgré des insuffisances à traiter, mais nous connaissons un malaise politique profond, dont je persiste à penser qu'il est davantage lié à un déficit de gouvernance qu'à une ingouvernabilité. »

Pour Bernard Pignerol, le mal-être et la crise des vocations s'étendent bien au-delà de la haute fonction publique. Ce conseiller d'État très proche de Jean-Luc Mélenchon entretient des liens d'amitié avec Édouard Philippe et Bruno Le Maire, et partage avec eux une inquiétude sur ce que l'État est en train de devenir. Mais à la différence de ses condisciples de droite, il y voit le symptôme d'une grande victoire du néolibéralisme. « L'État est en train de s'effondrer faute de candidats pour entrer dans la fonction publique. C'est bien cela qui est en train de se passer. Vous ne trouvez plus d'enseignants, vous ne trouvez plus de soignants, les militaires font de la pub tout le temps parce qu'ils n'arrivent pas à garder leurs recrues… Et dans de nombreux domaines, on met des rustines à court terme. Tout ça, parce qu'on a dévalorisé les professions et abaissé les revenus. » L'effondrement des services publics, craint et pressenti par de nombreux Français, procéderait donc non pas d'une somme de difficultés conjoncturelles et structurelles, entre vieillissement de la population, urbanisation, précarisation d'une partie de la société, et explosion de la dette, etc., mais elle traduirait la victoire d'une volonté délibérée, motivée par une idéologie.

Mais alors, comment pourrait-on redonner envie aux nouveaux entrants sur le marché du travail de retrouver le chemin de l'État ? Bernard Pignerol me rappelle que nos plus anciennes grandes écoles, et l'origine de la fonction publique de carrière, n'ont pas été créées par « de dangereux révolutionnaires », mais par Louis XV et Louis XVI notamment (pour l'école des Mines, et l'école des Ponts puis Polytechnique). Et déplore que l'on ait, lors du quinquennat d'Emmanuel Macron, « détricoté l'ENA de manière ridicule ». Nous aurions atteint un point de non-retour sur l'État : ce ne sont plus les meilleurs qui se destinent au service de l'intérêt général, car ils ne voient pas les avantages qu'ils pourraient en tirer. « On se dit à quoi ça sert ? Autant aller gagner de l'argent. » Et de conclure : « On est très mal, très très mal. » Cette crise des vocations, absolument centrale, mériterait d'être mise au premier plan du débat public. Après tout, il s'agit de ceux qui servent l'intérêt général. Mais qui en parle, dans les médias, dans les campagnes… ?

Déresponsabilisation du haut, infantilisation du bas

Il existe donc bien des arguments pour défendre la haute fonction publique. La plupart de mes interlocuteurs ont toutefois souligné les limites d'un système où la « classe dirigeante », haute fonction publique comprise, est de plus en plus étroite et endogame, et dirige dans une opacité croissante. Imaginez un paquebot, lourd à manœuvrer, affrontant une mer de plus en plus déchaînée – désastre climatique, inégalités économiques et sociales, tensions identitaires… – et… un gouvernail de plus en plus petit. C'est la France.

Ce diagnostic qui est le mien est en partie partagé par Bruno Retailleau, président du groupe Les Républicains au Sénat, qui déclarera sa candidature à la présidence de son parti quelques semaines après notre entretien. Pour lui, la crise sanitaire a marqué une rupture dans la relation entre les Français et leur État, car ils ont réalisé que ce qu'on leur avait toujours dit, à savoir que « vous payez beaucoup d'impôts, mais en contrepartie vous avez les meilleurs services du monde », était tout simplement faux. Nous avons manqué de masques, de tests, de tout, « et l'on a vu un État totalement bureaucratique, qui confinait sans limite ». La bureaucratie, il en donne la définition suivante : « Quand la procédure devient plus importante que la recherche du résultat. C'est une forme de sortie de la politique qu'Emmanuel Macron a assez bien incarnée. » S'extraire des clivages, « dépasser », et miser sur le « pragmatisme », est aux yeux du sénateur de droite une forme de sortie de la politique. Car la politique c'est le clivage, le débat, la confrontation d'idées, ce n'est pas l'illusion d'un consensus que l'on appellerait « pragmatisme ». « Il y avait chez Emmanuel Macron un rêve : l'administration des choses plutôt que le gouvernement des hommes. » Pour lui, la bureaucratie prospère en raison d'une absence de courage politique – au fond, c'est un constat assez proche de ce que dit Pierre Moscovici lorsqu'il affirme que l'administration doit être dirigée par le politique. Mais il pointe en outre un phénomène destructeur : « L'incapacité à rendre des comptes, qui est une faute politique. Au moment de la pandémie, j'avais lu ce qu'avait été pendant la Première Guerre mondiale le contrôle du Parlement. Il menait la vie dure à l'exécutif et ce, sans qu'on l'accuse pour autant de haute trahison en temps de guerre. Alors bien sûr, il y avait l'Union sacrée, mais le Parlement ne laissait rien passer et demandait constamment des comptes. C'est le problème d'une Ve République providentielle, elle a installé cette idée naïve d'un pouvoir capable de tout, responsable de tout, qui prend tout en charge. » Le problème d'un modèle aussi centralisé est que lorsqu'une défaillance survient, il n'y a plus de corde de rappel, et le pouvoir s'enferme dans l'erreur. « Les mécanismes destinés à rendre des comptes, notamment devant le Parlement, sont quasiment inexistants, ce qui fait qu'il y a d'autres voies de recours qui se mettent en place. C'est le cas notamment des réseaux sociaux qui deviennent des cours d'assises. Nous voyons aussi le juge se substituer au Parlement et par conséquent, chaque responsable politique gère désormais avant tout son risque juridique. » Comment faire autrement, lorsqu'on constate que le Premier ministre et les ministres en place au moment de la crise du Covid sont aujourd'hui poursuivis pour les décisions politiques prises à l'époque ?

Pour le sénateur de Vendée, jamais la France, même du temps du général de Gaulle, n'a été gouvernée par aussi peu de monde dans une opacité aussi grande. Il cite pêle-mêle le Conseil de défense sanitaire, lieu de décision opaque au pic de la crise du Covid, la multiplication des ordonnances, et « quelques bidules de temps en temps comme le “grand débat" ou une convention citoyenne » visant à donner l'illusion d'un partage de la décision. Pour lui, Emmanuel Macron a installé, avec quelques coreligionnaires de l'ENA, un État extrêmement concentré, alors que dans le même temps « il casse la haute fonction publique, le corps diplomatique et le corps préfectoral. Là encore, nouvel artifice, il s'agit de prétendre de réformer l'État avec de faux-semblants. » Et de rappeler qu'aux débuts de la Vᵉ République, de Gaulle s'est appuyé très fortement sur des fonctionnaires et sur de grands ministres qui avaient fait leurs preuves pendant la guerre. « Mais la force de De Gaulle, c'est de combiner le pouvoir du peuple, à travers le référendum par exemple, et le pouvoir de l'État. Ce système, c'est la formule de l'État-Nation. C'est cela notre identité profonde et le général de Gaulle l'avait compris. Il va redonner à l'État, après des années d'impuissance de la IVᵉ République, son pouvoir régalien, afin qu'il gouverne, et au peuple son pouvoir souverain, afin qu'il décide. Dans le cas d'Emmanuel Macron, c'est l'inverse complet : le pouvoir régalien a été mis à mal puisqu'il s'en est pris aux grands corps diplomatiques et préfectoraux qui font rayonner la France à l'extérieur et la tiennent à l'intéreur ; quant au pouvoir souverain du peuple français, Emmanuel Macron l'a évacué en lui substituant la "souveraineté européenne". Sans compter qu'en pratiquant la politique des clientèles, il ne s'est pas adressé aux Français comme à un peuple. »

La déresponsabilisation généralisée et l'inertie dénoncées, chacun à sa manière, par David Lisnard et Bruno Retailleau, ne concerneraient évidemment pas seulement la haute fonction publique. Il s'agit là de maux que mes interlocuteurs de tout niveau de responsabilité croient déceler à tous les échelons décisionnels. C'est le cas par exemple de Xavier Bertrand, à propos de la crise énergétique et des risques de coupures d'électricité pendant l'hiver, auxquels Emmanuel Macron a commencé à préparer l'opinion publique lors de son interview du 14 juillet 2022.

« On est en train de nous faire une préparation psychologique à deux balles », m'explique-t-il au début du mois d'août

2022. « On a bien compris dans ce que nous dit la ministre Agnès Pannier-Runacher que nous allons tout droit vers des coupures, et que la façon d'éviter le désastre doit être la sobriété et la chasse au gaspillage. Mais ces discours essaient de faire oublier que l'on a fait des choix stratégiques terribles en matière énergétique, qui sont bien antérieurs à la guerre en Ukraine. » Ces choix stratégiques, c'est Jean-François Copé, maire de Meaux et ex-président de l'UMP, qui les explicite le plus clairement : « Le nucléaire ne marche pas. Entre les grévistes empêchant la rénovation de certains réacteurs, et le fait que deux Présidents de suite ont dit à tous les ingénieurs de France "arrêtez avec ces métiers du nucléaire, faites autre chose !", l'excellence française s'est diluée dans le temps, sans compter tous ceux qui sont allés vendre leurs talents ailleurs. Et maintenant, on nous dit "on s'est complètement trompés, il faut relancer le nucléaire, et tout ça c'est la faute du président d'EDF". Le pauvre, on lui a dit oui, puis non… mais c'est sa faute, évidemment. »

Aux yeux de Xavier Bertrand, qui rêvait de le remplacer à l'Élysée en 2022, quand Emmanuel Macron nous explique qu'il faut lancer un grand plan de sobriété, c'est une manière à peine déguisée d'avouer que nous risquons bien de ne pas tenir si nous continuons comme ça. Mais bien sûr, Xavier Bertrand estime que « comme toujours, on ne le dit pas aux gens de façon claire et responsable ». Il cite en référence le précédent désormais illustre des masques, dont on nous avait dit qu'ils étaient inutiles, au lieu d'assumer le fait que nous n'en avions pas et que l'État a été pris en défaut d'anticipation. Et d'interroger : « Dans quel autre pays pourrait-on avoir un directeur général de la santé qui a menti et qui est malgré tout resté en fonction ? Dans quel autre pays le président du conseil scientifique dirait-il que le gouvernement n'a pas reconnu la vérité sur les masques, et tout le monde s'en fiche ? Il y a là une responsabilité médiatique et politique terrible. Et l'on s'étonne qu'il y ait un problème de confiance… »

Je lui cite en exemple le discours tenu par le ministre de l'Intérieur Gérald Darmanin, à l'issue du fiasco que fut la gestion de la finale de la Ligue des champions au Stade de France, le 28 mai 2022. Le ministre avait d'abord incriminé des dizaines de milliers de supporters britanniques, qui seraient venus dépourvus de billets, avant de se raviser tardivement et de reconnaître une part de responsabilité dans les dysfonctionnements qui auront conduit à un chaos généralisé et à des agressions multiples de supporters.

Aux yeux de Xavier Bertrand, qui ne cache pas son amitié pour le jeune ministre de droite, le fautif n'est pas seulement Gérald Darmanin : « Cette version-là a été élaborée au sommet de l'État, il ne la sort pas tout seul. Nous étions alors en pleine campagne des législatives, et il ne fallait surtout pas que l'on se paie une partie de la jeunesse de face, ni risquer de déplaire à une partie de la gauche. » Les supporters anglais et la police sont dès lors les coupables désignés, ce qui est « insensé » aux yeux du patron de la Région Hauts-de-France. « Qu'il y ait eu un désordre dont les autres ont profité, c'est une chose, mais ça n'explique pas pourquoi il y avait des gens avec des machettes, venus manifestement pour détrousser et agresser. Ils n'étaient pas anglais. Je pense que cette question de la transparence et de la vérité fragilise beaucoup le faible lien démocratique qu'il nous reste. Les gens ont tout décrypté, ils avaient identifié les mensonges sur les masques depuis longtemps. » Dans ces mensonges, Xavier Bertrand voit un formidable amplificateur de défiance, et donc de désengagement citoyen et d'abstention électorale. « C'est pour cela que les citoyens sont capables un jour d'ouvrir la porte aux extrêmes en se disant : "Qu'est-ce qu'on a à perdre ? Les gens qui sont raisonnables nous mentent." Les masques, le Stade de France, la pénurie d'essence à l'automne dernier, ou encore la question de la sobriété énergétique brandie pour habiller les pénuries qu'on va connaître cet hiver… Tout procède de la même logique. Le problème que l'on a, c'est que les politiques infantilisent les Français ou les culpabilisent, ce qui revient d'ailleurs au même. Les masques, ce n'est pas qu'on n'en avait pas assez, c'est que vous, citoyens, ne saviez pas les mettre. On va avoir des coupures car on consomme trop et vous, citoyens, n'avez pas fait ce qu'il fallait. On remarque d'ailleurs que dans la conception très technocratique et de communication de la macronie, ce n'est jamais de leur faute. »

Rachida Dati, qui fut comme Bertrand jeune porte-parole de la campagne de Nicolas Sarkozy en 2007, estime que l'échelon municipal est le dernier lieu de pouvoir où le sens des responsabilités est très marqué : « Quand vous dites "au niveau de la mairie, ça marche, c'est au-dessus que ça bloque", je réponds qu'au niveau de la mairie, ça fonctionne parce que c'est encore une élection où il y a une incarnation, où vous êtes patron et responsable. Donc on attend beaucoup de vous. Avant, le député était respecté. De la même manière, je me souviens que lorsqu'on nous disait que le préfet serait là… on s'endimanchait ! On ne savait même pas à quoi ressemblait un préfet, mais on s'habillait pour l'occasion ! On a affaibli ce qui peut représenter l'autorité ou la responsabilité politique. C'est ça que je trouve fou… Le maire représente encore quelque chose, mais au-dessus, ça se gâte parce qu'on a laissé faire… »

La politique du tableau Excel, ou les comptables au pouvoir

L'État se meurt d'un effondrement du sens des responsabilités et d'une dilution des décisions, mais aussi d'une gestion à courte vue, dépourvue de toute pensée stratégique. Le fiasco des déserts médicaux illustre bien cette politique du court terme, engendrée par une approche exclusivement focalisée sur la maîtrise des budgets annuels et l'obsession de réduire les coûts, au détriment des visions et investissements nécessaires pour assurer le futur. Une entreprise se gouvernant avec cette logique-là ne ferait pas long feu. Il n'est qu'à voir la situation d'EDF, reprise en main par l'État en 2022 car criblée de dettes, ou de la SNCF, qui clamait début août 2022 la nécessité de 100 milliards d'investissements en infrastructures pour doubler la part du train dans les déplacements en quinze ans, avouant par là même qu'elle n'a pas préparé le futur depuis des années…

La logique comptable qui gouverne l'action publique, loin de conduire à la maîtrise des déficits et de la dette, nous amène à sacrifier le futur. Car une obsession comptable ne fait pas une vision stratégique, et la plus petite entreprise sait que pour se développer, il faut certes maîtriser ses coûts de fonctionnement, mais il faut aussi investir dans l'avenir. Or, nous sacrifions l'avenir dans tous les domaines, et ce, depuis des années.

Certains, à gauche, voient dans le sacrifice de l'avenir la marque d'un néolibéralisme qui se serait imposé au cœur du pouvoir depuis des années, sans forcément dire son nom. Bernard Pignerol, l'un des penseurs de La France insoumise, estime ainsi que « le néolibéralisme ne supporte pas le long terme, il est dans l'obsession des résultats à court terme. Ce qui compte, c'est le bilan en fin d'année ». Il m'invite à lire attentivement les rapports de la Cour des comptes ou du Conseil d'État, ou les travaux du Conseil d'orientation des retraites (COR) qui réfléchissent tous sur le long terme, de même que de nombreux instituts de recherche. Donc la réflexion de moyen et long terme ne manque pas dans l'espace public, mais « les gouvernants n'en tiennent pas compte, c'est un déni idéologique. Il faut s'occuper de son bilan budgétaire de l'année, éventuellement de sa trajectoire à trois ans. Mais on ne regarde jamais plus loin ». Là où il voit une volonté délibérée liée à une vision idéologique, ne devrait-on pas plutôt voir le fruit d'une forme de paresse, et un court-termisme lié à la durée et à la précarité des mandats politiques ? J'ai croisé beaucoup moins de vrais libéraux, ces dix dernières années dans l'appareil d'État, que de personnes gérant leur risque – risque politique, risque de déplaire à ceux dont dépend leur carrière…

L'exemple de l'Office national des forêts illustre parfaitement cette logique court-termiste. Depuis vingt ans, on a réduit de 40 % le nombre de postes, souvent des agents de terrain, agents dont le métier est d'entretenir, d'aménager et de protéger nos forêts. Dans le même temps, tous les chercheurs nous disaient qu'avec le réchauffement climatique, nous allions au-devant de feux de plus en plus nombreux et violents et de difficultés majeures d'adaptation des forêts avec une fragilisation considérable des peuplements. A-t-on pour autant préparé notre politique forestière à cette nouvelle réalité qui s'est étalée sous nos yeux ébahis et terrifiés à l'été 2022 ? Plus de 70 000 hectares de forêt ont flambé et nous avons eu les plus grandes difficultés à maîtriser la situation. Et qu'a annoncé le gouvernement, pour tirer les conclusions de ce désastre ? Une « météo des forêts »… Puis, quelque temps plus tard, 50 millions d'euros pour la recherche sur l'adaptation des plants au changement climatique et

1 milliard d'arbres plantés. Cela suffira à éviter le débat, au moins jusqu'aux prochains incendies…

La politique comptable n'induit pas seulement des logiques de courte vue, elle engendre également un certain nombre d'effets pervers, dont le recours toujours plus grand aux cabinets de conseil externes à l'État. Évidemment, elle n'en est pas la seule et unique cause : il y a aussi au sein de l'État, par exemple, un déficit de certaines compétences, notamment numériques. Reste que la dérive qui a été révélée aux yeux de tous par le scandale dit « McKinsey » (dont le cabinet de conseil n'était qu'un bout du problème, en réalité) au printemps 2022 découle en partie du fait que ces coûts faramineux ne sont pas comptabilisés de la même manière que le recours à des recrutements en interne. On préfère donc payer rubis sur l'ongle des gens venus de l'extérieur qu'embaucher des fonctionnaires pour assumer les mêmes tâches. Ce qui donne l'illusion de peser moins lourd dans le bilan.

Rappelons de quoi il s'agit : dans une série d'enquêtes publiées à l'été 2022, le journal *Le Monde* révélait l'ampleur du problème. On y découvre que « l'État a confié au moins 1,1 milliard d'euros de missions à Capgemini en cinq ans. L'omniprésence du cabinet fait grincer des dents au sein de l'administration, où des voix dénoncent missions coûteuses, projets ratés, opâcité et conflits d'intérêts[1] ». Dès mars 2022, la commission d'enquête du Sénat « sur l'influence des cabinets de conseil privés sur les politiques publiques » tirait la sonnette d'alarme, en pleine campagne présidentielle. Les dépenses de conseil des ministères seraient passées, selon elle, de 379,1 millions d'euros en 2018 à 893,9 en 2021. Elle notait également que « recourir à des cabinets de conseil est devenu un réflexe, y compris pour les principales réformes du quinquennat », comme la réforme de la formation professionnelle (2018-2019), la réorganisation des services de santé des armées (2018-2021), ou encore la réforme de l'aide juridictionnelle

1. Maxime Vaudano, « Cabinets de conseil : Capgemini, le coûteux prestataire dont l'État ne sait plus se passer », *Le Monde*, 2 juillet 2022.

(2019). Lors de notre entretien, Bruno Retailleau déclare : « Notre commission d'enquête a révélé qu'il y a une sorte de fusion, à tel point que les gens de McKinsey répondent aux mails avec le logo du ministère, c'est absolument malsain… Alors que ce soit sur des tâches minimes, très bien, mais ce qu'a révélé la commission, c'est que sur des sujets graves, notamment la gestion de la pandémie, nous avons externalisé les décisions, qui plus est en abandonnant des données à des cabinets américains. Se pose donc la question de la souveraineté des données, ce qui est extrêmement grave… »

L'ex-ministre de la Santé et patron de la Région Hauts-de-France, Xavier Bertrand, tente d'expliquer ce recours accru à des cabinets, qui privatisent de plus en plus la conception et la mise en œuvre de nos politiques publiques : « Je pense que c'est une solution de facilité, de proximité. Quand de nombreux acteurs principaux de l'État ont été dans une grande proximité avec les cabinets de conseil, leur demander de l'aide est un réflexe facile. Cela montre également qu'il y a beaucoup de gens compétents qui travaillent dans les cabinets de conseil. C'est aussi une solution de facilité car on peut avoir des rendus et des retours beaucoup plus rapides. Et puis c'est un regard extérieur, cela permet aux décisionnaires de se retrancher derrière les cabinets sans assumer des décisions difficiles. »

À ses yeux, en allant chercher les cabinets de conseil privés, l'État cherche sans doute également à avoir un autre regard sur l'administration et ses travers. « Même s'il y a des inspections de qualité comme l'IGA, l'IGAS et l'IGF (Inspection générale de l'administration, Inspection générale des affaires sociales, Inspection générale des finances), où des gens remarquables sont capables de faire des travaux tout aussi remarquables, il faut quand même reconnaître qu'il y a eu, pour certains, une forme de politisation, des nominations assez politiques. » Il pointe également un autre problème : peut-on demander à chacun de scier la branche sur laquelle il est assis ?

Pour lui, cette question conduit indirectement à une autre erreur, monumentale, d'Emmanuel Macron depuis 2017 : la réduction drastique des cabinets ministériels. « C'est de la communication à deux balles qui a renforcé le pouvoir technocratique, le pouvoir de l'administration, et surtout dépolitise. Comment répondre aux questions des parlementaires avec un cabinet aussi réduit ? Comment croiser la société civile ? Comment assumer les différentes représentations pour lesquelles on est sollicité ? C'est impossible. J'ai connu les cabinets en 2005, où j'avais le ministère de la Santé et des Solidarités, j'avais cinquante personnes et je peux vous assurer qu'aucun ne lambinait. Aujourd'hui, nous sommes passés à des effectifs de dix, c'est impossible de faire un travail sérieux. C'est une vue de l'esprit. » Ayant connu les cabinets ministériels sous le quinquennat de François Hollande, je peux témoigner de ce qu'un nombre insuffisant de conseillers conduit nécessairement à donner davantage de pouvoirs aux administrations – que les cabinets ministériels sont supposés diriger –, et à moins bien faire son travail. Qui plus est, quand on doit arbitrer entre différents postes de conseillers, on sacrifie les fonctions dites « politiques » bien plus volontiers que celles dites « techniques » (car on ne peut se passer de ces dernières), ce qui accroît encore davantage la dépolitisation du pilotage politique, et multiplie les décisions « déconnectées » de la vie réelle.

Selon Emmanuel Faber, la nécessité de revoir le logiciel comptable de l'État ne fait aucun doute. Depuis son éviction de la direction de Danone en 2021, il préside l'International Sustainability Standards Board (ISSB), une entité internationale ayant la lourde tâche de développer en urgence les normes comptables sur les risques financiers liés aux activités non soutenables des entreprises. Ces risques devraient désormais être rendus publics dans les comptes des sociétés. Affirmant que la comptabilité privée est nettement plus affinée que la comptabilité publique, il s'étonne : « Aujourd'hui on touche aux limites du système. On entre dans une période de très fortes contraintes dont certaines sont nouvelles et brutales. Face à cela, il est impératif d'investir, pas seulement de dépenser. Voter un investissement est très compliqué ! On ne comptabilise pas les actifs en face de la dette qui les finance. Sans parler de la santé, l'éducation, la démographie, qui sont les actifs fondamentaux d'un pays. Comment voulez-vous qu'un gouvernement démocratique investisse facilement pour les dix à quinze ans qui viennent, s'il ne peut pas comptabiliser des dépenses d'investissement, c'est-à-dire par définition quelque chose que vous amortissez sur sa durée d'utilisation ? Le déficit public et le rapport dette/PIB sont des éléments importants, mais beaucoup trop incomplets pour guider la transition écologique et sociale dont nous avons besoin. » Cette figure atypique et charismatique du monde de l'entreprise, pionnière en matière d'engagement sociétal, a initié la première conversion d'une entreprise cotée en « entreprise à mission ». Engagé depuis toujours pour plus de justice sociale, il a été mandaté par Emmanuel Macron pour créer une coalition des grandes entreprises françaises et du G7 s'engageant contre les inégalités d'opportunité, en 2019. Il annonça la même année la création d'une coalition d'entreprises visant à protéger la biodiversité, notamment dans le monde agricole. Quand il me déclare qu'en matière de prise en compte du risque climatique, « les marchés vont aller beaucoup plus vite que l'État. Leur système comptable évoluera beaucoup plus vite, car il répond à un besoin mondial essentiel à la prise de décision micro-économique en temps réel », on ne peut guère soupçonner que c'est un néolibéral pur et dur qui s'exprime.

Il tient à souligner que les marchés financiers peuvent être court-termistes, et donc source d'énormes gaspillage de ressources. « Je suis bien placé pour le savoir... », glisse-t-il. Il fait là, sans doute, référence à la manière dont il fut débarqué par certains des membres du conseil d'administration de Danone, alliés à des fonds activistes ultra-minoritaires qui le jugeaient responsable de trop privilégier le long-terme et la résilience de l'activité.

Pour autant, Emmanuel Faber se montre convaincu que les marchés peuvent être un accélérateur du virage écologique bien plus puissant que les États : « Aujourd'hui, les marchés connectent toutes les économies et prennent conscience des risques que représente le changement climatique. La capitalisation boursière globale des actions et des obligations qui sont cotées représente deux cents fois le PIB de la France. Les marchés sont donc l'allié indispensable des politiques publiques, d'autant que l'économie va probablement mener à des transformations plus rapides car l'évaluation et la prise de décision microéconomique est immédiate, contrairement à la fabrication des politiques publiques et à leur évolution. La plasticité de l'économie de marché est infinie à côté de celles d'institutions qui, par construction presque, sont dans une forme d'inertie. »

Malgré cette inertie structurelle des États, m'explique-t-il, on pourrait imaginer que le Conseil d'État, le Conseil constitutionnel, le Sénat et l'Assemblée nationale et d'autres encore, soient là pour faire bouger les choses. Cela pose la question des élites, de façon générale. « Aujourd'hui, pourquoi ça n'avance pas ? Parce que celles et ceux qui s'auto-proclament "leaders" gèrent consciemment ou pas leurs intérêts personnels. Ils sont les mieux protégés des conséquences du changement climatique et des inégalités qu'il va aggraver, et ils ont, de plus, très peu conscience des enjeux car ils ne sont pas formés pour l'essentiel d'entre eux. Trop souvent, on préfère le pouvoir au leadership. Or, le pouvoir, par essence, repose sur la gestion du *statu quo* : pour garder le pouvoir, mieux vaut préserver les conditions qui ont permis de le conquérir. Cela pose donc à la fois la question de comment on l'exerce, mais, bien avant, celle des conditions et des moyens par lesquelles on y accède. Le leadership, en revanche, est forcément un mouvement, qui n'impose pas mais embarque, qui implique donc une volonté de faire changer les choses collectivement, quitte à remettre en cause les *statu quo* et donc, sans doute, à prendre des risques à titre personnel. Le mécanisme d'agence de nos démocraties, c'est à dire "pour être élu, j'ai fait des compromis, des concessions, voire des compromissions, et pour être réélu, voici les conditions dans lesquelles mon mandat va être évalué comme étant un succès" est à la fois leur force et leur faiblesse. Chacun doit se regarder dans un miroir. On ne peut pas penser ou laisser dire qu'on fait partie de la classe dirigeante, et ne pas assumer d'être les premiers responsables. Donc en tirer les conséquences en prenant le risque de l'action et du véritable leadership. C'est d'autant plus important que l'inefficacité perçue et le manque de crédibilité des gouvernants rend intolérable le sentiment de mépris de classe ressenti par beaucoup, à la recherche croissante d'une proximité et d'une écoute du côté des discours populistes. Dans ces conditions, le leadership politique exigera une cohérence dont l'exercice du pouvoir est malheureusement le pire ennemi. Les tentations de l'entre-soi, de l'entrisme, de la compromission, de l'accaparement, légal ou pas, des avantages acquis ou d'usage dans la fonction. Le pouvoir aiguise la passion qu'il suscite et devient poison pour l'intégrité personnelle de celles et ceux sur qui repose la décision du bien commun. On n'entamera jamais sérieusement et démocratiquement la transition écologique et sociale sans un aggiornamento des prérogatives du pouvoir. Celui-ci ne peut venir que de la prise de conscience de chacune et chacun. L'exemplarité de nos dirigeants politiques est un enjeu clé pour la transition démocratique, peut-être le plus important. Pour cela, il faut des prises de conscience, pas de la pensée technocratique organisatrice et performative ; fresque du climat pour tout le monde, de l'Élysée jusque dans les conseils généraux ; organiser une journée au Sénat à l'écoute des petits-enfants des sénateurs et les écouter parler de demain ; vivre (vraiment – pas juste une visite) une expérience décentrée au contact des plus démunis, aux marges de nos démocraties et de notre société de consommation ; sans gardes du corps et sécurité rapprochée ; se sentir vivant parmi les vivants, au risque de la vie. C'est une conversion autant du cœur, du corps que de l'esprit qui doit être à l'œuvre, pour se relier au vivant, à ce qui nous unit toutes et tous, dans une interdépendance dont le Covid-19 n'est même pas parvenu à nous en faire prendre complètement conscience. Et qui nous unit au vivant autour de nous, clé de notre avenir alors que nous le saccageons. » Les mots sont durs, sans doute parce qu'ils viennent d'un homme qui connaît ces sujets comme sa poche, et qui a constaté nos renoncements et nos insuffisances de près, pour avoir lui-même consacré sa carrière à faire avancer les questions de justice sociale et climatique de concert avec la croissance économique « traditionnelle ». Emmener un corps social, lui dessiner un horizon, savoir lui dire ce qu'il n'a pas envie d'entendre et le convaincre malgré tout, il sait le faire. Et il se désespère de ce que nos responsables politiques ne sachent pas dessiner d'horizon désirable à l'échelle du pays.

Dans « la France est-elle gouvernable ? », le point de départ de notre discussion, il estime que la question sous-jacente est « la France est-elle gouvernée ? Accessoirement par qui, mais surtout pour quoi ? ». « Pour qu'il y ait un narratif commun, il faut qu'il y ait un futur désirable. La place de l'économie ne peut être ignorée. La condition pour la penser est que nous sortions de l'idée que la préservation de la compétitivité – argument suprême du *statu quo* –, c'est forcément "les coûts". La compétitivité des économies est constituée d'énormément d'autres éléments qui ne sont pas valorisés aujourd'hui. » Il estime donc qu'il y a des choses assez simples à faire pour modifier les règles de la comptabilité publique, de manière à prendre au sérieux les sujets climatiques et sociaux. Il s'agirait en somme d'intégrer ce que les économistes appellent des externalités, qui sont autant de facteurs qui n'existent pas dans la macro-économie, car ils sont des coûts ou des gains non valorisés dans les bilans ou les budgets. « Dans le domaine de l'agriculture, j'ai vraiment connu ça pendant des années : l'incapacité à intégrer de la transformation dans les lignes budgétaires ministérielles. » Je lui expose la logique implacable, celle de la construction du budget de la nation chaque année, dont j'ai été témoin à Matignon. Il me semble que nous sommes enfermés dans une logique immuable, un *système* dont il est difficile de s'extirper. Il réplique du tac au tac : « *Nous* sommes le système. Vous dites qu'on est enfermés, mais nous avons accepté d'être enfermés ! Un Premier ministre qui ne veut pas être enfermé, il peut dire qu'il ne veut pas être Premier ministre à cause de ça, ou bien dire qu'il va changer le cadre. Vous pouvez avoir du pouvoir politique, mais du leadership politique, ça demande beaucoup plus que du pouvoir. Ça demande de la vision, et du courage. » Le monde politique sait-il encore attirer de tels leaders ?

Quelles solutions à l'impuissance publique ?

Puisque tout le monde ou presque fait le constat d'une impuissance publique croissante, même si chacun ne converge pas quant à ses causes, que faire ? Les réflexions, les colloques, les rapports sur le sujet s'empilent depuis des années et prennent la poussière. En 1988 déjà, l'année de ma naissance, le Premier ministre Michel Rocard signait une circulaire sur le renouveau du service public. Ce document définissait quatre grandes orientations pour la réforme de l'État : rénovation de la politique de relations au travail, développement des responsabilités, devoir d'évaluation des politiques publiques (ce que nous ne faisons toujours pas correctement trente-cinq ans plus tard), et politique d'accueil et de service à l'égard des usagers. Dans la décennie 1990, le concept de « réforme de l'État », d'inspiration libérale, vint supplanter celui de « réformes administratives » dans les discours politiques. La droite ouvrit la porte à l'importation du *New Public Management* avec un rapport commandé par le gouvernement Balladur en 1993 au conseiller à la Cour des comptes Jean Picq[1]. Un commissariat à la réforme de l'État fut ensuite créé. La gauche au pouvoir à partir de 1997 s'inspira également, au moins en partie, de ce courant de pensée, notamment en 2000 avec la LOLF (qui vise à

1. À ce sujet, lire l'article de l'Institut François Mitterrand consacré à la réforme de l'État : https://www.mitterrand.org/gauche-droite-et-reforme-de-l-etat.html

importer les principes de la gestion du secteur privé dans le secteur public, au nom de la recherche d'efficacité). La RGPP (Révision générale des politiques publiques) impulsée par Nicolas Sarkozy et très décriée à gauche et dans le milieu syndical, fut remplacée par la MAP sous François Hollande (Modernisation de l'action publique). Plus près de nous, le Premier ministre Édouard Philippe confia en 2017 à trente-quatre personnalités, économistes, cadres du secteur public et privé et élus, le soin de réfléchir à une réforme de l'État.

Tant de réflexions ou de réformes, pour un résultat qui reste globalement perçu comme insuffisant par une large majorité des Français, tant en termes de qualité du service rendu que de coût desdits services pour la collectivité. Le chercheur de l'EHESS Benjamin Brice décrit très bien un paradoxe auquel nous, citoyens, sommes tous confrontés, sans jamais comprendre comment une telle situation est possible. « En France, les dépenses publiques pèsent de plus en plus lourd dans le PIB. Et pourtant, on entend souvent parler d'austérité dans les services publics ! » Qui a tort ? La droite, qui dit que la dette et les déficits sont trop lourds, et qu'il faut sabrer dans les dépenses ? Ou la gauche, qui affirme que les services publics sont en ruine et que nous devons investir pour les rénover ? Et comment les deux pourraient-ils avoir raison en même temps ? Chacun peut en effet constater à la fois l'état de délabrement de certains services, et en même temps le poids des prélèvements obligatoires, pour lequel nous ne cessons de battre des records. Comment comprendre cette équation apparemment insoluble ?

Les dépenses publiques représentent désormais plus de 60 % du PIB en France. Si l'on exclut l'année 2020 qui est trompeuse car le PIB a chuté brutalement, on constate qu'en 1980, elles représentaient 46,4 %, et 55,4 % en 2019. Ce qui fausse le débat sur les services publics, c'est que la majorité de nos dépenses publiques ne vont pas dans les services publics tels que nous les concevons spontanément – école, hôpital, police… 58,8 % des sommes vont en réalité aux transferts aux ménages et aux entreprises. Lorsque nous pensons « dépenses publiques », nous avons tendance à faire référence à seulement un tiers de celles-ci, c'est-à-dire celles consacrées à la rémunération des agents, à l'achat de matériel, aux paiements des prestataires et des loyers… Bref, aux dépenses de fonctionnement de l'État. Or, et c'est là que l'équation impossible trouve sa résolution, depuis 1980 – toujours selon Benjamin Brice – les dépenses de fonctionnement n'ont PAS augmenté. Au contraire : elles ont diminué de 0,5 point, alors que dans le même temps, les dépenses consacrées aux prestations et transferts augmentaient de 9,8 points.

Donc quand la gauche dit que les services publics comme l'école ou l'hôpital manquent de moyens, elle n'a pas tort. Nous consacrons une part moins importante de notre richesse à nos services publics aujourd'hui que sous Valéry Giscard d'Estaing ! Et le vrai débat, dès lors, sur la dépense publique et la dette, devrait peut-être se focaliser sur l'ampleur des dépenses de transferts dans notre pays. Mais qui aurait le courage de s'attaquer à cela… ? C'est bien plus difficile que de brandir la suppression de quelques dizaines de milliers de postes de fonctionnaires, car nous parlons de sommes sonnantes et trébuchantes arrivant dans votre poche et dans la mienne. On se souvient du scandale politique provoqué par la suppression de 5 euros d'APL, à l'été 2017, par le gouvernement d'Édouard Philippe…

Se poserait-on alors les mauvaises questions ? L'ancien Premier ministre justement, qui a dirigé le gouvernement pendant trois ans, semble convaincu que celui-ci n'est pas conçu pour s'occuper du quotidien, et que l'on porte donc sur lui des attentes qu'il ne peut remplir. « L'État n'est pas fait pour penser aux objets de la vie quotidienne, il en est incapable. Les collectivités peuvent le faire peut-être, mais ce n'est pas le rôle de l'État », explique Édouard Philippe. Nous devrions donc déléguer aux collectivités des pouvoirs qu'elles n'ont pas ? « Le quotidien est tellement divers que l'État n'est pas adapté pour s'en occuper. Je ne suis pas fédéraliste mais je constate que lorsque l'État veut faire du quotidien qui marche, il dit par exemple qu'il voudrait mettre en place des petits déjeuners pour les enfants défavorisés dans les écoles… Mais, à la fin, ce n'est pas l'État qui le fait, mais les collectivités ! Et c'est très bien comme ça. Je n'ai jamais cru au "dernier kilomètre" de l'État et quand on n'aura plus qu'à s'occuper de ça, ce sera merveilleux. » Il fait référence à la réflexion, initiée par Emmanuel Macron, sur la manière de rendre concrètes les réformes dans la vie quotidienne. Françoise Fressoz en expose ainsi la logique : « Impossible, ces derniers temps, de croiser un macroniste sans qu'il vous parle du *dernier kilomètre*. La notion, empruntée au e-commerce, fait référence au défi que représente pour les distributeurs la livraison en temps voulu de la commande passée : le dernier kilomètre parcouru par le colis est le plus difficile à gérer et le plus coûteux[1]. » La journaliste rapportait que le grand enjeu de la deuxième partie du premier quinquennat d'Emmanuel Macron serait « la capacité de l'État à délivrer en temps et heure du concret ». La crise du Covid est venue percuter de plein fouet ces belles intentions, et la réflexion reste d'actualité à l'heure où j'écris ces lignes.

Pour Valérie Pécresse, il n'y a pas de doute : les solutions ne pourront pas venir de l'appareil d'État. Il ne faut pas lui demander de se réformer lui-même. Une voie doit à ses yeux être explorée de manière radicale et résolue : celle de la décentralisation, « étape absolument majeure pour améliorer la performance publique, redonner du sens au service public, réindustrialiser les territoires en mettant de la proximité dans la réponse ». Mais attention, prévient-elle : cela voudrait dire que l'on ferme les structures d'État et que l'on rouvre au niveau local des structures beaucoup plus performantes, en faisant au passage la transition écologique et la transition numérique. « On recrée complètement le service public, mais un service public beaucoup plus proche, beaucoup plus efficace, beaucoup plus ouvert aussi. » Lorsqu'on interroge un élu local, il plaide forcément pour plus de décentralisation. C'est le cas de Valérie Pécresse ou Xavier Bertrand

1. « La capacité de l'Etat à "délivrer du concret" est devenue le grand enjeu du quinquennat », *Le Monde*, 18 juin 2019.

à droite, présidents de région, de David Lisnard, maire de Cannes, ou encore à la gauche de l'échiquier politique, du maire de Nancy Mathieu Klein. Ils plaident sans doute, au moins en partie, pour leur paroisse. Et quand on interroge un élu national, cette préoccupation est moins marquée. Quant aux hauts fonctionnaires, ils n'y sont, à quelques exceptions près, carrément pas favorables.

Valérie Pécresse illustre sa méthode avec une initiative menée au niveau de sa région pour l'emploi et la formation : « J'ai mis toutes les formations proposées par ma région, soit 130 000 formations destinées aux chômeurs pour les métiers qui recrutent, sur le site Leboncoin. Il y a 650 000 chômeurs en Île-de-France, l'enjeu est de taille. Le résultat : j'ai eu bien davantage de chômeurs qui se sont inscrits dans mes formations grâce à l'annonce gratuite que j'ai mise sur Leboncoin, plutôt que de gens qui sont venus via Pôle emploi. Et pourtant, cet organisme nous coûte beaucoup d'argent. Il y avait 11 000 salariés à Pôle emploi en 2019 en Île-de-France. Or, en septembre 2019, je m'aperçois que ces 11 000 salariés m'ont envoyé, sur les 130 000 formations région… 11 000 chômeurs ! 11 000 personnes qui m'envoient 11 000 personnes. » Elle m'explique que ce n'est pas la faute des salariés de Pôle emploi : la région, c'est loin pour eux, ils ne connaissent pas ses formations, et ils ont déjà des milliers de formations d'État à prescrire en priorité. Sauf que les formations proposées par la région ont une particularité : elles sont co-construites avec les entreprises du territoire, pour coller au plus près des besoins. Donc ce sont des formations qui ne sont pas généralistes, mais au contraire dédiées aux métiers qui recrutent sur le territoire. « Ce que je veux vous dire, c'est qu'il faut vraiment tout ramener au plus près des besoins, et il ne faut pas avoir peur d'être créatifs et de mettre en concurrence les acteurs publics et privés comme je l'ai fait en sollicitant Leboncoin. »

Comment gérer une organisation ? La transformer pour mieux répondre aux contraintes nouvelles ? Ces questions ne sont évidemment pas réservées au secteur public. Elles se posent dans les immenses entreprises, comme Renault ou La Poste, comme dans les start-ups.

Adrien Nussenbaum, cofondateur de la licorne MIRAKL, une réussite entrepreneuriale qui le classe, avec Philippe Corrot, au 186e rang des plus grandes fortunes de France selon *Challenges*, explique que même dans une organisation relativement récente, les logiques de conservation et d'ossification se mettent en place très vite : « Dans les entreprises, quand on réfléchit à la notion de licenciement, c'est toujours avec une connotation négative. Ce qui est passé est considéré comme acquis pour toujours. Même dans une entreprise en forte croissance comme la nôtre, un poste qui a été créé il y a trois ans est forcément jugé nécessaire pour l'éternité. Et pourtant, nous sommes l'incarnation même du fait que les usages, les modes de communication, ou encore l'accès à l'information, évoluent ! Tout change à l'extérieur, mais dans l'entreprise, ce qui est fait – les emplois, les procédures – ne devrait jamais changer. C'est très paradoxal. » Il avoue lui-même être parfois pris au piège de cette logique, qui consiste à partir de l'existant comme d'un acquis, plutôt que remettre en question constamment des usages et des procédures qui peuvent devenir obsolètes rapidement. Je lui conte une anecdote britannique lue dans un essai d'économie il y a quelques années : un homme est au bord de la route et croise un autre type. Il lui demande son chemin pour se rendre à Dublin. L'autre lui répond : « Si j'allais à Dublin je n'aurais pas pris ce point de départ. » Il est des trajectoires qui dépendent éminemment de leur démarrage. Une partie de la littérature sur la théorie des organisations expose que dans de nombreux domaines, il est plus facile de construire une organisation, ou un business, à partir de zéro, que de réformer des structures existantes. Je demande si cela ne s'appliquerait pas aussi à l'État.

Il me répond : « C'est ce que j'ai demandé à mettre en œuvre il y a quinze jours aux patrons des grandes équipes qui composent mon entreprise. Ce que vous décrivez s'appelle le *zero base thinking* en anglais. Je suis convaincu de la nécessité de cet exercice. Bien sûr, il ne faut pas casser ce qui marche, mais quand on réfléchit à la manière dont on est gouvernés depuis la Ve République, nous sommes bien obligés de constater que rien n'a changé. Le découpage des fonctions de l'État, le fait d'avoir deux chambres parlementaires, etc. On n'a rien changé. Or, le monde s'est transformé, la société aussi. » L'État souffrirait donc de notre incapacité à penser autrement, à prendre une feuille blanche et partir des besoins et des contraintes d'aujourd'hui, et pas des moyens conçus hier ou avant-hier. Cette incapacité est sans doute expliquée par trop d'habitudes empilées, trop d'usages, trop de normes établies et jamais remises en cause, mais aussi trop de conséquences sociales à d'éventuelles reconversions ou fermetures de services. Une vraie réforme de l'État partirait des contraintes – en financement, par exemple –, des besoins de la population, et chercherait les meilleurs moyens d'atteindre nos objectifs. Nul doute que si nous effectuions collectivement cet exercice, nous nous rendrions compte que les systèmes de santé, ou de retraites, ou de formation conçus au XXIe siècle ne ressembleraient nullement à ceux hérités du XXe et péniblement rafistolés. Mais qui aurait ce courage-là ? Car repartir de zéro, c'est aussi remettre en cause des emplois, des fonctions, peut-être même décider – question absolument taboue à gauche, souvent pour de mauvaises raisons – que le privé se chargerait mieux de certaines tâches que le public (ou inversement).

Inconsciente ou audacieuse ? C'est en tout cas à peu près la méthode que revendique aussi David Lisnard, maire de Cannes connu pour avoir appliqué certaines méthodes du privé à la rénovation des services publics de sa ville. Avec succès, si l'on en juge par sa réélection dès le premier tour aux dernières municipales, avec un score soviétique de 88,08 %. Il prône une vraie réflexion sur le rôle de l'État, qui implique de travailler sur la notion fondamentale de subsidiarité. « C'est la seule manière de recréer de la responsabilité à la fois privée et locale. Il faut donner davantage de libertés d'initiative, davantage de responsabilités aux acteurs locaux, et ensuite effectuer des contrôles *a posteriori*, plus sévères si les objectifs ne sont pas atteints. Cela permettra de remettre l'État à sa juste et noble place de dernier assureur, de garant de l'égalité des chances, et surtout de contrôleur de l'action des autres acteurs. Et comme l'État est de plus en plus défaillant dans le contrôle et dans la sanction de ceux qui en abusent, il est de plus en plus bloquant à l'égard de ceux qui en usent. » Il faudrait donc, dans tous les domaines, de l'écologie à l'éducation, moins contrôler l'usage et davantage entraver l'abus.

Jean-François Copé, lui, met directement les pieds dans le plat en évoquant un grand tabou du débat politique, sur lequel plus d'un responsable politique s'est brûlé les ailes : le statut de la fonction publique. « Il est temps de s'occuper sérieusement de la fonction publique. Les fonctionnaires sont mal payés, et en plus on ne peut pas mieux rémunérer ceux qui s'investissent davantage. Je propose donc une chose : qu'on supprime l'emploi à vie dans la fonction publique. C'est incompréhensible aujourd'hui. » Conscient d'avoir jeté un pavé dans la mare, il reprend : « Bien entendu, il faut le faire pour les nouveaux entrants, car on ne saurait remettre en cause ce qui existe pour le passé. Mais aujourd'hui ce statut est une barrière à l'entrée pour des millions de gens qui rêveraient de pouvoir s'engager deux, trois, cinq ans pour le pays. Et ils savent qu'ils ne pourront jamais le faire dans des emplois à responsabilité, jamais ! Je ne comprends pas comment on ne peut pas laisser un grand entrepreneur, un cadre important, n'importe qui s'engager sur un contrat de cinq ans pour de vraies missions. Avec de vraies ambitions, pouvant même être chefs. Et il doit être aussi naturel pour des fonctionnaires d'aller dans le privé, de changer de vie, sans que ce soit une telle remise en cause de leurs avantages précédents qu'ils ne le feront jamais... La suppression de l'emploi à vie pour les nouveaux entrants et leur substitution par un contrat de travail parfaitement banalisé ne poserait aucun problème. Et qu'on ne vienne pas me dire que les métiers de l'État ne doivent pas être donnés à n'importe qui... Les formations, ça existe pour tout le monde, y compris les policiers ou les magistrats ! Au titre de quoi n'aurait-on pas le droit d'exercer aussi des fonctions régaliennes ? La formation est un droit en France. Il faut fluidifier tout cela, responsabiliser, mesurer l'efficacité, et aussi se séparer de ceux qui ne sont pas bons. » En l'écoutant, je me dis que le degré de courage politique, entendu comme capacité à dire des choses dont on sait qu'elles ne sont pas forcément populaires, est inversement proportionnel à l'ambition électorale affichée par chaque individu. J'imagine, c'est en tout cas ma théorie, que Jean-François Copé a renoncé à son ambition présidentielle – qu'il n'a jamais cachée – et que, libéré de ce poids, il peut dire des choses que les autres ne se permettront jamais, de peur de se condamner.

Dans le même courant de pensée, l'économiste Nicolas Bouzou réfléchit lui aussi à la réforme de l'État. Il se penche notamment, dans son dernier ouvrage, sur la réforme de l'hôpital public qui vit, selon lui, « une crise de l'organisation et des ressources humaines, beaucoup plus qu'une crise des moyens. On peut faire le même constat avec la police : là, pour le coup, il y a un manque de moyens (comme pour la justice) et une bureaucratisation excessive qui génère une perte de confiance. Il faut bien comprendre qu'au-delà d'un certain point de complexité, le process détruit la confiance. » Or, sans confiance, rien n'est possible dans une démocratie libérale comme la nôtre.

Ce que l'économiste a trouvé de plus convaincant, en termes de méthode pour réformer les services publics, est exposé dans les Mémoires de Tony Blair. L'ex-Premier ministre britannique avait pointé, à la fin des années 1990, les mêmes dysfonctionnements que ceux qui nous occupent aujourd'hui. Sa méthode pour y remédier a été de répertorier les insuffisances concrètes des services rendus aux Britanniques, et de réfléchir à partir de ça. Cela donnerait des questions comme :

– Pourquoi est-ce si long d'obtenir une CNI ? (Blair prenait, lui, l'exemple du permis de conduire.)

– Pourquoi n'ai-je pas de place en crèche ?

– Pourquoi y a-t-il des salles inoccupées à l'école ?

– Pourquoi dois-je attendre des heures aux urgences ?

– Pourquoi suis-je mal reçu au commissariat?
– Pourquoi mes dépôts de plainte ont-ils été perdus?

À partir de là, Blair a monté une *task force* de quelques consultants placés directement auprès de lui. Nicolas Bouzou met en garde : « Il ne faut surtout pas confier ce genre de missions aux parlementaires (qui vont tout compliquer) ou à un ministre (trop exposé médiatiquement). En France ce devrait être un sujet suivi directement par le président de la République. Lui seul a l'autorité pour que les changements ne se perdent pas dans les sables. »

Xavier Bertrand, classé à droite lui aussi mais se revendiquant d'une droite plus sociale que libérale, aborde le sujet un peu différemment : l'État devrait se recentrer sur ses fonctions essentielles, régaliennes, c'est-à-dire la préparation de l'avenir. Pour le reste, il plaide pour une nouvelle répartition des rôles entre l'État et les territoires. Il ne souhaite pas que l'État disparaisse totalement des territoires, mais que les administrations centrales soient moins fortes, au profit de services déconcentrés. Les gains de performance viendraient donc d'une nouvelle répartition des rôles à la fois entre État et territoires, mais également en son sein même, entre l'État central et l'État déconcentré. C'est la « République des territoires » sur laquelle il fit campagne à l'hiver 2021 pour être désigné candidat de son parti, Les Républicains, à la présidentielle. Une campagne malheureuse, mais dont il conserve quelques convictions, dont la nécessité de faire advenir cette nouvelle répartition des rôles.

Il insiste sur une autre question, essentielle à ses yeux : l'État va-t-il enfin décider de reprendre la main sur un certain nombre d'agences publiques? « Dans une région, l'ADEME [Agence de la transition écologique] n'en fait *grosso modo* qu'à sa tête, et le préfet de région n'a pas grand-chose à voir là-dedans, sinon son pouvoir d'influence et d'interférence. Ce n'est pas normal. Sur les bras armés de la politique de l'État, avec comme exemple l'ADEME et les agents de l'eau : on a du mal à savoir qui est le patron. En tout cas, ce n'est plus l'État. Prenons la SNCF. L'État en est actionnaire, mais il n'a aucune vision stratégique. EDF également. Quel rôle joue-t-il ? Et je ne parle pas ici de l'État stratège ou actionnaire. On pourrait très bien tout redessiner, tout redéfinir et ma logique est très simple : c'est de tout recentrer sur le rôle de l'État régalien et de l'État central et d'envisager une nouvelle répartition des rôles entre État central et État déconcentré, et entre État et territoires. Quand je parle des territoires, je ne parle pas seulement des élus locaux. Ce sont également les forces économiques, la société civile. Je reste intimement convaincu que la pratique institutionnelle est quand même une voix à utiliser avant même d'envisager une énième réforme constitutionnelle, parce qu'on se rend compte, à nouveau, que l'élasticité et la solidité de la Vᵉ République sont des atouts. Avant de parler de VIᵉ République, ayons déjà une pratique très démocratique, vraiment respectueuse de nos institutions, et on va s'apercevoir qu'on a peut-être un peu moins besoin de jouer au chamboule-tout que ce que l'on croyait. »

Mathieu Klein, maire socialiste de Nancy, souligne quant à lui la schizophrénie de l'État, incapable de déléguer certains pouvoirs sans immédiatement fliquer les acteurs dotés des nouveaux pouvoirs, comme s'ils n'étaient jamais dignes de confiance. « L'État prétend toujours vouloir décentraliser, mais chaque fois que l'État central accepte de déléguer une partie de ses compétences au profit d'un territoire, il se précipite pour déconcentrer parallèlement une partie de ses services afin d'être toujours pas très loin… Comme sur une sorte de point de guet, pour voir exactement comment ses collectivités locales vont utiliser ce qu'on leur a transféré pour assumer telle ou telle compétence. » Pour lui, un vrai progrès dans la réforme de l'État consisterait à stopper cette déconcentration qui accompagne systématiquement la décentralisation. Il s'agirait d'entrer réellement dans la logique exposée dans le préambule de notre Constitution, de « République décentralisée ». Sur certains sujets, l'État ne devrait plus intervenir, ou uniquement pour s'assurer du respect des fondamentaux de la République, mais sur lesquels il devrait concrètement lâcher la bride.

Il me donne un exemple, qui « n'est pas forcément du flicage dans le sens "attention, je suis derrière vous", mais consiste à garder un petit morceau des compétences. Prenons l'hébergement d'urgence. Aujourd'hui, les métropoles ont un rôle à jouer mais l'État aussi, avec ses directions de l'emploi, du travail et de la solidarité. Je verrais bien ces directions transférées aux collectivités locales. J'ai besoin de moyens pour gérer l'hébergement d'urgence, mais je n'ai pas besoin d'un schéma directeur qui vienne de l'État. Je suis capable de dire de combien de places on a besoin, je suis capable de discuter avec le personnel. Je pense que tous les maires peuvent faire ça. Quand j'étais président du département, pour négocier un plan départemental, je savais ce que j'avais à faire. Je n'ai pas besoin d'avoir à négocier avec l'État. Donnez-moi les moyens de les conduire, contractualisez avec moi le résultat en disant ce qui est attendu de moi, mais faites-moi confiance dans la façon de l'exécuter ! Et si je n'ai pas réussi, vous avez le droit de m'en parler. » Mais cette logique de confiance et de contractualisation est extrêmement rare dans notre pays.

La France est aussi gouvernable que les autres pays, me dit David Lisnard, « ça j'en suis archi convaincu ! ». Il m'explique qu'à ses yeux, l'histoire procède par cycles et par spirales. « Il est temps d'enclencher une nouvelle spirale d'efficacité, comme en 1958. Il nous faut quelque chose d'aussi fort qu'à cette époque-là. Il faut revitaliser les corps intermédiaires. » Il nous faudrait comprendre que gouverner, ça n'est pas tout décider d'en haut. Mais qui aura le courage de recréer « des îlots de responsabilité partout », à l'heure où se multiplient les recours individuels, les mises en cause, les poursuites qui invitent le moindre responsable public à la paralysie et à sortir le parapluie ?

Je demande au président de l'association des maires de France s'il est optimiste pour l'avenir. « Je ne suis ni optimiste, ni pessimiste, en fait. J'essaie d'être réaliste. Je vois bien tous les blocages, ils sont plus forts que jamais. Mais je sais que tout peut changer. Il n'y a pas un "malheur français" ! » La pente sur laquelle nous nous trouvons vient de si loin… « Quand ça fait trop longtemps que dès que l'on a un problème, la solution passe par plus de lois et de dépenses, la mort est au bout. Je crois qu'à un moment, nous allons nous retrouver face aux réalités, et nous allons comprendre qu'il y a d'autres systèmes que le nôtre qui fonctionnent mieux. Et là, notre système va s'écrouler. » Je réplique que ce sont les populistes qui risquent bien de tirer les marrons du feu, pas ceux qui ont exercé le pouvoir depuis des décennies… Il me répond, en soupirant : « Ça risque effectivement de s'écrouler dans la douleur, c'est bien ça le problème et il faut l'éviter. Je ne suis pas optimiste, pas pessimiste non plus, si j'étais résigné, j'arrêterais de faire de la politique. Je ferais autre chose, et puis voilà, je m'engage… Notre défi, qui est aussi notre devoir, est de construire une espérance rationnelle. »

Dans les pistes de solutions évoquées par les uns et les autres, tant relève de la culture politique et de l'état d'esprit, qu'il semble bien audacieux d'espérer des changements profonds, à la hauteur de ce qui serait nécessaire, dans un délai raisonnable. Il est donc fort probable que nous continuions à ajuster à la marge, à empiler les rustines en regardant, bras ballants, notre État se délabrer.

Quatrième partie

Des corps intermédiaires écrasés

Ni écoutés, ni consultés

« C'est qui, le moustachu ? »

Je suis sur le perron de l'hôtel de Matignon. Le directeur adjoint de cabinet du Premier ministre en charge des affaires sociales, Gilles Gateau, m'a demandé d'aller camper aux côtés des journalistes qui tendent leur micro. Les principaux syndicats, consultés un à un par le Premier ministre, défilent les uns après les autres depuis le début d'après-midi et livrent à la presse leurs impressions.

Je suis chargée de faire remonter, pendant cet énième grand raout social du quinquennat – dont je ne comprenais alors pas vraiment l'intérêt, je ne me souviens même pas sur quoi le Premier ministre consultait alors… –, un résumé de ce que disent les uns et les autres sur le perron. Comme ils consultent non-stop, le Premier ministre et ses collaborateurs ne peuvent pas regarder BFM-TV…

Je connais les visages des principaux patrons de syndicats. Enfin, à peu près… Mais lorsque « le moustachu » s'avance à son tour sur le perron, je ne sais pas qui il est. Élu quelques semaines plus tôt, le 3 février 2015, Philippe Martinez vient de succéder à Thierry Lepaon. Sa notoriété est encore réduite, mais sa moustache et ses coups de gueule rattraperont vite ce déficit.

Le style de Philippe Martinez l'inscrit presque naturellement dans les codes classiques du syndicalisme « protestataire », comme on dit. Il se coule sans difficulté dans l'univers visuel du syndicalisme tel que pensé, ou caricaturé, depuis des décennies. On n'a aucun mal à l'imaginer dans un cortège, drapeau rouge de la CGT et porte-voix à la main. Le costume lui va même si bien que si l'on n'y prenait garde, on pourrait l'enfermer dans la caricature du type qui gueule pour tout, tout le temps, et qui refuse toutes les réformes. Or, après une heure de discussion – qu'il m'a accordée avec plaisir le lendemain de ma sollicitation –, j'ai le sentiment que le syndicaliste est beaucoup plus complexe que la caricature qu'en ont fait les médias.

Je le lance sur les difficultés rencontrées quand on est syndicaliste aujourd'hui, sur le rôle ambigu de l'État, sur la défiance d'une partie de la population et sur la violence qui monte sans cesse dans la société. Il refuse de sortir de son domaine de compétence, ce qui est rare chez les personnages publics, peut-être la preuve d'une humilité inhabituelle : « Je ne suis pas spécialiste du cursus des hauts fonctionnaires et de leur expérience. Mais j'en croise parfois et ce n'est pas souvent qu'ils comprennent de quoi on parle. Ils ont besoin, eux comme d'autres, d'avoir plus de prise sur la réalité du monde du travail et de la vie en général. J'en croise certains qui nous expliquent la vie que nous vivons sans se demander d'où ils sortent. Après, je ne suis pas assez spécialiste des formations de grandes écoles comme l'ENA… » Il est clair, abordable, ne cherche pas ses mots avec l'air de celui qui a peur de dire une connerie. Pas une seule fois il ne me semblera méfiant, pas une seule fois il ne me redira, contrairement à la plupart des autres : « Je relis à la fin, hein ? » C'était le deal de départ, chacun pourra relire ses propos, je le respecterai avec tous.

Est-ce que l'État est trop présent dans la gestion des affaires économiques et sociales, ou pas assez ? « Je ne sais pas si l'État est trop présent, parce que beaucoup de territoires manquent de représentants de l'État. À mon avis, il y a besoin d'une présence dans les territoires, mais quand on dit moins centralisé, je pense que c'est avec des fonctionnaires qui peuvent prendre des initiatives parce que si eux aussi attendent la note de service du ministre pour agir, bien souvent, on leur dit qu'ils ne servent à rien. Il y a beaucoup de préfets qui se font engueuler. »

Il décrit un monde du travail de plus en plus dur, et un écart croissant – que dis-je, un gouffre ! – entre ceux qui travaillent dans les usines et ceux du haut. On l'imagine dans ce va-et-vient permanent, presque sisyphéen, entre les élites et les travailleurs : « Beaucoup ne savent pas ce qu'est un syndicat, une négociation… Si je prends l'exemple des préfets, ils ont souvent beaucoup de problèmes sociaux à régler. Ils sont en première ligne. Or, c'est très difficile pour nous d'avoir des contacts avec ces préfets. Nous sommes organisés par département à la CGT, et il y a très peu de relations entre nos secrétaires départementaux et les préfets. Sauf s'il y a une consigne du ministère du Travail qui dit qu'il faut une conférence territoriale sur un sujet. Même moi, à mon niveau, j'ai l'occasion d'avoir les préfets directement parce que je suis allé engueuler le ou la ministre du Travail et qu'il y a une consigne pour savoir comment on peut régler la situation. Je pense qu'il y a un vrai problème de formation dans l'État sur le rôle des organisations syndicales, des relations sociales dans l'entreprise… » Et aussi, manifestement, un vrai problème de centralisation des décisions. Quel pays pourrait fonctionner efficacement, si l'on doit sans cesse remonter au chef pour obtenir le moindre arbitrage ?

Cette méconnaissance de l'entreprise par le monde politique et administratif est dénoncée par la plupart des syndicalistes, mais aussi par de nombreux patrons d'entreprises interrogés pour cet ouvrage. Jean-Dominique Senard, le charismatique patron de Renault, qui doit une grande partie de sa notoriété à sa gestion exemplaire tant sur le plan économique que social de l'entreprise Michelin, témoigne de ce gouffre qu'il a pu observer de près à maintes reprises. Une incompréhension qui serait une des sources de notre difficulté à forger des compromis sur les questions économiques et sociales. Nous y reviendrons.

Sur ce point, c'est-à-dire la nécessité d'une discussion et d'une évaluation en amont de la décision politique, la plupart des syndicats rejoindront le patron de Renault. Philippe Martinez s'exclame : « Ce n'est pas le service après-vente sur lequel il faut travailler davantage, mais le service avant-vente ! » Le mot à la mode depuis quelques années est « concertation ». Qu'est-ce que ça veut dire, au juste ? C'est un vrai sujet, trop peu débattu lors des campagnes électorales, et encore moins en dehors. Plusieurs syndicalistes m'ont confié que lorsqu'ils sont auditionnés par un ministre, celui-ci leur fait part de ce qu'il veut faire, « on peut lui répondre que l'on pourrait faire autrement… Mais on se fait sortir du bureau ».

Philippe Martinez m'explique avoir été auditionné par des parlementaires en amont de la loi sur le pouvoir d'achat à l'été 2022. Or, quand la loi est sortie de la moulinette gouvernementale, il n'a rien reconnu de ses réflexions et de ses idées. « Vous voyez la loi et là, vous vous demandez à quoi toutes ces réunions ont servi ! On n'a pas toujours raison, mais on pourrait de temps en temps prendre en compte une partie de ce qu'on dit. J'écoutais les débats à propos de la loi sur le pouvoir d'achat (en juillet 2022), et sur les douze premiers articles, je me suis demandé où ces gens-là avaient travaillé ! Comment on construit les lois ? C'est un vrai sujet. Il faut vraiment définir le mot concertation. »

Philippe Martinez a une formule pour expliciter le problème de la méthode française de concertation : « Le gouvernement nous donne le résultat avant d'avoir écrit l'énoncé. » Et poursuit : « On nous écoute, même souvent on nous dit qu'on est d'accord avec nous. Bruno Le Maire a dit au moins à trois reprises qu'il était d'accord avec moi sur le problème du taux d'emploi des seniors. C'est presque un salarié sur deux qui arrive à l'âge de la retraite sans emploi ! Je l'ai entendu dire trois fois qu'il faut régler le problème, et en trois ans, il n'a pas été réglé. » La défiance mutuelle, quel que soit le responsable, politique ou syndicaliste, empêche d'envisager la moindre solution à ce face-à-face stérile.

Une crise de la vocation syndicale ?

D'aucuns diront que les syndicats ne représentent pas la majorité des salariés, mais plutôt une minorité bruyante, plutôt plus radicale que la moyenne, et ne peuvent dès lors pas être placés au cœur de la décision publique. Geoffroy Roux de Bézieux livre un diagnostic lucide sur la conception des relations sociales qu'ont la plupart des salariés aujourd'hui : « Je vais le dire de manière assez provocatrice, mais si vous êtes jeune salarié et que vous avez un problème avec votre patron, aujourd'hui vous allez sur Internet trouver un avocat ou un formulaire tout fait pour écrire votre lettre aux Prud'hommes. Les organisations syndicales ne sont pas forcément la solution la plus évidente… Non pas qu'il n'y ait pas de contentieux en entreprise ! L'entreprise, ce sont des intérêts qui ne sont pas forcément alignés, il ne faut pas le nier. » À cela s'ajoutent des attitudes politiques ayant nourri la défiance de part et d'autre. De nombreux responsables syndicaux – dont le patron du MEDEF n'est pas – m'ont ainsi expliqué qu'Emmanuel Macron leur avait signifié qu'ils ne servaient à rien.

Geoffroy Roux de Bézieux livre un constat très critique sur les organisations syndicales : « Nous voyons bien que l'absence d'intermédiaires n'est pas un bon système… Mais il faut aussi avouer que les intermédiaires ont peu proposé, et peu pris d'initiatives. Est-ce que cette mécanique négative peut s'inverser ? Modestement, j'ai essayé de le faire avec la CFDT depuis trois ans. Nous avons pris des initiatives, par exemple sur le télétravail. Nous avons réussi à conclure un accord plutôt bon, qui est utilisé par les entreprises comme modèle, et il n'y a pas eu besoin d'en passer par la loi, ce qui est rare en France. Mais cet exemple a ses limites, puisque c'est le Covid qui nous a forcés à agir un peu différemment. Ça nous a sortis de notre zone de confort. » Pourra-t-on le répéter, en faire une nouvelle normalité ?

Philippe Martinez expose une réalité du syndicalisme dont on parle rarement. Elle n'est pourtant peut-être pas totalement étrangère à l'affaissement des corps intermédiaires : « Les responsables syndicaux ont des mandats de quatre ans. Maintenant (depuis les réformes conduites sous Hollande et Macron), un représentant des salariés est élu dans son CSE, mais cumule aussi de nombreuses responsabilités. Cela fait beaucoup de travail alors que la vocation du syndicaliste, c'est avant tout de passer du temps avec les salariés. Les syndicalistes sont noyés sous le boulot, sous des choses très importantes, graves, et il y a beaucoup de burn-outs. C'est beaucoup de pression et de responsabilités, et forcément il y a beaucoup d'élus qui “pètent un plomb”. Et puis, ils se font aussi engueuler par les salariés… »

Irresponsabilité ?

Chez une partie non négligeable des responsables politiques (surtout de droite ou du centre), et du patronat, l'idée que les syndicats font preuve d'immobilisme est très répandue. La plupart des personnes très directement intéressées ne l'expriment pas publiquement, je ne citerai donc pas de noms ici. Certains leur trouvent évidemment des circonstances atténuantes, à l'image du patron du MEDEF, qui me glisse : « Je ne veux pas accabler mes collègues syndicaux, les organisations se rétrécissent en termes d'audience depuis trente ans, pour des tas de raisons… Et pas qu'en France ! » Manière de me signifier que, contrairement à ce que l'on prétend souvent, l'image si souvent associée à la France du syndicat protestataire et d'extrême gauche n'est peut-être pas la seule source de la panne de notre dialogue social.

Certains vont même plus loin, à l'image de Louis Aliot, qui déclarait le 25 août dernier au micro d'Apolline de Malherbe sur BFM-TV : « Les syndicats sont les croque-morts du monde économique et du travail, ils ne servent à rien. » Des propos très étonnants au regard de la réalité électorale des syndicats : un sondage réalisé par l'institut Harris pour LSQ lors du premier tour de la présidentielle de 2022 indique que le RN aurait vraisemblablement « franchi la barre des 10 % pour tous les syndicats de salariés, le moins perméable étant la FSU, à 10 %

justement, derrière Solidaires à 14 %[1] ». Au sein des sympathisants se disant proches de la CFDT, le score de Marine Le Pen aurait été de 15 %, et même 22 % à la CGT. Une proportion loin d'être tout à fait négligeable, qui indique que le monde du salariat est une clientèle d'avenir possible pour le Rassemblement national.

Quelle est la voie à suivre pour les responsables politiques de tous bords : braquer les syndicats, en surfant sur l'image assez négative qu'ils peuvent avoir dans l'opinion dès lors qu'ils usent de leurs armes traditionnelles que sont les grèves et les manifestations ? Ou au contraire, tenter de récupérer cette partie du monde du travail, en parlant directement à son sentiment d'être méprisée et déclassée ? Dans de nombreux pays européens, le rapprochement entre les partis situés à la droite de la droite et les syndicats sont en cours. Pourquoi cela serait-il différent dans le nôtre, alors que les ouvriers et employés sont déjà le premier électorat du RN ?

Édouard Philippe a eu de nombreuses occasions de se confronter aux syndicats pendant qu'il était à Matignon. Il a notamment conduit une réforme du Code du travail, mais aussi des retraites, avortée pour cause de Covid. Je lui demande s'il est inquiet de la montée de la violence en marge des manifestations. En guise de réponse, il me glisse avec un air agacé que les organisations syndicales sont coupables de tenir un double langage : « Quand vous discutez avec les responsables (des grandes centrales syndicales), ils vous disent : “Bien sûr, il va falloir travailler plus longtemps pour les retraites, mais on ne le dira pas car on ne peut pas.” » Il lève les yeux au ciel et poursuit : « Bon, bah moi, mon niveau d'estime pour eux baisse très vite quand j'entends cela. Localement, dans les entreprises, on arrive à faire des choses… Mais au niveau national la capacité de dialogue et de compromis est médiocre. Et ce n'est pas lié qu'aux politiques, les syndicats en sont aussi responsables. »

1. https://www.lesechos.fr/elections/presidentielle/presidentielle-marine-le-pen-gagne-du-terrain-chez-les-sympathisants-des-syndicats-1399968

Sur ce, il me livre sa propre définition du leadership en politique : « Moi je juge la capacité des responsables à faire accepter à leur corps social des vérités qui sont pénibles. Ce qui m'intéresse c'est quand un type s'oppose à son corps social. Ça, ça m'impressionne. » D'autres ministres, en exercice sous les deux quinquennats précédents, me confieront en *off* avoir connu la même expérience. Sans forcément que je puisse le vérifier.

Je soumets ces critiques à Laurent Berger. Je le sens piqué au vif par ces attaques qu'il ne connaît que trop bien, et la réponse fuse : « Nous savons prendre nos responsabilités quand c'est nécessaire ! En 2003, la CFDT a soutenu la réforme des retraites, par exemple, et pourtant nos troupes n'étaient pas forcément pour… Pendant la crise du Covid, nous avons assumé l'obligation vaccinale, y compris pour les soignants. Nous avons dit clairement, juste après le confinement, qu'il fallait retourner au travail… Tout cela, ce n'est pas que de la facilité ou de l'irresponsabilité ! » Il renverse la perspective et m'invite à penser, à l'inverse, à toutes les réformes nécessaires que le gouvernement n'a pas le courage d'assumer pour autant. Les seules réformes « courageuses » seraient celles qui vont à contre-courant de l'opinion majoritaire et sont inspirées par la droite. Lorsqu'une réforme « de gauche » va à l'encontre de l'opinion majoritaire, elle n'est jamais jugée utile ou urgente, au contraire. Il prend pour exemple la régularisation des travailleurs migrants, souhaitée par une partie des employeurs, notamment dans les secteurs en tension, et rejetée massivement par la majorité des Français. « Cela résoudrait beaucoup de problèmes. Au sommet de l'État, ils savent que c'est une solution, mais ils considèrent que c'est impopulaire. Un élu m'a même dit un jour : "Tu fais chi…, la majorité des Français trouve déjà que je ne suis pas assez dur avec les migrants." Comme si son action était indexée uniquement sur l'opinion, et pas sur ce qui est utile ou nécessaire, ou efficace. Donc, c'est un deux poids deux mesures : nous serions les seuls irresponsables… Mais ce n'est pas le gouvernement qui a le monopole de la vérité et de la responsabilité sur ce qu'il faudrait faire ou pas ! »

Des corps intermédiaires en sursis

Que faire pour rétablir un semblant de démocratie sociale ? Aux yeux du patron du MEDEF, il semble plus facile de dire ce qu'il ne faut surtout pas faire que de dessiner le chemin escarpé vers la redynamisation du dialogue social. « Pour moi, l'alternative qui consisterait à constituer des collectifs citoyens pour régler des questions très complexes conduirait à des résultats catastrophiques. C'est le cas, par exemple, de la convention citoyenne sur le climat, qui a généré des frustrations des deux côtés. Du côté des participants, on a l'impression de pas avoir été entendu, et de l'autre côté, ceux qui ont reçu les mesures pensent qu'elles ne sont que pour les entreprises et ne contraignent en rien les citoyens. » Et pour cause, selon Geoffroy Roux de Bézieux, si ce sont uniquement des citoyens qui décident, ils seront toujours enclins à rejeter sur d'autres – les entreprises notamment – la responsabilité de changer de comportements. « L'efficacité d'un tel dispositif en euro dépensé est catastrophique. »

Alors que faire ? Obliger les salariés à se syndiquer, pour qu'ils deviennent vraiment représentatifs et sans doute, mécaniquement, un peu moins radicaux ? Philippe Martinez n'y croit pas, par principe. Et de l'autre côté de la barrière, côté patronal, Geoffroy Roux de Bézieux ne semble pas davantage convaincu : « Ça a été essayé… En Belgique, quand vous n'êtes pas syndiqué, vous ne bénéficiez pas de certaines choses. On s'aperçoit quand même que la désyndicalisation est un mouvement assez large, elle ne dépend pas du mode de fonctionnement ou de la culture politique nationale, car on observe le même phénomène d'affaissement un peu partout. Il y a des mouvements, des coordinations de jeunes cadres qui poussent des entreprises à agir contre le réchauffement climatique par exemple, il y a des choses qui existent mais… je n'ai pas de réponse définitive, pour être honnête… Sinon j'aurais écrit un livre ! », conclut-il en riant. Puis de reprendre, plus sérieusement : « Une partie des décisions peuvent être descendues à un échelon de subsidiarité qui les rendrait plus acceptables. » Mais pour ce qui est des décisions qui engagent tout un pays, et qui devraient faire l'objet de compromis largement acceptés, il en convient : le chemin pour parvenir à un projet ou une décision soutenus par une majorité est de moins en moins évident à trouver. Celui qui représente les intérêts du patronat, dont l'immense majorité des Français considère qu'il a été très avantagé par la politique menée par Emmanuel Macron depuis 2017, nous livre cette conclusion assez inattendue : « On aurait pu penser que le macronisme pouvait réunir les “deux Français sur trois” comme en rêvait Giscard. Comme une coalition à l'allemande… Mais au contraire, ça a polarisé encore davantage le débat autour des extrêmes. C'est assez décevant, de ce point de vue-là. »

Pour Laurent Berger, la solution est à la fois très simple et très complexe. Très simple, parce qu'elle tient en deux mots, qui sont un état d'esprit : faire confiance. Faire confiance aux acteurs locaux, aux représentants dans les entreprises. Faire confiance aux corps intermédiaires, cesser de tout contrôler du haut du mammouth étatique. Mais très complexe aussi, parce qu'il est précisément beaucoup plus difficile de changer d'état d'esprit que de voter une loi pour changer telle institution ou tel mode de scrutin… Tant de solutions, au fil des réflexions recueillies dans ces pages, relèvent de notre état d'esprit et de notre culture politique, et donc de la responsabilité de chacun d'entre nous, que l'on comprend bien pourquoi nous accumulons tant de problèmes sans jamais les régler. Nous vivons en effet dans un pays qui croit, fondamentalement, que ce qui est écrit devient réalité, que le discours prononcé vaut action, et que la loi votée change immédiatement la vie. Faire un effort sur soi-même, interroger ses préjugés et ses croyances, n'est pas quelque chose que nous faisons spontanément et encore moins une discipline à laquelle nos élites pourraient nous inviter. Sitôt qu'elles nous prodiguent quelque chose qui ressemble de près ou de loin à un conseil, nous hurlons à la mort en nous plaignant d'être infantilisés ou culpabilisés, et décrétons que les élites ou l'État « ne prend pas ses responsabilités ». Chacun campe sur ses positions, attendant que l'autre fasse le premier pas. L'attitude des syndicats, de tous côtés, et de l'État ressemble trop à ce face-à-face stérile pour nous fournir le moindre espoir d'amélioration de la démocratie sociale à court ou moyen terme.

Laurent Berger m'explique que lorsque l'État a voulu faire des choses concernant l'emploi, les gouvernants se sont rendu compte qu'ils n'en avaient tout simplement pas les moyens. « Un jour, le directeur de cabinet d'Édouard Philippe m'a dit qu'ils n'y arrivaient pas, car ils n'avaient pas les forces pour appliquer ce qu'ils souhaitaient. Ça veut dire qu'on ne peut faire qu'avec les gens qui savent faire, sur le terrain. Le problème c'est qu'on ne peut pas faire ça tout en leur donnant tout le temps des consignes, en contrôlant tout. Ça ne marche pas comme ça. Il faut re-décentraliser sur un certain nombre de sujets et faire confiance. Ce qui signifie, aussi, cesser enfin de demander à leurs équipes en région de faire du reporting. »

Aux yeux du syndicaliste, le constat est sans appel : nous n'avons pas cette culture de la confiance, de la responsabilité partagée. Nous souffrons également d'un souci d'uniformité qui étouffe les initiatives et empêche d'apporter les bonnes réponses aux bons endroits. « On pense que quand il faut agir sur la question de l'emploi à un endroit, il faudrait agir de la même manière à un autre endroit. Ça n'est pas vrai. Ce raisonnement s'applique à un secteur qui est emblématique, en la matière, qui est l'éducation. Considérer que ça doit fonctionner de la même manière, que vous soyez à Neuilly ou à Drancy, c'est faux. Il faudrait laisser davantage de capacité d'initiative aux acteurs sur le terrain. »

Dans un pays où l'on attend tout du chef de l'État, où la moindre demande remonte directement au sommet de la pyramide, est-il possible d'inventer une autre manière de dialoguer et de décider ? Laurent Berger partage mon analyse sur les attentes sans doute excessives que nous portons sur le Président. Mais il avoue que « c'est un peu délicat à dire. Certains ont l'impression que dire ça, c'est défendre le Président... ». Dans notre culture politique, nos actes sont trop souvent dictés par la « peur que les gens abusent ». Le droit à l'expérimentation est en réalité assez peu développé, trop peu aux yeux de Laurent Berger. « Il y a aussi une culture de "ce qui est petit est mignon mais pas très important", alors que beaucoup de choses, qui mériteraient d'être valorisées, passent par les citoyens. »

Qui de la poule ou de l'œuf, au fond ? Avons-nous des syndicats trop « irresponsables » – pour reprendre les mots de leurs détracteurs – parce que personne ne leur fait confiance ? Ou bien la défiance à leur endroit est-elle justifiée par leur irresponsabilité congénitale ? Et comment sortir du cercle vicieux par lequel la défiance du sommet de l'État radicalise les partenaires sociaux, radicalisation qui en retour vient justifier et approfondir la défiance à leur endroit ? Laurent Berger répond : « Il faut se demander nous, chacun à sa place, quel est notre champ d'intervention et de responsabilité. Les gens sont sensibles à ça. Ils ont envie de retrouver la capacité à agir. Chacun aspire à ce qu'on ne lui dicte pas exactement ce qu'il doit faire. Nous voulons qu'on nous donne un cadre de responsabilité pour agir, et que l'on puisse agir, chacun à son rythme. » Plus facile à dire qu'à faire.

L'enjeu, pourtant, est de taille. Il ne s'agit pas uniquement de fluidifier le dialogue social, afin que les relations économiques soient moins rugueuses. Il s'agit aussi de mesurer que l'alliance clandestine mais connue de tous, entre la plupart des syndicats et la gauche, est possiblement en train de céder la place à une accaparation par ceux qui rassemblent depuis des années la majorité des voix des employés et ouvriers : le Rassemblement national. Un tel renversement, s'il avait lieu, modifierait probablement non seulement les équilibres politiques, mais aussi la nature de certaines décisions. Certes, nous ne sommes pas encore au point où se trouvent certains pays européens, qui voient ouvertement les syndicats se rapprocher de l'extrême droite ou de la droite réactionnaire. Mais les syndicalistes eux-mêmes pressentent que nous allons avoir, tôt ou tard, le même problème. L'un d'entre eux me confiait, sous couvert d'anonymat tant le sujet est explosif : « Des digues ont sauté. Pas encore à la CFDT, ni à la CGT qui tient sa base même si c'est compliqué. Mais ailleurs, ça devient de plus en plus difficile. Il y a désormais beaucoup de militants syndicaux qui considèrent, à force de mépris sans doute, que Macron ou Le Pen, c'est pareil. Le temps où l'ensemble des syndicaux appelle clairement à voter contre le RN est révolu. »

À la fin, c'est Marine Le Pen qui gagne, donc ?

Cinquième partie

La responsabilité des médias

Col roulé et autres polémiques

Un mardi d'octobre, le ministre de l'Économie Bruno Le Maire expliqua au micro de France Inter que dans le cadre des efforts consentis pour réduire la consommation d'énergie, il comptait troquer sa cravate pour un col roulé dans son ministère, où la température du chauffage serait abaissée. « Nous ne mettrons pas le chauffage au ministère tant que la température [à l'intérieur] ne sera pas en dessous de 19 degrés », déclara-t-il. « Vous ne me verrez plus avec une cravate, mais avec un col roulé. Et je pense que ce sera très bien, ça nous permettra de faire des économies d'énergie, de faire preuve de sobriété », ajouta-t-il, appuyant ces propos de la publication sur Twitter d'une photo de lui en col roulé à son bureau.

Sitôt prononcés, ses propos furent l'objet d'une raillerie généralisée. Symboles, aux yeux des opposants au gouvernement, d'un pouvoir à la fois déconnecté, infantilisant, et feignant de croire que le col roulé suffirait à atteindre les 10 % de baisse de consommation jugés nécessaires pour que la France passe l'hiver 2022 sans encombre. Pendant plusieurs jours, l'on débattit de l'opportunité ou non de mettre un col roulé, ou de troquer son sèche-linge pour un Tancarville, comme le suggéra aussi le député de la majorité Gilles Le Gendre. Le pouvoir montrait-il ainsi l'exemple ? Ou était-ce le signe de son incapacité à faire confiance aux Français, voire à prendre des mesures de sobriété véritablement ambitieuses ?

Cette polémique suivait celle sur les allocations-chômage, qui déchira la gauche – Fabien Roussel ayant déclaré défendre « une gauche du travail, et pas des allocs », et ainsi déclenché l'ire de certains de ses alliés de gauche. Puis celle sur les barbecues, après que l'écologiste Sandrine Rousseau avait dénoncé ces « symboles de virilité ». Puis des dizaines d'autres qui, toutes suivant le même processus, avaient enflammé les réseaux sociaux, et nourri les débats de chaînes d'info en continu jusqu'à la nausée – et jusqu'à ce qu'une nouvelle polémique vienne remplacer la précédente.

Quelques jours après avoir bien involontairement enflammé la toile, Bruno Le Maire publia un long texte justificatif sur Facebook et Instagram. Affirmant parler tous les jours de sujets bien plus importants aux yeux de ses concitoyens que son col roulé, il constata : « Vous ne m'entendrez pas, car ma parole sera recouverte par le bruit. Tant de bruit pour si peu de sens, voilà le drame de notre vie démocratique. […] Nous entrons dans des temps où toute licence est donnée aux singes hurleurs, contre ceux qui tentent de sauver les forêts. » Il conclut en jugeant « grave que la polémique vaine étouffe le débat nécessaire. Grave que nous ne puissions plus nous écouter, parce qu'alors, nous ne pourrons bientôt plus nous entendre. […] Nous sommes le peuple, ne devenons pas une meute ».

Cet épisode n'est hélas pas unique. Nous avons vécu cela dix fois, vingt fois, cent fois ces dernières années. Et les conclusions de Bruno Le Maire – sollicité pour ce livre, mais n'ayant pas trouvé le temps de me répondre – seront sans doute toujours valables dans un an, dix ans, vingt ans. La spirale infernale étant nourrie de toute notre paresse et de toutes nos lâchetés, petites et grandes, il n'y a guère d'espoir qu'un quelconque sursaut collectif vienne l'enrayer. La nuance, la mesure, le recul nécessaire à la pacification de notre débat public sont des denrées de plus en plus rares. Avec pour résultat ce paradoxe : les citoyens sont de plus en plus écœurés par le débat public, et fuient devant les médias. Mais dans le même temps, par leurs attitudes, par leur consommation de certains médias au détriment d'autres, par leurs attitudes sur les réseaux sociaux, ils sont de plus en plus nombreux à participer à façonner cette atmosphère politique de plus en plus irrespirable.

L'« infobésité » est un terme inventé par l'écrivain et cinéaste David Shenk en 1996 pour désigner une sorte de surcharge informationnelle. Cette pollution des cerveaux par un trop-plein d'information, selon les termes employés par le scientifique Joël de Rosnay, a été notamment amplifiée par les nouvelles technologies. Une étude de l'ObSoCo, publiée à la rentrée de septembre 2022[1] et réalisée en partenariat avec la Fondation Jean-Jaurès et Arte, soulignait que 53 % des Français déclarent souffrir de « fatigue informationnelle », dont 38 % disent même en souffrir beaucoup. Cette fatigue est étroitement corrélée avec ce que l'on appelle le FOMO, ou *fear of missing out* : un besoin compulsif, éprouvé par une partie des Français – et pas uniquement les plus jeunes, comme on pourrait l'imaginer –, de cliquer sur les titres « même s'ils savent d'avance que ce sont des informations futiles ». Conséquence directe de cette fatigue, 77 % des Français déclarent qu'il leur arrive de limiter ou de cesser de consulter les informations, dont 28 % régulièrement. Et ce, malgré le fait que 59 % de nos concitoyens estiment que s'informer régulièrement dans les médias est important, voire très important (pour un Français sur cinq).

Quelle est l'origine de cette coupure entre lecteur, auditeur, citoyen, et les médias ? Ces derniers ont-ils une part de responsabilité dans la dégradation continue, soulignée unanimement par mes interlocuteurs, de la qualité du débat public ?

Avant toute chose, gardons-nous de toute généralisation hasardeuse. « Les médias » n'existent pas davantage que « les politiques ». Ils sont très divers – quel rapport entre une émission de téléréalité et une émission de France Culture ? Entre un article du *Monde* ou du *Figaro* et un post de blog ? Et il ne faut pas non plus oublier que l'offre médiatique est avant tout le reflet de ce que nous sommes,

1. https://www.huffingtonpost.fr/culture/article/la-fatigue-informationnelle-touche-un-francais-sur-deux_207228.html

et de l'information que nous consommons. On aurait pu dire qu'elle façonnait nos comportements à l'heure où les canaux et les médias n'étaient pas si nombreux et divers. Aujourd'hui, les médias amplifient les mouvements existants, mais ne les impulsent pas. Pas de médias sans financement, pas de financement sans audience, sans lecteurs et auditeurs.

En vingt ans, le paysage médiatique a été profondément bousculé. L'usage de Twitter, Facebook, TikTok ou Instagram et Snapchat – à chaque génération son média – est devenu incontournable. Là où, il y a encore deux décennies, les journaux et émissions télévisées dits « traditionnels » conservaient une partie du pouvoir car l'offre restait relativement restreinte, c'est désormais le lecteur/auditeur/téléspectateur qui dicte sa loi. Je ne me souviens d'ailleurs plus moi-même de la dernière fois où j'ai regardé un film le soir qui ne soit pas en VOD. Dès lors, c'est moins l'éthique journalistique qui est en cause (encore qu'elle le soit parfois), que la pratique informationnelle des citoyens-rois. Nous sommes responsables, collectivement, d'une offre médiatique que nous jugeons par ailleurs profondément insatisfaisante. Nous nous complaisons dans une atmosphère politique de plus en plus nauséabonde, mais n'en tirons majoritairement aucune autre conclusion opérationnelle que la litanie de nos protestations quotidiennes contre les élites et le système.

Les élus ne sont pas plus satisfaits que nous du fonctionnement de la machine informationnelle. Ils sont nombreux à déplorer une dictature de l'urgence, une soumission à l'instant et une obsession de l'anecdote et du buzz. François Ruffin, député LFI connaissant très bien les arcanes du journalisme pour être lui-même reporter, m'a ainsi confié : « J'ai l'impression d'être obligé de passer ce que je considère comme les sujets plus essentiels dans une espèce de clandestinité, ou alors d'entrer dans une négociation avec les médias pour dire : "OK, sur vingt-cinq minutes d'interview, est-ce que je vais avoir trois minutes pour parler des auxiliaires de vie et des aides à domicile ?" » Et il pourra s'estimer heureux si on les lui accorde, ses trois minutes. Trois pauvres minutes pour un secteur qui concerne un million de personnes en France. Comme toujours, il faut que survienne une crise pour que les projecteurs se braquent sur de tels sujets.

Carole Delga, présidente socialiste de la Région Occitanie, a cette belle formule pour décrire le rapport qu'entretiennent les politiques et les médias : « Nous sommes mâchés par le temps, c'est une réalité. » Elle explique : « On nous dit sans cesse dans les médias qu'il faut faire court… Mais les situations sont souvent complexes. La simplicité, c'est ce qui permet, hélas, à l'émotion de prendre le pas sur la raison. Si on veut que "démocratie" rime moins avec "démagogie", il faudra bien accepter tout le temps de la pédagogie et de la délibération… »

Autre bord politique, même sentiment : Rachida Dati fut ministre de la Justice de 2007 à 2009, Twitter débutait à peine, c'était un autre siècle médiatique. Elle occupe aujourd'hui les fonctions de maire du 7e arrondissement de Paris et de cheffe de l'opposition de droite à Anne Hidalgo. Elle me livre, avec la franchise qui la caractérise si bien – ses détracteurs la diront « sans filtre », mais j'ai tendance à penser que l'on met tant de filtres et de pare-feu partout qu'un peu de sincérité ne nuit pas au débat – : « Si on parle de sujets graves et complexes dans les médias, vous n'avez pas le temps de bien étayer votre propos. On vous demande de dire si vous êtes pour ou contre… Nous n'avons plus de temps. D'ailleurs, en ce moment je fais de moins en moins de matinales : nous avons des sujets très graves à traiter, mais on a huit minutes. D'accord ou pas d'accord ?! »

Olivia Grégoire est une des figures politiques qui ont émergé au cours du premier quinquennat d'Emmanuel Macron. Elle a l'immense qualité, à la différence de trop de membres de sa génération politique, de ne pas avoir totalement cédé à l'injonction de lisser, de formater et de contrôler en permanence sa parole politique. Éphémère porte-parole du premier gouvernement Borne, elle a ensuite été promue ministre des PME, du Commerce, de l'Artisanat et du Tourisme. Non sans avoir essuyé au passage les critiques inhérentes à la fonction de porte-parole : trop ou pas assez lisse, trop franc ou insuffisamment... Rares sont les ministres à ne pas être sortis lessivés d'une telle charge. Au fil de nos échanges, qui ont débuté lorsqu'elle a été nommée secrétaire d'État à l'économie sociale et solidaire en 2020, sous Jean Castex, j'ai pu mesurer combien le souci de rester compréhensible, audible, et d'échapper au procès permanent en déconnexion instruit contre les politiques est une préoccupation permanente de cette élue – comme de nombreux autres politiques que j'ai pu côtoyer. Elle observe de près la société et ses évolutions, a le souci d'analyser nos questionnements et nos préoccupations : c'est l'objet de nos conversations. En décembre 2022, elle me reçoit à Bercy pour échanger sur les thématiques évoquées dans cet essai. Très rapidement, nous en venons à la sincérité de la parole politique. Je lui fais part de mon agacement face à des discours qui, de peur de provoquer la polémique et de sortir du rang, ont perdu toute forme de spontanéité, de sincérité, et donc d'intérêt. Sensible à mes arguments, elle livre une explication hélas très juste : « Tout cela n'arrive pas par hasard. La façon dont un mot peut être détourné, malmené, caricaturé fait aussi que nous sommes contraints à une prudence qui confine à la langue de bois. Je suis la première à me battre contre cela, mais tout est fait pour que l'on édulcore notre parole. Comme la première étincelle se transforme en incendie, ça n'incite pas à la sincérité dans la parole politique. » Et c'est ainsi que s'instaure une forme de censure insidieuse, détruisant toute forme de confiance dans la parole publique, et détournant des Français écœurés du débat public.

Laurent Berger, leader de la CFDT depuis plus de dix ans, témoigne d'une expérience similaire : « Aller dans un média pour réagir à la réaction d'untel sur le comportement d'untel, ça n'a aucun intérêt. Quand j'arrêterai mes responsabilités, une des choses qui sera les plus confortables pour moi sera de cesser d'aller dans les matinales, ou plus précisément dans celles qui ne veulent que du buzz ou de la formule. Il y a un problème dans la qualité du débat. » Il prend l'exemple de Bernard Cazeneuve appelant à la création d'une « autre gauche », contre celle qui s'est associée à La France insoumise au sein de la Nupes[1]. Dans une interview faisant suite à sa tribune, l'ex-Premier ministre a parlé de « toutouisation » du PS. « J'entendais Olivier Faure dimanche, qui a été amené à réagir au mot toutouisation, reprend Laurent Berger. On n'a parlé que de ça, alors qu'il y a besoin d'éclaircissements sur de nombreux sujets majeurs. On reste dans l'écume des choses. Les sujets qu'on a à traiter sont très complexes. Les acteurs publics, syndicaux, politiques, devraient apprendre à compter jusqu'à trois. On n'est pas dans un système binaire dans la vie. Dans le débat public, intellectuel, politique, ce n'est pas blanc ou noir, pour ou contre… »

Comme la plupart des Français, Laurent Berger déplore les postures qui minent trop souvent la qualité du débat public. « On ne prend que ce qui nous intéresse. Quand vous êtes dans l'opposition tout est pourri, quand vous êtes dans la majorité tout est merveilleux. » Il avoue être capable de faire une liste assez longue des défauts de son propre syndicat, et ne revendique pas détenir la vérité. « On n'a pas toujours raison. Mais dans le débat public, j'ai parfois l'impression d'être avec mon fils de quatre ans, qui ne veut pas perdre… Ça ne marche pas comme ça ! » La culture du compromis, de la construction collective, il la retrouve davantage à l'échelon local, où les rapports entre les uns et les autres s'avèrent plus apaisés. « Ça m'a toujours frappé de voir la violence verbale, la caricature du débat médiatique, puis de sortir d'un studio ou de l'Assemblée nationale et de voir que les gens se parlent correctement, s'entendent bien. Ce qui me pose problème c'est notre rapport à la nuance qui s'est énormément dégradé. »

1. « Le manifeste de Bernard Cazeneuve pour une gauche sociale-démocrate, républicaine, humaniste et écologique », *Le Journal du dimanche*, 3 septembre 2022.

Il ressent la dureté du regard porté par la population sur tous les personnages publics. « Hier il y avait le CNR, quand vous voyez des Pap Ndiaye (ministre de l'Éducation nationale), des François Braun (ministre de la Santé), etc., ce sont des gens très respectables, mais quand vous voyez ce qui se dit sur eux dans la presse... C'est affreux ! » Deux éléments le frappent particulièrement : d'abord le fait que les politiques, parfois très bons, se font prendre au jeu des postures. Or ils pourraient être beaucoup plus performants s'ils arrivaient à s'en extraire. « On a l'impression d'une lessiveuse qui tourne. » Par ailleurs, le phénomène s'applique également aux entourages. « Il y a de la compétence, de l'intelligence, on n'est pas gouvernés par des abrutis, mais dans leur rapport à la réalité, il y a un peu trop d'endogamie. Il y a aussi ceux qui sont dans des forteresses assiégées. Il y a des ministres, quand on les interpelle sur des sujets, qui tout de suite se mettent en situation de défense. La tension qui existe dans le débat public fait que les gens ne sont pas toujours en position d'ouverture. »

David Lisnard, maire de Cannes et président de l'Association des maires de France, juge que les médias ne sont que le reflet d'une société qui tombe de plus en plus dans l'émotion et l'immédiateté. Dénonçant le règne de la communication marketing, il renvoie à l'histoire récente pour expliquer « la déconstruction de ce qui fait la force du système politique, qui est la gestion du temps : savoir résister aux émotions et à l'immédiateté ». Assumant le côté « un peu réac' » de son analyse, il estime que les phénomènes sociaux sont le produit de cycles longs : on a remis en cause, à différents moments de notre histoire – Mai 1968 est un de ces moments, mais pas le seul – de nombreux principes, et notamment ceux de l'éducation « classique ». « Souvent, pour de bonnes raisons, car cela a permis de relativiser certaines choses. Mais le problème, c'est que relativiser mène au relativisme, et le relativisme conduit au nihilisme. Donc, le fruit de Mai 1968, et de tous ces mouvements de pensée à la fois nihilistes ou baba-cool, c'est qu'à force de dire que tout se vaut, rien ne vaut à la fin. »

Des raisons technologiques sont venues amplifier, plus récemment, le règne de l'immédiateté et de l'émotion. Mais elles n'en sont pas les causes premières : « Il faut remplir les statistiques, il faut remplir l'écran, il faut tout remplir d'émotion. Il y a une apologie de l'émotion. Si tu veux te faire applaudir aujourd'hui en politique, tu étales tes sentiments. Je pense que c'est un vrai problème et que la politique mériterait d'avoir un peu plus de pudeur et de comprendre qu'on doit construire des choses dans le temps. Il faut être très souple au quotidien, très pragmatique au quotidien et constant dans la durée. »

La spirale dénoncée par Lisnard, il sait qu'il en fait partie. Tous sont concernés : journalistes, citoyens, et politiques. Tous dans le même bateau. Et pour chacun d'entre nous, l'exercice de la raison critique n'est pas un réflexe spontané, ni un exercice évident. « Nous ne savons pas dire, pour chaque nouveau fait divers : "Oui, attention, je suis très ému, c'est inacceptable ce que l'on vient de voir, mais ça ne doit pas se traduire tout de suite par la mise en avant d'une action." Il y a même pire que ça : la mise en avant de l'inaction. C'est-à-dire les discours grandiloquents, et je cite évidemment l'exécutif actuel, qui sont proportionnels à l'impuissance des actes. »

Jean-François Copé abonde : la dictature de l'émotion médiatique prend des proportions tout à fait considérables, et conduit à des actes politiques insensés voire contreproductifs. « Un jour, un enfant vivant dans une tour est tombé dans l'ascenseur qui avait été saboté par des voyous. Ils avaient coupé les câbles, l'ascenseur est tombé direct. Grande émotion pour la journée. L'après-midi, la loi ascenseur était annoncée. Article 1 : tous les ascenseurs de France doivent être vérifiés. Article 2 : les décrets d'application fixeront les modalités. Et au fil des mois et des années, on a vu se succéder des règlements prévoyant un certain nombre de normes. Et à la fin, naturellement, tout cela est devenu tout et n'importe quoi. » Pour bien mesurer l'impact de la dictature de l'émotion et du temps court, il revient à son expérience de ministre du Budget : « La comptabilité analytique de l'État que j'avais mise en place avec la LOLF est partie dans les limbes car on a considéré que maîtriser les dépenses publiques n'avait plus aucune espèce d'importance… Parce qu'il fallait sauver *Le journal de 20 heures* ! La réalité, c'est que nous avons perdu le sens de ce qui en action publique est majeur, l'articulation entre le temps court et le temps long. Trop souvent, une information qui sort à 7 heures le matin sur RTL donne lieu à partir de 8-10 heures à de l'émotion dans les cabinets ministériels, et lorsqu'arrive 15 heures, l'heure des questions d'actualité à l'Assemblée nationale, le ministre doit sauver *Le journal de 20 heures* et va donc annoncer une loi dans l'après-midi. L'émotion dicte sa loi, et derrière cela, la concrétisation parfaite de l'inefficacité publique. Le ministre ne s'occupera plus de l'application de cette loi : il l'a annoncée pour le *20 heures*, il considère donc que le boulot est terminé, et l'on va confier à des administratifs le soin de mettre en œuvre tout ça. » Avec un résultat souvent extrêmement décevant…

Valérie Pécresse a suscité involontairement, lorsqu'elle était candidate des Républicains à la présidentielle, plus d'une polémique. Elle a notamment été abondamment raillée à la suite d'un premier grand meeting raté. C'était au Zénith de Paris, le dimanche 13 février en fin d'après-midi. À la recherche d'un second souffle dans une campagne en cours d'enlisement, l'équipe de la candidate avait organisé ce qui aurait dû être le discours de sa vie, et fait monter la pression médiatique toute la semaine précédente. Devant près de 7 500 militants, Valérie Pécresse entre en scène vers 15 h 30. Le meeting est retransmis par les principales chaînes d'information en continu. Dès les premiers moments, les critiques fusent, d'abord sur les réseaux sociaux. Puis les commentateurs s'en emparent, pendant le débrief post-meeting, et les moqueries la poursuivront des semaines. Son ton, jugé inadéquat, voire « robotique ». Son manque de souffle. Sa gestuelle, pas sincère… Tout y passe. Il reste encore plusieurs semaines de campagne, mais la dynamique est bel et bien perdue, et la candidate ne parviendra jamais à reprendre la main.

Lorsque je l'interroge, des mois se sont écoulés. La candidate a pris du recul, puis repris son poste de présidente de région. Déjà, le second quinquennat d'Emmanuel Macron semble en voie de délitement. On se demande s'il va pouvoir réformer, lui qui n'a pas la majorité absolue à l'Assemblée. De quoi apporter un peu de réconfort à ses ex-concurrents, peut-être ? Le constat que Valérie Pécresse porte sur le fonctionnement médiatique reste en tout état de cause profondément marqué par les récentes brûlures :

« Je suis très déçue par l'absence de débats de fond. Protéger, éduquer, soigner étaient mes priorités. On n'a pratiquement pas abordé ces thèmes de toute la campagne. Alors que l'on voit aujourd'hui à quel point ils sont cruciaux pour le pays », lâche-t-elle immédiatement. « Il y avait beaucoup de candidats et un Président sortant qui a fui tout débat, n'acceptant que de s'exprimer sur la guerre en Ukraine. Nous étions interviewés seuls ou par petites tranches de dix minutes et impossible de convaincre des opposants, puisqu'il n'y avait pas de confrontation d'idées. Ceux qui avaient envie d'écouter Mélenchon écoutaient Mélenchon, ceux qui avaient envie d'écouter Pécresse écoutaient Pécresse… Et les autres n'écoutaient pas. Finalement, le seul débat que j'ai eu a été celui avec Éric Zemmour. Et après, Marine Le Pen a refusé de débattre avec moi. Il aurait fallu qu'on puisse débattre tous ensemble. Je l'ai vu dans la primaire de la droite. Pourquoi elle a intéressé du monde ? Parce que nous étions trois ou quatre, nous disions des choses, et chacun pouvait constater les différences entre nous. » Dans la campagne on a juxtaposé des monologues, et en prime les journalistes typaient les candidats : la droite est interrogée sur la sécurité, la gauche sur l'éducation ou l'écologie… « En revanche, si on nous avait mis ensemble dans une salle, et on nous avait demandé : "L'éducation, vous pensez quoi ?", là ça aurait eu du sens, et on aurait vu la cohérence, la solidité ou la démagogie des différents projets. »

« Tout a été fait pour qu'il n'y ait pas de débat, poursuit Valérie Pécresse. Et à la fin ça s'est cristallisé avec les deux opposants principaux à Macron, ceux qui avaient réussi à franchir le mur du son médiatique. Je regrette de ne pas l'avoir franchi. Mais je dois reconnaître que c'était quasiment ingérable : trois petits mois d'une campagne largement escamotée... Et moi j'étais une quasi-inconnue. Ça joue quand même beaucoup, d'en être à sa troisième campagne. Surtout quand vous portez un masque à cause du Covid, que vous ne pouvez pas serrer de main dans vos déplacements, et qu'ensuite se déclare la guerre en Ukraine. »

Un sondage IFOP publié en octobre 2022[1] vient confirmer en partie son diagnostic : seulement 41 % pensent que l'élection présidentielle « permet aux citoyens de discuter des vrais sujets », et 82 % pensent qu'elle « repose trop sur des personnes et pas assez sur des idées » ; 27 % se disent « satisfaits du déroulement de la dernière campagne présidentielle », dont seulement 19 % des catégories populaires, 17 % des habitants des zones rurales, 17 % des électeurs de Mélenchon et 11 % des électeurs de Le Pen. En somme, il n'y a guère que ceux dont le candidat a remporté la mise, c'est-à-dire les électeurs d'Emmanuel Macron, qui sortent majoritairement satisfaits de cette campagne (64 %).

Il a été beaucoup reproché à Emmanuel Macron d'avoir escamoté le débat, de s'être soustrait le plus longtemps possible aux questions des journalistes afin de préserver son avance dans les sondages. Cette stratégie touche ses limites au moment où, réélu sans avoir largement débattu de ses orientations politiques, il s'agit de mettre en œuvre les réformes difficiles prévues... À l'heure où j'interroge la plupart de mes interlocuteurs, la réforme des retraites n'est encore qu'une perspective dont on commence à débattre – souvent pour s'y opposer –, sans connaître les options que le gouvernement retiendra *in fine*. Mais chacun, opposants comme gouvernants, mesure déjà combien les dysfonctionnements du débat politique lors de la présidentielle

1. Sondage réalisé par L'IFOP pour GénérationLibre et Éditions de l'Observatoire, entre le 27 et le 28 septembre 2022.

compliquent leur tâche. Le gouvernement ne peut pas se réclamer d'un mandat clair, validé par la majorité des Français. Et les opposants, minoritaires à l'Assemblée (car divisés), n'ont guère plus que les armes du combat parlementaire et la rue pour tenter d'éviter les réformes redoutées. « Trois mois pour faire une campagne présidentielle c'est impossible. J'ai appris énormément de toutes les erreurs que j'ai commises. Et j'en ai commis ! », lance Valérie Pécresse dans un éclat de rire. Et de conclure : « Mais j'ai appris, je connais tous les pièges maintenant. »

Médias et politiques : le grand malentendu

Nous feignons de nous étonner qu'il puisse y avoir des relations incestueuses entre médias et politiques. La presse serait dans la main des politiques, qui manipuleraient l'opinion. Nous oublions trop souvent que les médias sont certes désormais souvent adossés à de grands groupes industriels (service public mis à part, mais du fait de sa nature il entretient lui-même un soupçon de lien avec le pouvoir en place), mais sont avant tout un marché. Le complot, s'il existe, passe par la main invisible du marché, elle-même actionnée par notre propre demande de contenus et d'informations. L'accusation de connivence se fonde en outre sur un présupposé fort désagréable pour le citoyen : il serait aisément manipulable. Je fais régulièrement l'objet, comme tous les analystes politiques, d'accusations de partialité dans mes interventions médiatiques : pour les uns, je serais trop à gauche, pour les autres, je serais trop « macroniste » ou trop à droite, ou bien excessivement dure avec tel politique, ou tel autre. L'impartialité n'existe pas, tout juste peut-on s'astreindre au dur exercice de penser contre soi-même autant que possible. Il faut assumer que personne n'est « neutre » dans le débat public, mais cela ne veut pas dire que nous serions tous des manipulateurs en puissance, à la solde de tel parti ou de tel groupe industriel ! Nous, citoyens, lecteurs, auditeurs, téléspectateurs, avons le droit d'être exigeants, mais aussi de juger que nous sommes assez intelligents pour distinguer les faits, issus d'enquêtes indépendantes, des opinions.

Reste que trop souvent, les politiques entretiennent avec les médias un rapport de dépendance au questionnement journalistique. Une forme de soumission au rythme imposé par la machine à produire de l'image et du son quotidiennement, en flux continu.

C'est en tout cas ce que pense Stéphane Fouks. Les communicants politiques n'ont pas bonne presse, c'est peu de le dire : aux yeux des citoyens et même de bon nombre de politiques, ils incarnent l'art du mensonge. Peu importe que les plus grandes trahisons politiques n'aient rien à voir avec la ComPol : ce n'est pas un communicant qui a demandé à Nicolas Sarkozy de s'asseoir sur le référendum de 2005, ni à Hollande, puis à Macron d'abandonner le projet d'aéroport pour lequel les habitants de Loire-Atlantique ont voté en 2016. Quelques séries télévisées auront jeté une lumière crue sur ce métier, au risque de le caricaturer totalement. Un métier dit « de l'ombre » nourrit forcément tous les fantasmes. Et pourtant, si un bon communicant ne prend jamais la lumière, ce n'est pas parce qu'il fait des choses non avouables, mais parce qu'il n'est qu'un moyen au service de celui qu'il conseille et ne doit donc jamais devenir un sujet de discussion pour lui-même…

J'ai rencontré Stéphane Fouks pour la première fois lorsque je travaillais au cabinet de Manuel Valls, alors que j'occupais la fonction de conseillère opinion publique du Premier ministre, sous le quinquennat de François Hollande. J'avais lu, comme beaucoup, toutes sortes de choses sur lui avant de le connaître. Il s'est trouvé au cœur de « l'affaire DSK », puisqu'il le conseillait de longue date (parmi d'autres), et fait partie du cercle d'amis très proches de Manuel Valls, ex-Premier ministre que beaucoup adorent détester. Cela suffirait à nourrir fantasmes et rumeurs pour plusieurs générations ! J'ai même lu récemment (une amie ayant attiré mon attention sur le sujet) un roman dont Stéphane Fouks était l'un des vrais-faux personnages. Il était question de pouvoir, mais aussi de trafics et de réseaux pédophiles… J'ose espérer que quitte à aller jusque-là dans le sensationnalisme glauque, le livre se sera au moins vendu.

Je me suis rendu compte, en le côtoyant dans différents contextes politiques ou privés, d'un phénomène très français : puisque nous n'aimons pas les communicants, alors nous les rendons responsables de tout. Ainsi, autour de Valls, on avait souvent tendance à interpréter les mauvaises décisions du chef comme inspirées par un de ses communicants. Et ce phénomène s'applique à la plupart des leaders politiques. Le communicant politique est donc un de nos boucs émissaires favoris.

Si l'on veut bien laisser de côté les rumeurs et résister à nos penchants complotistes, alors on pourra apprécier ce qui m'intéresse dans le présent projet, à savoir la justesse du regard porté par le vice-président de Havas sur son propre métier. C'est sur ce sujet que je l'ai interrogé. Car pas plus que la fonction d'élu, celle de communicant ne peut s'improviser, quoi qu'en pensent la plupart d'entre nous. Ce sont des fonctions qui nécessitent beaucoup d'intuition, c'est vrai, mais pour lesquelles l'expérience et le travail sont absolument essentiels. Combien de fois ai-je vu des élus, de tous niveaux, se planter lamentablement faute d'avoir su bien communiquer sur leurs intentions ou leurs actes ? Nous vivons dans un monde d'images et d'émotions, et faisons comme si la forme ne devait pas compter. Comme si le chiant, le morne, les longueurs, étaient gages de sérieux et d'efficacité. Jean-Marc Ayrault a payé cher pour savoir que sans bonne com', le politique n'était rien…

Stéphane Fouks avoue avoir abandonné la ComPol, alors même qu'il a fait de la politique, de près ou de loin, depuis son poste de chef adjoint de cabinet de Michel Rocard en 1984 et même avant, si on compte les années de militantisme au PS. Tout citoyen ayant eu un engagement politique sait le déchirement qu'engendre le renoncement à la politique. Mais pour un communicant comme lui, il n'y a désormais que des coups à prendre. Surtout, il n'y a plus les moyens de travailler correctement : les budgets dédiés ont fondu comme neige au soleil. Au-delà même des campagnes électorales, c'est la puissance publique qui ne sait plus, ou ne veut plus, organiser de grandes campagnes pour promouvoir tel ou tel service, ou modifier tel ou tel mauvais comportement.

« Je pense que dans votre livre, il y a un enjeu majeur qui est de tirer la sonnette d'alarme : si les politiques ne modifient pas : 1, leur rapport à l'opinion, 2, leur rapport à la communication et 3, leur rapport aux médias, ils sont foutus. » Ce n'est pas la première fois que nous évoquons le sujet ensemble. J'ai maintes fois vu Stéphane Fouks dire à des amis ou élus parmi nos connaissances communes : « Mais pourquoi tu fais un média, si tu n'as rien à dire ? Pourquoi faire savoir que l'on n'a rien à dire, simplement pour exister ? » Le sentiment que, si l'on ne parle pas de tout, tout le temps, on disparaît, est très répandu chez les élus. Il faut être présent, montrer que l'on compte, que l'on réfléchit, interpelle, produit...

« Pourquoi est-ce qu'il faut modifier le rapport aux médias ? Parce que leur questionnement est inadapté à la problématique de gouvernement. Parce que, par nature, ils ne cherchent pas à dire le vrai, mais à faire de l'audience. Il n'y a pas à leur en vouloir, c'est leur raison d'être. » Je partage son constat : la vocation de chaque émission télé ou radio et de chaque journal est d'obtenir le maximum de téléspectateurs, d'auditeurs, de lecteurs. Ce n'est pas simplement une question d'indépendance journalistique. Les publics sont attirés par le buzz, les clashs et les trains qui n'arrivent pas à l'heure. Les politiques n'ont toujours pas compris ça : la communication corporate béate n'a aucun intérêt, elle n'attire personne. Les journalistes ne sont pas là pour leur servir la soupe, ni pour les critiquer systématiquement d'ailleurs.

Le politique, selon Stéphane Fouks, doit donc absolument reprendre la maîtrise de son contenu et ne plus être simplement au fil de l'eau dans la réponse aux questions des journalistes. « Ça défrise les journalistes, mais c'est une nécessité démocratique ! Ce qui ne veut pas dire qu'il faut les empêcher de faire leur travail, de poser leurs questions, de rédiger des papiers critiques. Nous sommes en démocratie. Mais chaque personnalité doit se demander quelle image, quel message, quel contenu elle entend délivrer. Cela porte un nom : la communication. »

Du verbe latin *communicare*, qui signifie « mettre ou avoir en commun », selon le dictionnaire Gaffiot. Comment avons-nous réussi à transformer une si belle idée en quasi-insulte ?

Personne ne construit son image de manière puissante et durable sur une frénésie médiatique, à coups de punchlines et de retweets. Inutile d'écumer les plateaux télé sur du vent. Stéphane Fouks est catégorique : « Je donne une interview non pas quand les médias me le demandent, mais quand j'ai des choses à dire. Ce qui est quand même plus facile à vendre. Il faut concentrer la communication sur des moments forts afin de s'imposer dans le bruit ambiant. Il en va de même pour un produit ou une marque dans les campagnes de pub. En marketing, nous n'achetons pas de l'espace toute l'année, au fil de l'eau, mais par vagues. » Le vice-président d'Havas convoque le souvenir de Jacques Pilhan, le sorcier de l'Élysée, qui fut notamment le grand stratège de François Mitterrand et de Jacques Chirac : il faut établir une stratégie du désir, savoir s'exprimer au moment opportun, marquer les esprits et s'effacer ensuite, jusqu'à la prochaine séquence. Communicants et journalistes, de fait, sont antagonistes, par essence. Ce devrait du moins être la règle dans un dialogue démocratique normal. Ce qui n'efface pas l'ambiguïté, le soupçon de connivence, les dysfonctionnements, même, dans la relation entre médias et politiques. Un livre entier n'épuiserait pas le sujet.

Anne Sinclair, l'emblématique journaliste de l'émission politique phare de la Une, *7 sur 7*, n'est pas surprise par cette inquiétante évolution du système. Nous avons échangé pour la première fois dans le cadre de débats organisés par la Fondation Jean-Jaurès, également du temps de mes fonctions à Matignon. Nous avons depuis entretenu un lien constant. Elle comme moi, au moment de cet entretien en octobre 2022, faisons le constat d'un emballement médiatique.

L'affaissement de la confiance dans les médias va de concert avec l'effondrement de la confiance accordée aux responsables politiques. Ce qui n'est pas un hasard dans la mesure où les médias sont la caisse de résonance de la parole politique, les deux font la paire. L'étude annuelle réalisée par l'institut Kantar Public pour *La Croix* est explicite : si le fait de fournir des informations fiables et vérifiées est jugé, en grande majorité, comme le facteur le plus important au bon fonctionnement démocratique du pays, 44 % seulement des Français estiment que les médias remplissent aujourd'hui ce rôle. Et pour 32 %, à peine le tiers des personnes interrogées, ces mêmes médias donnent la priorité à la qualité de l'information, plutôt qu'à la recherche d'audience.

Anne Sinclair a vu le système se déliter en un temps record : « La presse manque désormais cruellement de moyens. Les chaînes d'information en continu, qui ont besoin de retenir le chaland, répètent en boucle la même information sans que le débat progresse, et sous la menace permanente des *fake news*. L'individualisme exacerbé couplé à une frénésie des réseaux sociaux nous font privilégier ce qui clive, au détriment de ce qui fait débat. Nous perdons peu à peu l'habitude d'accepter le contradictoire, la confrontation d'idées, au profit de ce qui nous rassure et qui condamne ceux qui ne pensent pas comme nous. Nous sommes entrés dans une spirale. » Quand est-ce que cela a commencé ? Anne Sinclair sourit : « Franchement, je ne sais pas où est la poule et où est l'œuf. » L'émission *7 sur 7* aurait-elle trouvé sa place et connu le même succès aujourd'hui ? Celle qui la pilota pendant treize ans pousse un soupir : « Pas sûr. La complexité d'une pensée ne peut se résumer en 280 caractères ou en trois minutes. Chaque débatteur en télé est interrompu au bout de trente secondes, soit par l'un des participants soit par l'animateur. Le zapping permanent de la pensée fait que nous ne prenons plus le temps d'une élaboration cohérente. »

Je souris : je me rappelle ma première invitation en 2017 dans une émission télévisée, chez Ruth Elkrief sur BFM-TV, j'avais la sensation que tout le monde parlait à une vitesse vertigineuse ! Et surtout, je ne devais pas prendre ne serait-ce que deux secondes pour réfléchir à ce que j'allais dire : je commettais alors un silence, une hésitation, un *blanc*, un crime ! Les mots devaient sortir vite, dans le bon ordre.

Ce packaging de la pensée, même chez les meilleurs orateurs, n'est pas inné. Jean-Luc Mélenchon lui-même, selon l'un de ses plus proches conseillers, a dû travailler dur pour passer du style orateur dressé sur une caisse à savons à celui de champion des plateaux TV.

Anne Sinclair l'avoue : « Je me rends compte que moi aussi, quand il m'arrive de visionner des numéros de l'ancienne émission *Apostrophes* de Bernard Pivot, que je suivais religieusement à l'époque, je me surprends à dire : "Non, mais va plus vite ! Va au fait !" Il nous est difficile d'échapper à ce zapping de la pensée qui structure désormais les médias. On crève de ça. »

Les médias jouent-ils moins bien leur rôle d'éclaireur du débat public qu'il y a vingt ou trente ans ? « L'ont-ils déjà éclairé ? », s'interroge Anne Sinclair, dubitative. « Comme la parole politique était plus rare, elle était plus entendue. Désormais, ils parlent partout, tout le temps. La politique inonde les émissions. Autrefois, la parole politique, puisque moins fréquente, était plus spectaculaire, et donc mieux audible peut-être… Ceci étant dit, le problème n'est pas que les médias jouent plus mal leur rôle d'éclaireur, c'est qu'il y a un trop-plein de tout. »

Twitter et consorts ne font qu'amplifier la tendance. L'ancienne journaliste-animatrice vedette de TF1 regrette le déversoir de haine sur les réseaux sociaux : « Ils sont extrêmement utiles pour des sociétés cloisonnées. Je salue les vidéos des femmes iraniennes ou encore les témoignages qui arrivent à passer la censure russe. Mais dans les sociétés ouvertes comme les nôtres, ces réseaux deviennent vite un lieu de déversoir de tout : d'intelligence, un peu ; de haine, beaucoup trop. L'individualisme poussé jusqu'à l'extrême, cela donne "ma parole vaut la tienne". Eh bien non, je pense que toutes les paroles ne se valent pas. »

Il est difficile d'aborder cette question lorsque vous êtes concerné vous-même, sauf à être immédiatement taxé de mépris de classe ou d'arrogance. Pourtant, si beaucoup feront la concession du silence au politiquement correct et à la démagogie ambiante, je ne connais pas une seule personnalité publique qui n'ait eu à expérimenter ce phénomène qui consiste à mettre à jeu égal la parole d'un expert reconnu et celle de n'importe quel anonyme. Que vous soyez sociologue, spationaute, météorologue, médecin, psychiatre, sur les réseaux comme dans la *vraie vie*, l'autorité que votre compétence doit conférer à votre parole est constamment battue en brèche par le premier apprenti-spécialiste venu, qui érige son expérience personnelle en vérité universelle et le fruit de ses recherches sur Google en science exacte. Et lorsque vous avez le malheur d'être sondeur ou communicant, presque toute la population française en âge de commenter l'actualité se sent plus légitime que vous à parler de vos sujets. Et n'allez surtout pas contester leur expertise : ce serait simplement la preuve d'une coupable déconnexion « de la vraie vie des vraies gens », et d'une arrogance de classe insupportable.

Rachida Dati, lorsqu'elle me reçoit dans son bureau de l'Hôtel de ville de Paris, tout juste sortie d'une énième séance tendue du Conseil de Paris, s'attarde sur ce phénomène médiatique d'abaissement et de confusion généralisés. Elle avoue ne pas savoir si le personnel politique actuel est moins bon qu'il y a vingt ou trente ans, mais ce qu'elle sait, c'est qu'il disposait auparavant de davantage de temps : « Nous étions moins parasités par les médias. Là, nous sommes en permanence en réaction. Il faut répondre à tout. On passe d'un commentaire sur la taxe foncière, à une interpellation sur l'*Ocean Viking* [bateau transportant des rescapés de la Méditerranée qui venait, lors de notre entretien, d'être accepté par le gouvernement français et d'accoster à Toulon]. Ce n'était pas le cas avant… » Elle ajoute, pour conclure sur le sentiment de confusion qui se dégage de l'observation des médias : « Quand je vois que sur BFM-TV ou CNews, ils ont gardé certains médecins qu'ils avaient invités pendant le Covid… Maintenant le médecin se retrouve à commenter la guerre en Ukraine, les violences urbaines… C'est devenu le café du commerce ! »

Le grand malentendu entre médias et politiques, par-delà la trop grande profusion de la parole des élus de la République et la trop grande confusion des réseaux sociaux, se nourrit également d'une absence croissante de hiérarchisation du récit de l'information et, trop souvent, de limites dans son traitement. « Regardez les grands JT : la vie quotidienne, les inondations et les faits divers sont traités en majesté, au détriment des événements du monde – sauf en cas de guerre, et encore, à condition que celle-ci ne s'éternise pas. » Par ailleurs, toute parole peut-elle être entendue, y compris dans une société du spectacle régie par la concurrence et les règles du marché ?

En clair, est-il acceptable d'interviewer Vladimir Poutine en pleine guerre en Ukraine ? Anne Sinclair a tranché le débat en son temps : « Sans prétendre avoir forcément raison, je me suis retrouvée bien seule quand j'ai exprimé alors que les dictateurs, ou ceux qui ne s'inscrivent pas dans un processus démocratique, ou qui ont maille à partir avec la justice pour des raisons de fond ne peuvent pas être interrogés comme de simples citoyens. Mais tout n'est pas toujours simple et les cases ne sont pas si claires. J'ai interrogé Hassan II qui n'était pas un démocrate et j'ai refusé d'interviewer Saddam Hussein parce que je ne pensais pas acceptable de questionner le dirigeant auquel on faisait la guerre. Et puis, il faut avoir une conception humble de notre métier. Ce type d'entretien ne peut que virer à la complaisance, dans la mesure où l'intervieweur ne peut pas se poser en égal de son interlocuteur. La vérité est que vous pouvez le relancer une fois, deux fois, trois fois. Au bout d'un moment, il vous faut changer de sujet, et il faut être bien conscient que ce sera SA parole qui sera entendue. »

La peopolisation, un poison du débat politique

Peut-on échapper à la peopolisation de la vie politique ? À ses débuts, il a été reproché à Emmanuel Macron ses nombreuses unes de journaux « people », notamment mettant en scène son couple. D'autres responsables politiques de premier plan auront joué cette carte, dans l'émission de Karine Lemarchand ou encore par des confidences distillées à la presse ou lors de meetings.

J'interroge Anne Sinclair, qui en a connu les deux versants, en quelque sorte, puisqu'elle a été à la fois journaliste et « femme de » responsable politique : « C'est la conséquence naturelle d'une situation où la frontière s'estompe entre vie privée et vie publique, où l'image prend le dessus, où les journaux – certains comme *Paris Match* par exemple – ont fait leur fonds de commerce de l'image privée des personnages publics… Sans jamais chercher, d'ailleurs, à savoir si cette image était sincère ou pas… Je le dis d'autant plus que j'ai cédé, moi aussi, à des photos. Parce qu'il y a une pression générale, de la presse, de l'opinion, de la communication. Donc il y a des moments, oui, où l'on accepte une photo, alors qu'elle ne regarde personne et n'a aucun intérêt. Surtout lorsqu'il s'agit de photos dites "volées" alors qu'elles sont parfaitement mises en scène (ça, en revanche, je ne l'ai jamais fait !). » Et ça, c'est tromper les gens. Mais le phénomène ne viendrait-il pas du fait qu'à mesure que les politiques ont échoué ou trahi, et donc perdu la confiance des citoyens – confiance dans leur action publique –, ils ont cherché à la regagner en mettant en scène leur vie privée, pour devenir « sympathiques » ou « proches », à défaut de « compétents » et « honnêtes » ? Ils ont – à mes yeux du moins – cherché, dans le champ privé, à regagner autrement la confiance qu'ils avaient perdue.

Anne Sinclair répond : « Toute personnalité publique peut être attirée par les vertiges de la mise en scène, de la notoriété, de la déclaration fracassante. Il y a une sorte d'appel à être connu, reconnu, écouté, une forme de valorisation de sa propre personne à travers l'image qu'on en donne. Il y a une course à la notoriété parce que les gens confondent résonance de la parole et qualité de celle-ci. On est célèbre quand on présente les résultats du loto de la même manière que quand on conduit des actions admirables pour préserver la planète ou que l'on a bâti quelque chose, créé une œuvre. Cela dit, le phénomène a existé à toutes les époques. Mais les moyens d'aujourd'hui, pour se mettre en scène et toucher des publics larges, sont illimités par rapport à ceux que l'on avait au XXe siècle ou avant. Instagram montre bien l'aspiration à se faire connaître à tout prix, s'étaler, se montrer… L'amour et l'admiration de soi sont devenus des composantes principales de nos sociétés. »

Je lui demande qui est responsable de ce basculement du débat dans un concours narcissique. Lecteurs, auditeurs, journalistes, politiques, vedettes des médias… Tous ont une part de responsabilité aux yeux de la journaliste qui juge que la transparence est un sujet qu'il faut interroger. « La transparence absolue est profondément totalitaire. L'absence de transparence l'est tout autant. » Il faut donc pouvoir doser la transparence nécessaire, par rapport à ce qui relève simplement d'un étalage malsain des vies privées des uns et des autres. Un homme ou une femme publique doit, bien sûr, être cohérent. Quand on est de gauche, on ne peut pas mener une vie d'homme ou de femme de droite. Mais jusqu'où doit-on pousser le curseur ? Faut-il vivre dans le dénuement pour être de gauche ? A-t-on besoin d'être smicard pour savoir défendre les intérêts des plus démunis ? Il y a, dans notre pays plus que dans d'autres sans doute, une forme de déterminisme du compte en banque. Si l'on a de l'argent, il est évident que l'on doit être au MEDEF. Si toutefois on défend l'ISF, on est à la fois un renégat pour ceux qui ont de l'argent, et un hypocrite pour les autres… La question est vaste. Anne Sinclair poursuit : « Je crois que c'est Pompidou qui avait cette phrase, "sonder les reins et les cœurs". Faut-il sonder les reins et les cœurs des personnes qui s'expriment ? On trouverait insupportable qu'un pourfendeur des violences faites aux femmes soit un violeur en série. C'est une question de sincérité. Mais comment savoir si quelqu'un est sincère ? Les actes et les paroles publics engagent. Mais les convictions, les intentions, c'est beaucoup plus difficile à connaître avec certitude et à évaluer. »

J'interroge Stéphane Fouks, le vice-président de Havas, sur cette gangrène de la « peopolisation » du débat politique. Les communicants ne sont-ils pas, à tort ou à raison, jugés les premiers responsables de cette dérive ? Était-elle inéluctable ?

« Tout d'abord, je comprends les médias qui poussent à la peopolisation. Le politique ne fait pas toujours une mauvaise audience, d'autant que ça ne coûte presque rien à produire. Un politique ne se fait pas payer pour un reportage sur lui, c'est donc un bon rapport qualité/prix. Du point de vue de l'économie des médias, ça a du sens. Ensuite, nous pourrions discuter du fait que le politique l'accepte ou non. Je constate que les politiques qui ne l'acceptent pas ne s'en portent pas si mal. » En effet, les deux politiques aujourd'hui préférés des Français sont deux personnalités dont la peopolisation s'est avérée très faible, Édouard Philippe et Jean Castex. Nous ne connaissons pas grand-chose de leurs vies, nous n'avons jamais vu leurs épouses, et ne savons pas où ils habitent. Nous les avons vus dans leurs fonctions, mais pas plus. « Je constate simplement, reprend Stéphane Fouks, que la peopolisation n'est visiblement pas un facteur d'adhésion de l'opinion à l'image des politiques. Après je vois bien le discours tenu par les médias , "ça va réchauffer votre image, etc." Eh bien non ! » Certes, le Jean Castex qui posa dans

Paris Match quelque temps après son arrivée à Matignon avait une utilité : on le montrait dans sa fonction, mais le week-end et en survêtement. Il s'agissait d'assumer un parti pris : il ne s'inscrivait pas dans les codes du costume traditionnel du Premier ministre. Il s'agissait donc de cultiver l'image de l'élu local, « proche des gens et du terrain », ce qu'une majorité des Français reprochait au Président – à ce moment-là de son premier mandat – de ne pas être.

« Il y avait un côté "plouc chic" – parce que c'est quand même chic, l'hôtel de Matignon. Mais surtout, et il ne faut jamais l'oublier, l'élément premier de toute stratégie est la sincérité. Une marque, un produit doit être sincère dans ce qu'il ou elle vend. C'est la même chose pour un responsable politique. Il ne sert à rien d'essayer de passer pour autre chose que ce que l'on est. Cette sincérité du politique est ce qui fait le plus défaut aujourd'hui. Manque aussi la cohérence : quand le même ministre (Bruno Le Maire à l'été 2022, en l'occurrence) porte un discours de "quoi qu'il en coûte", puis dit juste après "qu'il ne faut pas augmenter la dette", l'opinion est perdue. »

La peopolisation serait donc non seulement un vrai facteur dégradant le débat public, mais pire encore, ceux qui devraient être en mesure d'en bénéficier au premier chef, c'est-à-dire les responsables politiques eux-mêmes, n'en tirent pas tant d'avantages que l'on pourrait le croire. Il ne tient donc qu'à eux de ne pas céder aux incitations médiatiques, et de ne pas nourrir l'ogre – qui a déjà amplement de quoi faire avec les artistes, les footballeurs, les acteurs et autres personnages publics. À bon entendeur…

Les méfaits de la personnalisation du débat

Si la personnalisation du débat et le rôle de l'incarnation sont pleinement assumés par les partis de droite, il n'en est pas de même pour la gauche. Historiquement et culturellement, elle préfère mettre en avant le collectif. Et même s'il s'est coulé dans le moule conçu par de Gaulle avec une forme de gourmandise, François Mitterrand ne fut pas le dernier à dénoncer le « coup d'État permanent ». La France insoumise illustre bien ce paradoxe entre une culture politique collective, et la nécessité de jouer avec des règles du jeu médiatiques et institutionnelles qui sacralisent l'incarnation personnelle.

Jean-Luc Mélenchon appelait, pendant la campagne des législatives de 2022, à « une reparlementarisation radicale de l'exercice du pouvoir politique en France [...], étape essentielle du démantèlement du présidentialisme ». La VIe République proposée par le candidat insoumis à la présidentielle vise à « rompre avec le présidentialisme et ses dérives monarchiques », en faisant du Parlement « le centre de la vie politique ». Pourtant, dans les dix dernières années, Jean-Luc Mélenchon est sans doute l'homme de gauche qui a le mieux su profiter des règles de l'incarnation. Non seulement dans la manière d'organiser son parti – ce point sera contesté chez La France insoumise –, mais surtout dans sa façon de briller à l'antenne, de crever l'écran en paraissant tantôt proche et sympathique, tantôt autoritaire et vertical. Sa maîtrise de l'art oratoire n'a pas d'égale à gauche, et sa capacité d'incarnation est à la fois un formidable atout pour son mouvement – relativement jeune, mais très identifié par l'opinion, avec des militants très mobilisés sur les réseaux –, et un handicap. Car dès lors que certains l'idolâtrent, d'autres le haïssent. Jean-Luc Mélenchon est un personnage clivant, le sondage réalisé pour cet essai en janvier 2023 (en annexes) l'illustre parfaitement : le parti qu'il incarne est l'un de ceux qui obtient les scores les plus élevés à la question « Vous ne pourriez jamais voter pour lui » (63 %). Et lorsqu'on demande aux Français quelle personnalité ils aiment le moins parmi trois (Le Pen, Macron et Mélenchon), le leader insoumis obtient un score légèrement supérieur à celui de Marine Le Pen, à 36 %, contre 34 %. Emmanuel Macron, quant à lui, obtient 28 %. Enfin, selon le sondage réalisé en octobre pour cet essai, seulement 18 % des Français estiment que s'il était président, Jean-Luc Mélenchon ferait mieux qu'Emmanuel Macron actuellement – soit douze points de moins que le score obtenu par Marine Le Pen. Preuve, aussi, que le vote d'alternance n'est pas forcément guidé par l'illusion de trouver ailleurs une politique plus efficace…

Pour chacun de ces partis politiques, diriez-vous que : vous ne voterez jamais pour ce parti ou ses candidats.
(résultats de l'enquête menée en juillet 2022)

	Reconquête, le parti d'Éric Zemmour	Le Parti Communiste	La France insoumise	Le MoDem	Horizons ! (Le parti d'Édouard Philippe)	Le Rassemblement National	Les Républicains	Europe écologie / Les Verts	Le Parti Socialiste	La République En marche !
Total	75%	71%	66%	63%	57%	56%	56%	55%	55%	55%

Laquelle de ces personnalités politiques aimez-vous le moins ?
(résultats de l'enquête menée en juillet 2022)

	Base	Marine Le Pen	Jean-Luc Mélenchon	Emmanuel Macron	No rep.
Total	1063	36%	35%	27%	2%

Comment La France insoumise peut-elle à la fois jouer à ce point l'incarnation par un leader fort, et en même temps prôner un meilleur partage du pouvoir et un retour du collectif et de la concertation dans le fonctionnement institutionnel ? Bernard Pignerol, compagnon de route de Mélenchon depuis toujours, ne voit pas de contradiction :

« C'est toute la dialectique entre la conquête et l'exercice du pouvoir. Nous voulons arriver au pouvoir pour changer la Constitution, et pour cela il nous faut jouer avec les outils de la Ve République. On ne peut pas dire : "On ne présente pas de candidat à la présidentielle parce qu'on est contre la personnalisation du pouvoir…" » L'argument s'entend. Mais tous les leaders politiques ne sont pas aussi à l'aise que Jean-Luc Mélenchon dans la fonction de tribun.

Bernard Pignerol reconnaît bien volontiers que le candidat LFI depuis trois élections présidentielles a une capacité personnelle à incarner, au-delà même du programme qu'il défend. Les militants ont beau dire, et Mélenchon le dit aussi, qu'il n'y a qu'un seul candidat, leur programme… Cela reste peu audible. « Il se trouve que Jean-Luc Mélenchon, parce qu'il a son expérience, son talent, parce qu'il a fait une réunion publique dans chaque canton de France, qu'il a arpenté ce pays, qu'il en a toutes les poussières et toutes les terres sous les semelles… quand il est en campagne présidentielle il incarne ! Il a un rôle de grand instituteur de la République. »

Pignerol distingue deux composantes de la politique : le fond, et ceux qui le font vivre, c'est-à-dire des « artisans, voire des artistes » en politique. Tous les élus, m'explique-t-il, sont des artisans. Certains sont des artistes : « Souvenez-vous de la une de *Libé* le lendemain de la présidentielle de 1988, c'est "Chapeau l'artiste" pour Mitterrand. En réalité, les grands politiques sont des artistes de l'incarnation. À un moment donné, on peut se reconnaître et s'identifier en eux, de Gaulle, Mitterrand – Chirac, c'est autre chose parce que c'était face à Le Pen. » Et malgré tout ce que l'on peut en penser, tant que l'on sera sous la Ve République avec l'élection du président de la République au suffrage universel direct pour une durée de cinq ans précédant les élections législatives, cette personnalisation excessive persistera.

Nous ne pourrions donc pas échapper à la personnalisation excessive de nos débats. Aucun parti et aucun individu ne parviendraient à se soustraire au culte de l'homme (ou de la femme) providentiel. Et ce, même si La France insoumise tient à mettre en avant sa capacité à faire émerger, aux côtés du leader, des personnalités nouvelles. Bernard Pignerol avoue ainsi que, si en 2017 il n'y avait guère autour de Mélenchon que quelques personnalités connues comme Alexis Corbière, il a fait apparaître une nouvelle génération sur la scène publique. Et de me citer pêle-mêle Mathilde Panot, François Ruffin, Clémentine Autain... « Jean-Luc a fait émerger de son groupe parlementaire une demi-douzaine de personnalités en cinq ans, ce qui n'est pas si mal ! » Dans le nouveau groupe LFI de l'Assemblée, il s'attend à ce que d'autres encore émergent des soixante-quinze. « Ça prend du temps de former des portes-parole qui existent, qui ont de la notoriété. C'est difficile dans ce monde médiatique, contrairement à ce que l'on croit. » Je lui réponds que LREM peine à le faire depuis six ans : au-delà des ministres, rares sont les personnalités de la majorité présidentielle qui aient pris la lumière. Il souligne que la difficulté à émerger ne tient pas uniquement à la multiplicité des canaux d'information, qui diluent toute parole, mais aussi à une forme de viscosité de la vie politique. Les générations politiques précédentes ont parfois mis vingt ou trente ans pour acquérir une certaine notoriété.

« Il est vrai que l'on peut valoriser autant que l'on veut le collectif, et Dieu sait que Jean-Luc essaye et il l'a fait, il reste que dans une présidentielle, on a beau essayer de donner la parole à tel ou telle, eh bien non c'est à lui d'être devant et c'est en quelque sorte le délégué de classe... » La seule manière de tordre le cou à cette logique serait la suppression de l'élection du président de la République au suffrage universel direct. Mais est-ce réaliste, tant les Français sont attachés à ce pouvoir de faire et défaire leurs monarques ?

Comme beaucoup de mes interlocuteurs, Bernard Pignerol pense que la meilleure manière de rompre avec notre culture politique de l'homme fort est une rupture institutionnelle. Si nous gardons le quinquennat, et les législatives dans la foulée, nous ne parviendrons jamais à inverser la tendance allant vers toujours plus de personnalisation et de concentration des pouvoirs. En revanche, si l'on allongeait le mandat présidentiel par exemple, et qu'on le décalait des législatives d'une manière ou d'une autre, la répartition des pouvoirs s'en trouverait profondément bouleversée au profit de l'Assemblée nationale.

À l'heure où j'interroge Bernard Pignerol, Emmanuel Macron vient de laisser entendre qu'il n'hésiterait pas à recourir à l'arme de la dissolution de l'Assemblée nationale si le pays était bloqué. Mon interlocuteur répond : « Je fais partie de ceux qui disent que si Emmanuel Macron dissout, il n'est pas sûr de retrouver une majorité plus large. Donc il y aura une cohabitation et là, on sortira un peu de la course des petits chevaux, parce que l'on se dira que l'élection ne dépend pas uniquement du Président, mais se joue aussi dans chaque circonscription. » Et pour lui, le défi de la gauche en vue de 2027 – ou d'une dissolution avant cette date – est clair : constituer des équipes fortes, montrant que la gauche est capable de gouverner. « En 2017, Jean-Luc fait une meilleure campagne qu'en 2022, plus ébouriffante… Mais il était quand même bien plus seul en 2017, il n'y avait pas de personnes à forte notoriété autour. Avec la Nupes, nous avons de quoi faire un gouvernement. » Mais quid du candidat pour incarner, si Jean-Luc Mélenchon prend vraiment sa retraite ?

Un usage malsain des sondages dans le débat public

Chaque campagne présidentielle est l'occasion de débats aussi nécessaires que stériles, parce que les arguments échangés sont souvent partiels et partiaux, et que chacun campe sur ses positions. La question de l'utilité et de l'utilisation des sondages d'opinion ou d'intentions de vote dans les campagnes électorales, et même plus largement dans le commentaire politique, est de ceux-là. D'un côté, les commentateurs, essentiellement des journalistes, qui font une lecture souvent biaisée parce qu'imprécise et décontextualisée des sondages. De l'autre, les pourfendeurs de sondages, qui y voient une machine de manipulation massive de l'opinion. Au milieu, les sondeurs, produisant avec rigueur – pour l'immense majorité d'entre eux – des données dont ils sont dépossédés dès qu'ils sortent sur la place publique. Mon expertise, développée depuis plus de dix ans maintenant au contact des sondeurs comme des responsables politiques, est l'analyse de l'opinion. Pour autant, je crois être lucide – comme la plupart de mes homologues – sur l'usage qui est fait de ces études, en particulier lorsque les sujets sont « clivants » et que des enjeux de pouvoir se cachent derrière. Il faut le dire clairement : oui, les sondages ont évidemment un impact sur le débat public. Mais non, il n'est pas systématique, et il est bien souvent difficile de le mesurer. Oui encore, les sondages sont manipulés par les commentateurs ou les acteurs politiques, car ils viennent à l'appui de leur grille de lecture. Cela n'en fait pas moins des outils utiles de compréhension des évolutions d'une société bien complexe. Et non, il n'est pas possible, ni souhaitable, de gouverner sans sondages. Non pas pour les suivre aveuglément, à la manière du premier démagogue venu. Mais pour éviter l'enfermement mécanique du pouvoir, la coupure avec des populations que l'on a peu l'occasion de côtoyer directement, ou encore pour savoir quand et pourquoi il sera nécessaire de faire de la pédagogie autour d'un projet, qu'il soit loi, infrastructure, éolienne, pont ou nouveau bâtiment à construire.

Stéphane Fouks souligne, à ce sujet, un déficit des gouvernants récents : l'absence de conseiller chargé de l'interprétation sociologique et de la compréhension des enjeux stratégiques liés à l'opinion publique au plus haut niveau de l'État. Cette expertise est souvent « juniorisée », voire méprisée, j'en suis une parfaite illustration : j'ai occupé cette fonction auprès du Premier ministre il y a plus de dix ans maintenant, alors que je débutais dans ce domaine. C'est bien la preuve que les gouvernants d'aujourd'hui tiennent les sondages dans le plus grand mépris, et ne comprennent pas que la compréhension de l'opinion n'est pas simplement un enjeu de com'… Depuis le départ d'Ismaël Emelien de l'Élysée – qui occupait l'équivalent de mon poste auprès du président de la République – au début du premier quinquennat d'Emmanuel Macron, personne n'occupe véritablement cette fonction stratégique majeure. La mise en garde de Stéphane Fouks est sans appel : « Il y a une urgence démocratique à ce que le politique comprenne qu'il ne pourra plus gouverner d'une manière efficace sans régler le problème de son rapport à l'opinion. L'enjeu, pour lui, est de comprendre réellement l'opinion et non d'écouter de manière béate et imbécile des sondeurs qui transforment un outil d'analyse du passé en outil de prédiction de l'avenir. » Ce fut à ses yeux l'erreur de Dominique de Villepin avec la dissolution de 1997, qui pensait que le sondage de la veille prédisait le résultat l'élection ayant lieu deux mois plus tard. Lorsque je lui ai soumis cette analyse, Édouard Philippe, qui revendique une certaine distance avec les sondages, m'affirme la partager. Stéphane

Fouks ajoute : « Il y a urgence sur le fait qu'ils se donnent les moyens de comprendre l'opinion, d'interroger de manière pluridisciplinaire, car le métier de sociologue de l'opinion est pluridisciplinaire : il comprend de la data, de la psychologie, de la sociologie, il faut comprendre des enjeux liés à l'économie et au pouvoir d'achat également. »

Le vice-président de Havas constate que si nous avons su nous doter d'un comité scientifique pour éclairer nos choix politiques durant la gestion de la phase la plus aiguë de la crise du Covid, nous n'avons pas de comité scientifique dédié au suivi de l'évolution de l'opinion. Ces fonctions sont déléguées au Service d'information du gouvernement, qui commande et analyse les études commandées par le gouvernement, mais dont les moyens n'ont pas été suffisamment repensés à l'aune de l'ère numérique et dont l'exigence de neutralité contribue à stériliser l'utilité pour éclairer les débats du moment. Un véritable dispositif public de suivi de l'opinion nous aurait sans doute évité les Gilets jaunes, ou aurait permis au gouvernement de réagir bien plus vite à la pénurie naissante de carburant durant le mois d'octobre 2022. « Il faut traiter l'opinion avec respect et accepter de dire que l'on ne sait pas, accepter de dire la vérité, c'est-à-dire les doutes et les incertitudes. Et donc gouverner dans un rapport de confiance. Il faut accepter que l'on est maintenant au temps de l'opinion, et non pas au temps des médias ou de la politique, et par conséquent faire en sorte que la communication intervienne beaucoup plus tôt dans le processus décisionnel. » Stéphane Fouks note d'ailleurs – au moment de notre échange, début août 2022, alors que la nouvelle Assemblée se met encore tout juste en place – que le gouvernement va avoir ce problème avec le fait que l'Assemblée reprenne le dessus sur le temps gouvernemental classique. En effet, « on y vote pour ce qui est populaire, et si les réformes gouvernementales ne sont pas défendues par une communication adéquate, elles ne risquent guère de gagner le soutien de la population, et donc d'être votées ».

Sa critique des sondages, comme la mienne d'ailleurs, est une critique du mauvais usage qui en est fait, et non pas une remise en cause de leur utilité. Comme lui, je souhaiterais que l'on fasse davantage de sondages et d'études qualitatives. Surtout, il faudrait que ce soit fait, dirigé et commandé par des personnes dont c'est le métier, pour produire à la fin une synthèse véritablement intelligente, afin d'explorer le champ des possibles, d'en tirer des conclusions politiques éclairées et une stratégie adaptée. Stéphane Fouks rappelle que la plupart des sondeurs de l'époque prédisaient à Chirac une victoire électorale après sa dissolution, alors même que les rares études qualitatives – notamment une commandée par Jospin –, correctement analysées, annonçaient déjà la possibilité de la victoire de la gauche. Il conclut : « Ce n'est pas pour dire que nous sommes des génies, nous avons simplement utilisé le matériel approprié. »

Des règles d'encadrement des campagnes électorales totalement obsolètes

Il y aurait beaucoup à dire, également, des règles qui encadrent le déroulement des campagnes électorales. Dans bien des cas, on est en droit de se demander si ces contraintes ne sont pas conçues pour tuer le débat, plutôt que pour l'encadrer. J'ai vécu moi-même des situations ubuesques : des émissions où l'on demandait aux commentateurs de ne pas parler de tel ou tel candidat, parce que les quotas étaient déjà atteints et qu'il fallait davantage parler des « petits candidats ». Du coup, celui qui avait une actualité forte ce jour-là (disons, Emmanuel Macron ou Marine Le Pen), ne pouvait être mentionné, et il fallait citer artificiellement des noms (disons, Nathalie Artaud ou Nicolas Dupont-Aignan) en dépit d'une absence d'actualité ce jour-là. L'égalité des temps de parole est contestable, mais l'application du concept aux commentateurs est totalement stupide. J'ai également été témoin, pendant la campagne des législatives, du fait que les responsables politiques alors en campagne pour être élus députés étaient pénalisés : mieux valait ne pas parler d'eux, quand bien même auraient-ils une actualité nationale ou seraient-ils les chefs de leur parti, parce que si l'on parlait d'eux, il eût fallu citer l'intégralité de leurs concurrents par souci d'équité. C'est la raison pour laquelle, dans la dernière campagne des législatives, les médias reprirent les propos de Jean-Luc Mélenchon (pas candidat) bien plus volontiers que ceux de Marine Le Pen, contribuant ainsi à donner le sentiment que la dynamique était tout entière derrière le patron de

La France insoumise. Les résultats au soir du vote, avec les scores inédits du Rassemblement national, surprirent donc plus d'un observateur. Il n'est jamais bon d'avoir le nez trop collé aux médias... Ils ne sont guère qu'un miroir déformant de ce qu'est notre société. On pourrait cependant éviter d'édicter des règles qui les biaisent plus encore que leur inclination naturelle. Comme me l'explique parfaitement Stéphane Fouks, « au moment où la campagne commence, la communication s'arrête. Cela dit très bien le fait que la communication est une maladie honteuse, donc plus on s'approche de l'élection, moins on en fait. En marketing, je ne fais pas la promotion d'une voiture tant qu'elle n'est pas en magasin. Je peux éventuellement faire du *teasing* avant, mais pour le *hard*, c'est-à-dire le marketing de la vente, j'attends que la voiture soit en point de vente. Parce que je ne veux pas que les gens aillent demander une voiture qui n'est pas commandable. À l'inverse, en communication politique, plus tu t'approches de l'acte de vente, moins tu communiques. » Ne devrions-nous pas commencer par aborder ce sujet, pour résorber l'abstention croissante ?

Stéphane Fouks encore, qui contribua à plus d'une campagne non seulement en France, mais aussi dans plusieurs pays étrangers, souligne d'autres limites des règles d'encadrement des campagnes électorales. Il dénonce le caractère « absolument obsolète de la loi française, qui traduit d'ailleurs très bien notre rapport à la communication politique. C'est : "La ComPol, c'est sale." Donc nous faisons des lois pour protéger la démocratie de l'argent, c'est très bien. Nous organisons le financement des partis et des campagnes électorales, c'est formidable. Nous limitons le plafond des dépenses dans le cadre des campagnes électorales, c'est génial. Nous organisons même la manière dont ce plafond de dépenses peut être atteint par la contribution des entreprises ou des individus privés, c'est parfait. C'est probablement le meilleur dispositif au monde. Mais de quoi aurait-on besoin ensuite ? De réglementer, plutôt que de dire que la publicité est totalement interdite. À partir du moment où il y a un budget et que ce dernier est respecté, c'est transparent, il n'y a plus de problèmes d'inégalités entre candidats. Quelle est donc cette idée saugrenue d'interdire ? »

Je lui demande d'où cette « idée saugrenue », exposée notamment dans les lois de 1998 et 1993 sur le financement de la vie politique, est sortie. « En 1988, c'était Guy Carcassonne qui avait eu cette idée bizarre. Et après en avoir discuté ensemble, il avait d'ailleurs révisé son jugement, mais c'était trop tard. Et en 1993, les politiques en ont rajouté une couche. »

L'outil le plus efficace pour toucher les Français reste la télévision. Or, à partir du moment où le spot vidéo de quinze ou trente secondes reste dans les limites du budget de campagne imposé, pourquoi l'interdirait-on ? « Ils ont l'impression de s'être complètement dévergondés parce qu'ils ont un peu libéré la manière de produire les émissions de la campagne officielle... Mais personne ne regarde, et cela n'a évidemment aucun intérêt ! »

Par nos comportements de citoyens, d'auditeurs, de lecteurs, mais aussi d'analystes, de journalistes, ou de responsables politiques, nous sommes en train de tout simplement rendre tout débat serein et informé impossible. Or, la confrontation des idées est le carburant de nos démocraties. Il n'y aura pas de remède miracle, dès lors que la responsabilité de ce marasme est collective : la prise de conscience de nos travers et de nos insuffisances est un premier pas. Hélas, à entendre la plupart de mes interlocuteurs, elle n'est pas suffisante. Tous sont convaincus de la nécessité d'agir sur un mal dont ils partagent le diagnostic, et une partie des solutions. Mais puisqu'il n'y a pas de politisation du sujet, ni de pression de l'opinion publique pour améliorer la qualité du débat public, nous restons à ce stade dans l'immobilisme le plus total. Et la démocratie cède donc du terrain, jour après jour...

Sixième partie

La responsabilité de la classe politique

Des politiques pas au niveau ?

J'ai longuement exposé, dans *On a les Politiques qu'on mérite*, les travers et les dysfonctionnements dont nos responsables politiques sont coupables, tout comme notre responsabilité de citoyens dans les insuffisances du système de décision publique. Avec le regard de mes interlocuteurs, le présent chapitre revient sur ces sujets pour les approfondir.

Pour Bruno Retailleau, patron des sénateurs Républicains, la France serait moins ingouvernable que de moins en moins bien gouvernée. Et le problème ne viendrait pas tant des Français, dont la culture politique est conflictuelle depuis toujours, mais plutôt « des classes dirigeantes : depuis quarante ans, nous traitons les conséquences sans nous attaquer aux causes. On jette toujours plus d'argent public pour essayer d'amortir les effets de problèmes qu'on n'a pas le courage de traiter ».

À l'autre bout du spectre politique, le député Insoumis François Ruffin fait le même diagnostic quant à la responsabilité des politiques dans le marasme actuel : « La responsabilité est chez le politique ! Les choix qui ont été faits pendant trente ans ont conduit à se lier les mains et à donner le pouvoir aux forces économiques, qui exercent un chantage permanent. »

Les politiques, seuls responsables et tous coupables ? François Ruffin argumente avec l'un de ses sujets favoris : les caissières, auxiliaires de vie, travailleurs de l'industrie agroalimentaire, caristes et autres manutentionnaires, toutes ces professions dont la crise du Covid a révélé le côté indispensable dans notre économie. « Ce caractère essentiel a même été remarqué par le président de la République, qui cita la Déclaration des droits de l'Homme : "Les distinctions sociales ne peuvent être fondées que sur l'utilité commune." » Un rapport fut donc commandé par la ministre du Travail d'alors, Élisabeth Borne. « Il s'agit du rapport Erhel, qui est vraiment remarquable, qui identifie dix-sept métiers de la "deuxième ligne", ce qui correspond à 4,6 millions de travailleurs. Il montre que ces métiers doivent continuer de tourner dans toutes les crises, sans quoi le pays est bloqué. » Or, ces travailleurs sont en moyenne 30 % moins payés que les autres, il s'agit souvent de contrats courts, leurs horaires sont instables, et ils sont plus exposés aux produits chimiques que la moyenne. En dépit de tout cela, ils ont un sentiment d'utilité de leur métier qui est supérieur à celui de la majorité des salariés. François Ruffin s'exclame : « Voilà un rapport remarquable qui pose des pistes : la question des horaires, des salaires… La conclusion politique d'Élisabeth Borne à ces questions est la suivante : "Nous faisons le pari avec confiance que le dialogue social aboutira à quelque chose d'intéressant." C'est-à-dire une démission du politique : le politique devient Ponce Pilate. On vient de traverser une crise majeure, on dit que ces gens-là ont sauvé le pays. Le président de la République dit qu'il faudra s'en rappeler, un rapport remarquable est publié, et juste après on nous dit que "finalement il faut laisser la main invisible du marché agir", revue sous forme de dialogue entre les partenaires sociaux. Ils vont se mettre d'accord pour que naturellement, les femmes de ménage de l'Assemblée nationale, du métro, de la SNCF (qui sont d'ailleurs toutes en sous-traitance) soient réintégrées à temps complet au sein des entreprises avec une revalorisation du salaire à la hausse, et tout ça va naître du dialogue ! » Au fil des phrases, la colère non feinte de mon interlocuteur se fait plus manifeste. Il m'explique avoir le plus grand mal à rendre visible la souffrance de ces travailleurs dans les médias, plus enclins à vouloir une petite phrase sur la polémique politicienne du moment qu'à s'intéresser au sort des précaires.

Ce qu'il considère être une démission politique du gouvernement trouve sa cause dans une idéologie : la concurrence. « Quel que soit le problème, c'est leur unique réponse. Le rail c'est la concurrence, l'énergie c'est la concurrence, les universités c'est la concurrence. Cette concurrence doit s'instaurer à tous les stades de la vie. Je ne suis pas là pour dire qu'il n'existe pas des situations de concurrence bénéfiques, je fais un journal qui est placé en situation de concurrence et ça me va très bien. Mais il y a des choses qui peuvent être extraites de cette concurrence à tout va, et il y a des temps de la vie où l'on ne doit pas être mis en concurrence permanente les uns avec les autres. » Pour cette gauche « insoumise », la fracture entre le peuple et ses élites trouve sa source dans un creusement des inégalités que les politiques ont accompagné depuis des années, au lieu de le combattre.

David Lisnard, maire Les Républicains de Cannes, pense plutôt qu'une des plus grandes insuffisances des politiques réside dans la confusion entre le législatif et l'exécutif. Au lieu de s'attacher à veiller à la bonne exécution des décisions publiques, ils préfèrent trop souvent faire des discours, annoncer de nouvelles lois, voter des textes. La lutte contre l'insécurité est un domaine qui illustre très bien, aux yeux du président de l'Association des maires de France, cette dérive générale des responsables politiques. « Malgré toutes les lois que l'on instaure, si l'on n'exécute pas les peines, si l'on ne construit pas de places de prison, nous n'améliorerons jamais la situation. Nos OQTF [obligations de quitter le territoire français] ne sont que rarement appliquées, c'est une catastrophe. » Quelques semaines après notre discussion, une terrible affaire viendra ouvrir les yeux de nombreux Français sur ce qu'est une OQTF : la principale suspecte dans le meurtre sauvage d'une jeune adolescente était sous le coup d'une obligation de quitter le territoire. Toute la droite et l'extrême droite affirmèrent que si ces OQTF étaient appliquées, le drame n'aurait pas eu lieu. David Lisnard souligne que la plupart des autres pays européens ont à peu près les mêmes outils législatifs que nous, mais qu'ils parviennent à des taux d'exécution des décisions bien meilleurs que les nôtres. « Ils arrivent à avoir des taux d'élucidation supérieurs aux nôtres, un taux de policiers présents dans l'espace public bien supérieur au nôtre. » De Gaulle niera avoir dit « l'intendance suivra », mais quelle que soit la paternité réelle de cette phrase, elle semble s'appliquer parfaitement à la culture de notre classe politique.

Il existe un autre défaut majeur de nos responsables politiques, en partie responsables du fossé grandissant avec les citoyens : le manque de travail intellectuel. Laurent Berger me confie : « Je suis allé plusieurs fois aux universités d'été des uns et des autres, je dois dire que c'est affligeant. Je suis allé à peu près dans tous les partis politiques, sauf l'extrême droite, dans des débats, des conventions où l'on était invités. Beaucoup n'ont même pas de doctrine. C'est un des problèmes d'ailleurs : aujourd'hui, on peut gouverner et faire de la politique sans avoir d'autre cap que d'accéder au pouvoir ou de le garder. C'est un énorme problème. » Il m'explique avoir, par exemple, livré un certain nombre de propositions au Parti socialiste après son effondrement électoral de 2017. « On peut tout reprocher à la CFDT, sauf de ne pas continuer à pédaler pour trouver des solutions », m'explique-t-il. Il s'attendait à ce que les responsables socialistes ouvrent la discussion, qu'un débat s'engage afin de renouveler le logiciel de la gauche sur les sujets sur lesquels la CFDT pouvait avoir des idées. « Ils se sont contentés de nous dire de leur envoyer nos notes. On leur a dit que ça n'était pas de ça dont nous parlions, nous voulions les confronter, en parler, avoir un exercice intellectuel entre nous. Mais leur démarche était purement utilitariste. Si vous leur envoyez une note, ils prendront le paragraphe qui leur conviendra en termes d'analyse, sans retenir les nuances. On n'a jamais réussi à avoir un temps de construction. Quand on a construit le Pacte du pouvoir de vivre, on a rencontré presque tous les partis politiques, et eux se demandaient simplement comment ils pouvaient nous récupérer. » La lassitude du syndicaliste est manifeste. Comment aider à améliorer le niveau du débat, si les élus ne veulent même plus débattre ?

L'ex-Premier ministre d'Emmanuel Macron, Édouard Philippe, est plus indulgent envers les politiques que ses congénères. Durant notre discussion sur le sujet, il renvoie essentiellement à notre responsabilité collective. David Lisnard semble partager ce scepticisme quant à la responsabilité des politiques en tant que groupe : « Je suis très mal à l'aise avec cette thèse de responsabilité des politiques, parce qu'en fait je ne sais pas si une classe politique existe. C'est une vraie question. Je suis peut-être un peu biaisé, je ne suis pas législateur. J'ai toujours fait le choix du local et je vois des maires toute la journée, et ceux que je vois, ils ne forment pas une classe homogène. Mais ils ont énormément de points communs, ce sont des gens concrets, honnêtes et dévoués dans 99 % des cas. »

Il tempère toutefois son propre propos : « Quand vous remontez vers le pouvoir central, là, on voit tout de même beaucoup d'homogénéité et de conformisme, y compris dans les allures d'ailleurs. » Le maire de Cannes attribue cela à la centralisation française, qui engendre une concentration géographique des élites. Tous sont issus des mêmes établissements. « Regardez la façon dont la suppression de l'ENA est traitée. C'est un énarque qui, de façon émotionnelle, instantanée et démagogue dit : "Je supprime l'ENA", et en fait, il crée une super-ENA, qui va alimenter le conformisme. » Dans ce groupe, tout se confond, le politique, le médiatique et l'administratif. « On le voit avec le scandale McKinsey par exemple : ce qui est pathétique c'est que ce sont les mêmes dans le public ou dans le privé. Donc, une façon identique d'appréhender les choses, même si ce sont aussi souvent des gens bien, honnêtes. Ça manque d'aspérités, de diversité, de capacité à renverser le raisonnement. Ils pensent le faire, mais ils utilisent juste des mots différents. » Un constat que je partage, hélas, intégralement.

Un affaissement intellectuel et culturel

Hispano-Suiza est une société espagnole de construction automobile et d'équipements aéronautiques fondée en 1904. Sa filiale française, créée en 1923, a été renommée Safran Transmission Systems en 2016.

Quand il promène son micro parmi les ouvriers de l'usine de Bois-Colombes à l'heure de la pause déjeuner, ce n'est ni d'automobiles ni de moteurs d'avion que Michel Polac vient parler, mais de livres. On se souvient de lui pour les débuts de l'émission radiophonique *Le Masque et la plume*, ou encore pour l'émission mythique, sans équivalent à l'époque, *Droit de réponse*, diffusée sur TF1 entre décembre 1981 et septembre 1987. Née en 1988, je dois avouer ne jamais en avoir entendu parler avant de faire des recherches pour cet essai. L'INA présente l'émission et son animateur de la manière suivante : « Ronchon avec sa pipe, il dénonce à travers des confrontations houleuses, parfois musclées et souvent bien arrosées, les scandales du moment. La politique, le sport, les médias, l'économie… Tout y passe dans ce plateau au décor de bistro, dont plus d'un invité a claqué la porte ! » Le décor est campé, l'époque semble bien lointaine…

En 1968, Michel Polac réalise un reportage vidéo sur les lectures du salarié, dont l'INA a précieusement conservé les archives. L'heure est grave : les emprunts de livres à la bibliothèque de l'usine de Bois-Colombes ont diminué de moitié depuis 1961.

Il tend son micro à des salariés de l'usine, attablés côte à côte à de grandes tables dans un réfectoire bruyant :

« J'aimerais bien lire ! Mais à la vérité, je n'en ai pas le temps ! Je demeure à vingt kilomètres d'ici, on travaille 9 h 30 par jour. Lire c'est très intéressant, j'aime beaucoup lire, mais faut-il encore que j'en aie le temps. »

Chemise, cravate, coiffé avec soin, ce cadre fait les liaisons avec une précision évaporée depuis longtemps. Son collègue et voisin de table, dont la chemise et la cravate sont surmontées d'une blouse blanche, interrompt : « Je vais apporter une note un peu discordante par rapport à mes camarades. J'estime que si l'on s'en tient simplement au critère du temps, c'est insuffisant. Il y a une question d'effort personnel également. Effectivement on travaille 9 h 30. Je suis délégué du personnel, CGT, je tiens à le préciser. Il y a avant tout une question d'animation culturelle pour développer le besoin de lire, la sensibilité, surtout les aspects culturels, que ce soit pour le théâtre, le cinéma, ou toutes les formes d'expression artistique. La lecture, je la mets au même niveau. »

Il s'agit d'alerter sur une possible disparition de la lecture, mais le téléspectateur de 2023 retiendra sans doute tout autre chose : cadres et ouvriers citent successivement Ernest Hemingway, Joseph Kessel, et d'autres auteurs encore n'étant pas forcément passés à la postérité. À l'heure d'une addiction généralisée aux réseaux sociaux, où chaque parent déplore l'absence plus ou moins totale de culture livresque de son ado, l'impression que l'on retire de cette courte vidéo est celle d'un affaissement culturel profond. Pourquoi les politiques y échapperaient-ils, après tout ?

*

Il est tiré à quatre épingles, tout à fait fidèle à son élégance légendaire. Sa voix est douce, les mots soigneusement choisis, jamais un plus haut que l'autre. Pour autant, le regard se durcit et les phrases claquent lorsqu'il évoque les erreurs commises à ses yeux par le premier secrétaire du PS, Olivier Faure, notamment l'alliance jugée contre nature avec La France insoumise. La condamnation est impitoyable, et l'on se dit qu'il vaut mieux éviter de faire l'objet du courroux de Bernard Cazeneuve.

Nous engageons la discussion sur la situation politique, celle de la gauche bien sûr, puisque nous avons appartenu ou servi le même parti (beaucoup plus brièvement pour moi, alors que lui y a forgé sa carrière politique et y conserve beaucoup d'amis). Et celle de la France surtout, entre tensions sociales et identitaires, défi climatique et malaise politique. « Tous ceux qui disent que nos institutions sont à bout de souffle ne se rendent pas compte que ce sont eux qui le sont. C'est le politique qui n'est pas au niveau des institutions. » Pense-t-il alors qu'il y a un abaissement du niveau global des responsables politiques ? L'ex-Premier ministre socialiste n'hésite pas un instant avant de répondre : « Absolument ! Ça, je pense qu'il faut le dire. Il y a un abaissement absolu, pour plusieurs raisons d'ailleurs : la numérisation de la société, ce qui implique que faire de la politique aujourd'hui c'est être capable d'envoyer des influx sur les réseaux en permanence. Vous n'êtes donc pas obligé de penser, et surtout, pour envoyer ces influx, vous n'êtes pas obligé de vous distinguer de la masse. Parce que le principe n'est justement pas de se distinguer de la masse, mais d'être dans le flux, en y étant suffisamment ancré pour avoir un maximum de followers. C'est le syndrome Olivier Faure, ravi de multiplier les followers insoumis. Le chef politique qui était au niveau se distinguait autrefois de la masse par la nature même de l'exercice auquel il se livrait. Désormais, la numérisation est un processus narcissisant de contemplation de chacun dans le flux des paroles numériques qui le citent, qui le likent et qui le reconnaissent. C'est un processus mécanique d'abaissement. Un deuxième phénomène explique l'abaissement : la perte de relation à l'histoire, et au sens, qui induit de la numérisation, mais pas seulement. C'est un effet de notre époque, celui d'une perte de l'enseignement de l'histoire dans notre pays, une perte de repères dans la relation à l'histoire qui n'existe pas au Royaume-Uni, par exemple. Le troisième élément qui explique l'abaissement, c'est l'effondrement des partis et des institutions, catalysé par le macronisme – qui est le produit de ces mouvements, il n'en est pas la cause. Un pays sans culture partisane, sans institutions reconnaissant les partis (au Royaume-Uni ou en Allemagne, les partis existent)... Ce précipité-là explique un abaissement considérable. »

J'ajoute qu'il y a aussi, à mon sens, la transparence. Nous avons l'impression que les gens attendent de rentrer dans le moindre recoin de la vie privée de leurs élus. C'est une transparence potentiellement totalitaire, et profondément anti-démocratique.

« On vous demande de dire où vous passez vos vacances, où vous avez scolarisé vos enfants, on ne s'en tient plus seulement à vos actes publics pour vous qualifier. On cherche à vous mettre à nu en permanence, comme si l'intimité était devenue suspecte. Les élus qui se prêtent à ce grand déballage pour plaire ont grand tort, car il participe de leur propre déclassement aux yeux des citoyens. Ce processus ne vaut pas que pour les politiques, il s'applique aussi à tous ceux qui incarnaient une forme d'autorité : l'enseignant, le policier, le médecin... »

Il convient également de mentionner ici la problématique du déclassement financier, évoquée par certains de mes interlocuteurs, souvent sous couvert d'anonymat tant elle est délicate à aborder lorsqu'on est soi-même élu. D'autres ont le courage de le dire haut et fort, c'est le cas par exemple de Jean-François Copé, croisé à l'occasion d'une table ronde sur l'avenir de la politique et de l'État aux « Rencontres de l'avenir » de la ville de Saint-Raphaël. Mais dès qu'un élu tient de tels propos, les citoyens soupçonnent qu'il défend ses propres intérêts financiers. C'est ce qui conduira nombre de mes interlocuteurs à renoncer à parler du sujet. J'avais précisé les rémunérations des différents élus dans mon dernier essai, et beaucoup de lecteurs m'ont dit : « Ah mais je ne pensais pas qu'un maire ou un député gagnait si peu ! » Eh bien si ! Être élu, ce n'est pas s'enrichir et s'en mettre plein les poches.

De surcroît, me fera-t-on remarquer en me priant de ne pas citer, « être élu, c'est souvent avoir les plus grandes difficultés à aller dans le privé après un mandat, en raison des lois contre les conflits d'intérêts, qui vous empêchent d'aller dans les domaines dans lesquels vous avez eu à agir ». Les choses restent relativement faciles quand on est fonctionnaire, et encore, mais pour les autres professions... « Tout ça a été fait avec de bonnes intentions mais de manière très réactive, notamment avec l'affaire Cahuzac. C'est une manière pour la classe politique de s'auto-immuniser contre ses propres errements. » Donc, avec les meilleures intentions du monde, nous sommes en train d'assécher le monde politique.

Un autre très haut personnage de l'État, qui se reconnaîtra et dont je regrette qu'il ne m'ait pas accordé le droit de partager ses propos autrement que de manière anonyme, me dit à propos de ce que j'appelais la « panne de l'appareil de production d'idées politiques » : « C'est pire que cela : quiconque est très structuré intellectuellement, a de l'ambition et un minimum d'équilibre, n'y va pas. Il n'a aucune raison d'aller en politique, c'est aussi simple que ça. Ne peuvent aller en politique que des gens très riches – ils ont rétabli le suffrage censitaire [Il ne précisera pas qui : Hollande, Macron ?] –, ou des gens très pauvres qui n'ont rien à perdre. » Ou bien des dingues, fais-je remarquer avec son approbation. Je pointe du doigt, et c'est notoire au PS, que tous les grands élus locaux – maires, présidents de région... – désinvestissent totalement le débat national et la vie du parti. Cela induit une autre relation à l'État, c'est-à-dire que ces collectivités se vivent davantage comme des îles, des créanciers ou ayant droits de l'État, et pas comme participant d'un collectif plus grand qu'est la nation. « Ça, c'est la féodalisation de la République. C'est une autre forme d'archipélisation de la France. » Dommage que là encore, les propos ne puissent pas être assumés.

Le constat d'un affaissement culturel du milieu politique est partagé par l'intégralité de mes interlocuteurs, quels que soient leur génération et leur niveau de responsabilité, à de très rares exceptions près. Édouard Philippe en est une : il considère que cette observation relève de l'illusion d'optique. Il y a vingt, trente ou quarante ans, la classe politique n'était pas exceptionnelle. Mais nous n'en retiendrions que les meilleurs éléments, en pensant qu'ils sont représentatifs de la moyenne des élus de l'époque. « Si vous prenez l'Assemblée de 1952 ou 1963, beaucoup de ses membres étaient passés par la guerre… Cela donne nécessairement des caractères un peu exceptionnels. Mais enfin, on ne va pas me faire croire que tous les députés et tous les sénateurs, en 1948, en 1962, ou en 1982, étaient des personnes avec un sens inné de l'intérêt général et une compétence exceptionnelle… Ça n'est pas vrai. » Cet argument me paraît très pertinent, et sans doute exagérons-nous l'ampleur de l'effondrement culturel global. Pour autant, comment ne pas ressentir, dans un contexte de guerre en Ukraine, de flambée des prix des matières premières, de tensions sur le pouvoir d'achat et surtout de péril climatique de plus en plus grand, un immense désarroi face au niveau des réponses apportées par les uns et les autres ? Qui, aujourd'hui, a l'autorité et la hauteur de vue nécessaires pour rassurer et apaiser ? Combien de vrais leaders avons-nous encore, ces hommes et femmes capables de vous emmener, de vous donner envie de vous retrousser les manches pour participer à un projet qui vous dépasse ?

Mais de quoi parle-t-on, au juste, quand on évoque le « niveau » des hommes et femmes politiques ? C'est la question que me renvoie Bernard Pignerol, conseiller d'État intellectuellement formaté comme son ami Jean-Luc Mélenchon, c'est-à-dire féru de littérature et d'histoire. « Si vous voulez dire qu'il n'y a plus de culture générale, moins de culture historique et littéraire, c'est vrai. Mais y a-t-il une seule forme de culture ? Les connaissances se sont technicisées. La culture politique, est-ce la connaissance de l'histoire des mouvements politiques, ou bien des politiques publiques actuelles ? » Que demande-t-on à nos élus ? D'avoir lu les grands auteurs, de connaître la Révolution française dans ses moindres détails ? Ou bien d'être capables de déchiffrer une circulaire du ministère de l'Intérieur sur les nouvelles normes en matière environnementale ? « Il faut maintenant être un entrepreneur de service public, ça nécessite d'autres qualités intellectuelles et une autre culture que ce qu'on exigeait d'un maire il y a trente ans ou quarante ans. »

Qui peut citer, aujourd'hui, les membres de la direction du PS, ce grand parti du gouvernement ? Pierre Moscovici a fait toute sa carrière politique en son sein. Il me fait remarquer que lorsqu'il a commencé, en 1990, il était le plus jeune membre du bureau national. Autour de la table, à ses côtés, ne figuraient que des grands noms : Fabius, Jospin, Rocard, Mauroy, Aubry, DSK, Cresson, Dumas… La brochette est prestigieuse. Il y avait aussi des jeunes pousses : Montebourg, Mélenchon, Dray… Or, qui peut citer un seul nom des membres du « BN » aujourd'hui ?

Laurent Berger, leader du syndicat réformiste CFDT, observe également un affaiblissement du débat interne aux partis politiques, allant de pair avec un problème de formation. « Je suis frappé du nombre de mes interlocuteurs avec lesquels on ne peut pas parler du dernier livre sur tel ou tel sujet, de tel ou tel auteur, qui bouscule et qui structure la pensée », dit-il. Ils ne prennent plus, ou trop rarement, le temps de lire, de penser, de débattre. Beaucoup n'ont pas vraiment de doctrine – et ce n'est sans doute pas un hasard, me dis-je en l'écoutant, si les analystes et observateurs ont tant de mal à définir ce qu'est le macronisme. Ceci dit, à la décharge des élus, nombre d'entre eux m'ont expliqué être interpellés par les citoyens sur les réseaux sociaux dès qu'ils parlent d'un ouvrage lu : « Vous n'avez donc que cela à faire, pendant qu'on vous paie ? » Le problème n'est donc pas celui des élus, mais sans doute de toute la société, et du regard qu'elle porte sur la lecture et le débat intellectuel au sens large.

« La machine est conçue pour que vous soyez sur le vélo à pédaler tête baissée tout le temps », ajoute Laurent Berger, me rappelant que lors de mon passage à Matignon, j'ai pu observer cette mécanique de près. Et il est vrai que les ministres, et même les conseillers, n'ont que rarement le temps de s'extraire de l'urgence permanente pour lire. Lorsqu'ils prennent le temps, exceptionnellement pour la plupart, de recevoir des intellectuels, ils leur demandent – au mieux – de synthétiser leur pensée en une heure.

« Votre ancien patron Jean-Marc Ayrault, quand il a été maire de Nantes, a fait des choses extraordinaires car il a pris le temps. J'étais étudiant à Nantes quand il est arrivé à la mairie, j'ai vu ce qu'il a fait, et il l'a fait en se faisant accompagner d'intellectuels, mais aussi de forces vives. À Matignon, on a l'impression d'une lessiveuse. Ils sont dans la ligne de mire de tout le monde en permanence. Si vous travaillez de 9 heures à 23 heures, vous n'ouvrez pas un livre. Vous ne lisez pas la dernière analyse, si ça n'est celle que vos conseillers vont vous rédiger, et ça n'est pas du tout pareil. Il m'arrive que mes équipes me fassent des analyses à partir de ce qu'elles ont lu et travaillé, mais ça n'est pas pareil que si vous faites vous-même l'effort d'essayer de penser le truc. »

Le syndicaliste m'explique s'astreindre à organiser un dîner avec des intellectuels, de tous domaines d'expertise, chaque mois depuis presque dix ans. À chaque fois, un thème, pas uniquement social : la Chine, le numérique… Cet exercice est exigeant : on a souvent envie d'annuler ou de reporter pour s'occuper de l'urgence du moment. D'autant plus que la tentation est grande de ne choisir que des gens qui pensent pareil que soi : « Les politiques sont dans des fonctions où ils s'en prennent plein la figure. Ils n'ont pas forcément envie, le soir quand ils voient des intellectuels, de se faire aussi bousculer. Mais il faut faire cet effort-là. » Pour avoir pratiqué l'exercice lorsque j'étais à Matignon, et tenté d'organiser des petits déjeuners pour les conseillers de Manuel Valls, je sais combien c'est difficile. Et ce d'autant plus que de nombreux intellectuels sont tentés de « rester dans leur couloir de nage », comme le dit Berger.

Grand historien et éditeur, auteur en 2022 de Mémoires qui retracent soixante ans de vie intellectuelle, Pierre Nora fait le constat d'un assombrissement du monde intellectuel. « Il est clair que l'on passe d'un type de culture à un autre. Lequel paraît aujourd'hui à des gens de nos générations comme une forme d'inculture. Notre culture classique était un mélange de trois éléments : une solide tradition d'humanisme, c'est-à-dire faite de littérature et d'histoire, d'un fort lien civique, qu'il s'agisse d'engagement politique pour les uns ou de service de l'État pour d'autres, et de débats pour les intellectuels. Ces trois éléments sont atteints, c'est certain. […] Il est exact que l'âge de Gutenberg est terminé. On passe à une culture fondée sur l'image, sur le numérique et sur une forme de désaffiliation sociale nourrie d'individualisme. Je ne dirais pas que la jeunesse actuelle est moins intelligente que nous, mais qu'elle vit une vie qui nous est très étrangère[1]. »

Selon lui, plus encore que les médias – critiqués depuis Balzac, et où le meilleur côtoie le pire –, c'est l'école qui est responsable de l'affaissement culturel global. « Le problème de fond a été la massification des années 1980, qui a obligé les professeurs à aligner le niveau par le bas. Quand 90 % d'une classe d'âge obtient le bac et peut entrer à l'université, cela signifie que le bas ne veut plus rien dire. Le niveau des politiques s'est lui aussi dégradé, avec la déliquescence des solides partis classiques de gouvernement. » Cet abaissement général favorise, selon lui, la radicalisation des uns et des autres, et « les poussées d'extrémisme comme la défense de la Terreur ».

« Nous n'avons pas des politiques qui pensent, après quarante ans de doxa libérale. » François Ruffin, ex-journaliste devenu député La France insoumise en 2017, conforte le diagnostic : « Pour être passé de l'autre côté, j'observe les politiques et ce que je vois, ce sont des agendas qui se remplissent automatiquement avec la nécessité de parler tous azimuts, ce qui fait que le temps nécessaire de lecture, d'écriture et de réflexion est évacué… »

J'approuve, en lui exposant mon expérience en cabinets ministériels : des horaires à rallonge, des urgences à gérer en permanence, un temps de vie personnelle compressé si

1. Jacques de Saint-Victor, « Pierre Nora : “L'affaissement culturel favorise l'extrémisme” », *Le Figaro*, 14 septembre 2022.

ce n'est absent… Et finalement, une pensée qui reste trop superficielle, des dossiers que l'on est trop souvent obligé de survoler.

« Mais c'est tragique ! Quand j'étais journaliste, je rencontrais des politiques. C'est d'ailleurs comme ça que je suis devenu député : j'ai rencontré la députée de mon coin. Alors que je m'attendais à un dialogue d'un certain niveau, je me suis dit : “Mais… elle est bête !” J'y arrivais avec un certain complexe, je n'ai pas les bons diplômes dans le bon ordre, seulement en étant le gars qui fait son petit journal dans son coin. Mais je me suis dit : “c'est bête ce qu'elle raconte”, c'est un gloubi-boulga qui n'a pas de sens, je me disais que je pouvais faire au moins aussi bien qu'elle et peut-être même mieux ! Si elle est là, me suis-je dit, pourquoi pas moi ? »

Anne Sinclair a côtoyé les plus grands leaders des années 1980 et 1990. L'émission mythique qu'elle anima, en alternance avec Jean Lanzi de 1984 à 1987, puis seule jusqu'en 1997, rythma la vie politique française. Ce fut un formidable poste d'observation des grands de ce monde, à l'heure où les chaînes d'info en continu et les réseaux sociaux n'avaient pas encore imposé leur rythme effréné à l'ensemble de la classe politique et médiatique. Interrogée sur le niveau des responsables politiques aujourd'hui, par rapport à il y a vingt ou trente ans, elle hésite : « Il me semble qu'ils étaient meilleurs, mais on a toujours tendance, lorsqu'on vieillit, à trouver que l'époque précédente était meilleure… Je crois qu'ils étaient meilleurs surtout parce que leur parole était plus rare. Ils avaient le temps de réfléchir, ils n'allaient pas chaque matin dans une matinale, suivie de France Info, puis de BFM-TV, pour aller répéter la même chose en boucle. Et de déraper, parce que la spontanéité et le direct empêchent une maîtrise totale de l'expression. »

Un point revient dans tous les entretiens que j'ai eus jusqu'ici : « Les politiques ne lisent plus, ne pensent plus, ne prennent plus le temps de réfléchir. » Cette pression médiatique constante est-elle la raison de l'appauvrissement de la pensée politique ? Cette mécanique infernale, cette lessiveuse qu'il faut nourrir sans cesse avec du prêt-à-penser…

« J'entendais Sandrine Rousseau dire de Julien Bayou [que les accusations d'agression psychologiques à l'encontre de son ex-compagne, rapportées par Sandrine Rousseau aux médias à l'automne 2022, avaient contraint à une mise en retrait] : “Ne pas parler pour quelques jours, ce n'est pas dramatique !” On a envie de lui répondre : “Absolument !” (elle éclate de rire). Les politiques parlent tout le temps, mais ils n'y sont pas obligés ! Un politique a des comptes à rendre à ses concitoyens, pas seulement sur un plan institutionnel et parlementaire, il a aussi des comptes à rendre à l'opinion publique via des interviews qu'il doit donner. Mais il peut les doser, il n'est pas obligé d'aller dès qu'on l'invite dans un débat entre un truand et un… une… je ne sais pas, une drag-queen par exemple. Tout cela pour aller “vendre sa salade”. Cette culture du “tout vaut tout”, où toute parole est similaire à telle autre, ou jugée “plus sympa” si elle côtoie son opposé, a été inaugurée depuis longtemps. Cela aboutit à mettre à équivalence le résistant et le collabo, le truand et l'honnête homme… Dès le moment où vous avez de la notoriété, où votre parole est connue, votre parole vaut celle des autres. Eh bien non ! »

Le cercle vicieux que je dessinais dans *On a les Politiques qu'on mérite*, par lequel les difficultés imposées aux politiques, le regard défiant porté sur eux, la baisse de leurs rémunérations et la pression de la demande de transparence dégoûtent les meilleurs, semble plus que jamais à l'œuvre. Et nous nous étonnons que le niveau baisse, que les politiques soient toujours plus conformistes et tournés vers leurs intérêts personnels…

La spirale de la dette, origine du mal ?

Interrogé sur la détérioration du climat politique et de notre capacité à nous gouverner nous-mêmes, Augustin de Romanet – qui, avant de gagner le privé et notamment diriger Aéroports de Paris, a également officié longuement dans la haute administration, à Bercy, et en cabinets ministériels – le dit tout net : oui, il est plus difficile de gouverner la France aujourd'hui qu'hier. Assis face à moi dans son bureau de la rue de Grenelle, annexe bien commode du siège d'ADP pour les visiteurs qui, comme moi, rechignent à affronter les embouteillages pour aller jusqu'à Roissy, il invoque des « raisons mécaniques ». La France serait, selon lui, une « grande assemblée de copropriété en difficulté ». Et en 1960, « les charges de la copropriété "France" étaient totalement équilibrées par rapport à ses recettes, et représentaient à peu près 30 % des revenus des propriétaires (le montant des dépenses publiques par rapport au PIB). Donc si un propriétaire gagnait 3 000 euros par mois, il payait 1 000 euros de charges – concierge, tapis dans l'escalier, réparations diverses… À ce moment-là, le syndic de copropriété n'avait aucun problème, les propriétaires ne se chamaillaient pas trop, ils avaient les moyens de rénover l'ascenseur quand il y avait besoin, etc. Mais en 2020, les mêmes copropriétaires ont des dépenses qui représentent 60 % de leurs revenus, et en plus, chaque année, il y a un déficit du budget global de la copropriété qui représente environ 5 % de leurs revenus. Donc avec 3 000 euros de revenus, ils paient désormais 2 000 euros de charges, et ils ne peuvent plus emprunter si jamais l'ascenseur tombe en panne, puisque la copropriété est désormais surendettée. La dette de la copropriété représente en effet 1,2 fois le revenu annuel de tous les copropriétaires. » Donc ce qui pêche et rend nos décisions publiques plus difficiles à prendre, et le pays plus difficile à gouverner, serait le fait que nous sommes collectivement dans une situation nouvelle, où chaque décision engendre de multiples querelles, et où les arbitrages entre les différents postes de dépenses génèrent des tensions entre nous, citoyens-copropriétaires. Nos dirigeants ont le rôle ingrat de syndic d'une copropriété surendettée aux charges élevées. Une situation créée par des générations de prédecesseurs, puisque Augustin de Romanet ne manque pas de souligner qu'entre 1960 et aujourd'hui, quelques générations de politiques se sont succédé, se faisant élire en augmentant les dépenses, puis réélire sans jamais sembler prêter la moindre importance, à de rares exeptions près, à la maîtrise de nos déficits et de notre dette.

Les politiques, premiers responsables du marasme actuel ? C'est en tout cas le diagnostic des Français, nous l'avons vu dans notre sondage. Mais, sans doute plus étonnant, c'est aussi le diagnostic de la plupart... des politiques eux-mêmes (sans même parler des syndicalistes et des entrepreneurs...). Au fil de mes rencontres, je n'en ai pas trouvé beaucoup pour témoigner la moindre indulgence vis-à-vis de leurs prédécesseurs. Certains pourtant ont exercé des fonctions éminentes. Mais si quelques-uns avouent des erreurs, aucun ne semble très préoccupé de la part qu'il a prise dans la faillite collective. Drôle de schizophrénie, pour le coup bien française, mêlant lucidité sur nos maux, et aveuglement sur la part de responsabilité qui est la nôtre.

Tout cela est bien normal, me direz-vous. Car il existe un biais dans ma méthode d'analyse que je ne peux feindre d'ignorer : la majorité des politiques que j'interroge sont encore actifs. Beaucoup espèrent être réélus, voire promus, ou même accéder aux plus hautes fonctions. Dès lors, comment pourraient-ils dire que le pays est foutu, ingouvernable, ou que les Français sont des veaux ? Chacun préserve son avenir en ménageant nos susceptibilités de « Gaulois réfractaires »…

Par conséquent, tous disent que le passé est une faillite collective, de la droite, de la gauche et du reste. Mais tous pensent – sans doute avec sincérité – que s'ils étaient en place, ils s'en sortiraient mieux. Étrange naïveté ? Cynisme de la part de personnes avides de pouvoir ? Selon mes interlocuteurs, je recueillerai les deux réponses. Je préfère pour ma part espérer que la plupart ont cet « optimisme de la volonté » qu'Emmanuel Macron aime tant à citer…

Nos politiques sont-ils seuls responsables de la dérive de la dette depuis des décennies ? Si aucun élu interrogé ne le dit très directement, parce qu'on ne fait (hélas) pas de politique en mettant chacun devant ses responsabilités, il me semble que les citoyens ont leur part eux aussi dans ce fiasco. Après tout, nous avons élu, parfois réélu, des hommes et des femmes en connaissance de cause.

Le premier président de la Cour des comptes Pierre Moscovici estime que nous n'avons pas, en France, une culture de la stabilité des finances publiques comme c'est le cas en Allemagne. Ce pays, marqué par le souvenir de l'hyperinflation, a inscrit le principe dans sa Constitution depuis 1949. Notre culture nationale serait donc naturellement tournée vers les dépenses : nous sommes d'ailleurs le pays de l'Union européenne qui dépense le plus en termes de pourcentage de son PIB. Le Covid a très bien illustré notre tendance à nous tourner vers l'État dès qu'une crise survient. Pierre Moscovici estime que la pédagogie de la dépense et de la dette publique a sans doute été insuffisante ces dernières années. Les politiques auraient, à ce titre, une responsabilité éminente, trop enclins qu'ils sont à vouloir contourner les règles et à blâmer Bruxelles chaque fois qu'une réforme s'avère difficile à expliquer et à conduire. Il est plus dur avec les politiques, responsables de ces dérives, qu'avec les Français qui les ont portés au pouvoir. « Les Français sont plus lucides sur la dette publique qu'on ne le dit. Évidemment, ils sont contents de se sentir protégés face aux chocs, mais ils sont aussi conscients qu'une dette se rembourse. On ne peut pas tergiverser avec cette question. Je ne voudrais pas que les prochaines années rendent l'État non pas en faillite mais étranglé, incapable d'agir et d'investir pour l'avenir, pour les générations futures, dans l'écologie, l'innovation, la recherche, l'éducation... Notre dérobade collective sur ce sujet m'inquiète au plus haut point, elle m'angoisse même. »

Xavier Bertrand estime que le sentiment d'injustice, très répandu aujourd'hui, explique sans doute notre situation, bien plus que l'irresponsabilité des Français : « Depuis Barre et Giscard, on a laissé croire aux Français que l'on pouvait vivre en dépensant plus que ce que l'on a. La crise du Covid n'a pas battu en brèche cette idée, puisque si les États ne pouvaient pas, ce sont les banques centrales qui trouvaient des solutions. Chacun se dit : "Pourquoi serait-ce à notre génération de trouver des solutions alors qu'on en a toujours trouvé les fois précédentes ?" On convient qu'il faut faire des efforts, mais on attend qu'ils soient justes. Or le sentiment de justice n'est pas le plus développé aujourd'hui dans notre pays... »

Augustin de Romanet considère quant à lui que nous payons aujourd'hui « l'effet boomerang de l'ordonnance organique de 1959 sur la loi de finances. Quand de Gaulle est arrivé au pouvoir, il a trouvé que l'Assemblée nationale de la IVe République était démagogue et beaucoup trop encline à dépenser l'argent public. Il a donc fait adopter des ordonnances – l'origine du "parlementarisme rationalisé" que vous connaissez sans doute – donnant beaucoup de pouvoir au gouvernement, notamment pour faire adopter les lois de finances. Le gouvernement, réputé plus vertueux que le Parlement dans les années 1960, faisait donc ce qu'il voulait en matière de finances publiques ». Mais, selon Augustin de Romanet, « ça a tellement bien marché que le Parlement s'est progressivement désintéressé du détail des lois de finance, et du contrôle de la dépense publique. Ce qui fait que lorsque les gouvernements, avec François Mitterrand, se sont mis à produire des déficits à l'échelle industrielle, les choses ont commencé à s'emballer sans que le Parlement joue un rôle de corde de rappel. Quand on a connu l'ascension des "politocrates" – selon le terme de Joseph Macé-Scaron, qui a ainsi titré un livre, le politocrate est celui qui a fait l'X ou l'ENA à 20 ans, député à 30, ministre à 35 et ensuite il pense qu'il restera ministre toute sa vie, et fait profession de politique *en dépensant* –, le pouvoir financier accordé au gouvernement s'est avéré nocif. Or, ces profils ont tenu l'exécutif en gros des années 1975 aux années 2000. Nous parlons là de la génération entrée en politique dans les années autour de la promotion Voltaire, de l'ENA (début des années 1980), etc. Les ministres étaient drogués à la dépense publique, je le dis d'autant plus tranquillement que j'ai connu des ministres de droite qui étaient tout aussi drogués à la dépense publique que leurs prédécesseurs de gauche. »

Jetant un œil par la fenêtre de son bureau de la rue de Grenelle, le haut fonctionnaire poursuit : « Moi, je crois aux contre-pouvoirs. Comme le dit l'adage, le pouvoir corrompt, et le pouvoir absolu corrompt absolument. En 2002, j'étais en cabinet, je voulais pousser l'idée d'un office parlementaire des choix budgétaires qui fasse contrepoids et réalise l'équivalent de ce que fait le Congressional Budget Office aux États-Unis. J'avais poussé, en ce sens, Pierre Méhaignerie, président de la Commission des finances de l'Assemblée, et son homologue du Sénat, mais ils n'ont pas voulu se saisir de cette idée. Et nous sommes donc dans une situation où le Parlement français n'exerce pas suffisamment son pouvoir en matière de contrôle de la dépense publique. Il passe son temps à vouloir des dépenses, tout comme les ministres, qui sont toujours drogués à la dépense supplémentaire. Quand Dominique Bourg dit que le long terme est la circonscription oubliée des hommes politiques, je crois qu'il a raison : il y a peu d'hommes politiques qui pensent au long terme aujourd'hui ! »

Avec le sujet de la dette, estime Édouard Philippe, c'est la question du leadership politique qui est posée : le leader est-il celui qui écoute le peuple et se soumet à son jugement, ou bien celui qui, si ses convictions l'imposent, sait « dire merde » à ses concitoyens ?

« On ne règle pas la dette publique en faisant plaisir aux gens, ce n'est pas vrai. Donc bien sûr qu'il faut parfois gouverner, donc choisir. » Aux yeux de l'ex-Premier ministre, qui cultive son image d'élu libéré de la dictature de l'émotion et de l'urgence de l'instant au profit d'une vision à long terme, on peut imaginer que le vrai leader est celui qui sait « dire merde ». « Clairement, j'ai choisi mon camp. Je pense que la responsabilité de l'homme politique est de faire des choses sans surprendre. Il ne faut pas avoir de projet caché, même si ce que l'on souhaite faire est susceptible de heurter les gens. » Il m'explique être devenu maire du Havre en 2010, au moment où les travaux du tramway démarraient. À ce moment-là, tout le monde était contre, en raison des nuisances provoquées par les travaux. Mais Édouard Philippe constate qu'aujourd'hui, « chacun est content, je fais même une deuxième ligne et je n'ai pas une seule opposition. Donc la politique, ce n'est pas forcément aller dans le sens de la volonté des gens. Quand de Gaulle fait ses ordonnances en 1958, il ne les fait pas en se disant que ça va faire plaisir aux Français. La politique, c'est aussi de dire : "Je pense que l'intérêt général, c'est ça, je vous l'explique, vous avez le choix, c'est soit moi et ça, soit quelqu'un d'autre et autre chose. Vous avez choisi ? On y va !" » Il avertit, néanmoins : il ne faut pas caler en cours de route…

Définir le leadership n'est pas aisé. Mais il est beaucoup plus facile de le reconnaître lorsqu'on en croise une incarnation. C'est le sentiment que j'ai eu au bout de quelques minutes seulement de discussion avec Jean-Dominique Senard, le patron du groupe Renault, Emmanuel Faber, ou encore Michel Mathieu, qui a un profil un peu atypique. Ce grand gaillard à l'accent rocailleux, né en 1958, a grandi à Ghisonaccia. Issu de « petits paysans pauvres », il a patiemment grimpé les échelons dans le sud de la France, avant d'être finalement nommé à Paris en 2010. Il ne correspond en rien au profil de la plupart de ses prédécesseurs, hauts fonctionnaires gris, parisiens, interchangeables et souvent parachutés très jeunes dans des secteurs qu'ils ne connaissent pas. LCL est en effet issu du rapprochement entre Le Crédit Lyonnais, établissement fondé en 1882 et nationalisé pendant la plus grande partie du XXe siècle, et le Crédit Agricole. Comme d'autres banques, elle a donc longtemps été dirigée par des représentants de l'État, unique actionnaire jusqu'au début des années 2000. Le patron de la banque LCL vient m'accueillir à l'entrée du sublime siège social de la banque, immeuble haussmanien imposant situé boulevard des Italiens. Dans l'immense hall de l'hôtel des Italiens sont exposées les photos de l'artiste Malala Andrialavidrazana, qu'il affectionne particulièrement et dont il se dit fier d'offrir à la vue des visiteurs. Nous nous installons dans un vaste bureau à l'étage, et il s'excuse de la décoration qu'il juge un peu trop bling-bling. Trop de dorures, trop d'espace : je vois bien que cet homme a été élevé dans une culture où l'on connaît la valeur d'un euro. Ce n'est visiblement pas le cas de tous ses prédécesseurs… Son récit ressemble à celui de tant d'hommes et de femmes qui ont conduit des collectifs, piloté des organisations en difficulté, et éprouvé la nécessité de fédérer autour d'un projet susceptible d'appeler chacun à dépasser ses intérêts individuels. Au détour d'une question sur l'incapacité apparente de nos dirigeants à construire une adhésion durable à leurs projets, Michel Mathieu se lance dans une explication à la fois simple et passionnée sur son propre rôle à la tête de sa banque : « Quand je suis arrivé à la tête de LCL il y a six ans, j'ai pris des décisions très dures. La banque allait mal et il fallait supprimer des emplois en ne renouvelant pas tous les départs en retraite. J'ai donc passé énormément de temps à expliquer ce que nous faisions, et pourquoi, à tous nos collaborateurs en allant dans les agences partout en France… J'ai dit qu'il fallait faire des efforts, mais j'ai promis que s'ils payaient, ils seraient justement récompensés. Je suis convaincu que les gens sont intelligents, on peut leur dire les choses ! Ils peuvent consentir à des efforts, mais il faut qu'il y ait un sens à ce qu'on leur raconte. C'est ce que nous n'avons plus en politique. »

Le rôle de la « ComPol »

Le rapport de nos gouvernants au peuple est-il biaisé idéologiquement et sociologiquement ? C'est la thèse défendue par le communicant Stéphane Fouks, déjà croisé dans ces pages. Pour lui, il y a chez nos dirigeants une forme de mépris, voire de peur du peuple, et certainement pas l'idée que celui-ci est intelligent et capable de comprendre ce qu'on lui dit.

Pour Fouks, la phrase du président du Conseil Daladier, « Ah les cons ! », désignant la foule venue l'acclamer à sa sortie d'avion au Bourget, au retour de la signature des accords de Munich en septembre 1938, est centrale dans la culture politique française. On considère ainsi qu'une classe dirigeante est en charge du bien-être du peuple, y compris malgré lui. Ce rapport de défiance au peuple a bien évidemment engendré une communication biaisée.

Le communicant explicite sa thèse en trois points. D'abord, le rapport à la vérité des politiques : « Au fond, les politiques considèrent beaucoup trop souvent que le mensonge est un instrument normal de la boîte à outils du politique, et que mentir sur son programme, mentir en général n'est pas un problème car au fond, “comme on s'adresse à des cons, ce n'est pas grave de leur mentir” ». Les mensonges répétés ont consolidé, couche après couche, une défiance profonde et généralisée. À la défiance des élites pour le peuple, qui est structurante depuis le début du XXe siècle dans l'histoire politique de ce pays, s'est ajoutée une défiance réciproque, en miroir, du peuple envers les élites. On pourra évidemment accuser la communication politique d'avoir conduit les politiques à mentir, mais Stéphane Fouks est catégorique : il n'y a pas de bonne com' possible qui reposerait sur le mensonge. « À ce titre, Rocard avait raison, parler vrai, ce n'est pas juste une éthique, c'est une nécessité. » La confiance ne fait évidemment pas tout : il faut également savoir susciter l'adhésion, créer le désir, s'adresser au cerveau droit des individus, à leurs émotions.

Le rapport émotionnel construit avec les citoyens est le second point illustrant sa thèse. La communication ne fait pas partie des matières nobles que l'on enseigne à l'école. Les politiques apprennent à faire des dissertations, mais on leur enseigne rarement les règles d'une communication qu'ils méprisent pour la plupart souverainement. Comme ils viennent d'un monde du temps long, de l'écrit, de la « pensée complexe », de la raison, ils sont complètement inadaptés à l'ère actuelle. Car aujourd'hui, nous vivons au temps de l'immédiateté, du format court, de l'image plutôt que du texte et de l'émotion plutôt que de la raison. « Le politique se trouve donc complètement dépourvu, car il s'aperçoit que le scientifique en blouse blanche est moins performant en communication que la dame qui pleure en face de lui au *Journal de 20 heures*. » Nous finissons par croire davantage ceux qui nous ressemblent que ceux qui nous gouvernent, et l'on se sent plus proches de ceux qui parlent comme nous que de ceux qui parlent d'en haut. « Dès lors le politique, plutôt que d'essayer d'apprendre la communication, se réfugie dans le déni et dans le refus de cette communication. »

Le troisième élément illustrant la thèse de Stéphane Fouks est que la communication politique s'est complexifiée par les outils modernes. À l'époque où elle était entièrement maîtrisée par les élites, à travers l'écrit dans les journaux, elle était bien plus gérable. Quand la télévision a fait irruption, que les débats télévisés et l'image à l'écran sont devenus importants, les politiques, du moins les présidents de la République, ont essayé d'apprendre la maîtrise de cet outil. Le légendaire Jacques Pilhan, qui conseilla notamment François Mitterrand, a par ailleurs été assez décisif en la matière. Mais l'irruption des réseaux sociaux, du temps court et de l'émotion impose un logiciel auquel les politiques sont complètement inadaptés. Au lieu de penser la communication, ils *agissent* la communication, et confondent le volume et l'intensité. « Jacques Pilhan a notamment écrit des choses passionnantes à ce sujet, sur ce qu'il appelle le rapport signal/bruit. Les politiques pensent que ce qui compte, c'est le nombre de tweets lus, de retweets. Ils ne comprennent pas que ce qui compte vraiment, c'est la trace qu'on laisse. Ils ne construisent donc pas de récit, pas d'image, pas de vraie communication. Ils se contentent de faire du bruit avec les outils à leur disposition. » Il est étonnant qu'un quart des tweets des politiques soient des tweets pour donner rendez-vous sur les médias dans lesquels ils vont passer quelques heures plus tard. Cela prouve qu'ils n'ont rien compris : Twitter ne sert pas à dire « Je serais sur Europe 1 demain à 20 heures », cela n'a aucun sens.

Comme ils ont honte de la communication, à chaque fois qu'ils sont critiqués, ils la cachent ou l'incriminent. « Cela m'avait d'ailleurs frappé quand j'étais allé faire la campagne d'Ehud Barak en Israël, j'étais arrivé en mode incognito par un vol Air France, ayant pris mes bonnes habitudes en France. James Carville et l'équipe américaine qui travaillait avec nous sont arrivés en Air Force One, avec les caméras de télé qui les attendaient en bas de la passerelle. Parce qu'eux avaient compris que de dire que les communicants étaient là, c'était montrer le soutien de l'international à la campagne d'Ehud Barak contre Netanyahou, la volonté de changement qu'il pouvait y avoir. Le fait que les communicants de Clinton viennent aider à faire la campagne était un signal. Je suis du coup sorti de "la clandestinité" lors de cette campagne, mais j'étais arrivé comme la "maîtresse honteuse". Le politique, en France, te fait rentrer par-derrière lorsqu'il te reçoit, jamais par la grande porte. »

Le rapport de mépris à l'opinion est quelque chose de très français, très ancré dans les élites françaises. On ne retrouve cela nulle part ailleurs. Stéphane Fouks encore : « J'ai fait en Slovénie une campagne électorale où le premier clip de campagne, c'était le chien du Président qui parlait, et disait : "Moi je n'ai pas envie que mon maître soit de nouveau candidat, parce qu'il travaille tout le temps et n'aura pas le temps pour moi, etc." J'ai fait en Turquie une campagne avec une abeille qui était le logo du parti. Et je ne cite pas là des pays au comble de la modernité... Mais en France, tout cela est impossible. »

Tant que les politiques seront dans le « c'est sale parce que c'est de la com' », ils passeront à côté de la manière de faire plutôt simple et sympa dont sont capables un Xavier Niel ou un Stéphane Richard. Ils se mettent en scène avec de l'autodérision. « Stéphane Richard, au lancement d'Orange Banque, n'a pas fait une traditionnelle conférence de presse. Il a simplement fait un tweet où il paie son café avec son téléphone, ça a été mille fois plus efficace qu'une conférence de presse parce que c'est devenu viral. Mais encore une fois la reine d'Angleterre faisant son jubilé avec Paddington, en France, on ne pourrait pas imaginer cela. En France, le seul qui ose un peu, c'est Macron, il a quand même fait son concours de mensonges avec McFly et Carlito. Il ose, mais il n'en fait pas vraiment un registre, il essaye, il fait des coups, c'est erratique. »

Au lieu de défendre la nécessité de bien communiquer, on communique moins, on le cache, on fait moins de sondages, moins d'études, moins de campagnes. « La conséquence est que des gens comme moi ne veulent plus faire de communication politique. C'est trop compliqué pour une agence, vous vous faites exploser la figure pour quelque chose qui n'a pas d'intérêt, et qui vous empêche en plus d'aller sur les appels d'offres par la suite. » Imaginez que la manière dont nos gouvernants lancent les procédures d'appels d'offres fait que les campagnes expliquant les textes de loi n'arrivent que deux mois après discussion du texte à l'Assemblée ! Quel intérêt ?

Pire encore : les politiques ont désappris une partie de ce qu'ils savaient. « Ils ont désappris la lecture de l'opinion et des sondages, ils ont désappris la maîtrise de la télévision et des contenus, ils ont désappris la règle numéro un du marketing qui est que c'est l'offre qui fait la demande, "*content before distribution*". Quand on fait ce que nous avons fait, nous, le petit film de la reine d'Angleterre pour le jubilé de la reine Élisabeth, il n'y a pas besoin de faire d'achat d'espace, ça va être vu par 1 milliard 200 millions de personnes parce que la qualité du contenu est telle que ce contenu va s'imposer. » Les politiques français, eux, ne sont pas dans le « *content before distribution* ». Pas étonnant qu'ils soient incompris, et détestés par la plupart des gens !

Non-cumul des mandats : accélérateur de l'affaissement des politiques

Distinguer les causes des conséquences de l'apparent affaissement des politiques n'est pas toujours aisé. La plupart de mes interlocuteurs partagent un certain nombre de constats. C'est encourageant, car cela démontre qu'il existe un chemin vers un compromis susceptible d'amorcer un cercle vertueux qui conduirait à une amélioration de la qualité de nos dirigeants. Mais c'est aussi décourageant, car la volonté d'agir résolument sur les points qui font consensus ne semble pas exister, alors qu'il est urgent de s'attaquer au sujet. Compte tenu de l'ampleur du défi climatique, nous avons plus que jamais besoin de dirigeants à la hauteur, dignes de notre confiance, et capables de partager une vision.

Lorsque François Hollande a instauré la limitation du cumul des mandats, il y a eu très peu de résistances, non seulement dans une opinion publique qui y voyait une mesure de bon sens – qui peut vraiment exercer correctement deux emplois en même temps ? –, mais aussi au sein d'une classe politique soucieuse de racheter les péchés de quelques-uns. Nous venions en effet de vivre l'affaire Cahuzac, la probité des politiques était fortement mise en cause. Il s'agissait de montrer qu'ils pouvaient être exemplaires et efficaces. À cette époque, j'étais moi-même très favorable à cette mesure. Je croyais encore que les gages donnés à l'opinion, même s'ils étaient parfois anecdotiques ou symboliques, permettraient un jour d'enrayer la montée de la défiance. Au fil du temps, je me suis rendu compte que plus nous cédions à l'humeur du moment, qui consiste à penser que les politiques sont nuls et se remplissent les poches d'argent du contribuable, plus les clichés sur la classe politique se trouvaient confortés. Nous avons affaibli nos gouvernants en poussant vers toujours plus de transparence, en réduisant leurs émoluments, en diminuant la taille des cabinets ministériels, sans pour autant renouer la confiance perdue.

J'interroge Bernard Cazeneuve sur la question du non-cumul des mandats : « Personne dans la population n'a demandé la fin du cumul des mandats ! Cette affaire est une manifestation narcissique des élus, qui ont promu une réforme dont ils pensaient qu'elle les ferait aimer de la population. Ce qui n'a pas été le cas. Vous avez vu ce qu'est devenu le Parlement ? Un théâtre d'ombres. Vous avez désormais au Parlement des personnalités qui sont sans expérience locale et qui parfois même ne viennent de nulle part. Ils sont envoyés dans les territoires par des partis et n'ont aucun lien affectif profond avec les populations qu'ils représentent. Prennent également place, parmi eux, des opportunistes notoires, qui ont généralement trouvé dans l'appareil politique en vogue du moment la possibilité de se donner un destin. Lorsque vous êtes maire, vous faites une forme d'apprentissage du pouvoir, mais aussi du compromis, par nécessité. Et ça, c'est utile quand vous êtes ensuite à l'Assemblée.

Et la politique, c'est un art du compromis. Ce n'est pas l'art de la radicalité. L'ingouvernabilité du pays vient de cela. Le populisme est un problème européen, mais l'ingouvernabilité non. Vous pouvez d'ailleurs avoir le populisme sans l'ingouvernabilité. L'accumulation des deux ne manque pas d'inquiéter. »

Parmi les personnes interrogées, notamment des élus mais pas uniquement, rares sont ceux qui considèrent que la limitation du cumul des mandats a été une bonne chose. La plupart pensent, à l'instar de Bernard Cazeneuve cité plus haut, que cette mesure quelque peu démagogique a accéléré l'appauvrissement de la classe politique nationale. David Lisnard, le maire de Cannes et président de l'Association des maires de France, souligne par exemple que les mandats locaux confèrent à ceux qui les exercent une culture du compromis que l'on ne peut guère apprendre dans les mandats nationaux. Le problème n'est pas seulement la connexion au terrain, mais de ne pas « être praticien », dit-il. « On peut dire tout ce que l'on veut, c'est quand on pratique que l'on comprend les nuances, les difficultés et les actions, qu'on les vit vraiment. On peut théoriser autant que l'on veut sur la difficulté et en avoir conscience. Il faut être pragmatique, car il faut s'adapter aux circonstances, mais un bon praticien, il réfléchit et conceptualise aussi. C'est un aller-retour entre le conceptuel et la décision. »

Beaucoup de responsables politiques avaient pourtant cru que la limitation du cumul aurait des effets vertueux sur le système. D'ailleurs, elle n'a pas que des défauts, puisqu'elle a permis une accélération de la féminisation de notre classe politique. Les hyper-cumulards étaient souvent des hommes (et d'une moyenne d'âge plutôt élevée), ils ont cédé la place à des profils plus jeunes, et notamment à des femmes puisque la loi imposait par ailleurs aux partis la parité des candidats. Valérie Pécresse est de ces élus qui avaient d'abord vu d'un bon œil cette mesure. Elle a d'ailleurs démissionné de son mandat de députée lorsqu'elle est devenue présidente de la région Île-de-France. « Je me suis dit que je n'arriverais probablement pas à tout faire. En plus j'ai trois enfants, je voulais m'en occuper, donc je n'imaginais pas faire quarante-six choses à la fois. Je me suis dit : présidente d'une région, 17 milliards d'euros à gérer, 11 000 agents, des fractures partout, des problèmes partout, des lycées vétustes, des transports en berne… il y avait là amplement de quoi m'occuper à plein temps. » Syndrome très féminin, parce que la plupart des hommes à sa place n'auraient pas hésité à tout cumuler. Rétrospectivement, elle regrette son choix. Car si elle était aujourd'hui députée, elle pourrait porter un certain nombre de sujets dont elle est témoin dans sa région jusqu'à l'Assemblée nationale.

François Hollande lui-même a confié à au moins deux personnes interrogées pour ce livre qu'il considère l'interdiction du cumul des mandats comme l'une des plus grandes, sinon LA plus grande erreur de ses années à la tête de l'État. Constatant l'abaissement du niveau des débats à l'Assemblée, il estime que cela donne une très mauvaise image de la démocratie. Quand nous avions des députés-maires, ou des sénateurs-maires, estime-t-il, ce n'était pas pareil. Pour Valérie Pécresse : « Un maire, par définition, gère la complexité dans sa ville donc il est beaucoup moins sectaire. Il est moins extrême. De plus, il est élu d'un territoire donc il représente ses administrés, il veille forcément à la dignité de la fonction. » En outre, l'élue d'Île-de-France constate que les maires d'aujourd'hui – qui ne peuvent plus être parlementaires – sont donc surtout préoccupés par leur ville, ce qui les rend beaucoup moins sensibles à la politique nationale. Et Emmanuel Macron, en privant les collectivités de toute autonomie fiscale avec par exemple la suppression de la taxe d'habitation, a développé avec cynisme une forme de dépendance des collectivités vis-à-vis de l'État. Chaque collectivité doit obtenir des subsides de l'État – et donc son autorisation – pour mener à bien ses projets. On est loin de l'indépendance voulue par la Constitution. Il est de plus en plus compliqué d'être maire, ou président de département ou de région, d'où un repli sur son propre territoire… Valérie Pécresse conclut son raisonnement en rappelant que son objectif, en prônant un nouvel équilibre sur le cumul des mandats, n'est certainement pas de cumuler pour cumuler. Mais « couper le lien entre la politique nationale du pays et les réalités des territoires, c'est une bêtise. Cela contribue à affaiblir le rôle des élus locaux, pourtant capteurs de première ligne des problèmes de leurs administrés, et donc la cohésion nationale ».

Comme Valérie Pécresse, Pierre Moscovici admet avoir été un très fort partisan de la limitation du cumul des mandats, mais reconnaît qu'elle a eu pour effet de dévaloriser les fonctions politiques, notamment en éloignant les parlementaires du terrain. Pour lui, avoir des parlementaires à plein temps, sans autre mandat, n'aurait eu de sens que si l'on avait au préalable renforcé le Parlement. Il constate qu'en parallèle, cette réforme a affaibli les élus locaux en les éloignant de la politique nationale. « On a créé une sorte de République à deux vitesses. »

Il se refuse à dire que « c'était mieux avant », mais constate que la grande passion française pour la politique, le fait que les meilleurs se destinent à des fonctions électives, ce temps-là est révolu. « Cela se voit dans une maison comme celle-ci [la Cour des comptes, qu'il préside depuis 2020]. Quand j'y suis arrivé [en 1984 à sa sortie de l'ENA], il y avait beaucoup d'hommes politiques tels que Jacques Chirac, Philippe Séguin, Pierre Joxe, François Hollande, et nous étions nombreux à être attirés et inspirés par la politique. Or, aujourd'hui, quand je parle avec les jeunes, ils me disent que leur génération n'est pas du tout attirée par la politique. Certains m'expliquent même qu'ils sont de gauche, votent pour Mélenchon, mais qu'ils sont prêts à travailler dans des cabinets de ministre de droite ! Je ne porte pas de jugement sur leurs choix : mais la dépolitisation de ces engagements n'est pas une bonne chose. »

Aux yeux de Laurent Berger, le patron de la CFDT, le problème de ce quinquennat et de celui d'avant (sous Emmanuel Macron) est lié au fait que pour être un bon élu, il faut avoir été confronté à la vraie vie. « Quand vous voulez gérer quelque chose de collectif, il faut s'être éprouvé à gérer quelque chose de collectif. Je crois que quand vous êtes maire, vous êtes plus en phase avec la société sur un certain nombre de points ; or les députés sont déphasés. » Faut-il y voir un effet nocif du non-cumul des mandats ? Le syndicaliste répond que beaucoup de parlementaires qu'il croise sont de bonne volonté, mais pensent que l'on peut « tout faire d'un coup, alors que les choses se construisent dans le temps long, et collectivement ». Faire de la politique, rappelle-t-il, ça n'est pas la somme des idées individuelles. C'est construire une ligne, des objectifs, des politiques partagées. Un mandat de maire vous ancre dans le réel, et vous donne l'expérience du compromis. « C'est le problème du président de la République : où a-t-il fait un compromis ? Pas dans un conseil d'administration d'une association, pas dans un conseil municipal, pas dans une instance de direction d'une organisation syndicale… Il n'a jamais eu à cultiver le compromis. » Et de conclure : « Je pense que le non-cumul a été une très bonne idée, j'y ai souscrit. Mais il y a des effets pervers. »

La plupart de mes interlocuteurs développent des arguments similaires. Pour Xavier Bertrand, président de la Région Hauts-de-France, on s'est tout simplement privés, dans la politique nationale, des seuls élus qui étaient populaires. Mais un élu interrogé fait exception à ce constat : le maire socialiste de Nancy, Mathieu Klein.

Il avoue que le mandat de maire forme au compromis comme nul autre : « J'ai aussi observé, déjà quand j'étais président de département, mais surtout aujourd'hui en tant que maire et président de la métropole, qu'une fois que nous mettons les mains dans le cambouis, les grandes controverses sur certains sujets perdent en intensité. Si vous vous attaquez à des questions de mobilité, de transport, de réflexion sur les écoles, vous parvenez à un consensus naturel. » Car tout le monde est d'accord pour dire qu'il faut s'occuper des écoles, qu'il faut que les bus circulent, que les rues soient propres et les poubelles ramassées. Par conséquent, très souvent dans les collectivités, plus de 90 % des délibérations sont adoptées à l'unanimité. Il y a certes le budget qui est l'acte symbolique fort de l'opposition, ainsi que quelques grandes délibérations clivantes et symboliques, mais dans la gestion quotidienne des enjeux de la ville, beaucoup de discussions et des compromis sont faits. « La proximité tempère. En plus, en tant que maire, je discute et travaille pour des gens de toutes opinions, qui ne votent pas forcément pour moi, mais qui attendent à juste titre que je sois leur maire. Je pense que ce pragmatisme manque parfois à la vie politique nationale. »

Pour autant, Mathieu Klein estime que revenir sur la réforme limitant le cumul des mandats serait anachronique. Il estime que l'on peut être un député ne cumulant pas avec un mandat local, et pourtant être très engagé dans son territoire. « Ce n'est pas le fait d'avoir un mandat local en plus d'un mandat parlementaire qui fait l'ancrage. » Selon lui, c'est aux députés de savoir s'investir dans leur circonscription, de trouver la bonne manière d'exercer leur mandat. Mais le peuvent-ils seulement, s'ils sont constamment ramenés au rang de vassaux du pouvoir, ou de pions dans des groupes sommés de voter comme un seul homme ?

Multiples sources de l'affaissement politique

J'ai dénoncé, dans mon précédent essai, les conséquences extrêmement négatives de l'abus de notre demande de transparence sur la classe politique. Il n'est pas inutile de le redire, tant le sujet est important et le constat largement partagé par les intéressés. Il faut le marteler aussi parce que personne n'ose agir pour renverser la vapeur, de peur de choquer une opinion publique avide des moindres détails de la vie privée et du patrimoine de ses personnalités publiques. Pourtant, s'il est un sujet sur lequel il faudrait que nos dirigeants fassent preuve de courage, c'est bien celui-là. Presque tous mes entretiens confortent le diagnostic établi l'an dernier dans *On a les Politiques qu'on mérite*. Je n'en citerai donc qu'un, celui de Valérie Pécresse, qui rappelle les sacrifices demandés par l'engagement politique, les attaques personnelles, les intrusions injustifiées dans la vie privée des élus. « La politique, c'est quand même très dur », m'explique-t-elle, non sans avoir au préalable expliqué qu'il ne s'agissait nullement pour elle d'apparaître comme une victime. L'important, c'est de témoigner de ce que tous les élus, sans exception, ont vécu à un moment ou un autre. « On se fait assassiner toute la journée. En plus, maintenant tous les moyens sont bons, donc on vous tourne en ridicule, on attaque la vie privée... Il faudrait être une nonne. Mais en même temps, si l'on est une nonne, ce n'est pas drôle. Et quand on est drôle, comme la Première ministre finlandaise qui danse avec ses amis, il faut aller s'excuser... Et puis si on ne danse pas, on est jugée terne… » J'éclate de rire, car il vaut mieux rire que pleurer de cette manière très juste de dépeindre nos attentes contradictoires vis-à-vis des politiques. La plupart des polémiques qui occupent réseaux sociaux et chaînes d'information en continu portent sur l'écume des choses, sur des attitudes privées, des postures caricaturales ou caricaturées. Il est rare que nous nous emballions pour des questions fondamentales, à l'exception de quelques sujets comme les retraites ou les impôts.

« Je m'habille en bleu marine, on dit je suis en uniforme. Je m'habille en blanc, on dit que je mime Ségolène Royal… À un moment on ne sait plus quoi faire. Ça devient fatigant. Aujourd'hui quelqu'un qui a des diplômes et qui a envie de faire bouger les choses, il peut se dire "au moins si je vais dans le privé, si je vais dans une fondation, si je vais dans une ONG, je fais des choses qui ont du sens mais on ne m'emmerdera pas toute la journée en me demandant des comptes sur ma vie privée". On veut des femmes en politique, c'est bien, mais enfin : s'il faut qu'on soit toutes célibataires pour ne pas avoir à rendre de compte sur ce que fait notre époux, on ne va pas tout sacrifier non plus ! » Elle fait là référence aux multiples attaques ayant visé son mari, notamment lors de la présidentielle : sa profession, ce qu'il gagne… Tout y est passé. C'est le cas de la plupart des hommes et femmes politiques : nous considérons que la compagne ou le compagnon doit être soumis à la même exigence que celle que nous portons sur nos élus. « Je suis prête à me donner à fond à la politique, j'ai donné beaucoup depuis vingt ans : mes week-ends, mes soirées, une partie du temps avec mes enfants, avec mon mari, avec mes amis. Mais à un moment donné on ne peut pas tout sacrifier. Ce ne serait d'ailleurs pas sain. Ceux qui ne font que de la politique, toute la journée, qui n'ont plus de respiration, de famille, qui n'ont plus d'équilibre tellement ils sont dedans, ce n'est pas sain. »

Pierre Moscovici, qui a commencé la politique élective dans les années 1990, estime lui aussi que la dévalorisation matérielle atteint des proportions significatives. Il souligne que pour devenir parlementaire, il faut vraiment avoir des convictions chevillées au corps. « Aujourd'hui, un parlementaire gagne plus de deux fois moins qu'il y a quinze ans, car il y a le non-cumul et le contrôle intégral des frais. On arrive donc en gros à 5 000 euros par mois. Je sais que François Hollande avait expliqué que l'on était riche avec 4 000 euros, mais on ne peut pas espérer avoir des gens extraordinairement qualifiés et motivés dans la durée pour ce salaire. » Pour lui, cela explique en partie que notre classe politique soit constituée d'une bonne part de jeunes qui voient dans la politique un investissement pour leur carrière à venir, et qui la quittent très vite. Les carrières se raccourcissent, ceux qui sont déjà riches sont avantagés car ils peuvent faire temporairement un « sacrifice » financier que d'autres n'ont pas les moyens de faire. « Et puis il y a quelques moines, qui acceptent tous les sacrifices au nom de leurs convictions. Par définition, ils ne peuvent pas être nombreux. Et cela ne suffit pas. » Quoi qu'il en soit, la politique n'est plus, de l'avis de tous, une filière aussi attractive qu'elle l'était autrefois pour des jeunes très diplômés.

Bruno Retailleau, sénateur Les Républicains, ajoute son analyse de l'effondrement du statut social de l'élu, même si selon lui ce n'est pas la principale raison de l'affaissement du monde politique : « Il y a une sorte d'appauvrissement intellectuel du politique qui est lié d'abord à un affaissement du niveau culturel en général. Car la classe politique est issue de la société : l'échec de l'école la concerne tout autant que les autres professions. » Il estime également que le regard porté sur les élus a changé. Quand il a débuté sa carrière, il n'y avait pas cette forme de suspicion généralisée qui frappe aujourd'hui les responsables politiques.

Autre élément qui, pour certains, explique que notre classe politique ne soit pas toujours à la hauteur : sa capacité à refléter la composition sociale de l'ensemble de la société. Xavier Bertrand souligne que certains élus, notamment au RN et à LFI, ont fait l'objet de railleries de la part de leurs camarades en raison de leurs origines modestes – livreur, femme de ménage – et de leur méconnaissance des institutions. Cela témoigne, selon lui, d'une forme de déconnexion de nos élites par rapport à la réalité quotidienne de millions de Français. « Il y a des professions, des pans entiers de la société civile qui n'étaient pas représentés comme il aurait fallu jusqu'ici. Certes, les élus n'ont pas besoin d'être ouvriers pour être proches des gens. Le problème, c'est qu'il faut savoir rester connectés, cela demande du travail. C'est toute la question des élites : un pays ne peut pas fonctionner sans elles. La question porte moins sur la qualité des élites, à mon sens, que sur leur déconnexion. »

« La classe dirigeante, par manque de courage, a organisé son impuissance et son échec », constate Bruno Retailleau. Il cite Marcel Gauchet, qui parle d'un « compromis mitterrando-chiraquien », c'est-à-dire d'une forme de pensée unique qui aurait régi la vie politique française depuis 1983. « L'on a remis les clés de la souveraineté de la France à d'autres personnes qu'au peuple souverain. Et nous l'avons accepté, notamment à travers le traité de Maastricht, le traité de Lisbonne, que personnellement je n'ai pas voté. »

Il me dit avoir été frappé, en lisant un rapport de la Cour des comptes sur les questions d'immigration, qu'il existe un « grand malentendu » à ce propos. « Ce malentendu émane de ce que le fait migratoire en France procède des droits individuels, qui eux-mêmes sont protégés par le juge. Cela revient à dire que l'on a remis cette question entre les mains des juges plutôt qu'entre celles du législateur, ou mieux encore, du peuple souverain. » Au fur et à mesure que le politique s'est dessaisi de ses pouvoirs, au profit de l'Europe ou des juges, il a abandonné l'action au profit de discours de plus en plus grandiloquents. Cet abandon de la politique pour une forme de sur-communication trouverait son incarnation parfaite en Emmanuel Macron, un « comédien, qui se met en scène : il clame, il a la larme à l'œil… Le macronisme est un mélange d'égotisme et d'illusionnisme : il sait faire mais en réalité, il fait semblant ». Le phénomène qui consiste, pour les élus nationaux français, à se départir de leurs pouvoirs, est constaté par de nombreux chefs d'entreprise que j'ai interrogés. Adrien Nussenbaum, le cofondateur de MIRAKL, m'a ainsi expliqué que même pour une « jeune » entreprise comme la sienne, qui n'a que quelques centaines de salariés, il s'appuie sur un directeur des affaires publiques car il est obligé de multiplier les rendez-vous avec des commissaires européens. « C'est d'eux que dépendent des choses importantes pour moi, par exemple les règlements sur la protection des données. »

Selon Jean-Dominique Senard, patron du groupe Renault, l'un des travers les plus inquiétants de notre vie politique est aussi la tendance à multiplier, depuis les années 1980, aux côtés des fonctions électives, les hautes autorités indépendantes qui ne répondent de leurs actes devant personne et qui ont pourtant des pouvoirs de plus en plus étendus. En les créant, certains politiques « ont cherché à se donner bonne conscience : à d'autres la responsabilité de dire ce qu'il faut penser, alors que c'est le rôle du gouvernement ! Du coup, le politique s'abstient, confie à d'autres ce qui relève de ses propres responsabilités. » Or, le problème, c'est qu'il n'y a pas de recours possible face à ces entités. Elles ne sont pas élues, et leur légitimité pose donc question. « Mon propos n'est pas de dire qu'elles sont inutiles, mais de dire qu'en les ayant créées, on a renforcé le risque d'affaiblissement de la fonction élective puisque finalement on a confié à d'autres le soin de dire ce qu'il faut faire.

Cet abandon est-il vraiment volontaire ? Peut-être seulement en partie. Je trouve la thèse d'Édouard Philippe sur le sujet tout à fait intéressant, sans doute plus proche de la vérité. Pour lui, les pouvoirs des politiques sont de plus en plus restreints en raison d'une ossification de nos institutions, qui est allée grandissante depuis 1958. Sans qu'il y ait jamais de mauvaise intention, nous aurions mécaniquement multiplié les contraintes – normes, délégations de pouvoir, institutions concurrentes, hautes autorités diverses et variées… – pesant sur le pouvoir exécutif. Au point que le cadre d'action et les leviers disponibles sont de plus en plus restreints. À ceux qui estiment qu'il n'y a pas assez de contre-pouvoirs en France, il affirme le contraire : « Ce n'est pas mauvais, car je suis libéral donc j'adore les contre-pouvoirs, mais il faut bien dire qu'on en a créé de très forts. C'est comme toutes ces bêtises que l'on raconte sur la Ve République qui serait déséquilibrée car le gouvernement serait trop puissant… Mais ceux qui disent ça n'ont pas changé de disque depuis 1958, qu'ils soient de droite ou de gauche ! Ça n'est juste pas vrai ! Notre système est totalement ossifié. Et ajoutez à cela les collectivités territoriales, qui maîtrisent à elles seules 70 % de l'investissement public. Elles sont devenues extrêmement puissantes. Le Parlement, et c'est de sa faute, ne se saisit pas de toute la puissance qu'il pourrait avoir. Car à chaque fois que l'on a fait une réforme constitutionnelle, on l'a renforcée ! Tout cela a créé un cadre qui est maintenant beaucoup plus contraint, où les grands changements sont difficiles. » Le politique serait donc impuissant, comme le pensent beaucoup de Français, qui constatent chaque jour que les annonces gouvernementales peinent à se traduire dans leur vie quotidienne ? Tous n'adhèrent pas à cette thèse. Par exemple, Nicolas Sarkozy m'a affirmé que si l'on en avait la volonté, on pouvait vraiment changer les choses. Selon le sondage réalisé pour cet ouvrage, 64 % des Français partagent l'avis de l'ex-Président de droite. Seulement 35 % adhèrent à l'idée qu'« avec l'Europe et la mondialisation, les politiques ont de moins en moins le pouvoir de changer les choses ». C'est logiquement chez les plus aisés et les plus diplômés, et donc ceux qui ont le plus de chances de voyager ou de travailler à l'international, que cette dernière idée est la plus répandue. Mais elle ne dépasse jamais les 40 %, quel que soit le segment de population.

Q. Laquelle de ces opinions correspond le mieux à la vôtre ?

		Statut			Revenus mensuels			Niveau de diplôme		
	%Total	CSP+	CSP-	Inactif	Moins de 2000€	2000 à 3499€	3500€ et plus	Inférieur au Bac	Bac/Bac+2	Supérieur à Bac+2
S'ils le voulaient vraiment, les politiques pourraient vraiment changer les choses	**64%**	64%	68%	63%	68%	65%	59%	62%	66%	63%
Avec l'Europe et la mondialisation, les politiques ont de moins en moins le pouvoir de changer les choses	**35%**	36%	31%	36%	32%	34%	40%	37%	32%	36%

Crise de l'offre politique et procès en déconnexion

Nous tolérons d'autant moins ceux qui nous dirigent que nous ne parvenons plus à adhérer à la vision qu'ils cherchent à nous faire partager. Certains élus s'accrochent à un récit qui fut celui avec lequel nos parents et grands-parents furent biberonnés : celui d'une ascension sociale possible pour tous grâce à l'éducation et au travail, de la conquête d'une reconnaissance sociale fondée essentiellement sur l'accumulation de biens de consommation – la marque de sa voiture, la capacité à être propriétaire de son logement… Cette France qui croyait encore au « travailler plus pour gagner plus » en 2007, n'a cessé de régresser depuis quinze ans, de voir son statut social diminué, son pouvoir d'achat rogné, et les perspectives de ses enfants s'assombrir. Désormais, à force de déceptions et de trahisons petites et grandes, si elle espère encore acquérir un pavillon individuel et une belle voiture, et emmener ses enfants en vacances en Grèce ou sur la Côte d'Azur en été, elle n'ose plus croire que les politiques, quel que soit leur bord, sont en mesure de la conduire sur ce chemin rêvé.

D'autres responsables politiques avancent des récits alternatifs qui peinent à séduire une majorité. Je pense notamment à ceux qui tranchent le plus clairement avec la vision de l'histoire portée par les Trente Glorieuses, à savoir les décroissants. Se résoudra-t-on un jour à changer nos habitudes et à réviser nos attentes et nos désirs au point de trouver cette perspective désirable ? Nul ne peut le dire, à ce stade. Mais force est de constater que la majorité des classes moyennes et populaires ne se reconnaissent pas dans ce récit politique.

Et puis d'autres, encore, n'offrent plus de vision du tout. Entre « éléments de langage » mille fois remâchés, passés et repassés au tamis des sondages et études qualitatives, et approche comptable de l'action publique, ils sont nombreux à n'offrir à la population que des nuances de gris, des ajustements à la marge du modèle actuel – un modèle dont chacun pressent qu'il est à bout de souffle.

Or, comment pourrait-on accepter l'idée même d'une élite, si cette élite n'offre aucune perspective positive, et si l'on est persuadé de n'avoir jamais aucune chance d'y appartenir un jour ? Aux États-Unis, les inégalités sont criantes, bien plus que chez nous. Mais tant qu'une majorité d'Américains restera convaincue – comme c'est le cas aujourd'hui – qu'à force de travail et de chance, elle peut espérer appartenir un jour à la poignée de millionnaires qui la domine, elle continuera à tolérer ce système inégalitaire. En France, non seulement nous sommes une immense majorité à penser que nous ne ferons jamais partie des « 1 % », mais nous pensons en plus que nos enfants vivront nécessairement moins bien que nous. Cela suffit à saper l'adhésion aux fondements de notre pacte social.

Augustin de Romanet cite Fukuyama, qui en 2018 a écrit s'être trompé sur la fin de l'histoire : « Il avait oublié un certain nombre de choses, dont le fait que le premier besoin des êtres humains est la reconnaissance. Et donc, dans une situation dans laquelle un faisceau de critères concourent à la non-reconnaissance des individus, ils deviennent désespérés ou haineux. » Parmi ces critères, en France actuellement, il cite un système éducatif « dans une mauvaise passe », la santé dans un état pitoyable – et notamment en province, et dans les zones rurales –, l'absence de corps intermédiaires efficaces, et notamment de barons locaux – députés-maires, sénateurs-maires, ces sortes de « thaumaturges locaux » – qui servaient autrefois de recours et de médiateurs mais ont été dépossédés d'une part de leur influence avec la fin du cumul des mandats. Si vous ajoutez à cela le sentiment que les élites vous méprisent, et un accroissement des écarts de richesses accentué par les taux d'intérêt négatifs – puisque quand vous êtes riches vous pouvez emprunter pour vous enrichir encore davantage, alors que quand vous êtes pauvre votre épargne ne vous rapporte rien –, alors vous vous retrouvez dans une situation où une grande partie de la population n'a pas le sentiment d'être prise en compte, d'être considérée, et qui est donc d'autant plus difficile à gouverner.

François Ruffin, député La France insoumise dans une région sinistrée par les délocalisations et la désindustrialisation, fait lui aussi le diagnostic d'une déconnexion du peuple avec ses élites, qu'il situe sur le plan idéologique avant tout. Il me renvoie à Gramsci, qui dans les années 1920 théorisait que l'Italie vivait un temps de détachement entre le peuple et l'idéologie dominante des élites. François Ruffin pense que nous vivons la même chose aujourd'hui. Il identifie un triptyque structurant les discours politiques de la plupart des responsables de gouvernements de droite comme de gauche : concurrence, croissance, mondialisation. « Il y a peut-être un moment où l'on a pu entraîner les gens par enthousiasme dans cette direction, mais aujourd'hui, la mondialisation, personne ne la vit comme heureuse, la concurrence est vue comme une violence plus que comme une chance de gagner plus de pouvoir d'achat, et il y a des divergences sur la question de la croissance. » Les politiques ne parviennent par conséquent plus à entraîner la majorité des Français vers ce triptyque. Gramsci explique qu'à partir du moment où la classe dirigeante ne parvient plus à entraîner, elle s'appuie sur la force de coercition.

François Ruffin me cite plusieurs exemples pour illustrer « le grand détachement » des idéologies du haut et du bas : si l'on demande aux Français dans un sondage « quelle est votre maison idéale ? », la réponse est en premier un « cocon familial », et les maisons connectées arrivent très loin derrière. Pourtant, juge-t-il, nos élites politiques et économiques nous dirigent vers les objets ultra-connectés via la 5G et les spécialistes nous disent que l'on va renouveler la plupart des biens domestiques. Ici, il y aurait une tension entre les volontés des gens et ce vers quoi on les dirige. Il me cite un autre sondage sur le rapport au temps, dans lequel les deux tiers des gens souhaitent « ralentir » (pour consacrer davantage de temps à leur famille par exemple). « Pourtant, le maître mot de la macronie, c'est "accélération, accélération, accélération…" Donc je pense que nous avons affaire à une tension, un objet de désir obscur chez les Français, qu'ils n'osent pas voir eux-mêmes. Au fond, ils veulent une autre direction à prendre, qui se heurte à la résignation de tous les jours, au "c'est comme ça", et aux discours des dirigeants qui nous montrent le chemin concurrence, croissance, mondialisation. »

Emmanuel Faber, l'ex-patron de Danone, très investi sur les sujets de responsabilité sociétale des entreprises et la lutte contre la précarité et le réchauffement climatique, voit aussi dans la crise politique actuelle une panne de vision. Je lui expose ma thèse, qui est que nous vivons depuis des décennies bercés par un récit politique affirmant que « nous allons nous enrichir en créant et en accumulant plus de biens et de services, et nos enfants vivront ainsi mieux que nous ». Or, aujourd'hui, ce récit n'est plus opérant, puisque nous savons que nos ressources sont finies, et que la poursuite d'une accumulation sans limites met en péril l'avenir de l'humanité. Mais les politiques ne parviennent pas pour autant à nous offrir un autre horizon que celui qu'ils nous offraient au XXe siècle. D'où un détachement, une mise à distance, une incapacité à entraîner la majorité d'entre nous.

Emmanuel Faber m'indique qu'à ses yeux, il y a dans l'offre politique actuelle quelques récits alternatifs. Mais il ne croit pas qu'ils soient encore capables de forger un consensus qui recréerait une dynamique collective. Le narratif commun est bel et bien en panne. Il pense que les personnes qui articulent le schéma de la décroissance se heurtent au minimum à trois difficultés. La première est que le terme même de décroissance revient à nier ce qu'on a fait, revenir en arrière, or personne n'a jamais envie de régresser. Deuxième raison : les courants politiques qui portent une vision décroissante manquent de crédibilité, au sens de capacité à orchestrer, organiser, mettre en œuvre, car ils n'ont jamais été en situation de gouverner à grande échelle, et en particulier de gérer les arbitrages de compétitivité internationale qui résultent des politiques économiques. Et enfin, le terme de décroissance est un terme économique. Or, la culture et la pratique de l'économie du monde politique est pauvre. « Il n'y a pas de culture économique dans notre pays, ce qui est un vrai sujet. » Quand vous êtes écologiste et que vous appelez à la décroissance, les militants vont suivre, mais ça ne fait pas un narratif commun pour 70 millions de Français, et encore moins pour les Européens, car il faut aussi réfléchir à cette échelle.

Donc le vocabulaire décroissant est piégé et la crédibilité du discours des personnes qui le portent fait défaut. Or, selon Emmanuel Faber, l'économie va s'inviter très lourdement dans l'agenda politique. Elle n'a pas été suffisamment posée au départ. « L'économie a toujours été là de façon sous-jacente, on a évité ce débat assez soigneusement. On a dit à tout le monde que c'était normal d'avoir l'hôpital gratuit, la retraite à tel âge, etc. On ne peut pas reprocher aux gens qui l'ont entendu de l'avoir cru. Et maintenant, on se retrouve dans une impasse budgétaire. C'est l'économie qui va définir les marges de manœuvre budgétaires dont les dirigeants politiques européens vont disposer dans les dix/quinze ans qui viennent. Sauf qu'il y a un nouveau truc dans l'économie… C'est le climat ! C'est l'environnement, et les limites que l'on est en train de toucher. L'environnement s'est invité lui aussi dans la réalité-même de l'économie, et il faudra aussi gérer les inégalités qui en résulteront. »

Il revient à la question de la croissance ou de la décroissance. Est-ce que c'est la fin du progrès ? C'est sûrement la fin du progrès tel qu'on l'a imaginé collectivement et cartographié depuis cinquante ans. Est-ce que c'est la fin du progrès en soi ? Il faudrait qu'on le définisse, mais nous n'avons pas les termes. La croissance est définie avec l'indicateur du PIB, qui est rudimentaire et qui ne pourra pas nous guider suffisamment précisément dans les décisions collectives, les choix technologiques, d'innovation sociale que l'on va devoir faire pour s'adapter et réinventer un chemin de progrès collectif. « Si par croissance, on entend la croissance du PIB, je ne pense pas que ce soit suffisamment précis. À vrai dire, à ce stade je suis agnostique. Le débat de la décroissance ne me paraît pas très important. Je comprends pourquoi il peut être posé pour des raisons politiques, mais je pense qu'il ne recouvre pas la réalité du chemin qu'il faut que nous fassions pour retrouver un narratif commun, et le narratif commun est absolument fondamental ». La vraie question, à ses yeux, est celle de la véritable compétitivité de la France en Europe dans cette transition, et de la compétitivité de l'Europe dans le monde. Le ministère des Finances définit la compétitivité par la « capacité d'un pays à exporter ses produits et à s'inscrire dans la concurrence internationale ». Il ajoute qu'on la mesure par les coûts. « Mais, dit Faber, c'est beaucoup plus que les coûts, surtout lorsque dans les coûts, on ne compte pas la dégradation des sols, les cent millions d'années qu'il a fallu pour que la nature crée le pétrole, le gaspillage de l'eau, les tensions sociales... C'est une réinvention complète qu'il faut que nous opérions. D'abord une réinvention de la théorie économique et du langage financier que l'on utilise. C'est pour ça que je fais ce que je fais aujourd'hui avec l'International Sustainability Standard Board. Le langage forme la pensée, reprogrammer le langage de la comptabilité mondiale va nous permettre de penser l'économie différemment. » Et donc, de trouver enfin des solutions adaptées au XXIe siècle, et une vision capable de réconcilier les Français avec leurs élites ?

Philippe Martinez, qui a débuté sa carrière professionnelle comme technicien de la métallurgie chez Renault, est secrétaire général de la Confédération générale du travail (CGT) depuis 2015. C'est le premier non ouvrier, non membre du Parti communiste (il l'a quitté en 2002) à occuper ce poste. Pour lui, il n'y a aucun doute : c'est bien en raison d'une déconnexion des élus que le système politique s'est à ce point dégradé. « Les citoyens de ce pays, ceux qui travaillent, ont de moins en moins l'impression que leur vie est connue – au sens large du terme, c'est-à-dire leur travail et leur quotidien. » Cette déconnexion, il la constate au quotidien à travers le regard que les élus qu'il côtoie portent sur le travail : « Ils ne comprennent pas le travail. » Et de décrire un décalage croissant entre le travail prescrit par les dirigeants – politiques ou d'entreprises –, « basé sur la rentabilité financière », et le « travail réel », qu'il conçoit comme « bien faire son travail en étant efficace et utile ». Ce malentendu sur le sens même du travail serait responsable du déficit de reconnaissance et de la frustration de nombre de salariés, les Gilets jaunes en étant pour lui l'exemple parfait.

Les syndicats comme le sien ne sont d'ailleurs pas totalement épargnés par ce procès en déconnexion, avoue-t-il volontiers : « Cela peut nous toucher, dans une moindre mesure me semble-t-il, comparé aux responsables économiques ou politiques. Quand nous ne sommes pas présents dans les entreprises, les gens peuvent en effet avoir l'impression que nous faisons partie de cette élite qui ne prend jamais en compte leurs problèmes. Il y a un vrai décalage entre la perception des syndicats lorsqu'ils sont présents dans l'entreprise, et lorsqu'ils ne sont pas implantés. Or, nous ne sommes pas implantés partout, loin de là : tous syndicats confondus, nous devons rayonner sur moins d'un salarié sur deux. » Les différentes réformes du Code du travail, qui ont réduit le nombre de délégués dans les entreprises, auraient selon le leader de la CGT amplifié ce sentiment de déconnexion. Dès lors, pour la majorité des Français, l'image qu'ils ont des syndicats se forgerait avant tout à travers le compte rendu d'une rencontre à l'Élysée ou à Matignon par les médias. Donc, conclut Philippe Martinez, « l'opinion publique en retient qu'ils font partie de la même caste, que nous sommes dans le club des politiques ». En l'écoutant parler, je mesure combien j'ai moi-même une image sans doute déformée des syndicats. Combien de fois ai-je croisé un responsable syndical dans ma vie ? J'aurais pu en croiser lors de mon passage à Ipsos, mais en dehors de cela... ? Finalement, l'opinion que je m'en suis faite est essentiellement fondée sur les traditionnelles déclarations aux médias, au sortir d'une consultation organisée par le Président ou le Premier ministre, ou dans un cortège de manifestants. Des moments très particuliers de théâtre politique, qui ne rendent pas compte de la réalité concrète du travail effectué par les délégués syndicaux sur le terrain. Je suis étonnée de l'insistance avec laquelle Philippe Martinez évoque, spontanément, la peur de se laisser déconnecter du terrain. « L'Assemblée nationale n'est pas forcément représentative de la diversité du monde du travail, et la dernière Assemblée élue me semble encore plus conforter cette affirmation. Mais les syndicats ne sont pas à l'abri de devenir comme eux, puisque nous avons une forme de démocratie sociale qui nous oblige, si on n'y est pas vigilant, à passer plus de temps dans les réunions ministérielles, préfectorales, et moins de temps avec les salariés. C'est un vrai effort que nous devons faire dans les syndicats, en mettant constamment en avant le contact des salariés. J'ai des tas d'exemples illustrant la déconnexion de nos dirigeants, comme cet exemple qui me fait toujours rire jaune : il s'agit de l'ancien directeur de cabinet d'Emmanuel Macron alors ministre de l'Économie, qui est aujourd'hui secrétaire général de l'Élysée. La première fois que je l'ai vu, il m'a expliqué l'entreprise Renault pendant vingt-cinq minutes. Au bout de ce laps de temps, je lui ai dit que moi, je pouvais parler de Renault, parce que ça fait trente ans que j'y travaille. Cela résume bien le problème. »

En panne de vision, c'est manifeste. Mais les élus sont-ils véritablement déconnectés du quotidien des Français ? C'est une évidence tellement ancrée dans les représentations collectives que l'on ne songe même plus à l'interroger. Après tout, les exemples illustrant une incompréhension ou un mépris du peuple ne manquent pas. On se souvient qu'au début du mois d'octobre, le porte-parole du gouvernement prétendait qu'il n'y avait « pas de pénurie » d'essence, au moment même où dans de nombreuses zones du territoire, les automobilistes ne parvenaient plus à trouver de carburant... Aveuglés par les statistiques, censées rendre compte de la réalité, les politiques nationaux ne voient pas certaines réalités. Véronique Bédague, mon ancienne patronne, directrice de cabinet de Manuel Valls, et aujourd'hui PDG de Nexity, me disait récemment être arrivée à la conclusion que les outils statistiques à la disposition de nos dirigeants ne permettaient plus d'analyser la société et de la gouverner convenablement. Édouard Philippe témoigne également : « Matignon, ça vous coupe. Tout le monde le dit, mais le vivre c'est autre chose. Vous êtes submergé, vous ne parlez plus qu'à des intermédiaires d'intermédiaires, et vous pouvez rapidement vous couper de tout. La capacité des gouvernants à s'être nourris abondamment avant d'accéder aux responsabilités et de conserver différentes sources d'information, c'est essentiel. »

La déconnexion existe, donc. Mais elle est loin d'être majoritaire ! Car souvenons-nous que l'immense majorité des élus ne sont pas des ministres enfermés dans leurs palais, ou des députés obnubilés par les réseaux sociaux et les chaînes d'info, mais des élus locaux, constamment au contact des Français ! C'est le cas des maires, mais aussi des conseillers départementaux, et même régionaux la plupart du temps. Édouard Philippe affirme ainsi que « la majorité des élus ne sont pas plus déconnectés que les autres, ils ont même un peu plus de contact avec la réalité, dans sa diversité, qu'un citoyen lambda. Le seul métier que j'aie fait avec une grande diversité d'expériences, c'est celui de maire. C'est un cliché très injuste et faux de dire qu'on est déconnecté ».

Mais au fait, comment les politiques se forgent-ils des convictions ? Comment appréhendent-ils le réel ? Rachida Dati me livre un exemple illustrant la manière dont sa vie personnelle et ses rencontres ont façonné son approche d'un sujet politique. Il s'agit d'un sujet que l'on associe rarement à la droite, à laquelle elle appartient : le logement social. Elle explique que puisqu'elle en vient, elle ne s'y est jamais opposée en tant que responsable politique. « On ne peut pas avoir une ville que pour les riches. Ça doit être une aide à l'ascension sociale, mais trop souvent, le logement social est devenu un ghetto, auquel les gens sont assignés. » Elle pointe la responsabilité politique, éminente à ses yeux, dans ce qu'est devenu le logement social : « À quel moment a-t-on décidé qu'il fallait ranger les gens par origine ? Là où j'habitais, on disait "les Arabes sont là", c'est la Cité du sable, la Cité de la liberté... Les maires étaient tranquilles en mettant chaque groupe entre eux. Le logement social, ça ne sert pas à ça ! Ça ne doit pas être un ghetto. » Elle m'explique qu'à son arrivée à la tête de la mairie du très chic 7e arrondissement de Paris, elle a demandé de développer le logement social, mais avec une exigence de mixité. Au début, les gens qui venaient la voir pour un logement ne voulaient pas forcément l'accès à des services, ils voulaient juste un toit. « Je me souviens que mes parents disaient "on veut être à l'abri". Pendant longtemps je me suis dit que le logement social servait avant tout à cela. J'avais cette conception, héritée de mon parcours personnel, de l'urgence, qui permet de donner aux gens un peu de tranquillité pour évoluer ensuite sur autre chose, que ça soit par le travail ou l'école. Faire ses devoirs dans un baraquement ce n'est pas pareil que de les faire dans une chambre. Nous on était dix à la maison, on faisait les devoirs par terre. »

Elle revient sur un épisode marquant de son parcours politique, remontant à 2005 : un petit garçon avait été tué d'une balle perdue à la Courneuve. C'est à cette occasion que Nicolas Sarkozy promit de « nettoyer au Karcher » une cité de Seine-Saint-Denis. Après le décès de ce petit garçon, « j'avais dit à Nicolas Sarkozy qu'il fallait que nous allions voir la famille dans son appartement. Et c'est comme ça qu'on a eu l'idée des internats d'excellence : parce qu'en voyant les enfants faire leurs devoirs par terre, il m'a dit qu'on ne pouvait pas accepter ça ». Puis elle a suivi les évolutions des demandes en matière de logement : les gens voudraient désormais un petit jardin, des jeux pour les enfants, un peu d'espace... Il faut donc dé-densifier. Elle est passée ainsi d'une conception du logement « pour mettre à l'abri » au logement permettant une qualité de vie, « un arbre, un banc, des jeux… Ma conception du logement social a évolué avec le temps, les rencontres. La dimension environnementale, je l'ai intégrée aujourd'hui dans mon projet politique. Il y a là aussi des rencontres, et des expériences personnelles qui font évoluer : je suis beaucoup plus sensible à la question des perturbateurs endocriniens depuis que j'ai ma fille. Donc mon projet de 2008 n'est pas le même qu'aujourd'hui. Mon projet pour Paris en 2026 comprendrait de vraies évolutions par rapport à celui de 2020 si je me représentais. C'est ainsi, nous évoluons tous au contact des gens ».

Aux yeux de Valérie Pécresse, ce sentiment de déconnexion des élus avec le réel provient plutôt de ce que l'on attend tout, et trop, d'un État protecteur. Le pouvoir politique est appelé à résoudre chaque problème. Or, dès qu'un effort est demandé aux citoyens, dès que l'on dit : « Il va falloir travailler plus », ou « travailler plus tard, jusqu'à 65 ans », les gens vous rétorquent : « Mais attendez, vous êtes des privilégiés, arrêtez de nous parler d'efforts, nous on en fait déjà. » « Et l'on se tourne alors vers celui qui, comme Mélenchon, va dire "moi j'augmente les salaires, et la retraite c'est 60 ans, et avec moi on a le droit à la paresse, et on va sauver la planète sans faire aucun effort". Donc c'est facile, sauver la planète en ne faisant plus rien c'est beaucoup plus facile que sauver la planète en faisant quelque chose. Je passe ma vie à essayer de faire voter des projets, à convaincre les gens de choses dont ils n'ont pas envie d'être convaincus. C'est ça, être un homme ou une femme politique. »

J'ai posé la question à un échantillon représentatif de Français : les politiques devraient-ils davantage écouter l'opinion des citoyens, quitte à changer leurs décisions ? Ou bien écoutent-ils trop l'opinion des citoyens, et devraient savoir résister et ne pas changer leurs décisions ? Le leadership attendu est-il le courage, tel que défini par Pécresse ou Philippe, ou bien le suivisme, au gré des humeurs de l'opinion? 79 % choisissent la seconde option. Écouter, au risque de céder sur ses convictions ou son programme... Plutôt que tenir, et affronter nos contradictions et notre tendance à choisir la facilité, notamment sur les sujets économiques et budgétaires. Notons qu'il y a presque dix points d'écart entre les réponses des catégories supérieures (73 % disent qu'il faut écouter davantage) et les catégories populaires (82 %). Les Parisiens sont les moins enclins à dire qu'il faut écouter davantage, même si à 69 %, la majorité reste écrasante.

Alors, si dire des vérités difficiles (surtout en matière économique, car c'est là que l'écart est le plus grand entre ce que disent beaucoup de politiques et d'experts, et ce que souhaitent la plupart des Français), c'est être déconnecté de la même manière que lorsque l'on ment, comment éviter la déconnexion? Interrogé, Philippe Martinez répond : « Je n'aime pas donner de conseils, mais en partant de mon expérience, premièrement, il faut aller dans les entreprises. Il faut passer du temps sur le terrain. Je pense qu'on ne doit pas faire carrière dans la politique, comme dans le syndicalisme d'ailleurs. Il faut des droits qui permettent de retourner dans son entreprise quand on en a une, par exemple. Il faut faire en sorte qu'on ne finisse pas par se dire "si je n'ai plus ce poste en politique, je n'ai plus à manger", ce qui fait que l'on s'accroche à son mandat. »

Mais le débat sur le statut de l'élu, que j'appelais de mes vœux dans mon dernier essai, n'a toujours pas lieu... Sur le sujet, nous manquons sérieusement de courage politique.

Une crise d'autorité qui ne cesse de s'amplifier

« Quoi, ma robe ? », lance-t-elle à l'assistance. Elle pénètre dans le couloir où je patiente depuis quelques minutes, suivie de plusieurs collaborateurs. Et me fait l'effet d'un tourbillon d'énergie, de paroles et de sourires. « C'est vrai, elle a l'air d'un parachute ! Bon, c'est vrai, ma fille m'a dit : "Maman, pour toi, ça va." »

Rachida Dati baisse les yeux sur son ample jupe en jean, surmontant de petites chaussures plates, en vernis rouge, et éclate de rire. C'est la première fois que je la vois en vrai, mais elle fait partie de ces personnages politiques que j'ai l'impression d'avoir côtoyés, par écran interposé, toute ma vie (je n'ai commencé à m'intéresser à la politique qu'à 17 ans, en entrant à Sciences Po – c'était juste avant la présidentielle que Nicolas Sarkozy emporta). À l'heure des politiques « étoiles filantes », qui disparaissent avant même d'avoir acquis une petite notoriété, les Dati, Sarkozy, Hollande, ou encore Mélenchon font désormais figure d'exceptions. Leur expérience – supérieure à vingt ans – est une anomalie à l'ère du dégagisme ambiant. Je ne pensais pas qu'un jour, je trouverais un certain charme rassurant à cette patine de la vie politique.

Elle me fait signe de la suivre, nous nous installons à sa table de réunion. Elle retrouve immédiatement son sérieux et me fixe gravement pendant que je lui expose mon projet. Très vite, la discussion porte sur l'effondrement de l'autorité, et… sur les vêtements, justement. Le premier est à ses yeux un des phénomènes les plus marquants de la période que nous vivons. Elle évoque un colloque où elle croisa l'ex-président de la République François Hollande : « Il a fait son discours au pupitre. Il y avait des jeunes autour, et un gamin était accoudé à son pupitre ! Je lui ai dit : "François, ce n'est pas possible !" » Ce sentiment d'effondrement de l'autorité n'est pas neuf, je me souviens que dans la même veine, on a longtemps reproché au Président sa cravate de travers. Ce n'était pourtant rien, un détail. Mais en politique, ne dit-on pas que les symboles comptent plus que tout ? Et puis, c'était si peu en regard des tenues et des provocations qui marquent la vie parlementaire depuis juin 2022... « On m'a reproché d'être bien habillée, mais moi, je respecte ma fonction. C'est ma mère qui m'a transmis ces valeurs. Respecter la fonction. J'incarne une fonction, je suis présidente de groupe [au Conseil de Paris], s'habiller correctement, c'est une question de respect. »

Discours classique de la droite, ou bon sens ? Mes grands-parents, qui dirigeaient chacun un collège, militants socialistes de toujours, étaient-ils de droite quand ils pourchassaient chewing-gums et casquettes ? Et dire que nous en sommes à débattre de la légitimité des *crop top*, ces tee-shirts si courts qu'ils dévoilent le nombril et dont raffolent les adolescentes, à l'école ! À quel moment a-t-on laissé l'expression d'un individualisme aussi boursouflé qu'inculte prendre le pas sur les règles de vie en commun ? Rachida Dati reprend : « Si tout se vaut, je vais voter depuis les toilettes et je laisse la porte ouverte ! » Elle fait mine de s'avachir sur sa chaise, jambes écartées. Image incongrue, mais si je suis tentée de rire, ce n'est visiblement pas son cas. Puisque tout se vaut, pourquoi ne pas venir en short, ou même en pyjama au bureau ? « Quand vous dégradez la fonction, vous affaiblissez aussi la force de la décision. Moi, quand je dis "je décide", je fais ! Et où ai-je appris ça ? Au début de ma carrière, lorsque j'étais magistrate. Jean-Pierre Rosenczveig a été la personnalité qui a dirigé le tribunal pour mineurs de Bobigny pendant une vie. Quand je suis arrivée dans ce tribunal, j'ai tout de suite aimé travailler avec lui, car il avait une conception de l'enfance délinquante qui m'intéresse. J'étais pour la fermeté, j'avais grandi dans une ville où il y avait beaucoup de violence et de brutalité, ce n'était pas la loi du plus fort mais un rapport de force permanent. Quand je deviens magistrate, j'ai d'abord été placée au parquet des mineurs avant de devenir juge pour enfants. Qu'ai-je fait en premier ? Eh bien j'ai mis ma robe ! Je n'ai jamais reçu en audience au cabinet sans elle. Les enfants qui viennent sont normalement accompagnés du représentant légal : cela peut être un tuteur, un père, une mère, ou même un frère ou une sœur qui a une autorité juridique. Au bout de quelque temps, Rosenczveig m'a dit : "Vous avez changé un peu le fonctionnement au parquet des mineurs"… Je lui ai répondu : "Non, mais l'éducateur qui venait en short et en sandales, je refusais." Sinon, je ne faisais pas la différence entre eux et le mineur. Et si ce n'était pas un tuteur légal qui accompagnait, je renvoyais le mineur au dépôt et je demandais un tuteur. J'ai remis tout le monde comme ça au carré, et dans mon bureau les avocats mettaient leur robe. La décision était entendue et respectée ! Et les mineurs, je leur disais que ce n'était pas un salon. Ce n'était pas pour le plaisir de changer les habitudes, c'était une question de respect et d'autorité. »

Elle poursuit, intarissable sitôt lancée sur les sujets de justice, et me décrit le tribunal : « C'était le centre commercial », la brutalité des relations, la difficulté des décisions : « Je ne trouvais pas de structure pour le sevrer… Donc je l'ai incarcéré. Quand il est sorti, il est venu me voir, il avait bien meilleure mine ! » Elle a adoré être magistrate, « parce que c'est vous qui décidez, et vous suivez la mise en œuvre de la décision ». Et de souligner que « ça marche quand les règles sont claires et appliquées. Je ne dis pas que certains n'ont pas essayé de m'entourlouper… Ça existe. Mais je n'ai jamais élevé la voix, jamais. Je n'en ai jamais eu besoin pour me faire respecter, c'est inutile. » En l'écoutant parler, je repense à ma grand-mère, qui m'a toujours dit la même chose de ses fonctions de professeur et principal de collège. C'était un autre temps… définitivement révolu ?

Si 86 % des Français, selon Ipsos, « Fractures françaises », partagent le constat que « l'autorité est une valeur qui est trop souvent critiquée aujourd'hui », ce sont néanmoins en partie les mêmes qui participent quotidiennement à remettre en cause l'autorité des scientifiques, policiers, pompiers, élus ou encore professeurs. La défiance est désormais un trait culturel fortement ancré dans nos comportements, même si nous ne la jugeons jamais légitime lorsque nous en sommes nous-mêmes objets et victimes.

Une partie non négligeable de la population – 26 %, en nette hausse depuis 2020, selon Ipsos – estime même qu'il est normal que « certaines personnes usent de la violence pour atteindre leurs intérêts », les processus normaux prévus par nos institutions pour ce faire – interpeller un élu, voter ou même manifester – n'étant plus jugés opérants ou légitimes. Et selon le leader de la CGT, Philippe Martinez, les élus et les médias auraient une responsabilité éminente dans l'escalade de la violence, sinon physique, du moins verbale, que nous connaissons depuis quelques années. Lui qui se voit souvent reprocher sa dureté dans le rapport de force, voire son manque d'ouverture à la négociation, retourne le compliment à ses interlocuteurs : « Plutôt que d'essayer de trouver une solution, on est souvent confrontés à la médiatisation des casseurs et à une surenchère verbale. Je me rappelle une manifestation en juin 2016 avec l'épisode de Necker, où Manuel Valls avait eu des mots assez déplacés sur la responsabilité des syndicats dans ce qu'il s'était passé là-bas. »

Il fait référence à un épisode survenu au plus fort des manifestations contre la loi dite « El Khomri » sur la réforme du Code du travail – une réforme alors jugée trop libérale, et donc inacceptable, par la majorité des syndicats et de la gauche. Des casseurs avaient tagué la façade et brisé des vitres à l'hôpital Necker pour enfants malades. Les membres du gouvernement avaient immédiatement condamné ces actes, mais certains étaient allés trop loin, selon les syndicats, en assimilant casseurs et manifestants. Le Premier ministre Manuel Valls avait notamment reproché au service d'ordre de la CGT une « attitude ambiguë » à l'égard des sept cents à huit cents casseurs présents selon lui. « Quand on n'est pas capable d'organiser une manifestation, alors on n'organise pas ce type de manifestation qui peut dégénérer », avait-il ajouté. En réponse à ces accusations, la CGT avait condamné « sans réserve les violences commises », avant que le préfet de police de Paris n'enfonce le clou en lui reprochant « une forme de solidarité » de certains manifestants CGT avec les casseurs.

Je me souviens bien de cette période. À l'époque, j'occupais encore le poste de conseillère opinion publique de Manuel Valls. J'avais l'œil sur les études et les sondages qui exposaient, depuis plusieurs mois, l'impopularité croissante et comme inexorable du gouvernement. L'épisode de la « loi travail » avait engendré des tensions très vives dans la société, et achevé de consommer le divorce entre le couple exécutif et la base électorale de François Hollande. Le recours au 49.3 avait été, en quelque sorte, la cerise sur le gâteau : il devint le symbole, pour une grande partie de l'opinion, d'une forme de brutalité qui scella le destin politique de celui qui était encore quelques mois plus tôt considéré comme l'un des espoirs de la gauche de gouvernement. Il ne s'agit pas ici de prétendre qu'il n'a jamais commis d'erreur. Mais force est de constater que la rapidité avec laquelle l'opinion a basculé, en quelques mois à peine – entre le débat sur la déchéance de nationalité, fin 2015, et celui sur la loi travail, au printemps 2016 –, préfigurait la nouvelle normalité dans laquelle évoluent les personnages publics : une opinion aussi exigeante que défiante, polarisée, aux fluctuations d'humeur rapides, qui ne pardonne pas la moindre erreur de communication, et où toute faute politique vaut condamnation quasi définitive. Rappeler qu'à sa nomination, Manuel Valls était un Premier ministre populaire, et que la France salua quasi unanimement la manière dont il réagit aux attentats de 2015, est désormais vain : dans un débat public où la bonne foi n'existe plus et où faire preuve de mesure et de nuance est considéré comme ringard, la vérité est fluctuante, et l'histoire sans cesse réécrite selon les humeurs du moment. C'est cette même réalité qu'affrontent aujourd'hui les syndicats, sommés de prendre parti pour ou contre des casseurs pourtant indépendants de leurs mouvements, et ramenés à quelques images chocs alors même qu'elles ne résument en rien les cortèges qu'ils mobilisent.

Philippe Martinez poursuit : « La multiplication des chaînes d'information fait qu'il y a beaucoup d'images diffusées de ces événements. Or ils existent bien, mais en marge des manifestations, ils ne les résument pas… Certains éditoriaux – je ne sais plus si c'était *L'Express* ou *Le Nouvel Obs* – sont même allés jusqu'à comparer la CGT à Daech. Quand on atteint ces niveaux-là, forcément, ça complique les choses. »

Médias et politiques participent depuis longtemps, parfois volontairement mais souvent à leur corps défendant, à nourrir un cercle vicieux qui conduit à l'escalade de la violence. Le leader de la CGT souligne le « deux poids, deux mesures » qui caractérise la réaction politique aux manifestations violentes : « On pourrait citer des cas plus éloignés dans le temps, par exemple les manifestations paysannes de la FNSEA (Fédération nationale des syndicats d'exploitants agricoles), qui sont parfois assez violentes. La répression n'est pas tout à fait la même que ce qu'on a pu connaître en 2016 ou avec les Gilets jaunes. On me dit régulièrement que les manifestants sont capables d'arroser une préfecture avec du lisier, alors que nous, dès qu'on secoue une grille on est placés en garde à vue. Il y a aussi parfois un jeu du pouvoir en place, quel qu'il soit, qui traite différemment les manifestants selon qui ils sont et la raison de leur protestation. En témoigne la réponse qui a été apportée au mouvement des Gilets jaunes, avec toutes les réserves que l'on peut avoir sur ce qu'ils ont obtenu. Le pouvoir a essayé de montrer que le peuple sans organisation syndicale est plus efficace que des mouvements sociaux encadrés par les syndicats. » Selon lui, il existe un jeu politique délibéré, visant à discréditer les organisations comme la sienne, au prétexte qu'elles ne seraient pas représentatives. Avec pour conséquence la montée, chez les militants syndicaux, du sentiment que manifester de manière traditionnelle, entre une préfecture et une mairie, ne sert plus à rien, et que ceux qui recourent à la violence sont davantage écoutés.

François Ruffin, « député-reporter » La France insoumise de la Somme, abonde : « Pour moi, il y a encore deux forces aujourd'hui qui permettent de gouverner la France. D'abord la force de coercition : quand un mouvement comme les Gilets jaunes apparaît, c'est par la matraque que le pouvoir le traite, par le nombre de mutilés (ça fait longtemps que l'on n'avait pas vu une telle violence dans notre pays), mais aussi par l'effacement des belles choses qui ont pu être construites sur certains ronds-points. » Il y ajoute une deuxième force, jugée encore plus puissante et plus constante et qui fait que la France est encore gouvernable : c'est celle de la résignation. Pour lui, loin d'être ingouvernable, notre pays est plutôt étonnamment docile, compte tenu de tout ce qui lui est infligé depuis des décennies.

« Dans mon coin, les années 1980-1990 sont marquées par des délocalisations en série : Magneti, Goodyear, Abelia, Whirlpool... C'est là un ébranlement des classes populaires qui fut massif. Car ces entreprises, c'était une garantie d'emploi, un treizième mois, un comité d'entreprise... Donc il s'agit à la fois d'une violence contre ceux qui sont sortis de l'emploi, mais aussi contre leurs enfants et leur avenir. Tout ça pour nous dire qu'il faut faire de la formation, de la revitalisation, de la réindustrialisation, qu'il faut se tourner vers des emplois de services qui sont peu qualifiés, sous-payés ou maltraités. Voilà dans quel sens ma région a été menée. Donc c'est moins le fait que la France soit ingouvernable qui me surprend, que l'acceptation, la résignation et l'abattement des gens qui sont obtenus par l'apathie politique. »

J'ai noté, depuis que j'observe la sphère politique de près, cette concurrence de plus en plus féroce entre les manières violente et civilisée d'exprimer son désaccord politique. Entre les chemins démocratiques et la voie du « œil pour œil, dent pour dent », c'est la seconde option qui semble de plus en plus efficace, attractive, et donc presque légitime aux yeux d'une part croissante de l'opinion. Dans la dernière enquête Ipsos « Fractures françaises », 26 % des Français estiment « normal que certaines personnes usent de la violence pour défendre leurs intérêts », soit huit points de plus qu'en 2021. De nombreux événements ont contribué à installer l'idée que la violence valait mieux que le vote ou la manifestation pacifique. J'en retiens trois en particulier : l'issue trouvée par l'exécutif de l'époque à l'impasse de Notre-Dame-des-Landes, cet aéroport nantais dont un nombre limité mais déterminé de zadistes refusait la construction alors que les populations locales la souhaitaient, ou du moins l'acceptaient ; le dénouement de la crise des Gilets jaunes, en 2019 ; et enfin, la manière dont l'exécutif tenta de désamorcer l'explosion de violence en Corse, au lendemain de l'assassinat d'Yvan Colonna en prison par un de ses codétenus.

Souvenons-nous. C'était le 17 janvier 2018. Depuis l'Élysée, Édouard Philippe annonçait avec la gravité de circonstance l'abandon du projet de construction de l'aéroport. « En relation étroite avec le président de la République, le gouvernement a pris sa décision : je constate aujourd'hui que les conditions ne sont pas réunies pour mener à bien le projet d'aéroport de Notre-Dame-des-Landes. Un tel projet qui structure le territoire pour un siècle ne peut se faire dans un contexte d'opposition exacerbée de la population. Les grands projets récents se sont réalisés malgré les oppositions locales car portés par la population. Notre-Dame-des-Landes, aujourd'hui, c'est l'aéroport de la division. Le projet de Notre-Dame-des-Landes sera donc abandonné. »

Avec ces mots, le Premier ministre mettait un point final à une histoire entamée dans les années 1960, et portée à bout de bras par de nombreux élus locaux, notamment Jean-Marc Ayrault, maire de Nantes de 1989 à 2012 puis Premier ministre jusqu'en 2014. Malgré 179 décisions de justice en faveur du projet, et surtout le soutien des habitants, constaté par référendum local organisé sous François Hollande. Un vote organisé sous l'autorité du successeur de Ayrault, Manuel Valls, en juin 2016 – et alors que les regards étaient rivés sur autre chose, puisque des Français par milliers battaient le pavé pour s'opposer à la réforme du Code du travail, la fameuse loi El Khomri. J'étais à Matignon à ce moment-là. Tous espéraient que la voie démocratique permettrait de sortir de cette impasse, alors que se multipliaient les affrontements violents et que la mort de Rémi Fraisse, jeune militant écologiste tué par une grenade des forces de l'ordre à Sivens en 2014, hantait le gouvernement.

Le résultat fut net : 55,17 % des électeurs de Loire-Atlantique se prononcèrent en faveur du projet, avec un taux de participation de 51,08 %. Il est vrai que les communes les plus proches de l'aéroport votèrent contre, notamment la commune de Notre-Dame-des-Landes elle-même, qui vota à 73,6 % pour le non. L'illustration parfaite du « *not in my backyard* », ce phénomène qui promet de condamner tant de grands projets d'infrastructure, des éoliennes aux centrales nucléaires, dans les années qui viennent, et alors même que nous avons furieusement besoin de nous adapter au réchauffement climatique.

Dans la foulée du référendum, l'exécutif promettait de lancer les travaux à l'automne… L'opposition vit donc dans l'abandon du projet deux ans plus tard, par un autre Premier ministre et sous l'autorité du successeur de François Hollande à l'Élysée, une « victoire des zadistes ». Il est possible qu'au moment où Édouard Philippe hérita du dossier, il n'était plus possible d'éviter le pire autrement que par l'abandon du projet. Mais force est de constater que le message ainsi envoyé par l'État à l'opinion publique fut terrible : la violence pèse plus que le vote.

Bruno Retailleau fut président du Conseil régional des Pays de la Loire de 2015 à 2017. Fervent défenseur du projet, comme nombre d'élus locaux, il porte un regard très sévère sur la manière dont les gouvernements successifs ont abandonné l'aéroport : « Tout cela rappelle furieusement l'épisode du référendum sur le traité constitutionnel (le 29 mai 2005, les Français s'étaient majoritairement opposés au traité établissant une Constitution pour l'Europe, mais Nicolas Sarkozy avait contourné leur décision une fois élu Président). C'est-à-dire que quand le peuple s'exprime et quand son expression ne va pas dans le sens des dirigeants, alors on trouve des subterfuges pour contourner la volonté populaire. Sur Notre-Dame-des-Landes, il y a deux constats, d'une part la faiblesse de l'État, la trouille vis-à-vis des plus violents, et d'autre part un calcul politicien car c'était le prix à payer pour l'entrée au gouvernement de l'éphémère ministre Nicolas Hulot. Donc vous avez à la fois de la faiblesse et du cynisme. » Et le sénateur LR, qui ne porte manifestement pas les écolos dans son cœur, de conclure : « Tout cela pose aussi la question de nos institutions : comment revivifier la démocratie représentative ? Il faut à mon sens la revigorer par différents moyens, notamment par le recours au référendum. La parole du peuple doit s'imposer aux Cours suprêmes. »

Édouard Philippe regrette-t-il, quatre ans plus tard, l'abandon du projet ? « C'est trente ans de désastre collectif, et je suis assez à l'aise avec la décision que l'on a prise, car c'était la moins mauvaise décision après un enchaînement des faits complètement extravagant et totalement navrant. »

Un autre épisode, plus récent, illustre la faiblesse de la classe politique face à la violence : le mouvement des Gilets jaunes. Lorsqu'on se remémore cette drôle de phase de l'histoire récente, on pense avant tout aux images diffusées *ad nauseam* par les chaînes d'information en continu. Je me souviens d'avoir moi-même été invitée à commenter les premiers samedis de manifestation, lorsque celles-ci avaient encore les apparences d'un romantisme révolutionnaire. Puis de m'être lassée, comme beaucoup, face à un spectacle de plus en plus violent. Les revendications de ce mouvement semblaient de plus en plus floues, à mesure que se multipliaient les portes-parole éphémères, chaque tête sortant du lot étant aussitôt coupée. Il menaça bien vite de s'enliser dans une escalade de frustrations criées à la figure d'un gouvernement qui n'avait su ni l'anticiper, ni en saisir la vraie nature avant qu'il ne soit trop tard. Dans les rédactions et dans les allées du pouvoir florissaient mille rumeurs, et autant de questions que l'on aimait agiter comme pour se faire peur, sans savoir si elles étaient vraiment sérieuses ou si le pouvoir lui-même les poussait pour s'assurer la solidarité de la « France raisonnable » face aux barbares : « Macron va-t-il finir son quinquennat ? » ; « Nous serions, paraît-il, passés à deux doigts du coup d'État, ils sont arrivés tout près de l'Élysée… »

Samedi après samedi, les manifestations se sont succédé, chacune ressemblant à une réplique caricaturale de la précédente. Des voix se sont élevées, toujours plus nombreuses, pour fustiger – comme d'habitude en pareil cas – le rôle joué par les chaînes d'information en continu. Ces dernières ont sans aucun doute été un miroir grossissant dans lequel ceux qui se vivaient comme de nouveaux héros révolutionnaires, des justiciers du quotidien, ont aimé se contempler. De là à leur attribuer la responsabilité de l'escalade des violences…

Au lendemain du neuvième samedi, l'Élysée a fait savoir que le président de la République, Emmanuel Macron, que l'on imaginait retranché dans son château, acculé, s'apprêtait à adresser une lettre à tous les Français. L'objet : une invitation à un « grand débat national » pour sortir de l'impasse. « Ni une élection, ni un référendum », cette discussion serait ouverte au plus grand nombre, chacun pouvant faire des propositions « permettant de bâtir un nouveau contrat pour la nation, de structurer l'action du gouvernement et du Parlement, mais aussi les positions de la France au niveau européen et international ». Pas de question interdite ! *Open bar* donc… Surtout, le Président en tirerait « toutes les conclusions » et « rendrait compte directement » aux Français pour « transformer [avec eux] les colères en solutions ». Une sorte de promesse de *reset* d'un quinquennat qui avait déraillé trop vite.

Au scepticisme initial de nombreux observateurs – un gadget de plus ? – a bien vite succédé l'étonnement, voire l'enthousiasme, quand les premières réunions publiques ont démontré un engouement réel des citoyens. Le Président a transformé cette discussion nationale en performance personnelle. Un *one man show* diront ses détracteurs, qui lui a permis de faire la preuve de sa maîtrise parfaite et sans égale des dossiers techniques comme de la rhétorique. Des dizaines de milliers de contributions ont été recueillies. Cet exercice de catharsis à l'échelle nationale a dégonflé un mouvement qui commençait à tourner en rond.

La suite est connue : à l'issue de ce moment, des milliards d'euros furent déversés, comme il est de coutume en France lorsqu'on veut résoudre un problème particulièrement épineux. Et comme d'habitude, ces milliards n'apportèrent satisfaction à personne. Les Gilets jaunes se sentirent floués, et gardèrent de cet épisode le goût amer d'une gigantesque diversion. Quant aux autres, et notamment tous ceux se positionnant dans l'opposition à Emmanuel Macron mais ne se reconnaissant pas forcément dans les Gilets jaunes, ils furent nombreux à retenir un enseignement essentiel : en France, pour faire reculer l'État, mieux vaut être violent. Comme souvent, la méthode du « en même temps » réussit à mécontenter en même temps les partisans de l'autorité et ceux des manifestants…

Depuis, la peur d'une réplique de ce séisme démocratique et social semble hanter les gouvernements successifs. La sanction du suffrage – présidentiel ou législatif – ne semble plus conférer une légitimité suffisante pour conduire les réformes. Bref : désormais, et peut-être plus encore qu'avant cet épisode, nos gouvernants marchent sur des œufs.

Un dernier épisode, plus récent celui-là puisqu'il date du début de l'année 2022, a contribué à ancrer plus profondément l'idée que la violence est plus efficace que le vote : la réaction gouvernementale aux manifestations survenues en Corse au lendemain de l'assassinat d'Yvan Colonna.

De l'avis de tous les observateurs avisés de la vie politique de l'île, les émeutes qui ont secoué la Corse furent exceptionnelles. Par le degré de violence déployé, mais aussi par le profil des manifestants – beaucoup de jeunes, qui n'avaient jamais connu les grandes heures du FLNC.

Alors qu'il s'apprêtait à se rendre sur place afin de tenter de désamorcer l'escalade de la violence, le ministre de l'Intérieur Gérald Darmanin déclara pour *Corse-Matin* : « Nous sommes prêts à aller jusqu'à l'autonomie. Après, la question est de savoir ce qu'est l'autonomie. Il faut qu'on en discute. »

Le mot est lâché pour la première fois par un responsable gouvernemental français : autonomie. Mot jusque-là interdit.

Et même si le ministre a pris soin de demander le retour au calme comme préalable indispensable à l'ouverture de discussions, ce que nous avons été nombreux à retenir, c'est que ce qu'une majorité de Corses n'avait pas pu obtenir par le vote, une poignée de casseurs avait fini par l'avoir par la force…

Au lendemain de ce funeste épisode, j'écrivais dans les colonnes du *Figaro* la tribune suivante :

> Avec l'agression d'Yvan Colonna, et les manifestations violentes qui l'ont suivie, c'est une nouvelle page de la triste histoire des relations conflictuelles entre la Corse et « l'État français » qui vient de s'ouvrir. On retrouve là, de manière exacerbée, tous les symptômes de notre dégénérescence démocratique.
>
> D'un côté, ceux qui, avec Jean-Pierre Chevènement, considèrent que depuis des décennies, l'État n'a cessé de reculer face au chantage à la violence des nationalistes, et que « plus on fait de concessions, plus le niveau de violence augmente, et l'imbécillité qui va avec ». De l'autre, ceux qui lisent l'histoire récente comme une multiplication d'humiliations de la part des gouvernements successifs, dénoncent le mépris des continentaux à l'égard du « peuple corse », voire taxent l'État d'assassin.
>
> La somme des incompréhensions et des occasions manquées de part et d'autre vient s'ajouter à un terreau économique, culturel et social qui ne semble pouvoir conduire qu'au pire. Nous pourrions citer pêle-mêle : une jeunesse corse sans avenir sur l'île, le sentiment d'être méprisés par les élites dirigeantes, la peur de se voir dessaisis de leurs terres face à la spéculation – ce sont pourtant, à la base, des Corses qui vendent et s'enrichissent au détriment des autres –, la crainte de devenir minoritaires face à l'arrivage massif d'une population continentale sans lien avec l'île, la peur du déclassement, la précarité… Autant d'inquiétudes et de maux bien réels, qui n'ont pour la plupart rien de

spécifique à l'île de Beauté, désignés ailleurs par les termes d'insécurité économique et culturelle. Ils nourrissent sur le continent le vote populiste, le rejet des élites, de l'immigration, de l'Europe ou de la mondialisation. Ils ont conduit, en Corse, au triomphe du vote autonomiste, avec près de 70 % des suffrages aux dernières élections régionales.
Le sentiment d'humiliation, la colère et le désarroi sont le meilleur carburant politique qui soit. Il n'est donc pas étonnant que prospèrent tacticiens et manipulateurs de toute sorte. Ceux qui veulent échapper à l'examen de leur propre bilan, désastreux sur tant d'aspects – l'on pourra citer, selon les échelons concernés, la gestion des déchets, l'urbanisme, la production énergétique… –, auront tôt fait d'incriminer un État coupable de tous les maux.
L'autonomie serait devenue un remède miracle, une baguette magique que l'on agite à longueur de débat et à tout sujet, chacun y projetant les espoirs les plus contradictoires, encouragé en cela par le discours relativement flou des dirigeants autonomistes en place, Simeoni en tête.
L'autonomie est un moyen, et non une fin. Hélas, il est rare d'obtenir des réponses concrètes à la question clé, pourtant si simple : que permettrait l'autonomie, que les pouvoirs considérables concédés à la collectivité de Corse n'autoriseraient pas déjà ? Dans l'escalade des tensions, la jeunesse corse actuelle, celle que l'on a vue affronter les policiers dans les rues de Bastia, d'Ajaccio et ailleurs, biberonnée à un discours revanchard et anti-continental, est un vecteur autant qu'une victime.
Comme tant de débats dans notre démocratie malade – l'appartenance à l'UE, le coût de l'immigration, l'ampleur des fraudes sociales et fiscales… –, la discussion sur l'autonomie corse véhicule de part et d'autre trop de fantasmes, de contre-vérités, de débordements de haine comme d'actes vécus comme des marques de mépris. Il

est déconseillé de s'exprimer publiquement sur le sujet, surtout lorsqu'on n'est pas originaire de l'île de Beauté, sauf à se voir immédiatement insulter et ranger au rang de ceux qui n'y connaissent rien, ou sont les ennemis du peuple corse.

Bien des affirmations vous sont jetées à la figure sans être sourcées. Il en est ainsi d'un élément pourtant clef de la discussion : la Corse est-elle bénéficiaire nette de la solidarité nationale, comme le démontrait le rapport parlementaire Paul/Glavany de 1998, ou bien, comme l'affirment les autonomistes, est-elle à l'inverse injustement ponctionnée ? Tant qu'il n'y aura pas de données claires, fiables, accessibles au grand public, prospéreront ceux qui font croire que l'on peut avoir le beurre et l'argent du beurre, la solidarité et l'indépendance, les services publics sans la fiscalité.

Face à l'impasse actuelle, la recherche de responsables est une bataille bien vaine, tant la co-responsabilité de certains gouvernements et des leaders corses semble manifeste. Alors que faire ? L'autonomie est-elle la solution idéale que ses partisans décrivent ? L'État a-t-il péché par excès de rigidité, ou bien au contraire, comme l'affirme Chevènement, par faiblesse ? Qui a raison, qui a tort ?

En démocratie, le peuple est en principe juge de paix. C'est donc sans doute par les urnes que le nœud du problème pourra un jour être tranché – même si l'on peut craindre des lendemains difficiles pour ceux qui se seront laissé manipuler par des discours simplistes et des promesses tronquées.

Et c'est bien là que les décisions gouvernementales des derniers jours[1] prennent toute leur importance, et laissent entrevoir des difficultés majeures pour les mois et années

1. La tribune est publiée le 23 mars 2022.

à venir. En ouvrant les discussions sur l'autonomie corse, l'État envoie un message clair : il vaut mieux casser que voter. L'État est faible avec les forts, fort avec les faibles. Les milliers de Corses qui ont respecté les règles du jeu démocratique et mis un bulletin autonomiste dans l'urne viennent de se voir signifier que leur acte civique valait moins que le vandalisme de quelques poignées de casseurs. Le signal ainsi envoyé est terrible, et contribuera durablement à amplifier notre régression démocratique, bien au-delà de la Corse. Il va conforter les violents au détriment de ceux qui choisissent la discussion, et inciter tous ceux qui ont des revendications à les exprimer de la pire des manières.

La démocratie est bien le pire des régimes, à l'exception de tous les autres. Il ne faut pas en attendre des miracles, mais nous n'avons rien trouvé de mieux pour sortir de nos conflits. Et quand on l'affaiblit, que nous reste-t-il ?

Que nous restera-t-il, si nous laissons la confiance, les institutions, et les élus eux-mêmes s'affaisser ? La démocratie peut-elle survivre à la saignée lente mais continue opérée depuis des années ? Et peut-on encore la raviver ? J'en doute de plus en plus.

*

Peut-on encore faire de la politique après les coups durs, les échecs, les humiliations ? Pourquoi continue-t-on malgré tout ?

Valérie Pécresse est en quelques sortes une grande brûlée de la politique. Même si l'opinion a tendance à y voir un insatiable appétit du pouvoir, j'admire la capacité des uns et des autres, quel que soit leur bord politique, à se remettre en selle après chaque chute. Je ne crois pas que le seul appétit du pouvoir puisse motiver tant d'efforts et de sacrifices personnels. Il faut avoir, aussi, des convictions.

Et celles que m'aura exprimées l'ex-candidate de la droite laissent entrevoir de grands périls pour l'avenir. À l'écouter, nous irions droit dans le mur. Celui de la dette, et de l'ingouvernabilité.

Mais si l'on accepte son diagnostic, et puisque les gens qui disent la réalité de la catastrophe vers laquelle nous allons ne sont pas écoutés, cela veut-il dire qu'il va falloir le prendre à pleine vitesse pour se rendre compte que nous sommes dans le mur? « Je suis très inquiète, parce que l'immobilisme et l'impuissance publique risquent de conduire à l'élection de Marine Le Pen à la prochaine présidentielle. C'est une évidence, regardez l'Italie : si on ne résout pas les problèmes des Français dans ce mandat, si nous poursuivons la fuite en avant financière, et que l'on plonge le pays dans un gouffre d'où l'on n'aura plus les ressources pour se sortir... Et si, de l'autre côté, vous avez des populistes qui disent qu'il faut faire table rase de tout, le risque c'est qu'effectivement, ils représentent l'alternance en 2027. »

Elle m'explique, avec une inquiétude qui ne saurait être feinte, que si la voix de la raison n'est pas entendue, si elle ne peut plus se faire entendre dans le débat politique, l'arrivée au pouvoir de Marine Le Pen est un vrai risque. En même temps, affirme-t-elle, les Français sont intelligents. Elle croit en leur intelligence collective. « J'ai toujours cru que l'on pouvait leur parler. Maintenant, il faut aussi que ce soit relayé par des journalistes qui, comme dirait Élisabeth Borne, ne doivent pas poser que "des questions à la con". Et j'en ai eu pendant cette campagne par exemple, quand une journaliste me demande pourquoi je ne mets pas de jupe… Je me suis dit que c'est une journaliste politique qui a raté sa vocation et qui aurait dû aller travailler dans la presse people. »

Pourquoi est-ce qu'on continue à faire de la politique après tout, malgré le sentiment d'impuissance, les échecs, la dureté des campagnes? « C'est l'amour que vous donnent les gens quand vous faites quelque chose qui change leur vie. Savoir que l'on a un impact sur le cours des choses, que l'on est vraiment utile. Ça, c'est une sensation forte, une forme de drogue dure. Même s'il y a des moments très déprimants, très durs, très violents quand on perd, quand on est ridiculisée, quand on est critiquée… » On imagine que le souvenir de son premier grand meeting de campagne, devant un Zénith bondé, qui a donné lieu à tant de railleries, est encore cuisant. Et puis son score à la présidentielle, bien pire que ce que tous les sondages avaient anticipé. « Même s'il y a ces moments-là, il y a aussi des moments incroyables comme ce matin : j'étais dans un lycée tout neuf, et les enfants qui me disent "c'est tellement beau, on est tellement fiers !". Le lycée était surnommé "Gabriel pourri", maintenant ils l'appellent Christian Dior. Un quartier populaire, des jeunes qui vont étudier dans un endroit absolument magnifique, digne des meilleurs campus du monde, et qui ont des ordinateurs et un CDI cathédrale, qui ont une belle cantine et un beau gymnase. Je leur ai dit : "Vous êtes dans un quartier populaire mais vous avez tous les outils pour réussir. Vous avez des bons professeurs, vous avez un beau lycée, donc l'avenir est à vous." Et ils vous regardent tous avec des yeux qui brillent, parce que c'est ça qu'ils ont envie d'entendre, ils ont envie d'entendre qu'ils peuvent réussir dans la France d'aujourd'hui. Quelle que soit leur origine, leur couleur de peau, le lieu dans lequel ils habitent. Ils n'ont pas envie qu'on leur dise : "Vous êtes des victimes et votre destin est écrit." C'est pour ces moments-là que l'on supporte tous les autres. Et on avance ! »

Conclusion
La démocratie est-elle la solution ?

La démocratie participative : leurre ou solution ?

Depuis quelques années, la démocratie participative est brandie par de nombreux élus et intellectuels comme la solution miracle à une crise de défiance politique de plus en plus profonde. Le Président Emmanuel Macron s'est félicité d'avoir multiplié les exercices de participation citoyenne inédits : Grand Débat national à l'issue de la crise des Gilets jaunes, Convention citoyenne sur le climat, multiplication des recours à la Commission nationale du débat public… Pourtant, cette systématisation de la sollicitation de la parole citoyenne n'a pas donné le sentiment à une majorité d'être davantage écoutée. La défiance vis-à-vis des institutions et des acteurs politiques ne s'est pas non plus résorbée, au contraire. À cela, de nombreux observateurs offrent une explication sans concession pour le pouvoir en place : malgré les sollicitations, l'opinion de nos concitoyens n'aurait pas été prise en compte. Avec pour résultat d'accroître la défiance : Arnaud Schwartz, président de France Nature Environnement, réagissait ainsi : « Nous avons plutôt vécu une phase de régression, on a perdu en qualité démocratique. Si on est là pour faire du chiffre, de la com', alors on est champions. Mais à quel moment les citoyens, ou les organisations de la société civile dans lesquelles ils se reconnaissent, peuvent-ils estimer avoir été écoutés[1] ? » Patrick Bernasconi,

1. Rémi Barroux, « Les espoirs déçus de la démocratie participative », *Le Monde*, 4 avril 2022.

ex-président du Conseil économique, social et environnemental, confiait également à l'hebdomadaire que « le risque existe d'une défiance sur cette forme de démocratie si on en multiplie les exercices sans tenir compte de ce que ces débats ou consultations expriment ».

Coup de com', ou coups d'essais imparfaits car nécessitant une période de rodage ? Si l'analyse des actes et des faits est possible, l'interprétation des intentions et le jugement sur la sincérité des acteurs s'avèrent toujours hasardeux. En politique, on passe énormément de temps à faire les seconds, sans même prendre le temps de la première. En effet, l'évaluation d'impact en France est tout à fait insuffisante, comme me l'ont confié de nombreux responsables politiques. C'est, aux yeux de beaucoup, une des principales lacunes des politiques publiques françaises.

De fait, la démocratie participative a ses adeptes, qui croient dur comme fer en cette méthode de revitalisation de nos institutions. Par exemple, la présidente du Parlement francophone bruxellois[1] Magali Plovie y voit un moyen de dépasser les débats court-termistes, de faire refluer le populisme et de rétablir la confiance. Jugeant que « les outils de la démocratie représentative traditionnelle ne permettent plus de répondre aux enjeux et aux difficultés actuels et à venir », elle cite les commissions délibératives instaurées en 2021 par les Parlements bruxellois en exemple de bonne pratique. Réunissant députés et citoyens tirés au sort autour d'une thématique pour émettre des recommandations, ces exercices ont permis de s'attaquer au sujet de la 5G, de la formation en alternance, de la biodiversité ou encore du sans-abrisme. Une fois les recommandations formulées, les députés – seuls détenteurs d'un pouvoir décisionnel – ont l'obligation de rendre des comptes réguliers auxdites commissions. L'une des clefs de la réussite de ce processus tiendrait à ce que, pendant dix mois, l'ensemble des groupes politiques de la

1. Tribune publiée dans *Le Monde* le 8 septembre 2022 par Magali Plovie.

majorité et de l'opposition ont travaillé à en fixer les principes et l'organisation. Peut-être la Convention citoyenne pour le climat ou le grand débat national auraient-ils été plus efficaces s'ils avaient fait, de même, l'objet d'une discussion débouchant sur un consensus transpartisan quant à leur mode d'organisation…

« Ces processus, écrit Magali Plovie, permettent également de rétablir la confiance des citoyens envers les politiciens, car le dialogue entre les élus et la population amène à une meilleure compréhension du fonctionnement de l'État et du travail des élus. » Elle fixe trois conditions au succès de ces démarches. D'abord, l'évaluation de l'impact des recommandations adoptées par ces commissions. Ensuite, l'institutionnalisation du processus – il ne peut pas être opportunément organisé pour se sortir d'une mauvaise passe, ni son périmètre relever du bon vouloir présidentiel, comme l'est celui du Conseil national de la refondation lancé début septembre 2022. Enfin, troisième condition, « l'accessibilité à tous les citoyens est un élément incontournable ». Dans la plupart des exercices participatifs, seule une petite minorité, plus diplômée et plus aisée, se manifeste. C'est d'ailleurs la principale limite de ces initiatives, à en croire les élus locaux qui, nombreux, ont intégré une dose de démocratie participative à la gestion de leur ville, département ou région. Tous citent l'écueil du « citoyen professionnel », mobilisé mais peu représentatif. D'où la nécessité de mener une réflexion approfondie sur la manière d'élargir l'assise populaire de ces initiatives.

Il est évidemment possible d'identifier des expériences de démocratie participative réussies. Pierre Hurmic, le maire écologiste de Bordeaux, m'a exposé un dispositif ayant selon lui permis d'améliorer la qualité du débat en dehors des scrutins électoraux.

« Nous essayons de trouver les outils d'une démocratie permanente. » Pierre Hurmic affiche une ambition, inspirée des travaux de Pierre Rosanvallon : passer d'une démocratie intermittente à une démocratie permanente. Il a créé un poste d'adjointe à la démocratie permanente et s'est doté d'un outil qui a selon lui un certain succès – il tient d'ailleurs à préciser que ce n'est pas un gadget : un Parlement mobile. « Nous avons fait faire par un ébéniste des gradins en bois, sur roulettes. On les promène dans les places de Bordeaux. Des élus s'installent à différentes places de ce mini-hémicycle, et invitent les passants à venir s'asseoir avec eux pour engager une discussion libre. » Au lieu d'être constamment derrière son bureau, l'élu rencontre ainsi des citoyens qu'il n'aurait peut-être jamais croisés, des citoyens qui ne seraient pas venus aux permanences. Mis au même niveau que leurs élus, les gens se sentent à l'aise et les langues se délient. « Ils se sentent même honorés, flattés que l'on vienne les voir et parler d'égal à égal. Le débat y gagne en profondeur. Un citoyen m'a même dit : "C'est la première fois que je vois le maire de Bordeaux en vrai !" À 75 ans, il n'était jamais allé à un conseil de quartier, dans une permanence. C'est formidable de pouvoir croiser des gens comme ça. »

Mais comment concilier cette parole, directe et sans filtre, avec le choix opéré par la majorité des citoyens dans les urnes ? Qui écouter, si les citoyens croisés dans la rue souhaitent autre chose que les électeurs ? La concurrence entre la démocratie représentative et la démocratie participative est une problématique à laquelle tous les élus locaux sont confrontés. Pierre Hurmic développe un autre exemple, pour me démontrer que les deux peuvent s'articuler de manière complémentaire.

« J'utilise un outil, qui n'a pas été inventé ici mais que je trouve intéressant : l'urbanisme tactique. » Cela consiste à prendre des mesures qui ne sont pas forcément populaires, mais à titre provisoire. Si l'expérimentation est considérée comme un succès par la population à l'issue d'une certaine période, le dispositif est pérennisé. S'il ne fait pas ses preuves, il est abandonné. « Une fois que j'ai pris une mesure, je consulte, et j'évalue. Quand je fais une piste cyclable, par exemple, je m'appuie sur ce type de dispositif. C'est ainsi que j'ai transformé une voie sur les deux qui composent les boulevards qui entourent Bordeaux en piste cyclable. Il y avait initialement beaucoup d'hostilité, notamment des automobilistes. Mais désormais, avec un peu de recul, le dispositif est un vrai succès. La fréquentation cycliste a augmenté de 75 %, et la pollution de l'air a diminué de 30 %. » Un dispositif intéressant, mais qui suppose que les mesures testées ne soient pas trop coûteuses, pour être aisément réversibles. On imagine donc mal utiliser ce type de stratégie sur de grandes infrastructures, ou sur des politiques publiques tout entières au niveau national.

Les nouvelles méthodes de consultation et de concertation ne sont pas réservées au secteur public : les entreprises les emploient régulièrement, et leur expérience mériterait d'être intégrée par les responsables politiques. À la tête de Danone, Emmanuel Faber avait initié une consultation annuelle de ses cent mille salariés dans le monde. Il s'agissait de les inviter à se prononcer sur les priorités stratégiques de l'entreprise. La première année de l'exercice, 90 % des salariés ont participé, une vraie réussite. Ils ont l'impression qu'on les écoute. L'entreprise leur a fait élire treize représentants dans treize régions du monde, qui vont deux fois par an discuter avec le conseil d'administration dans le cadre de l'entreprise à mission instaurée avant le départ de Faber. « Quand je vois ce qui a été fait de la Convention citoyenne pour le climat, je ne comprends pas. Démocratie participative, consultation, ce sont des mots qui ont un sens ! Il marque les gens. Ils les entendent et ils les croient. » Il m'explique que ses équipes ont résolu un problème au Maroc, où Danone a fait l'objet d'une énorme opération de boycott (avec d'autres entreprises), grâce notamment à une consultation publique. « Nous sommes allés dans les cinq plus grandes villes, en parallèle de consultations digitales, et avons rendu visite aux soixante-quinze mille épiciers marocains, rencontré les éleveurs les plus mis à mal par ce boycott, et organisé des concertations locales. Les deux mille salariés de Danone au Maroc sont allés à la rencontre des Marocains, dans la rue, dans les magasins, pour recueillir leurs opinions. Près de cent mille Marocains au total ont donné leur avis... Pour aller au plus près des consommateurs, nous avons dû d'ailleurs court-circuiter à plusieurs moments les instances gouvernementales et diplomatiques dont les objectifs n'étaient pas nécessairement alignés avec l'avis de la population. C'est, entre autres, cette consultation à grande échelle qui a permis de trouver en trois mois la solution à l'équation prix-produit qui était la raison initiale du boycott. Il s'agit bien sûr d'un exemple spécifique, et pas d'une leçon, chaque situation est particulière, mais ce que je veux montrer dans cet exemple est la puissance du dialogue s'il est posé comme principe et mené à son terme dans le collectif. À l'inverse, une consultation publique que l'on convoque et qui ne débouche pas sur des décisions fortes qui en sont inspirées, ça produit un boycott politique et ça aggrave encore le délitement du collectif. »

Les outils permettant aux politiques de prendre des décisions acceptées par le plus grand nombre se sont améliorés ces dernières années. Nous avons même multiplié les structures permettant d'informer, de consulter et de discuter. Au point, parfois, de rendre ces dispositifs difficilement lisibles. Parce que nous sommes en France, au lieu de faire simple, nous multiplions les interlocuteurs et les couches de complexité. Nombre d'entités et de structures peuvent initier des enquêtes, des consultations ou des concertations. Et rares sont celles qui parviennent à venir à bout du sentiment généralisé, chez les citoyens, de ne jamais être écoutés. La vérité est qu'on écoute beaucoup, mais souvent très mal, surtout au sommet de l'État. L'expérience de la Convention citoyenne pour le climat en est une belle illustration – même si je considère, pour ma part, le processus biaisé et illégitime dès le départ.

Par ailleurs, face à la complexité inédite du monde, qui n'a jamais atteint le degré actuel, les grands enjeux en termes d'environnement, de santé, de mobilité, nécessitent une capacité accrue d'anticipation. Plus que jamais, des études d'impact sont nécessaires pour éviter de prendre des décisions aux lourdes conséquences.

Jean-Dominique Senard prend un exemple qu'il connaît bien, puisqu'il concerne le monde de l'automobile : on est passé du *diesel avant tout à plus jamais de diesel*. Cette transition s'est opérée dans des conditions qu'il considère comme exemplaires de ce qu'il ne faut pas faire. En effet, il note un manque criant de consultation et de concertation. Pas davantage d'analyse de faisabilité et d'impact sur la question sociale, économique, ce qui a induit une incohérence absolue, des problèmes sociaux quand la décision a été prise. La motivation de la décision est moins en cause que les conditions dans lesquelles elle a été prise. Jean-Dominique Senard convoque, à l'appui de sa thèse, un exemple plus récent : la décision, prise à Bruxelles, visant à supprimer les moteurs thermiques à horizon 2035. « Le passage à l'électrique sera évidemment un progrès. Même s'il n'y a pas de réponse parfaite face aux enjeux climatiques, l'électrique possède des atouts exceptionnels, et fait partie des solutions qu'il faut privilégier – aux côtés d'autres technologies comme l'hydrogène. Ce n'est donc pas la décision du passage à l'électrique qui pose problème. C'est la façon dont elle a été prise, et l'absence d'analyse d'impact sérieuse sur les éléments qui permettaient de prendre cette décision dans des conditions raisonnables. Aucune étude n'a été faite par le Parlement européen sur la disponibilité des ressources minérales nécessaires pour accompagner un mouvement de transition de cette nature, notamment pour l'Europe ». D'autres l'ont fait : la Chine, elle, depuis plusieurs décennies de façon autoritaire, organisée, a préparé l'avenir de son système de transport par un travail sérieux, qui suppose notamment la maîtrise des ressources minérales nécessaires. Il s'agit non seulement des mines elles-mêmes, mais également des moyens de transformation de ces métaux afin de les rendre suffisamment purs pour intégrer des cellules de batterie automobile. Par la planification, les Chinois ont construit les conditions permettant à une industrie automobile de se développer. « Or, ici, ce n'est qu'après avoir pris la décision qu'on a commencé à se dire *mais quelles sont finalement les conséquences précises du passage à l'électrique en 2035 ?* ». Et ce n'est qu'a posteriori que des rapports sur le problème des métaux ont été produits, qui permettent de mieux mesurer les formidables défis qui nous attendent ! »

Voilà un exemple type qui montre à quel point nous avons besoin de revitaliser nos modes de fonctionnement en Europe. « Au niveau européen, il est urgent de faire évoluer la politique de la concurrence et des normes, à travers un meilleur équilibre entre la défense du citoyen et la défense de l'économie européenne : c'est la seule manière de faire émerger à nouveau des champions continentaux. Face à la puissance militaro-économique américaine (les États-Unis comptent pour 4 % de la population mondiale et 38 % des dépenses militaires !) qui défend sans état d'âme son économie – l'Inflation Reduction Act l'a encore démontré –, et face au capitalisme étatique et nationaliste chinois, l'Europe a un potentiel exceptionnel, à condition de faire preuve de moins de candeur et de défendre avant tout ses valeurs et ses entreprises »

Et pour ce qui est de la France, Jean-Dominique Senard défend quelques idées fortes, à travers le triptyque : simplification, partenariat public/privé, et participation. « Simplifier les structures administratives et territoriales nous permettra de formidables progrès, car c'est dans l'invraisemblable enchevêtrement des rôles et des financements que se glisse l'absence de responsabilisation des acteurs. Quand tout le monde participe ou finance – la région, le département, la commune, la métropole, l'intercommunalité, l'antenne x ou l'agence y –, chacun veut avoir voix au chapitre, mais personne n'est responsable ou redevable, et le citoyen est perdu. La décentralisation est un formidable chantier à approfondir ! L'État doit être courageux et ne rien lâcher sur le régalien ; et pour le reste, donner le pouvoir aux régions, quitte à envisager la suppression du département, tout en revenant sur la *loi sur le non-cumul des mandats*, qui a finalement aggravé le problème de "l'ingouvernabilité" au lieu de l'améliorer. Une autre piste fructueuse que j'ai expérimentée tant chez Michelin que chez Renault, c'est le partenariat entre le public et le privé, avec une forte dimension régionale. Mettre autour d'une même table les intelligences de l'entreprise, de ses partenaires et de ses fournisseurs, de l'État, de la région, de la chambre de commerce, du rectorat, et même du monde associatif, pour développer un site industriel, ou bien une zone économique, ou encore un espace dédié aux métiers et à la formation, parmi tant d'exemples, voilà un levier formidable de création de richesses et d'engagement de tous les acteurs. Je l'ai encore constaté récemment lors de la remise ministérielle du label d'excellence au campus "Industries circulaires de la mobilité" situé sur l'usine Renault de Flins. Et c'est à travers ce type de rapprochement que l'on constate le rôle proprement politique de l'entreprise ! Quant à la participation, c'est une *ardente obligation*, qu'il s'agisse des mécanismes de participation et d'intéressement des salariés dans l'entreprise, qui peuvent être encore largement diffusés ; qu'il s'agisse de la possibilité donnée aux salariés de se présenter à des élections locales, qui doit être encouragée par les entreprises – comme je l'avais fait chez Michelin –, afin de donner plus de vigueur à la participation à notre vie démocratique qui commence dans les territoires ; qu'il s'agisse enfin de la participation de toutes nos forces vives à la création de notre monde de demain ; le Conseil économique, social et environnemental mériterait ainsi d'être renforcé pour retrouver son rôle originel, tant au niveau national que local, capable notamment de mener les nécessaires études d'impact et plus globalement d'éclairer le gouvernement dans sa mission chaque jour plus complexe au service des citoyens. »

Lorsqu'il s'agit de bien décider, Valérie Pécresse préfère de loin la concertation à la démocratie participative. Pour elle, les exercices consistant par exemple à tirer au sort des citoyens pour les faire débattre d'un sujet sont illégitimes, car non représentatifs. En revanche, on ne peut pas transformer un pays sans de « vraies concertations », juge-t-elle. Mais qu'est-ce que concerter ? « Ça veut dire expliquer, expliquer où on veut aller, expliquer pourquoi on veut y aller, expliquer comment on va y aller. Après on se retrouve autour de la table et on discute. On convainc sur le but que l'on veut atteindre, on convainc sur le pourquoi on veut y aller et on discute sur comment on va y aller. Et c'est là qu'on peut modifier les choses. »

Elle m'explique que lorsqu'elle a réformé les universités, elle souhaitait initialement que toutes celles qui le voulaient deviennent autonomes, et celles qui ne le souhaiteraient pas seraient laissées à part. Elle voulait consacrer d'abord son énergie à transformer celles qui en avaient envie, plutôt que la gaspiller à convaincre des réfractaires. « Ça, c'est aussi un des principaux leviers de changement : si on veut aller vite, il faut agir d'abord avec ceux qui veulent changer. Et ne pas s'occuper de ceux qui ne veulent pas changer, parce que quand ceux qui ne veulent pas bouger vont voir que ceux qui ont évolué se trouvent beaucoup mieux, ils vont suivre. » La méthode s'applique très bien à l'écologie, m'explique-t-elle. Il faut donner du pouvoir à ceux qui veulent changer, *empower* comme disent les Anglais, transmettre un pouvoir, rendre puissant. Et la force de l'exemple entraîne ensuite ceux qui étaient initialement réticents. « Sur le numérique éducatif, tous les profs des lycées dont j'ai la responsabilité me disaient qu'il faut garder les manuels papier... Alors que personne ne les ouvre, ils pèsent 10 tonnes dans le cartable ! Finalement, comme je fournissais gratuitement un ordinateur aux élèves et aux enseignants, la moitié des lycées sont passés directement au numérique. C'était une incitation au changement. Et depuis, les autres n'utilisent quasiment plus leurs manuels, parce qu'ils ont vu que leurs collègues ne les utilisaient plus. Ça s'appelle l'émulation positive, c'est comme ça qu'il faut y aller. »

La démocratie ou le climat ?

Reste à aborder le test ultime de notre capacité à gouverner : comment notre pays peut-il faire face à la plus grande crise de tous les temps, le réchauffement climatique et ses conséquences ?

Au fil des entretiens, et à la lecture des professions de foi des politiques et intellectuels de tous bords, se dessine l'affrontement de deux thèses. D'un côté, le déficit de démocratie serait responsable de nos blocages et de la crise de défiance. Il faudrait donc plus de démocratie pour gouverner. D'un autre côté, même si les uns et les autres ne l'avouent pas à visage découvert, la conviction qu'un excès de démocratie – de consultations, de référendums, de droits – conduit à la paralysie, ou en tout cas ne nous permettra pas d'affronter le défi colossal qu'est le réchauffement climatique.

Pour François Ruffin, c'est par davantage de démocratie, au sens où l'on donnerait davantage de pouvoir au peuple, que nous sortirons de nos difficultés. « Un rapport de Samuel Huntington est rendu en 1975 à la Commission trilatérale regroupant les élites des États-Unis, du Japon et des pays européens. Il s'intitule "Crisis of democracy" ("Crise de la démocratie"), et expose un problème : nous aurions trop de démocratie. Celle-ci fonctionnerait quand les pauvres, les noirs et les femmes ne votent pas... Mais lorsque les gens prennent la démocratie au sérieux, qu'ils font des manifestations, qu'ils contestent, qu'ils s'engagent et qu'ils s'organisent, alors (toujours selon le rapport), les dirigeants ne pourraient plus gouverner tranquillement. Ce rapport dit même qu'il faudrait "restaurer de l'apathie politique". » Pour François Ruffin, c'est là que réside la question centrale : faut-il plus, ou moins de démocratie ? D'un côté, le choix de restaurer l'apathie politique et de produire un éloignement de la chose publique, pour conduire des réformes y compris lorsqu'elles vont à l'encontre des désirs des gens. De l'autre, ceux qui résistent à cette orientation, prise il y a quelques décennies, et demandent davantage de démocratie. Or, selon Ruffin, si l'on fait des choses qui vont à l'encontre de ce que souhaitent les gens, il ne faut pas s'attendre à ce que la France soit gouvernable.

Citant les travaux de Bourdieu, il demande pourquoi le mot « courage », en politique, serait utilisé chaque fois qu'il s'agit de faire une réforme à laquelle la majorité – souvent les plus modestes – est hostile. Réforme du travail ? Courage. Réforme des retraites ? Courage. Coupes budgétaires ? Courage. Le courage, il est vrai, sert souvent exclusivement le discours des libéraux et de la droite. Pourquoi serait-il courageux d'aller contre les Français, majoritairement hostiles à des coupes dans les services publics, et ne serait-il pas courageux d'aller contre la majorité lorsqu'il s'agit d'accueillir des migrants, par exemple ?

Comme beaucoup de responsables de gauche et au-delà, François Ruffin estime que l'on gouverne aujourd'hui contre le peuple, grâce à sa résignation. Il en appelle donc à la démocratie, par exemple *via* l'utilisation du référendum d'initiative citoyenne. Un sujet parmi d'autres sur lequel existent des convergences entre La France insoumise et le Rassemblement national. Il pense que face à une crise comme celle du Covid, l'ensemble des décisions ne devraient pas être placées dans les mains d'un seul homme (le Conseil de défense sanitaire, en réalité). « Il y a le choc initial, certes, mais ensuite c'est à la démocratie de décider ce qui est essentiel, ce qui ne l'est pas, ce que l'on veut (confinement, pas confinement), on doit trancher ensemble ! » Et il conclut en abordant l'une des questions qui m'interpelle le plus, et que j'ai posée à mes interlocuteurs sans jamais obtenir de réponses très claires ni convaincantes : « Là on voit que dans la crise climatique en cours, on se demande de plus en plus si l'on ne devrait pas passer la démocratie par-dessus bord. Moi je pense qu'au contraire, c'est par la démocratie qu'on peut s'en sortir. Ça fait partie de mon ADN de me dire que le pouvoir est au peuple, même quand les votes ne me conviennent pas. » La démocratie est-elle capable de fournir un cadre de décision suffisamment efficace, au regard de l'ampleur des transformations à opérer – celles de nos modes de production, de consommation, de nos cadres de pensée et de nos attentes vis-à-vis de la vie – et des délais extrêmement restreints dont nous disposons ? Le GIEC, rappelons-le, nous a dit que nous avions trois ans pour agir sur nos émissions de CO_2 avant que les dégâts ne soient irréversibles. Moins de trois ans, désormais, puisque ce rapport date d'avril 2022.

Face à ceux qui pensent comme François Ruffin, il y a ceux qui, souvent anonymement en raison du caractère inavouable de leur constat, se demandent si trop de démocratie ne rendrait pas les pays occidentaux ingouvernables. Un vieux routier de la politique, qui a bien connu – entre autres – Georges Pompidou, Jacques Chirac et Nicolas Sarkozy, s'exclame : « Évidemment que ce n'est pas la France qui est ingouvernable ! Ce sont nos démocraties ! » Personne n'assume ce discours, pourtant il circule à bas bruit. Avoir honte de cette hypothèse ne fait que nous empêcher d'en explorer les soubassements et d'en éprouver la solidité.

Il n'est pas besoin d'aller jusqu'aux militants écologistes dits « radicaux » pour trouver des intellectuels ou des responsables politiques qui considèrent que la démocratie n'est pas le moyen le plus efficace de régler certains problèmes. À l'automne 2022, en plein débat sur la méthode à adopter pour conduire la réforme des retraites, François Bayrou avait déclaré – sans doute à l'intention du Président, soupçonné de vouloir passer en force grâce à un amendement dans le PLFSS (projet de loi de financement de la sécurité sociale) : « On ne gouverne pas contre le peuple ! » Mais que se passera-t-il si le peuple vote constamment pour plus de dépenses, au risque que nous nous trouvions un jour étranglés par la remontée des taux ? Que se passera-t-il si les citoyens ne votent pas pour les mesures susceptibles de sauver la planète, et l'humanité avec ?

J'ai interrogé un échantillon représentatif de Français sur la mise en œuvre de la transition écologique. Vaut-il mieux, à leurs yeux, un régime démocratique qui ne contraigne personne, ou bien un régime autoritaire capable de prendre des décisions contraignantes ? Évidemment, une majorité choisit la première option : 58 %. Mais 39 %, soit une proportion substantielle, opte pour la seconde. Cela signifie que la question que je pose, et à laquelle mes interlocuteurs politiques ont tant de mal à répondre, existe. Elle est pertinente, et ne doit pas être balayée d'un revers de main. Si l'on regarde seulement les réponses des catégories supérieures, ce sont même 46 % qui estiment qu'un régime plus contraignant serait plus efficace. C'est le cas aussi de 47 % des électeurs de Jadot, et de 48 % de ceux de Macron.

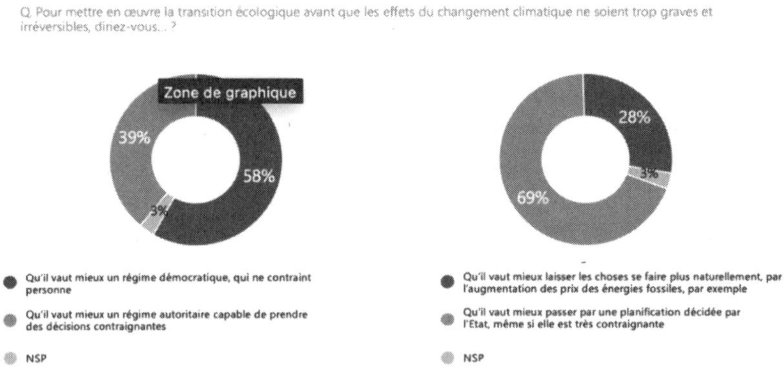

Il existe bien un risque autoritaire né de la tension entre la croissance des droits individuels qui ont fondé nos démocraties libérales et l'émergence du droit fondamental à un environnement sain, un impératif collectif déconnecté de nos intérêts individuels immédiats. C'est la thèse défendue par Daniel Perron, spécialiste des sujets agricoles et environnementaux, qui a longtemps travaillé à l'Assemblée nationale et que j'ai côtoyé au gouvernement. Il estime que le changement climatique est une révolution qui s'impose à notre civilisation et interroge les modèles de décision démocratique. Nous voulons collectivement la décarbonation du monde, mais à l'échelle individuelle, il est difficile d'en accepter les conséquences directes sur nos vies. Nous voulons des éoliennes, mais pas dans nos jardins. Chaque citoyen est confronté à cet arbitrage personnel.

Dès lors, les gouvernements peuvent avoir comme réflexe de limiter la possibilité de l'expression des droits, qui sert à s'opposer à nombre de projets d'infrastructures collectives. Lorsque l'on met plus de sept ans entre la décision d'implanter un parc éolien et l'érection dudit parc, avec les risques de recours constants, il est tentant de limiter les recours possibles, et donc de faire passer l'intérêt collectif avant celui des individus directement impactés par le projet.

Daniel Perron estime que ce mouvement est d'ores et déjà enclenché. Il prend l'exemple du projet de terminal méthanier au Havre, conçu pour répondre à la rupture de fourniture par les Russes. En réduisant les recours juridictionnels possibles contre lui, le gouvernement vise la réduction de l'incertitude juridique et des délais de traitement du dossier. Pour Daniel Perron, cette utilisation de la loi ne se limitera pas à ce projet, et sera certainement utilisée pour d'autres. La « souveraineté énergétique » qui sert ici de motivation à la décision publique ouvre de vastes perspectives.

Du point de vue de la lutte contre le réchauffement climatique, on peut considérer qu'un pouvoir écologiste plus « autoritaire », au sens où il laisserait moins de place aux recours juridictionnels et à la contestation, pourrait bien être plus efficace. Toute la question est de savoir si c'est acceptable dans notre société. L'abandon de certains droits individuels au nom de l'intérêt collectif de long terme serait-il l'amorce d'un engrenage dangereux ? Si nous cédons là sur les principes de garantie des droits, jusqu'où céderons-nous au nom de l'intérêt général et du devoir d'agir en faveur de l'environnement ?

Pour Daniel Perron, ce débat est la rançon de notre retard à agir pour la planète, et de notre incapacité collective à changer de modèle tant que nous n'avons pas heurté le mur. Il nous faut trouver les moyens institutionnels de réinscrire nos projets politiques dans un temps long, et de faire en sorte que l'anticipation prenne la place de la réaction, qui prime trop souvent aujourd'hui. Sinon, nous serons conduits à rogner les droits individuels de façon « autoritaire ».

Le sujet des éoliennes en France illustre très bien le problème soulevé par Daniel Perron. Selon François Gemenne, chercheur spécialiste des questions climatiques et migratoires, directeur de Hugo Observatory à l'université de Liège, la France a une réticence à l'érection d'éoliennes qui fait de nous une exception en la matière. « De tous les pays européens, c'est la France qui a la capacité éolienne la moins importante par rapport à son PIB et son nombre d'habitants. La France est le seul pays européen en retard sur ses objectifs de développement des énergies renouvelables. » Or, il rappelle que tout type d'énergie a potentiellement des défauts. La question est donc : comment choisir la ou les moins mauvaises ?

Valérie Pécresse précise : « Le problème, c'est que lorsqu'on prend une décision, on met douze ans à la concrétiser. Le premier champ éolien qui est en train de sortir de la mer, qui représente une demi-tranche de centrale nucléaire, est celui de Saint-Nazaire. Ce champ a été décidé en 2011, nous sommes en 2022 et il finit juste d'être construit... » Les citoyens, dit-elle, vont devoir choisir : nos besoins d'énergie vont croître et ce sera l'éolien, le solaire ou le nucléaire, mais « on ne peut pas dire non à chaque fois ! ». Aujourd'hui, on voit monter les opposants aux éoliennes, mais aussi de plus en plus d'opposants aux projets solaires, parce qu'ils empiètent eux aussi sur des espaces naturels. Pour elle, la meilleure manière pour ne pas avoir à en arriver aux solutions autoritaires exposées plus haut est de déployer la méthode suivante : commencer par dire ce que l'on va faire, pourquoi, et ensuite concerter, et se tenir à la décision une fois qu'elle est prise. « C'est vrai que l'on a des difficultés avec les projets d'infrastructures ou d'usines. Et d'abord avec les mouvements écologistes qui sont contre tout ce qui est pour, et pour tout ce qui est contre. Et puis il y a un syndrome "pas dans mon jardin". On veut le tramway, mais on ne veut pas les rails devant chez soi ; on veut de l'énergie, mais on ne veut pas de centrale nucléaire, pas d'éolien, pas de solaire. Le sujet, c'est que l'on a besoin d'autorité, on est un pays qui conteste systématiquement l'autorité alors qu'il en a besoin. »

Au-delà même de la manière de décider – plus ou moins de démocratie – se pose la question des instruments les plus pertinents pour agir. Certains estiment que seul l'État, et donc la collectivité des citoyens, pourrait accomplir les transformations économiques et sociales nécessaires à la préservation de l'environnement.

Fabien Roussel compte parmi les premiers. Édouard Philippe et Emmanuel Faber, en revanche, estiment que le marché ira plus vite que nos politiques pour forcer les changements nécessaires.

Durant notre échange, le maire du Havre a souligné que le sentiment que nos démocraties ne sont plus capables de gérer la question climatique comme il le faudrait est de plus en plus répandu. Ce sujet, qui n'est pas encore très politisé – et les réponses de la plupart de mes interlocuteurs en témoignent, comme je l'ai dit plus haut –, est un des principaux thèmes qui fera débat dans les années qui viennent. L'ex-Premier ministre comprend que les gens soient de plus en plus nombreux à se poser cette question, dès lors que cela fait quarante ans que nous savons qu'il faudra rétablir l'équilibre de notre système de retraite, et que nous n'avons toujours pas pris les mesures nécessaires pour cela. Comment pourrions-nous, dès lors, prendre les décisions contraignantes et faire les efforts nécessaires pour préserver l'environnement ? « Quand mon fils me dit qu'on n'a même pas réussi à régler le problème pour les retraites, et que du coup c'est impossible que nous soyons à la hauteur sur le climat, je suis emmerdé pour lui répondre. »

Dans les démocraties occidentales, nous agissons généralement par un mix entre planification et actions passant par le marché et le mécanisme des prix. Nous créons des incitations, par exemple par la fiscalité, par les normes, par l'intégration d'informations que les marchés doivent prendre en compte. Personne n'aspire vraiment à la décroissance. Mais elle repose sur un constat fondamental, qui est qu'étant donné l'état de nos ressources, il y a des choses qui sont nécessaires et d'autres qui sont superflues. Or, si la grande question des années qui viennent est d'arbitrer entre les choses nécessaires et superflues, nous pouvons, dans un cadre démocratique, le faire de deux façons. Soit par la planification, l'obligation et l'interdiction, soit par le marché, via ce que l'on appelle le signal-prix.

Lorsque l'on a compris et collectivement accepté qu'il fallait absolument agir, et agir vite pour changer nos comportements et modes de production, alors il convient de se demander comment. Édouard Philippe fait partie de ceux qui pensent que le marché, si l'on parvient à intégrer des éléments nouveaux dans la formation des prix (ce que les économistes appellent les externalités négatives, par exemple), peut être un instrument permettant d'arriver à un comportement collectif plus optimal. À la différence de la planification et de toute forme de contrainte voulue par l'État, il aurait le mérite de préserver au maximum les libertés individuelles. Ces deux alternatives, État ou marché, vont-elles structurer le débat des années à venir ?

D'un côté, nous aurions la gauche « planificatrice » et assumant la contrainte, et de l'autre, des libéraux souhaitant laisser agir le marché (tout en l'encadrant plus ou moins) ?

Fabien Roussel, leader du Parti communiste – l'un des rares partis encore pro-nucléaire à gauche –, assume de dire qu'une forme de contrainte sera nécessaire. « Nous sommes dans la décennie où nous pouvons encore modifier la courbe du réchauffement climatique, ou en tout cas la stabiliser. Mais il faut prendre des mesures fortes, et on ne les prendra qu'en changeant radicalement le système économique. » Pour ça, il faut des lois et des contraintes qui pèsent sur les comportements. Et en particulier sur ceux « du capital, qui exige des rendements tellement importants que ça ne permet pas de relever le défi climatique. Les contraintes doivent peser sur un système économique, et pas sur des individus en tant que tels ». Certes, il va falloir demander aux individus de modifier leur comportement et les accompagner, dit-il, mais pour que l'on obtienne véritablement un changement, « moi je ne compte pas sur le capital. Je ne compte pas sur le marché, je n'y crois pas ». Pendant que l'Allemagne met 200 milliards d'euros pour soutenir ses entreprises face à la hausse du coût de l'énergie, argumente-t-il, et qu'elle investit 86 milliards d'euros sur dix ans pour développer des voies ferrées, nous faisons trop peu. « La contrainte, ce sera de dire que l'on va beaucoup investir dans la transition climatique, mais pour ça on va devoir taper sur le capital, et lui demander de produire différemment. »

Mais comment l'État pourrait-il être pertinent, lorsqu'il a tant de fois démontré son incapacité à prévoir, planifier, penser le long terme ? Structurellement, nos institutions et notre administration ne semblent plus calibrées pour nous projeter à un horizon de cent ans. Certains responsables politiques, dans ces pages, ont proposé de rallonger la durée du mandat présidentiel, pour le replacer dans son rôle de garant du temps long. Mais, souligne François Gemenne, cela semble insuffisant lorsqu'il s'agit de mettre en place des politiques publiques qui porteront éventuellement leurs fruits dans trente à cinquante ans. À ses yeux, il existe de nombreuses pistes de réflexion pour introduire dans la décision publique une vision du long terme, mais elles restent assez théoriques. Par exemple, la Chambre du futur, proposition portée par la Fondation pour la nature et l'homme : soixante personnalités qualifiées et soixante citoyens tirés au sort seraient garants de l'avenir, aux côtés des deux Chambres existantes (Assemblée nationale et Sénat). François Gemenne souligne qu'il existe également des instruments financiers, bancaires et fiscaux susceptibles de nous aider à anticiper l'avenir – de la même manière que des incitations fiscales existent pour nous inviter à mettre de l'argent de côté pour nos retraites, par exemple.

Et c'est là qu'intervient la deuxième voie évoquée plus haut, à côté de l'État : celle du marché. Doit-on encore penser l'économie comme on la pensait au XXe siècle ? De fait, la question climatique va rebattre totalement les avantages concurrentiels des pays. C'est ce que m'explique Emmanuel Faber, qui travaille sur ces sujets depuis longtemps. Jusqu'à présent, avoir de l'eau était une évidence partout, donc ce n'était pas un critère que les entreprises prenaient en compte avant de s'installer quelque part. Demain, ou plutôt dans dix à quinze ans, ça ne sera plus le cas. « Si vous vous y mettez maintenant, parce que vous avez fait votre scénario climat et que vous savez ce que ça donnera avec deux ou trois degrés de plus, vous pouvez anticiper des choses et inventer demain un territoire et une économie qui ne reposeront plus sur le maïs dans le Sud de la France, parce que ça consomme trop d'eau, mais sur autre chose. » Si nous décidons dès maintenant que l'on s'engage dans une autre voie, si l'on anticipe, alors nous aurons un avantage concurrentiel. « Pour les futurs leaders, il y a une occasion incroyable, celle de prendre la responsabilité de tout réinventer. Pas seulement sur un plan technologique mais aussi avec de l'innovation sociale, locale. » Les pays qui seront les plus forts demain seront ceux qui auront réussi à faire du ciment social : « Prenez les programmes alimentaires territoriaux. Il y en a 200 en France. J'ai poussé ça il y a assez longtemps déjà. Ce sont des programmes où des citoyens, des collectivités locales, des associations, des entreprises, se mettent ensemble et définissent leur stratégie de souveraineté alimentaire à l'échelle locale. » Toutes les études mondiales montrent qu'il y a un arbitrage permanent dans la recherche du bonheur, du confort et de la sécurité, entre l'argent et le lien social. Cette question du lien social, Emmanuel Faber la juge absolument fondamentale si l'on veut que la transition écologique, qui ne va pas être facile, soit vécue de façon collective. « Nos démocraties sont minées par une société de consommation qui ne délivre pas ses promesses de prospérité partagée, pas plus que celles d'un bonheur individuel. Ce dont meurent nos démocraties, ce n'est pas de la stagnation de leur PIB, c'est de l'absence de lien social, c'est-à-dire finalement de "fraternité" au sens républicain du terme. La France a beau être championne du monde des "transferts sociaux", ceux-ci ne font plus "société", ils ont perdu leur pouvoir capacitant au service de la démocratie, et ne nourrissent plus le narratif collectif indispensable qui fait la cohésion d'un peuple. Ils sont pour beaucoup vécus comme un prélèvement indu sur les fruits du travail et du mérite – et inefficace, compte tenu de l'accroissement visible des inégalités et du délitement de la classe moyenne – et de l'autre côté comme un dû distribué par un appareil d'État illisible, en témoigne le non-recours aux droits incroyablement élevé et l'incapacité de quiconque à lire, expliquer et prévoir cette manne administrative. L'intermédiation administrative de la "fraternité" qui redistribue massivement la création de valeur consacre l'impression d'arbitraire du système. Elle ne tisse pas, plus – ou de très loin pas assez – de lien social. "La peur du déclassement" montre combien le lien social est jugé par beaucoup comme très insuffisant pour amortir l'hypothétique déclassement, tout comme les transferts sociaux. L'innovation sociale doit urgemment permettre de rétablir la "fraternité" au plus près de chacun, où l'aide a un visage, de part et d'autre. Pour cela, il faut dépasser la stricte notion d'efficacité, comprendre que la réappropriation citoyenne de l'exercice de la fraternité est la seule voie sociale possible. Non seulement réappropriation, mais réincarnation. Il ne s'agit pas uniquement de transferts monétaires, mais surtout et avant tout, d'aide concrète, d'entraide "fraternelle" sans que l'argent y soit partie. Il s'agit avant tout de vivre le temps de la fraternité entre citoyens, même si ce temps peut aussi être l'occasion d'un mécanisme redistributif monétaire. Mais cette dimension est forcément très secondaire. Pour cela, l'État et son organisation doivent être facilitants, et pas opérateurs, pour mettre en place ces mécanismes de transfert de valeur sociale, au plus près du vécu-ensemble des citoyens. Donner cette capacité de l'exercice de la fraternité à la société civile, et même à chacun. Comprendre que le temps de la fraternité citoyenne est un temps démocratiquement efficace même s'il apparaît gratuit donc inutile, car il ne produit pas, ni ne transfère directement de valeur monétaire. La fraternité citoyenne intergénérationnelle est une urgence. À partir de là, il faudra réfléchir à l'insertion de cet exercice dans la notion du temps et peut-être lui trouver une place dans des organisations nouvelles du travail, partageant à la fois le temps de travail (y compris entre générations) et celui de la fraternité, à la faveur d'une économie de transition écologique. »

Cela suppose de raisonner et d'agir de manière beaucoup moins centralisée qu'aujourd'hui. « Je travaille en Allemagne, pays fédéral. La France a cette tradition de centralisation qu'on connaît bien. Je pense sincèrement qu'un des modes de mise en œuvre de la compétitivité des territoires de demain, c'est de le faire à l'échelle du territoire, pas seulement à celle du pays. »

Il y a ce que nous pouvons décider collectivement, à l'échelle nationale et locale. Et puis il y a ce que le marché peut faire. Et c'est là que l'analyse d'Emmanuel Faber diverge de celle de Fabien Roussel, car il est convaincu que le marché ira plus vite que nous en matière de transition écologique. Il souligne qu'il y a des facteurs de risques que les élus, qui le sont seulement pour quelques années, peuvent se permettre d'ignorer dans le but de continuer à faire de la politique, mais qu'aucune entreprise n'a le luxe de pouvoir ignorer. « Je pense qu'aujourd'hui, la théorie du changement passant par les marchés financiers au niveau mondial sur le climat est une théorie massive et fondamentale. Parce que les marchés financiers vont aller dix fois plus vite que les politiques. Les marchés sont en train de s'apercevoir que le risque climat devient un risque potentiellement létal. Quand les banques centrales et le Financial Stability Board ont intégré le risque climat dans le spectre des risques de stabilité mondiale, cela signifiait : "Le climat, c'est maintenant !" La BCE a annoncé publiquement en novembre 2022 qu'elle appliquait immédiatement des taux de refinancement plus élevés aux quelques banques européennes dont les stress tests climat de leur portefeuille s'étaient révélés lacunaires. Donc, déjà aujourd'hui le climat commence à redéfinir les avantages concurrentiels du secteur bancaire ».

Emmanuel Faber plaide donc pour la mise en place rapide de normes. Le jour où l'on demandera aux entreprises de repérer partout les risques climat et les risques physiques dans l'ensemble de leur chaîne de valeur, les investisseurs et les banques prendront des décisions en conséquence. « Les banques centrales prêteront plus cher aux pays qui émettent davantage, par exemple. *Idem* pour les investisseurs : n'oublions pas que 40 % des obligations cotées dans le monde sont émises par des souverains (les États). Simplement parce que plus d'émissions de CO_2, cela veut dire plus de risques physiques au regard du climat, ou de transition au regard des politiques publiques, et donc plus d'argent à payer pour aller vers une résilience climatique. »

François Gemenne estime, lui, que la question des normes et des indicateurs est en effet très importante. Des réflexions sont conduites dans les agences de notation, chez les réassureurs, dans les grandes institutions financières… Beaucoup de cabinets de conseil travaillent sur le sujet, et comparent par exemple l'EBITDA[1] à la dette climatique de l'entreprise. « Il s'agit de savoir mesurer l'empreinte climatique de l'entreprise, et de la convertir en termes financiers. Et si l'on déduit cette dette climatique de l'EBITDA, est-ce que l'entreprise en question a les moyens d'assumer sa dette climatique ? Voilà le raisonnement. La vraie question, c'est quelle sera la marge de manœuvre d'Emmanuel Faber et d'autres pour imposer leurs indicateurs comme standards dans l'entreprise et le marché. » Tout le monde ne sera pas obligé d'adopter ces normes, mais si quelques gros acteurs les font leurs, elles pourraient bien devenir des standards. Et changer beaucoup de choses, pour le meilleur. Peut-être qu'un jour, les pays ne seront pas simplement notés sur leur dette financière – ce fameux « triple A » que la France a perdu en 2012 –, mais selon leur résilience climatique.

Emmanuel Faber a vécu et travaillé en Asie pendant trois ans. Un modèle non démocratique que l'on a parfois loué, au début de la crise du Covid, pour sa capacité à exercer un maximum de contraintes collectives très rapidement, lorsqu'il s'agit par exemple de décider de confiner une ville ou un pays. Il est évident que pour aller vite, il est plus simple de ne pas demander son avis en permanence à tout le monde. « La question c'est : "Est-ce qu'on va loin comme ça ?" », se demande Faber. Toutes les cultures peuvent-elles tolérer ce degré de planification et de mise en mouvement coordonné ? Il est probable que non. Pour autant, « est-ce que, équipés comme nous le sommes, avec nos institutions, nous allons faire bouger les choses suffisamment en cinq ou dix ans ? Il est certain que non ». Nous serions donc fichus, notre avenir serait compromis au nom de nos institutions d'hier, sur lesquelles nous ne voudrions rien céder ? Emmanuel Faber répond : « Pourquoi seraient-elles

1. EBITDA : indicateur américain qui correspond approximativement à l'excédent brut d'exploitation (EBE) français, soit le niveau de rentabilité.

immuables ? Par construction, pour être viable, le futur sera plus collectif, l'économie plus partagée, plus dans l'intelligence sociale et collective. Nous sommes appelés à changer de dimension. Si le narratif commun permet l'adhésion, alors, nous saurons trouver le chemin de nouvelles pratiques politiques, et les institutions elles aussi pourraient s'adapter à cette dynamique de transition. Elles ont été construites par strates historiques. Certaines d'entre elles ne devraient-elles pas être adaptées, réinventées ? Nous avons besoin de nouvelles formes de gouvernance, et les institutions devraient les servir. Le pire n'est pas certain. Le leadership, c'est justement de se mettre debout et d'y aller. Quand on est sûr d'y arriver, ça n'est pas du leadership. Malgré tout, il ne s'agit pas de sauver la planète. La planète continuera sans nous quoi qu'il arrive. L'enjeu, c'est de sauver notre peau... Et pas la mienne, mais celle des générations futures. Je pense qu'au nom de toutes ces générations-là, nous ne pouvons pas nous dire "c'est trop tard, en trois ou cinq ans, on n'y arrivera pas". Je pense que nous avons une dizaine d'années pour opérer les changements radicaux qui doivent l'être. On ne sauvera peut-être pas les glaciers, mais on peut encore espérer continuer à vivre ensemble. » Et puis, nous avons une chance en France : notre pays se situe sur la latitude de la Terre qui sera sans doute la moins difficile à vivre...

Et à la fin, Marine Le Pen ?

Cet ouvrage serait incomplet s'il ne donnait pas la parole à celle que presque tous mes interlocuteurs ont évoquée, parfois ouvertement, parfois à mots couverts, souvent avec crainte, et toujours pour redouter son arrivée prochaine aux plus hautes fonctions : Marine Le Pen. *The elephant in the room*, comme disent les Britanniques.

J'ai sollicité Marine Le Pen comme de nombreux autres responsables politiques de premier plan. Certains n'ont pas répondu, comme Anne Hidalgo. D'autres ont décliné, Jean-Luc Mélenchon notamment. D'autres encore ont manqué le rendez-vous, faute de temps, comme Manuel Bompard ou François Bayrou. Je n'ai pas sollicité Emmanuel Macron, parce que je suis convaincue que lorsque l'on est au pouvoir, on ne dispose pas de la liberté de parole nécessaire pour atteindre les objectifs d'un ouvrage tel que celui-ci. Ce n'est pas là une critique de ma part, mais un fait : un ministre ou un Président en exercice ne peuvent avoir l'air de mettre en cause leur administration, même s'ils la savent imparfaite, et pourraient difficilement critiquer les institutions.

À tous les élus, chefs d'entreprise et syndicalistes qui ont accepté de me parler, j'ai fixé exactement les mêmes règles : ils pourraient relire les propos que j'aurais retenus, après les avoir enregistrés sur mon dictaphone et scrupuleusement transcrits, puis sélectionnés. Et je me suis engagée à retranscrire leur parole aussi fidèlement que possible. J'ai respecté cette règle pour tous, c'est une condition indispensable pour assurer la solidité de ma méthodologie.

Les propos transcrits ici ont donc été dûment soumis à Marine Le Pen (qui n'a rien souhaité modifier, mais qui a développé certains passages). Je sais que certains, notamment à gauche, me feront immanquablement le procès de lui avoir donné la parole – moi qui viens de la gauche, je sais que les procès les plus durs, les plus impitoyables, viennent toujours de notre propre camp. Je leur répondrai que leur plus grand ennemi est leur faiblesse, leur déficit de pensée, car seuls ceux qui ne travaillent pas et n'ont pas de vision doivent à mes yeux craindre de donner la parole à Marine Le Pen. Je leur répondrai aussi que je regrette que Jean-Luc Mélenchon, le véritable patron de la gauche unie autour de la Nupes, n'ait pas daigné se soumettre au même exercice. Je crois qu'il aurait été utile à cet ouvrage, utile à tous ses lecteurs qui aimeraient mieux comprendre ce qui ne tourne pas rond dans notre pays. Je leur répondrai, enfin, que l'on ne combat pas des idées en les censurant, on ne les rend que plus attrayantes.

L'objet de ce livre n'est pas de juger les propos et orientations idéologiques recueillis, mais de les porter à la connaissance des citoyens qui voudront bien prendre la peine de me lire, en espérant qu'ils en ressortent mieux informés sur les débats, souvent très complexes, fondamentaux pour l'avenir de la France. Bien sûr, je donne mon avis parfois, je livre mon analyse, c'est mon rôle. Mais je ne suis pas là pour contredire ou accuser.

J'ai tenté de veiller à rester, tout au long de ces pages, à ma place. Politologue, et pas procureur. Analyste de l'opinion, et pas responsable politique ou polémiste.

Marine Le Pen a accepté l'entretien sur la base du message type que j'ai envoyé à tous mes interlocuteurs, exposant ma démarche, et les règles du jeu exprimées ci-dessus. Un entretien a été fixé au bout de quelques semaines – délai dont sa cheffe de cabinet s'est poliment excusée. Je me suis rendue dans son bureau de l'Assemblée nationale le 2 novembre à 11 heures, soit juste après un troisième 49.3

déclenché pour faire voter le budget, et la veille de la polémique lancée par un député RN, accusé de propos racistes en plein hémicycle.

Le bureau de Marine Le Pen ressemble à celui de la plupart des autres députés. Deux collaborateurs y travaillent, campés devant leurs ordinateurs, lorsque la cheffe de cabinet m'invite à y pénétrer. Ils partagent cet espace, et écouteront donc notre échange.

Marine Le Pen entre dans le bureau quelques minutes après moi. Je suis toujours surprise par sa grande taille, ce côté physique sans doute utile dans l'affrontement politique. Elle me tend une main ferme, soigneusement manucurée, les ongles peints de couleur claire. La patronne du RN est aussi une femme. Elle s'adresse brièvement à ses collaborateurs – son agenda électronique ne fonctionne plus depuis qu'elle a changé de téléphone, elle avance à l'aveugle et ça l'angoisse – avant de m'inviter à prendre place en face d'elle. Je tourne donc le dos à la salle, et à ses collaborateurs. Derrière son fauteuil de bureau, le drapeau français se dresse le long de la fenêtre donnant sur le palais Bourbon. Ce même drapeau que vous voyez derrière toutes les prises de parole des Présidents et Premiers ministres donne à notre échange une tournure étrangement officielle.

« Encore un livre ! », s'exclame-t-elle avec un sourire. C'est la seule forme de familiarité qu'elle exprimera durant notre échange d'une heure, au cours duquel elle restera très concentrée. J'expose rapidement ma démarche. Je lui dis que son nom revient avec insistance dans mes entretiens, et que mon objectif, à travers les discussions, est d'aider nos concitoyens à mieux comprendre ce qui rend notre pays difficile à gouverner. Elle adopte un ton grave, où ne pointera jamais le moindre agacement face à mes questions, ni non plus la moindre volonté apparente de susciter ma sympathie. Les grands animaux politiques ont cette intelligence des situations qui leur permet de comprendre, en quelques instants, qui se trouve face à eux et quel comportement adopter. Elle ne déroge apparemment pas à la règle.

Je pose mon dictaphone devant moi, sur le bureau. Et je me lance, avec la première question posée à tous mes interlocuteurs : La France serait-elle devenue ingouvernable ?

« Je ne crois pas du tout qu'elle est ingouvernable. Je pense qu'on a pris la très mauvaise habitude de gouverner sans le peuple. » Elle marque une pause, pour souligner l'importance de son constat. Puis reprend : « On convoque le peuple une fois tous les cinq ans, et on considère que c'est suffisant. La réalité, c'est que ce sont nos institutions qui pèchent, et notre fonctionnement démocratique. Je suis absolument convaincue qu'en mettant en place le double principe de la proportionnelle intégrale et du référendum d'initiative populaire – et de manière générale, d'ailleurs, un recours plus fréquent au référendum –, on réussira à faire en sorte que les décisions qui sont prises émanent de la majorité des Français, et acquièrent à ce titre une légitimité. C'est la raison pour laquelle j'avais suggéré la modification profonde de notre politique migratoire par l'intermédiaire d'un référendum, idée qui a été reprise depuis par absolument tous les partis "de droite". L'immigration, tout le monde en paie le prix, parfois même sans réaction électorale – c'est-à-dire sans voter pour nous : les enseignants, les soignants, les retraités. C'est pour cela que je continuerai à m'adresser à ces pans entiers de la population qui croient que leur intérêt réside dans le *statu quo*, par habitude, par peur de l'interdit qui consiste à voter pour nous. Je pense que ce sont des politiques qui sont devenues très importantes, et qui ont un impact sur énormément de domaines. Ça ne peut donc être que par un référendum, par la volonté du peuple, qu'on les gère. Si on met en place ces outils, on va combler, au fur et à mesure, le déficit démocratique et donc le désintérêt, voire l'hostilité dans le pire des cas, d'une partie du peuple français pour la chose politique. »

Outil constitutionnel faisant partie de la panoplie normale du Président, la pratique référendaire récente a été pour le moins lacunaire. Emmanuel Macron avait promis, en décembre 2020 devant la Convention citoyenne pour le climat, un référendum sur l'inscription de l'objectif écologique dans la Constitution. Promesse abandonnée en mai 2021, faute d'accord entre la majorité macroniste à l'Assemblée et la droite au Sénat. Il a évoqué ensuite, en septembre 2022 devant le Conseil national de la refondation, l'éventualité d'utiliser le référendum sur certains sujets abordés par ledit Conseil. Le seul référendum, local, lancé par son prédécesseur François Hollande n'a servi quant à lui à rien, puisque les habitants de Loire-Atlantique se sont prononcés pour le projet d'aéroport de Notre-Dame-des-Landes, projet abandonné par un gouvernement suivant.

Il suffit d'évoquer aujourd'hui le mot référendum pour renvoyer, dans les esprits de la plupart des Français, à la trahison perçue comme récurrente des politiques. Le traumatisme de 2005 est dans toutes les têtes, de nombreux interlocuteurs m'en auront parlé. La défiance des élites à l'égard des citoyens, que dénoncent certaines personnes que j'ai interrogées, serait-elle responsable de ce refus répété du recours au référendum ? C'est ce que disent tous les partis qui ne sont pas au gouvernement. Et j'ai plutôt tendance à les croire. Même si ce n'est jamais ouvertement revendiqué : j'ai souvent entendu, chez ceux qui gouvernaient hier, que consulter le peuple serait risquer de jouer son mandat à pile ou face, et de se soumettre aux humeurs du moment. On aime dire que « les Français ne répondent jamais à la question posée », que le vote se transforme en référendum sur la personne du Président. Comment mieux dire le mépris que l'on a pour les Français ? Par ailleurs, il existe peu d'exemples récents qui viennent attester que les Français seraient aussi bêtes que l'imaginent leurs dirigeants. Le dernier référendum en date, sur Notre-Dame-des-Landes, démontre que les citoyens répondent à la question posée, plutôt que de sanctionner le gouvernement en place. Et la réponse au référendum de 2005 n'était certainement pas une erreur, puisque les enquêtes menées dix ou quinze ans plus tard ont montré que les Français seraient encore plus nombreux à opter pour le non qu'à l'époque. La fracture avec l'Europe n'a fait que s'approfondir depuis que Nicolas Sarkozy a fait rentrer par la fenêtre cette Europe cheval de Troie de la mondialisation que les Français avaient exclue. Dès lors, comment mieux dire que l'on respecte le peuple, tout en soulignant combien les gouvernants actuels et passés l'ont méprisé, qu'en prônant un usage accru du référendum ? Le pari est forcément gagnant. Et illustre la stratégie de positionnement de Marine Le Pen, qui consiste très souvent à se poser en miroir de tous les défauts reprochés par bon nombre de Français à ceux qui les gouvernent. Elle se nourrit des failles de tous ceux auxquels elle s'oppose, et elle a appris avec le temps à le faire efficacement.

L'intérêt de la proportionnelle serait donc, puisqu'il n'y aurait désormais plus de majorité absolue possible, de pousser les uns et les autres à faire des compromis ?

« Évidemment. Nous avons un régime qui peut se passer du compromis. C'est pour ça, en fait, que nous n'avons pas la culture du compromis. En réalité, en règle générale – exceptionnellement ce n'est pas le cas aujourd'hui –, on élit un Président, et il a une majorité absolue dans la foulée. Et donc il n'y a pas besoin de faire de concessions. De la même manière, dans les régions, la prime à la liste arrivée en tête fait qu'il n'y a pas besoin de compromis, puisque vous avez la majorité absolue de manière quasi automatique. De fait, on en arrive à une gestion politique qui est extrêmement puérile. Vous en voyez en ce moment même une illustration, avec la motion de censure. » Elle fait référence à la grande polémique de la semaine précédent notre échange, déclenchée par le choix du Rassemblement national de voter la motion de censure portée par La France insoumise, à la suite du recours à l'article 49.3 de la Constitution par Élisabeth Borne pour faire voter son budget. La majorité parlementaire et un certain nombre de commentateurs dénoncèrent une alliance contre nature, ou alors la preuve que les extrêmes de gauche et de droite auraient vocation à gouverner ensemble.

« C'est très flagrant : nous en sommes à se voir reprocher d'avoir voté le même texte qu'un autre groupe ! » Elle fait mine d'imiter des enfants se chamaillant dans une cour de récré : « Ah non mais La France insoumise a voté avec le RN, c'est horrible ! » Elle rit, et reprend : « Mais c'est normal ! On a des idées, on les défend ! Que les oppositions se rejoignent sur une motion de censure est normal... Ou bien alors on supprime le concept même de motion de censure, puisqu'elle ne peut par définition être votée par une majorité que si différents groupes la votent. Si les oppositions ne peuvent pas se retrouver sur une motion de censure, alors elle n'a aucune chance d'être un jour votée. »

Depuis les législatives de juin 2022, qui ont propulsé quatre-vingt-neuf députés RN à l'assemblée, Marine Le Pen a manifestement fait un choix : prendre nos institutions au sérieux. Raillés pour porter la cravate et jouer les bons élèves, les députés RN tranchent avec les méthodes plutôt hautes en couleur de La France insoumise, qui n'a pas hésité à briser les codes vestimentaires, et s'illustrer par des happenings au goût parfois douteux. Je ne suis pas sûre qu'organiser une fausse pièce de théâtre devant le palais Bourbon, pour mimer un prétendu mariage de Macron et Le Pen, fasse véritablement progresser le débat dans le bon sens... Résultat de ces deux stratégies divergentes déployées depuis l'été 2022 : un sondage de l'IFOP publié le 7 octobre indiquait que 37 % des Français avaient une bonne image du Rassemblement national, contre 34 % de Renaissance (le parti d'Emmanuel Macron), et seulement 26 % de La France insoumise. Entre octobre 2017 et octobre 2022, le RN a ainsi progressé de douze points, quand dans le même temps Renaissance perdait neuf points, et La France insoumise sept points.

Je demande à Marine Le Pen si les mesures évoquées – référendum et proportionnelle intégrale – seraient, à elles seules, en mesure de lui permettre de réussir ce que les Présidents n'ont jusqu'ici pas réussi à accomplir. Pour un candidat à la présidentielle, savoir démontrer que l'on parviendra à faire ce que les autres n'ont jamais réussi me semble en effet être LE plus grand défi. Plus encore peut-être dans le cas de Marine Le Pen (ou de Jean-Luc Mélenchon), tant son projet politique promet une rupture nette avec les politiques menées depuis quarante ou cinquante ans. Longtemps, ce projet était symbolisé par la sortie de l'euro : en quittant le carcan européen, disait-elle en substance, nous pourrons faire des choses qui nous sont aujourd'hui interdites. Mais depuis qu'elle a remisé ce projet au placard, que reste-t-il dans son projet pour redonner à l'exécutif des marges de manœuvre dont il semble manquer aujourd'hui ?

Oui, répond-elle, la proportionnelle intégrale et le référendum d'initiative populaire sont des outils qui lui permettront de gouverner avec davantage de force, et de redonner au politique une légitimité qu'il a perdue aux yeux de nombreux Français. Mais si elle pense pouvoir faire ce que les Présidents actuels et passés n'ont pas su faire, « c'est aussi parce que nous n'aspirons pas à la même chose... Moi je n'ai pas la même vision du pouvoir que ceux qui l'ont exercé. Leur vision du pouvoir, c'est un peu le rodéo, si vous voulez. L'idée c'est pas d'aller quelque part, c'est de rester sur le cheval. » Elle fait mine de dompter un cheval qui la secouerait de partout : « On est là, on est ballotté dans tous les sens, mais l'important c'est de rester le plus longtemps possible. Moi, ce n'est pas du tout mon objectif. Mon objectif, c'est d'aller quelque part ! Je souhaite mettre en œuvre des mesures. Je sais que plus les choses avancent, plus la situation de la France est compromise. La situation économique est compromise, la situation budgétaire est compromise, sécuritaire est compromise, identitaire est compromise... Mais je ne vois pas qui d'autre que nous – parce que je parle de manière collective – aurait en même temps ce recul vis-à-vis du goût du pouvoir, et cette force de conviction, qui permettent justement de mettre en place les mesures qui sont nécessaires. Si tant est que les Français soient d'accord ! »

Le goût du pouvoir. Les plus grands philosophes ont tout dit de ce penchant si humain. À commencer par Montesquieu, qui résuma les choses ainsi : « C'est une expérience éternelle que tout homme qui a du pouvoir est porté à en abuser. » Kant ajoute : « La possession du pouvoir corrompt inévitablement la raison. » Comment distinguer celui qui sera tenté de conserver le pouvoir pour lui-même de celui qui ne l'exercera pas pour son intérêt personnel ? Les institutions et les contrepouvoirs sont en principe conçus pour cela. Il est d'ailleurs intéressant que certains de mes interlocuteurs politiques aient plaidé pour l'instauration de la proportionnelle intégrale, précisément pour que Marine Le Pen n'ait pas tous les pouvoirs dans le cas où elle serait élue présidente de la République. Le fait qu'elle le réclame elle-même peut alors être vu comme un paradoxe, voire un leurre pour ceux qui sont persuadés qu'elle exercerait nécessairement le pouvoir de manière autoritaire. Mais si l'on décide de prendre les paroles des uns et des autres au sérieux, sur quoi fonder le soupçon que le goût du pouvoir serait plus grand chez tel ou tel candidat ? L'analyse politique a tôt fait de tomber dans le caniveau des rumeurs, des impressions, des sentiments plus ou moins étayés par les faits. Qui suis-je pour savoir si Emmanuel Macron est plus sincère qu'Édouard Philippe, si François Bayrou a moins le goût du pouvoir que Jean-Luc Mélenchon, si Marine Le Pen sera plus ou moins autoritaire que tel autre ? Les actes comptent, bien sûr. Et le passé peut donner des indications, lorsque les uns et les autres ont exercé le pouvoir. Il ne fait aucun doute qu'un parti fondé par Jean-Marie Le Pen, dont une partie des cadres et militants ont été formés par lui, en portera durablement la marque. Mais s'agissant de celle qui a « tué le père », jusqu'où peut-on raisonnablement l'accuser d'être l'héritière de ses idées, quand elle le nie farouchement ? Les études d'opinion démontrent que les attaques ramenant la fille aux provocations et aux idées du père ne fonctionnent plus. Et sur combien de générations faut-il remonter pour trouver le vrai caractère d'un personnage politique, si l'on accepte que Marine Le Pen marche nécessairement dans les pas de son père ? La France, pays qui s'enorgueillit de lutter contre toute forme de déterminisme, a réinventé à la hâte et faute de mieux le déterminisme politique, pour mieux combattre la fille de Jean-Marie Le Pen. Quelle ironie. Sait-on combien d'hommes d'État de gauche ont eu des parents ou grands-parents d'extrême droite ? Plusieurs responsables politiques actuels l'ont avoué, en ont-ils pour autant gardé la marque, sinon pour mettre ces idées à distance et les combattre toute leur vie ? La familiarisation de l'analyse politique a ses limites, il faut savoir les respecter, sauf à tomber dans le ridicule.

Dès lors, la seule chose que l'analyste peut risquer sans nécessairement se tromper, c'est juger non pas la sincérité des uns et des autres, mais ce que les mots de Marine Le Pen disent de son positionnement stratégique. Et en la matière, il n'y a pas de doute : l'immense majorité des Français est persuadée que la plupart des hommes et des femmes politiques agissent pour leurs intérêts personnels (67 % selon la dernière étude Ipsos « Fractures françaises »). Par conséquent, convaincre les électeurs que l'on est différent des autres responsables politiques, et que l'on ne veut pas le pouvoir pour lui-même, peut être politiquement extraordinairement payant – pour peu que l'on y parvienne. Est-il vrai que les Présidents successifs ont échoué parce qu'ils ont cherché à séduire, à garder le pouvoir plutôt qu'à l'exercer ? Cette thèse est partagée par au moins un président de la République récent rencontré pour cet ouvrage, qui juge qu'Emmanuel Macron cherche trop à séduire, et pas assez à agir. Mais pour autant, cette thèse peut-elle s'appliquer à l'intégralité de notre personnel politique depuis trente ans, comme semble le faire Marine Le Pen ? J'en doute.

Je lui demande si, à ses yeux, l'absence ou l'insuffisance des réformes conduites pour améliorer la qualité des services publics est liée avant tout au fait que les gouvernants ne se préoccupent que de rester au pouvoir, et donc à ne rien faire qui risquerait d'être impopulaire, ou si la raison en est une déconnexion par rapport à la vie quotidienne des Français, qui les empêche de voir combien ces réformes sont urgentes. Manque de courage, ou bien de lucidité ? Et pourquoi les Français reprochent-ils constamment – je le vois dans toutes mes enquêtes d'opinion – à leurs gouvernants d'être « déconnectés » ?

« Pourquoi les Français disent-ils ça ? Parce que les réformes qui sont mises en œuvre n'emportent pas la majorité. On veut imposer une réforme des retraites. Les Français ne sont pas d'accord. Eh bien on leur impose quand même ! Ça fait vingt-cinq ans que les Français disent qu'il y a trop d'immigration, et on leur en colle chaque année plus. Comme s'ils n'existaient pas. Et après on dit "ah tiens, c'est ingouvernable !". Ce n'est pas ingouvernable ! C'est ingouvernable dans le sens où vous voulez gouverner, parce que le monde que vous proposez au peuple français n'est tout simplement plus celui auquel il aspire. »

Là encore, puisque la sincérité n'est pas mon sujet, analysons la posture : depuis dix ans, les gouvernements successifs, socialistes puis « macronistes », ont pris un certain nombre de décisions et de mesures qui ont renforcé, auprès d'une grande majorité de Français, l'idée que notre démocratie allait mal, voire que les droits et libertés étaient mal garantis. 67 % des Français estiment que le « système démocratique fonctionne plutôt mal en France, [et ont] l'impression que [leurs] idées sont mal représentées », selon Ipsos. Ce sentiment est particulièrement marqué chez les électeurs de Mélenchon et de Le Pen, mais est majoritaire partout sauf dans l'électorat Renaissance.

Référendum de 2005 ; référendum de Notre-Dame-des-Landes en 2016 ; confinement généralisé en 2020, décidé par un « Conseil de défense sanitaire » et non par le Parlement ; et réformes impopulaires qui s'empilent, de la loi travail du printemps 2016 jusqu'à la réforme des retraites annoncée par Emmanuel Macron pendant la dernière campagne présidentielle… Nombreux sont les événements et décisions qui ont donné à une grande partie des Français l'impression d'être trahis, que leurs choix électoraux comptaient au fond bien peu, et que l'on gouvernait fort bien sans eux. Et ce constat, il faut reconnaître que Marine Le Pen le formule très bien : « C'est ça le problème, les Français ne veulent pas ce que vous leur proposez. Donc évidemment, ils se rebellent, ils se rebiffent, il y a un sentiment d'injustice qui est entretenu par Emmanuel Macron. C'est-à-dire que quand il y a des choix à faire, le choix vise toujours à conforter celui qui n'a pas besoin d'être aidé au détriment de celui qui a besoin d'aide. Il y a donc un vrai problème d'accord sur ce que les gens veulent : dans le monde défendu par ceux qui nous gouvernent depuis quarante ans, et dont Emmanuel Macron incarne la quintessence, il y a des sujets tabous sur lesquels il a été acté, dans le silence des cabinets ministériels, que les Français n'auraient jamais satisfaction. Nous ne faisons pas face à un pays ingouvernable, mais à un peuple qui n'en peut littéralement plus de voir ses aspirations légitimes mises sous le boisseau. »

Mais alors, le leadership, est-ce dire aux gens ce qu'ils n'ont pas nécessairement envie d'entendre, comme le prétendent Édouard Philippe ou Valérie Pécresse, ou bien est-ce respecter à la lettre la parole du peuple ? Nombreux sont ceux qui disent des « populistes[1] », qu'il s'agisse de Jean-Luc Mélenchon ou de Marine Le Pen, qu'ils ont beau jeu de proposer ce que veulent les citoyens, tout en sachant cela irréalisable. Qu'en est-il ? Pour Marine Le Pen, affirmer qu'elle ne dit que ce que les gens auraient envie d'entendre n'a aucun sens : « Nous, ça fait cinquante ans qu'on dit que l'immigration pose un problème. Mais pendant vingt ans, les gens nous disaient que ça ne leur posait pas de problème. En réalité, ce n'est pas qu'on dit aux gens ce qu'ils ont envie d'entendre, nous avons juste anticipé les difficultés. Et à un moment donné, la réalité rattrape une partie de la population, et les gens finissent par se dire "c'est eux qui ont raison". » Il est vrai que le Front national n'a pas toujours été majoritaire sur ses idées (et ne l'est toujours pas sur certaines d'entre elles : il a perdu la bataille sur la sortie de l'euro, par exemple, et fini par abandonner l'idée). Le rejet de l'immigration en France s'est largement amplifié à partir de 2015, par une conjonction d'événements qui n'ont en réalité pas tous un lien, mais en ont un dans l'esprit de nombreux Français : les

1. Des guillemets sont utilisés ici car la définition du populisme prête à débat.

attentats d'un côté, et la « crise migratoire » de l'autre. Rares sont les partis politiques qui ont tenu une ligne avec autant de constance que le Front puis Rassemblement national sur l'immigration. Le jeu de la politique de l'offre, c'est-à-dire le pari qu'à force de répéter les mêmes constats et les mêmes solutions, de plus en plus de gens finiront par voir les choses comme vous, est un pari du temps long.

Or, la plupart des responsables politiques, et même des partis, ne s'inscrivent plus dans cette temporalité. Ils se donnent rarement le temps de façonner l'opinion, et se contentent donc de la suivre. À mes yeux, et sans doute à quelques exceptions près dont on pourrait débattre, les seuls partis ayant réussi à façonner une partie de l'imaginaire de nos concitoyens ces dernières années sont le Rassemblement national d'une part, qui a attiré toute la droite sur ses positions sécuritaires et identitaires, et La France insoumise de l'autre, qui a imposé nombre de constats à gauche et au-delà, notamment le constat que nos institutions arrivent à épuisement.

« Qu'est-ce que les gens ont envie d'entendre ? Je n'ai pas l'impression de défendre des positions que les gens veulent entendre, sinon je défendrais le Smic à 1 600 euros. Je ne défends pas l'augmentation du Smic parce que je leur dis : "Non, ce n'est pas la bonne méthode. Je pense que la bonne méthode est dans d'autres domaines." La chute des salaires et du niveau de vie des Français est liée à un facteur systématiquement passé sous silence par l'actuel gouvernement : l'effondrement de la productivité, qui découle directement de la chute du niveau scolaire et des délocalisations industrielles massives conduites depuis trente ans. C'est cela, l'idéologie de la "mondialisation heureuse" contre laquelle nous nous battons et à laquelle nous opposons le retour de la nation protectrice et souveraine. C'est ce problème qu'il nous faut régler urgemment pour retrouver la prospérité, et ce n'est pas en décrétant des hausses de salaires par la loi que nous y remédierons. »

Il s'agirait donc, pour ceux qui gouvernent, de transformer une incapacité à entendre la majorité des Français en « courage » et en « franchise ». L'argument s'entend. Mais dans ce cas, il faudrait l'entendre pour tout : soit le peuple a toujours raison, soit il a toujours tort. Mais il me semble que tous les partis politiques usent de ce stratagème qui transforme en « bon sens » ce qui, dans leur corpus idéologique, a l'assentiment du peuple, et en « courage » ce qui est au contraire impopulaire. Marine Le Pen ne fait sans doute pas exception à la règle. Reste qu'elle est la seule à prôner un usage accru du référendum, donc à envoyer le signal que les citoyens seraient désormais, avec elle toujours et en permanence écoutés.

Une des questions récurrentes, dans mes entretiens, est celle des marges de manœuvre réelles dont disposent nos gouvernants pour changer nos vies. Nombreux sont ceux qui décrivent, comme Édouard Philippe, un pouvoir « ossifié », restreint ici par la dette, là par les juges, là encore par l'Europe ou les collectivités. Le pouvoir est-il devenu peau de chagrin ? Et comment, dans ce cas, Marine Le Pen propose-t-elle de retrouver les moyens de changer la vie de ses concitoyens ?

« Il y a un bon moyen… C'est de faire de la politique ! Voilà, tout simplement. La faire *avec* le peuple, pas *sans* le peuple, ou *contre* le peuple. Leur problème est là. Ils ont le sentiment qu'à partir du moment où ils sont élus, l'espèce de jeu de société qu'ils ont entre les mains leur appartient et qu'ils vont y jouer tous seuls. Ce n'est pas ça la politique. C'est les choix que l'on fait avec et pour le peuple. Toujours *avec* lui. À partir du moment où vous n'avez plus ce contact là… C'est lui qui vous donne la légitimité, c'est lui qui vous donne la force, vous n'êtes *rien* dans votre petit costume si vous n'avez pas la légitimité populaire, donc il faut toujours y retourner, à chaque occasion, sinon vous vous videz de votre énergie vitale. »

Là encore, Marine Le Pen ne semble énoncer que des évidences. Et pourtant, elles ont tant de fois été oubliées, piétinées par les Présidents de droite et de gauche – toujours au nom d'excellentes raisons, d'ailleurs –, que celui ou celle qui porte un tel discours ne peut que trouver un large écho dans l'opinion. Comment mieux souligner le paradoxe de la plupart des attaques portées contre elle par les politiques et les médias : ils crient à l'autoritarisme, parfois même au risque de dictature, mais elle n'a que les mots peuple, référendum et démocratie à la bouche. Des mots qu'ils ont bien du mal à utiliser dans leurs familles politiques respectives qui ont semblé les oublier une fois arrivées au pouvoir. Dès lors, pour les électeurs un peu déboussolés, il reste deux options. Soit croire celle qui n'a jamais gouverné, revendique de ne pas appartenir à l'élite politico-médiatique qui la vilipende, mais porte des constats qui résonnent avec nombre de leurs propres observations. Ou bien décider de croire ceux qui alertent du risque autoritaire, mais qui ont eux-mêmes participé ou cautionné les multiples trahisons du peuple des vingt dernières années. Comment s'étonner, par conséquent, que de plus en plus de Français choisissent de croire Marine Le Pen, plutôt que tous ceux qui la combattent…

« Donc ils [les gouvernants] se retrouvent seuls, avec des gens autour d'eux qui grappillent » des petites parcelles de leur pouvoir. Elle fait là référence aux multiples contre-pouvoirs que je mentionnais dans ma question, qui viennent restreindre les marges de manœuvre de l'exécutif : les juges, les collectivités, l'Europe, etc. « Ils grappillent d'autant plus que vous parlez pour vous. Mais si vous parliez au nom du peuple français en vous appuyant sur le peuple français… Ce serait différent. Par exemple, vous dites à l'Union européenne "ça c'est non. Parce que les Français viennent de vous dire non !", là vous avez toute la légitimité pour le faire, et vous serez respecté. Mais à partir du moment où il y a eu par exemple 2005 [le référendum que Nicolas Sarkozy n'a pas respecté], où l'Union européenne a compris que quoi que dise le peuple français, il y avait moyen de négocier avec le gouvernement pour contrecarrer sa volonté… Alors tout est permis. Alors on prend, on prend, on prend et on ne cesse de prendre. C'est comme ça que ça se passe, avec les juges, c'est exactement la même chose. »

Ici, me viennent deux remarques : la première, c'est combien la conception du pouvoir exposée par Marine Le Pen ressemble de prime abord à celle du général de Gaulle. Lui, qui a pris de front toutes les élites politico-médiatiques pour imposer de force l'élection du Président au suffrage universel direct – et qui a affronté l'extrême droite de l'époque. Il a ainsi instauré cette relation directe, souvent malsaine mais à laquelle les Français tiennent tant, entre le peuple et le Président élu. Deuxième remarque : cette idée de rapport de force avec l'Europe est exactement la même – bien que les objectifs soient différents – que celle portée par Jean-Luc Mélenchon. C'est celle que François Hollande feignit d'adopter, aussi, le temps d'une campagne présidentielle… Avant de bien vite oublier qu'il avait promis de renégocier un traité pendant l'été 2012.

« La politique c'est une œuvre commune, et ils n'aiment pas ça. Ce qu'ils aiment c'est le pouvoir, pas la politique. Ils se trompent de *P*, si je puis me permettre. C'est le pouvoir qu'ils aiment. Moi c'est la politique que j'aime. Donc oui, il faut rétablir la volonté populaire, le respect de celle-ci, dans notre fonctionnement institutionnel et démocratique, et ça passe par un certain nombre de décisions fondamentales. J'ai essayé de convaincre le Président [Macron] sur la proportionnelle, j'avais le sentiment de l'avoir convaincu mais il ne l'a pas fait. Le plus important pour lui comme pour d'autres, c'est le pouvoir, pas la politique. » Encore une fois, Marine Le Pen tente ici d'établir un clivage portant sur la conception même de ce qu'est la politique, la séparant du reste du système. La notion de désintéressement, voire la dimension sacrificielle de la fonction élective, est devenue extrêmement importante aux yeux des Français à mesure que semblaient se multiplier les scandales, exemples de corruption, ou trahisons en tous genres. C'est la raison pour laquelle ils tendent à aimer les élus qui ont traversé le désert, qui sont couturés partout – Nicolas Sarkozy en est un exemple, et Jacques Chirac avant lui – et qui portent les stigmates de nombreux échecs et trahisons, surmontés par la seule force de l'amour de la France et des Français.

Évidemment, Emmanuel Macron est la meilleure exception à ce modèle sacrificiel de l'élu, mais c'est à ce jour la seule et pourrait donc être l'exception qui confirme la règle.

Pour accréditer cette posture, Marine Le Pen ne manque pas d'épreuves personnelles : si d'aucuns pourront y voir la preuve ultime du cynisme et de l'opportunisme, quel plus grand sacrifice pourrait-on faire pour l'amour de son pays, que de « sacrifier » sa relation avec son propre père ? La trahison de sa nièce, partie avec Éric Zemmour pendant la dernière campagne présidentielle, et dont nul n'ignore qu'elle a contribué à l'élever, vient compléter ce récit personnel. Comme sur le reste, il est frappant de constater la constance avec laquelle Marine Le Pen trace son sillon. Posture, idées, comportements, conception des institutions : rien ne varie, ou si peu, ce qui permet à la fois de prétendre à la sincérité, et de bénéficier du temps long pour installer sa stratégie. Qui d'autre dans le champ politique actuel cultive la même posture et porte le même projet, à quelques détails près, depuis plus de dix ans ? Il n'est dès lors pas étonnant qu'elle soit aussi précisément identifiée par les Français, et n'ait aucun égal dans l'offre politique, à part peut-être Jean-Luc Mélenchon et La France insoumise.

Je décide alors de l'interroger sur les raisons d'un dysfonctionnement majeur de nos institutions et de notre manière de gouverner depuis quarante ans, sur lequel j'ai buté maintes fois durant mes entretiens. Pourquoi sommes-nous visiblement si dépourvus de toute capacité à anticiper les phénomènes de long terme ? Déserts médicaux, gestion de la forêt, investissements dans les infrastructures, mix énergétique… Je lui cite pêle-mêle les exemples retenus et exposés dans cet ouvrage. Pourquoi attendons-nous si souvent que les choses explosent pour nous en préoccuper ?

« Parce que nous n'avons plus le sens du temps long, porté par l'État, et le sens de la nation. Nous n'avons plus le sens des générations qui viennent. Vous retrouverez toujours le même problème quand les dirigeants sont intéressés par le pouvoir, et non pas par la politique. En réalité, ils n'ont aucune raison d'anticiper les problèmes à venir.

Normalement, on prend des décisions pour dans vingt ou trente ans, là on prend des décisions pour maximum trois ans en se disant qu'il y aura une nouvelle élection. Il y a en même temps une sorte de peur du peuple, on n'y va pas parce qu'on a peur de lui, de ce qu'il va dire, de ce qu'il va voter, et donc on ne prend aucune décision, et surtout pas de décision sur le long terme. On s'en moque parce que sur le long terme on ne sera plus là… Ça parle conception de la politique, ça parle aussi nation. La *nation*. Ceux qui nous ont précédé, et ceux qui nous ont succédé. Quand on n'a pas ce fil directeur, pour qui on travaille en fait ? Pour soi-même ? On travaille pour soi, pour son camp, pour son parti, mais on ne travaille pas pour son pays. »

Là encore, le discours de Marine Le Pen est remarquablement servi par la manière dont les gouvernants, de droite comme de gauche, ont trop souvent depuis trente ans donné le sentiment de se méfier du peuple. Non seulement en ne respectant par sa parole, comme nous l'avons déjà évoqué à maintes reprises. Mais aussi, comme l'explique très bien Stéphane Fouks, en adoptant des méthodes de communication fondées sur l'idée que les gens seraient bêtes, et qu'il vaudrait mieux leur mentir « pour leur bien » qu'assumer de leur dire la vérité. Comment dire à Marine Le Pen qu'elle se trompe dans son constat, lorsque le gouvernement niait contre toute évidence, quelques semaines avant notre rencontre, l'existence de pénuries d'essence au moment des grèves de la CGT dans les raffineries ? Comment lui dire qu'elle a tort d'affirmer que les dirigeants sont court-termistes, lorsque les exemples abondent de politiques publiques qui tombent en ruine pour ne pas avoir su anticiper l'avenir à un horizon de vingt ou trente ans ? Peut-être ne ferait-elle pas mieux, c'est ce que pensent de nombreux Français selon notre sondage : 30 % seulement pensent qu'elle ferait mieux si elle était Présidente, contre 35 % qu'elle ferait moins bien et 34 % ni mieux ni moins bien. Mais nous atteignons de tels niveaux de défiance politique et d'exaspération que beaucoup de Français semblent aujourd'hui prêts à se contenter d'un dirigeant qui ferait mine d'avoir compris ce qu'ils vivent et de ne pas les prendre pour des cons.

Elle m'explique que ce qui nous arrive, pour les déserts médicaux comme en matière énergétique, était en effet « ultra-prévisible ». L'hôpital est le « premier désert médical ». De la même manière, elle estime que nous avons sacrifié notre filière nucléaire, et notamment fermé Fessenheim ou abandonné le projet de réacteur à neutrons rapides « Astrid », en dépit du bon sens, simplement pour gagner quelques pour cent de voix écolo. « Il y a dix ans, j'avais rencontré les dirigeants de cette filière, ils m'avaient tout dit de ce qui allait survenir. » De la même manière, je l'interroge sur la décision de tout miser sur le développement de la voiture électrique. « Une dinguerie ! », s'exclame-t-elle. « Nous n'avons même pas d'électricité ! Si demain, tout le parc automobile français est électrique, qu'est-ce qu'on met dans la voiture ? Ça va augmenter quasiment de 50 % notre besoin d'électricité, sachant que parallèlement les ordinateurs, multimédias, etc., consomment de plus en plus. On ne réfléchit pas à ça. Parce qu'on veut récupérer les 0,8 % de voix écologistes aux futures élections… Tout ça, c'est le malheur de notre pays, c'est la perte de sens, de lien, c'est la perte d'appartenance à une nation, et donc à un collectif. C'est l'absence de vision, et c'est l'intérêt personnel qui prime sur l'interêt général. L'intérêt personnel de ceux qui sont au pouvoir et qui espèrent s'y maintenir. »

Je lui demande, puisqu'il est si rare qu'un dirigeant avoue des erreurs, voire avoue avoir peur de décevoir, si elle craint parfois, justement, de décevoir ses électeurs. Elle répond sans aucune hésitation, en me fixant droit dans les yeux : « Bien sûr, évidemment ! Évidemment qu'on a peur de ça, c'est tout à fait légitime. » J'ajoute : parce que les Français déplorent que les responsables politiques n'aient jamais tort et semblent toujours avoir tout réussi… « Oui, ils n'ont jamais tort parce qu'ils espèrent toujours revenir. C'est là où encore une fois il y a une forme de… » Son regard se perd un instant dans l'espace au-dessus de ma tête, puis elle reprend : « Moi, je me suis fait un peu malmener, parce que quand on m'avait interrogée pour me demander si je serais candidate à la présidentielle 2022, on m'avait demandé si j'avais "envie" d'être candidate. J'avais répondu, "parce qu'en plus, il faut avoir envie". Suite à ma réponse, tout le monde a dit : "Vous voyez elle n'a pas envie, elle est dépressive" ou je ne sais quoi encore…. Tout ça parce que ce concept d'envie m'apparaissait tellement *décalé* par rapport à l'importance de ce qu'il y a à faire, à la responsabilité que ça représente, au risque de décevoir… Parce que les choses ne vont jamais aussi vite qu'on le voudrait, que c'est un parcours semé d'embûches, etc. Ce terme "envie" m'apparaissait complètement en décalage ! L'envie renvoyait exclusivement à une espèce de désir personnel que je ne nourris pas. Je ne nourris pas ça. Si j'écoutais mon envie personnelle, elle me pousserait à profiter de ma famille, de mes amis, à partir en vacances, d'aller en Bretagne… Mon envie personnelle n'a aucun intérêt dans ce que je suis en train de faire. On voit là tout le malentendu, je crois, entre la classe politique et ce que les Français attendent. Bien sûr que j'ai peur de décevoir ! Je n'ai aucune autre certitude que ma volonté, que mes convictions et que mon courage pour y arriver, mais ça ne veut pas dire que cela va écraser toutes les difficultés, tous les contretemps… J'en suis bien consciente. »

Les codes de la politique ont été si longtemps façonnés par des hommes qu'ils restent à ce jour essentiellement masculins. Les femmes ont tant de fois été traitées d'opportunistes, d'hystériques, de colériques ou d'incompétentes là où l'on voyait de l'ambition, du caractère et de la désinvolture chez leurs homologues masculins qu'elles finissent heureusement par connaître la musique et la refuser. Le retournement du stigmate est dès lors plutôt simple, même lorsqu'on s'appelle Marine Le Pen et que l'on a grandi dans un parti qui n'a jamais été connu pour son progressisme et son féminisme. Le choix de revendiquer une part de doute, de fragilité, a longtemps été critiqué, notamment chez les femmes. D'aucuns y voyaient la preuve de leur incapacité à exercer les charges les plus lourdes. Mais dès lors que la société est en train d'évoluer et de faire de la place aux femmes dans les plus hautes sphères décisionnelles, et que par ailleurs les hommes ont lamentablement échoué sur de nombreux points, prendre le parti de revendiquer un style de leadership différent, qui donne toute sa part au doute et l'assume ouvertement, peut être un pari gagnant. On peut déplorer que le monde politique soit tombé si bas dans notre estime que le moindre aveu de faiblesse de sa part nous paraisse authentique et rafraîchissant. C'est pourtant une vérité. J'attends toujours l'homme politique qui saura dire sincèrement qu'il a commis une erreur, ou bien qu'il n'a pas un avis sur tout, ou qu'il doute en se rasant le matin.

J'ai pu observer, en 2012, combien les électeurs de François Hollande avaient projeté des attentes assez diverses et contradictoires sur lui. Il était parvenu à se façonner une image suffisamment lisse pour séduire – ou confondre – l'électeur d'extrême gauche comme le centriste. Évidemment, le sort se brisa rapidement, avec les conséquences que l'on connaît : sentiment de trahison généralisé, effondrement rapide de son socle de soutiens… Dans quelle mesure un Président est-il vraiment élu sur son propre projet ? Je fais partie de ceux qui pensent que l'adhésion réelle, quel que soit le candidat, reste très minoritaire. Et les renforts obtenus au second tour de la présidentielle viennent rarement pour adhérer à votre projet. Il s'ensuit un désamour rapide, à moins que le Président élu ne sache faire preuve de suffisamment d'humilité pour se rendre compte qu'il n'a guère été élu pour lui-même ou pour son projet, mais à partir d'un réseau de contraintes et de forces politiques très complexe, et ne sache revenir au peuple ou au Parlement suffisamment souvent pour retrouver le carburant politique nécessaire pour avancer.

Est-ce que le fait d'investir dans le président de la République tous ces espoirs et ces aspirations parfois contradictoires, ne rend pas le job quasi impossible ? N'est-on pas certain de décevoir lorsqu'on est pris pour l'homme ou la femme providentiel(le) ?

« Je ne crois pas, mais encore une fois, il ne faut pas se priver des outils dont j'ai parlé tout à l'heure [référendum et proportionnelle]. Si on se prive des outils, alors là on n'a plus d'Assemblée nationale, parce qu'elle ne sert plus à rien, et quand c'est le cas, c'est le Président qui prend directement. » Elle m'explique ensuite que le problème, à ses yeux, n'est pas d'utiliser le 49.3 en soi, mais de l'utiliser comme le fait le gouvernement. C'est-à-dire en choisissant les amendements qu'il souhaite retenir, sans égard pour ce qu'aura voté la majorité des parlementaires – et donc du peuple, par voie de représentation. Selon elle, et en ce sens elle partage plutôt l'avis exprimé par Édouard Philippe, les institutions sont bien faites. Le problème, ce sont les personnes qui les font vivre.

La réponse est-elle satisfaisante à mes yeux ? Pas tout à fait. Une pratique des institutions plus fidèle à leur esprit d'origine permettrait-elle de mieux gérer les attentes contradictoires et les frustrations ? La pratique référendaire et un plus grand respect du Parlement, peut-être. Mais la plupart des personnes interrogées pour ce livre, dont certaines ont pratiqué ces mêmes institutions parfois aux plus hautes fonctions, sont convaincues qu'elles arrivent à une forme d'épuisement. J'ai tendance à partager cet avis. Trop de verticalité, trop de concentration du pouvoir. Un Président pratiquant le référendum ne se trouverait-il pas tout autant « en première ligne », fusible de son propre Premier ministre, qu'un Président qui pratique les institutions comme Hollande ou Macron l'ont fait ?

Mon sentiment, par conséquent, est que la structure même de nos institutions nous conduit à trop attendre, voire à tout attendre de notre Président, et donc à être forcément déçu. Et à ce sujet, je ne crois pas qu'une pratique régulière du référendum suffise à gérer nos attentes. Mais comme personne n'a essayé, Marine Le Pen peut revendiquer le bénéfice du doute.

La dernière fois que je l'avais interrogée, Éric Zemmour était en plein essor. Tous les commentateurs lui promettaient un grand avenir, et pensaient qu'il allait voler tous ses électeurs à une Marine Le Pen trop usée, insuffisamment radicale, bref, dépassée. Je lui demande ce que la campagne a changé dans sa manière de faire de la politique.

« On ne peut pas dire que j'aie changé ma manière de faire de la politique. C'est ma manière de faire de la politique qui a changé le cours de choses. » Il est vrai que la solidité et la constance dont elle a fait preuve face à Éric Zemmour, sa capacité à ne changer ni de ligne ni de stratégie, ont sans doute compté dans le regard de ses électeurs. Elle m'explique que le phénomène Zemmour a été construit de toutes pièces par des médias qui ont tendance à tourner en boucle. « Il y a une forme d'auto-intoxication des élites. » Un constat qui n'est pas totalement éloigné de la réalité, car il est vrai que certains médias ont tendance à tourner en rond autour des mêmes polémiques, des mêmes fournisseurs de clashs, « bons clients », au risque de se trouver totalement déconnectés des préoccupations des Français. Elle pense, au contraire, que les Français louent « la persistance et la solidité, qui pour eux sont des qualités importantes, la modération aussi. Les excès, les outrances, le peuple français n'aime pas ça. C'est ce qu'ils ont dit à la présidentielle. On a vu une sorte de classe médiatique qui s'est auto-intoxiquée avec un phénomène médiatique que ses membres ont eux-mêmes créé [Éric Zemmour], et ils en sont devenus les otages en le nourrissant. On a eu le sentiment de voir quelque chose qui tournait en boucle tout seul à côté du pays. À coté de ce que les gens pensaient véritablement. Sur le terrain, personne ne nous parlait de Zemmour. C'était sans commune mesure avec ce qu'on voyait à la télé. Il y a une vraie déconnexion du monde politico-médiatique par rapport à la réalité de ce que les gens vivent. »

Je me souviens d'avoir noté à maintes reprises, lorsque j'étais à Matignon entre 2012 et 2016, que Marine Le Pen avait souvent une capacité à saisir très vite ce que pensent les Français d'un sujet donné, et à le refléter dans sa position. À l'époque, j'attribuais cela essentiellement à la proximité des frères Philippot, très bons connaisseurs des études – l'un d'eux travaillait d'ailleurs dans un institut de sondage. En l'occurrence, Florian Philippot a été écarté dans les conditions que l'on sait, mais Marine Le Pen n'a en rien perdu sa connaissance de l'opinion. Et s'agissant des médias, la position qu'elle exprime ici correspond très exactement à ce que pensent nombre de nos concitoyens. Des médias déconnectés de la vie réelle, générateurs de leurs propres réalités parallèles, surfant sur le buzz. C'était Éric Zemmour hier, dévoré par le système qui l'aura créé. C'est Sandrine Rousseau aujourd'hui, qui enchaîne les polémiques relayées avec gourmandise par les chaînes d'information en continu. Ce sera un ou une autre demain. Ces créatures médiatiques offrent à la présidente du groupe RN le luxe de revendiquer la modération, et comme je l'avais dit à l'époque, Éric Zemmour a été son meilleur agent dédiabolisateur. Comme expliqué plus haut, la Nupes, avec sa stratégie politique du coup d'éclat, tient aujourd'hui très paradoxalement cette fonction.

Marine Le Pen poursuit : « Il faut toujours trouver quelqu'un de nouveau pour nourrir cette mécanique. Les journalistes venaient sans cesse me demander ce que j'avais de nouveau. Je ne suis pas la Samaritaine ! Je suis une responsable politique. On a l'impression d'une sorte de vision consumériste, publicitaire où il faut constamment quelque chose de nouveau, un candidat, une idée nouvelle... Nous, nous avons des idées, on les maintient. Ce sont nos convictions, et à partir du moment où les gens au pouvoir n'ont rien changé aux problèmes à traiter, on les conserve. Vous voyez, dans cette interpellation il y a toute cette déconnexion, tout de ce décalage, c'est frappant. »

Cette lessiveuse médiatique, si bien décrite plus tôt par Stéphane Fouks et à laquelle il faut beaucoup de force pour savoir lui résister, une force que de moins en moins de politiques ont, influence les campagnes, mais aussi jusqu'à la pratique même du pouvoir. Il faut nourrir la bête en permanence, je l'ai constaté à Matignon, où chaque déplacement du Premier ministre devait donner lieu à des annonces, faute de quoi il ne ferait pas même une brève. La nouveauté, voilà tout ce qui compte : nouvelles lois, nouvelles mesures, nouvelles dépenses. Jamais on ne s'attache à rapporter l'évaluation des dispositifs existants, et il est rare que les tendances de fond, bien plus structurantes que la dernière polémique à la mode, fassent l'ouverture des JT de 20 heures. Marine Le Pen poursuit : « Une annonce dont personne ne se souvient deux heures plus tard. C'est peut-être là où le quinquennat a aggravé une tendance naturelle au lieu de la contraindre. Je pense que le septennat renouvelable ou non, d'ailleurs, est probablement beaucoup plus approprié parce qu'il oblige au temps long. » J'ai beaucoup entendu cette idée, et avoue ne pas avoir de position arrêtée sur la question. Certes, déconnecter les élections législatives et présidentielle aurait l'avantage de ne pas faire des députés les vassaux du Président, et de replacer ce dernier en surplomb. Mais allonger le mandat de deux ans suffirait-il à replacer le Président en garant du temps long… ? Peut-être. La seule certitude que j'aie, c'est que le quinquennat tel qu'il existe aujourd'hui a beaucoup trop de défauts.

Je lui demande alors quel regard elle porte sur une critique de plus en plus répandue la concernant, notamment parmi les journalistes : son incompétence. Ma propre lecture du sujet, lorsque je lui demande cela, est que le procès en incompétence grandit à mesure que la critique sur les valeurs et la morale perd en efficacité aux yeux des électeurs. Puisqu'il n'est plus efficace de dire que le RN est le diable, toutes les enquêtes d'opinion en témoignent, les attaques se déportent vers la compétence de Marine Le Pen. Avec comme point d'accroche, évidemment, le fameux débat d'entre-deux-tours en 2017.

« Il leur faut bien trouver quelque chose. Le problème d'une grande partie des élites médiatiques, c'est que tout nous donne raison. Les mêmes propos que nous avons pu tenir et pour lesquels nous étions vilipendés sont tenus aujourd'hui par l'ensemble de la classe politique. Parce que la réalité ne peut pas être niée au-delà d'un certain point. Quand Emmanuel Macron, dans une émission sur France 2 à 20 heures, dit que la moitié des délits qui sont commis à Paris le sont par des étrangers, c'est que vraiment il ne peut plus cacher cette réalité-là... Nous, quand nous disions cela il y a encore cinq ans, on se faisait insulter de tout, et il y a dix ans, on finissait dans les tribunaux correctionnels. Donc le sujet, c'est quel argument on utilise contre Marine Le Pen. On ne peut pas utiliser les mêmes que contre son père, donc il faut trouver autre chose. Il y a aussi dans ces procès en incompétence une forme de mépris de classe. Nous représentons une classe populaire. On représente les gens qui ont un sentiment de déclassement. Or, il faut apparaître comme les sachants. »

Elle revient à ce qui est resté sans aucun doute comme une blessure dans son parcours politique, le fameux débat d'entre-deux tours de la présidentielle en 2017. Elle s'y était ridiculisée, notamment par la tirade « ils sont là, dans les campaaaagnes ! ». En appui de sa démonstration, elle ne revient pas sur ce passage, plus difficile à expliquer, mais sur le reproche qui lui a été fait de confondre deux dossiers économiques : « Un débat de trois heures, avec une pression énorme… Et le simple fait de m'être trompée sur le dossier où j'ai dit qu'Emmanuel Macron avait parlé d'Alstom, alors qu'en fait c'était je ne sais plus quoi… Alors là, c'était LA démonstration que j'étais incompétente. Eux, ils se trompent huit fois par jour. Il y a en même temps une forme de mépris, parce qu'ils veulent être du côté de ceux qui savent, et nous on est du côté de ceux qui ne savent pas. C'est le camp du bien, des sachants, et celui du mal, des ignares, qu'il faut éduquer, avec qui il faut faire de la "pédagogie". Et puis leur problème, c'est l'absence d'autres arguments contre moi. Qu'est-ce qu'on peut dire de Marine Le Pen ? On ne peut pas dire antisémite, on ne peut pas dire raciste, il ne reste plus beaucoup de choses… »

Là encore, l'angle adopté par Marine Le Pen pour répondre à ma question témoigne de sa capacité à utiliser très efficacement les défauts et les failles de ses adversaires contre eux. Elle sait certainement qu'une bonne partie des Français reprochent à nos élites politiques et médiatiques – et en particulier à Emmanuel Macron – une forme de mépris de classe, de déconnexion, de tendance à s'auto-proclamer « sachants » et à dicter au peuple ce qui est bon pour lui. Dès lors, replacer la question de la compétence sur le terrain du clivage peuple/élites, c'est neutraliser efficacement, aux yeux de bon nombre de Français, le procès intenté à son encontre.

J'aborde la question des contradictions entre normalisation et radicalité sous un autre angle. À partir de quand les concessions programmatiques, faites au nom de la dédiabolisation, peuvent-elles être contreproductives, au sens où elles rendraient banale une action qui se veut radicale ? Marine Le Pen a abandonné la sortie de l'euro, qu'elle justifiait pourtant comme le moyen de sortir du cadre, et de faire ce qui est interdit à nos dirigeants actuels. Giorgia Meloni, elle, donne des gages à l'Europe dès son arrivée au pouvoir... Marine Le Pen élue ne serait-elle pas elle aussi contrainte de sacrifier ses ambitions de transformation pour donner des gages ici à l'Europe, là au Conseil constitutionnel, ou encore aux médias ?

Elle me répond par une pirouette, en niant la pertinence de ma comparaison entre son propre projet et celui de Giorgia Meloni : « Je pense que l'on se trompe. En réalité, Meloni c'est la droite de la droite. Entre Meloni et la droite, il y a une différence de degré. Il n'y a pas une différence de nature. C'est là où nous sommes fondamentalement différentes. Nous [au Rassemblement national] avons une différence de nature avec la droite. Meloni s'inscrit encore dans le clivage gauche-droite. Elle est à la droite de Berlusconi. Peut-être même à la droite de Salvini. Alors que nous ne sommes pas à la droite de la droite, nous portons une vision radicalement différente. Nous nous inscrivons dans le clivage mondialistes-nationaux. Meloni pourrait être à la droite des LR. En cela, c'est vrai, elle est plus proche de Zemmour que de nous, disons les choses clairement. Zemmour c'était LR en plus à droite. Nous ne nous situons pas dans ce graphique. Gauche, droite : tous ont concouru au déclin de la France depuis quatre décennies, indistinctement, en matière économique, industrielle, européenne, sanitaire, scolaire. Voilà pourquoi j'oppose à toutes ces "unions" de la gauche ou de la droite, un agenda fondé sur la souveraineté et la nation, et non sur des vieux clivages qui n'intéressent plus personne d'autre que quelques journalistes politiques. » Je ne saurai donc pas si elle craint la banalisation à force de dédiabolisation. C'est pourtant un sujet majeur : rester radical au risque de faire peur, et de tomber comme l'éphémère Première ministre britannique Liz Truss, en raison de son premier budget jugé trop radical, qui a affolé les marchés ?

Ou bien donner des gages, partout, au risque de se couler dans la pratique du pouvoir qu'elle a précisément dénoncé chez ses concurrents ?

Elle poursuit en m'expliquant que c'est précisément parce qu'elle a une différence de nature avec ses concurrents qu'elle peut un jour voter des choses en commun avec La France insoumise et le lendemain avec Les Républicains. Là où l'analyste verra sans doute de l'opportunisme, elle revendique la capacité à transcender les clivages aux yeux de ses idées – encore une fois, une manière habile de récupérer à son compte une promesse déçue du macronisme. Macron avait promis le dépassement, et trop souvent son parti se révèle plus sectaire que ceux du « vieux monde ». Elle me montre des graphiques réalisés par l'Assemblée nationale, sur la nature des votes des différents groupes politiques. « Tous les groupes sont sectaires, votent 100 % leurs propres textes, et très très peu ceux des autres. Nous, nous votons quasiment autant d'amendements LFI que d'amendements PS, écolos, LR… Parce qu'on cherche l'intérêt général en fait. Ces graphiques sont très révélateurs. »

Mais au fait, si elle était élue, et qu'elle ne pouvait réussir qu'une seule chose, quelle serait-elle ? Sans surprise, mais non sans avoir pris quelques secondes de réflexion, elle me répond qu'elle choisirait de régler en priorité le problème de l'immigration. Ce marqueur du Rassemblement national est pour elle important, car « de nombreux autres problèmes en découlent ». Équilibre des comptes sociaux, emploi, communautarisme, sécurité… Le logiciel du RN à ce sujet est bien connu. Elle reste à ce titre cohérente avec le positionnement qui est le sien depuis toujours. Elle conclut : « Je pense que c'est peut-être LE dossier le plus profondément utile. Je ne dis pas que c'est le plus urgent, parce qu'il y a beaucoup de choses qui sont urgentes, mais il y a beaucoup de choses qui vont découler de ce problème-là. »

Au fil de ses réponses, une chose se dessine à mes yeux avec netteté : Marine Le Pen sait très bien exploiter les faiblesses de l'ensemble de la classe politique à laquelle elle s'oppose depuis le début de sa carrière, et singulièrement depuis qu'elle a succédé à son père en 2011. Nos dirigeants sont perçus comme arrogants, méprisants, sectaires ? Elle se façonne une stature proche du peuple, humble, et se fait fort de voter sur les idées et non en fonction des partis. Ils sont perçus comme inefficaces – notamment sur la sécurité et l'immigration –, menant des politiques de courte vue, électoralistes et aimant le pouvoir pour lui-même ? Elle est radicale sur la sécurité et l'immigration, prend de la hauteur, et affirme aimer la politique plus que le pouvoir, la France plus que son parti. Au fond, ces failles béantes qu'elle exploite avec constance et cohérence, et, il faut bien le dire, une bonne dose de détermination, ce n'est pas elle qui les a ouvertes. Mais elle sait les creuser, les exploiter. Et de mieux en mieux, en témoignent ses scores électoraux. L'un de mes interlocuteurs politiques m'a dit « si on continue à si mal jouer, bien sûr que ce sera elle ». Il a tout dit.

J'en arrive à ma dernière question. Il se trouve que je conduis régulièrement des enquêtes qualitatives et quantitatives depuis plus de dix ans. Et ceux qui disaient en 2012 avoir voté Hollande parce que la droite avait échoué prévenaient déjà que la seule alternative, une fois la gauche et la droite épuisées, serait le Front national. Le vieux système politique a trouvé en Emmanuel Macron un sursis en 2017. Mais désormais, de plus en plus de citoyens estiment que l'alternative, après Macron, est Marine Le Pen. 44 %, dans l'enquête réalisée pour cet essai, estiment que Marine Le Pen est celle qui a le plus de chances de gagner en 2027 (en progression de quatre points entre juillet 2022 et janvier 2023). Seuls 15 % pensent que Jean-Luc Mélenchon sera élu en 2027. À ce jour, seul Édouard Philippe semble en mesure de venir contester à Marine Le Pen la place de successeur à Emmanuel Macron : 41 % des Français pensent qu'il sera élu en 2027.

Est-ce une bonne perspective que d'être choisie parce qu'on a tout essayé ? « Les gens l'expriment comme ça, mais c'est un autre processus qui est à l'œuvre. En réalité, on leur a dit la gauche et la droite c'est les deux côtés du balancier, mais ce qu'on ne leur a pas dit c'est que la gauche et la droite sont du même côté du balancier, et que de l'autre il y a le RN. C'est là où le changement de clivage que j'évoquais tout à l'heure est fondamental. Quand j'ai commencé à théoriser les clivages mondialistes/nationaux, je voulais donner aux gens une grille de lecture. Pourquoi on a l'impression que la gauche et la droite font la même politique ? On n'a pas tout essayé, on a juste essayé les deux faces d'une même pièce qui partagent toutes deux la responsabilité de notre effondrement. » Là encore, Marine Le Pen offre un constat qui est partagé par une grande partie de l'opinion. Le clivage auquel elle fait référence, mondialistes/nationaux, est de plus en plus marqué dans nombre de sociétés occidentales. Sur la base d'une batterie de questions de valeur posée à un large échantillon national représentatif de la population française, je me souviens avoir fait réaliser par un institut de sondage une typologie au début du quinquennat de François Hollande. Ce processus permet de regrouper les gens par proximité de valeurs, par familles de pensée en quelque sorte, plutôt que par intentions de vote. Et le résultat de cet exercice indiquait que le clivage « ouvert/fermé », pro ou anti-mondialisation, était alors déjà plus fort que le vieux clivage droite-gauche. Depuis dix ans, la tendance n'a fait que s'accentuer, avec l'aide de Marine Le Pen et d'Emmanuel Macron, qui l'ont légitimé en le théorisant.

« On a essayé la gauche et la droite, c'était pareil, on a essayé quelque chose qui est un peu des deux, c'est pareil. C'est pour ça qu'à un moment donné les Français vont arriver au RN. Au fur et à mesure, les Français comprennent que les mêmes politiques ont été menées et que l'alternance était artificielle. Mais la gauche et la droite le savaient bien, d'ailleurs. Quand la gauche était au pouvoir, la droite ne foutait rien et attendait que ça revienne, et puis quand la droite était au pouvoir, c'était l'inverse. Et ça revenait. » Certains responsables politiques de gauche comme de droite, ayant assumé de hautes responsabilités ces vingt dernières années, m'ont confirmé – pour le regretter – ce comportement paresseux. Les Républicains et les socialistes connaissent de grandes difficultés aujourd'hui parce que trop longtemps, ils n'ont pas fait le travail programmatique et de formation nécessaire pour construire l'avenir. Ils ont vécu sur une rente, et ont fini par être balayés par de nouvelles offres politiques. Sauront-ils se relever ? Rien n'est certain.

« Les Français disaient : "C'est quoi la différence ? La dette continue à augmenter, l'immigration, l'insécurité, et tout le reste. On change l'âge de la retraite, de 62 à 63 ans, un impôt par-ci, une taxe par-là, mais fondamentalement c'est la même politique." Notre arrivée au pouvoir est inéluctable, parce que nous sommes une réelle alternance au pouvoir en place depuis quarante ans, pas seulement au pouvoir en place depuis cinq ans. Il y a un autre phénomène, c'est le grand retour de la nation dans ce clivage. Mon mouvement politique a été peut-être un des premiers instigateurs d'un grand mouvement de refus du mondialisme. Au fur et à mesure, le mondialisme recule. Je parle bien de mondialisme. La mondialisation, c'est un fait, d'accord donc l'homme des cavernes a traversé la rivière pour échanger une poignée de baies contre une peau de bête, ce fut le début de la mondialisation. Le mondialisme est l'idée qu'il ne faut réguler en aucune manière la mondialisation, ni morale, ni économique, ni douanière, ni migratoire. Le mondialisme, c'est une idéologie qui est en train de reculer au bénéfice du grand retour des nations. Nous nous inscrivons dans cette tendance historique. En réalité toute l'histoire a été fondée autour des nations et de leur protection, de leurs frontières, etc. Le mondialisme n'était qu'une parenthèse dans l'histoire du monde, qui est en train de se refermer. On va revenir à la nation. Or qui défend la nation, qui en a fait le cœur de son projet ? C'est le Rassemblement national. »

Donc à la fin, c'est Marine Le Pen qui gagne... ? La petite musique court de plus en plus. Le discours de la double finaliste de la présidentielle est rodé, la logique semble implacable. Elle se nourrit des erreurs, des renoncements, des trahisons de tous les autres. Le meilleur carburant du Rassemblement national, au fond, c'est une doctrine qui n'a pas changé – ou si peu – au gré de l'actualité, contrairement à celle d'autres partis majeurs. Mais c'est aussi et peut-être surtout la déconnexion des élites et des médias, le mépris social, l'arrogance, les échecs, les stratégies à courte vue, les démissions, les concessions faites à un électoralisme qui empêche de penser le temps long... Autant de facteurs que Marine Le Pen n'a nullement créés, mais qu'elle sait admirablement détourner à son avantage. Cela veut dire, aussi, qu'il ne tient qu'aux autres de cesser de nourrir cette spirale. Mais le veulent-ils seulement, vraiment ?

Épilogue
L'urgence du sursaut

Le constat esquissé dans ces pages mérite sans aucun doute d'être approfondi. Dès les premières pages, j'ai assumé l'incomplétude de cet ouvrage, imposée par la gravité et l'étendue du sujet. Pour autant, au terme de plus de quarante heures d'entretiens et de trois vagues de sondage (réalisées en juillet et octobre 2022, et janvier 2023), j'ai le sentiment que notre principale difficulté ne réside pas dans notre capacité à identifier nos problèmes. Globalement, nous les connaissons, et pour certains depuis des décennies. Non, notre faille réside dans la capacité à passer de la parole aux actes. Qu'il s'agisse de réformer nos services publics, d'arrêter de creuser la dette, de mieux partager le pouvoir, ou encore de revitaliser notre démocratie sociale, les solutions existent, mais les actes manquent trop souvent. Le sursaut est-il possible ? Et saura-t-on réagir avant qu'il ne soit trop tard, avant que la cause climatique ne devienne une cause perdue ? Au vu de notre incapacité congénitale à régler certains sujets de bien moindre ampleur, sujets dont nous connaissons pourtant par cœur les tenants et les aboutissants, j'ai de forts doutes. Mais puisque, comme le dit Emmanuel Faber, le pire n'est jamais certain, il nous faut essayer. Chacun à sa place doit tenter de faire avancer le débat, d'améliorer et d'accélérer la décision publique. C'est ce que je tente modestement de faire dans ces pages.

Annexes

Les études mentionnées ont été spécifiquement commissionnées pour cet ouvrage, et ne doivent pas être citées sans la mention « Sondage réalisé par Opinionway pour *On aura tout essayé...* » Chaque sondage a été réalisé sur un échantillon national représentatif d'environ 1 000 personnes, constitué selon la méthode des quotas, au regard des critères d'âge, de sexe, de catégorie socioprofessionnelle, de catégorie d'agglomération et de région de résidence. Opinionway a réalisé ces enquêtes en appliquant les procédures et règles de la norme ISO 20252. Les échantillons ont été interrogés par questionnaire auto-administrés en ligne sur système CAWI (*Computer Assisted Web Interview*).

La première enquête a été faite les 27 et 28 juillet 2022, sur un échantillon de 1 063 personnes.

La seconde vague de l'enquête a été réalisée les 19 et 20 octobre 2022 sur un échantillon de 1 013 personnes.

La troisième vague a été conduite les 4 et 5 janvier 2023 sur un échantillon de 1 001 personnes.

La colère envers la situation économique actuelle

Q. En ce qui concerne votre situation économique actuellement, ressentez-vous de la colère ?

0 signifie que vous n'êtes pas du tout en colère, 10 que vous êtes extrêmement en colère, les notes intermédiaires cherchent à nuancer votre jugement

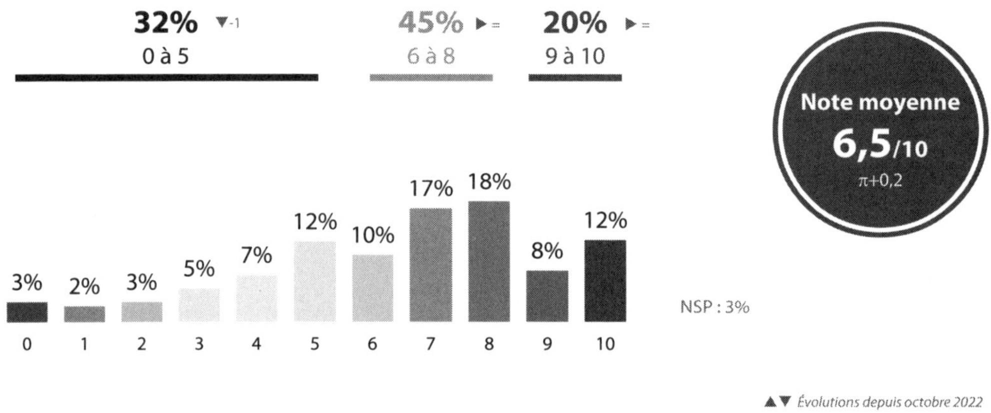

La colère envers la situation économique actuelle

Q. En ce qui concerne votre situation économique actuellement, ressentez-vous de la colère ?

0 signifie que vous n'êtes pas du tout en colère, 10 que vous êtes extrêmement en colère, les notes intermédiaires cherchent à nuancer votre jugement

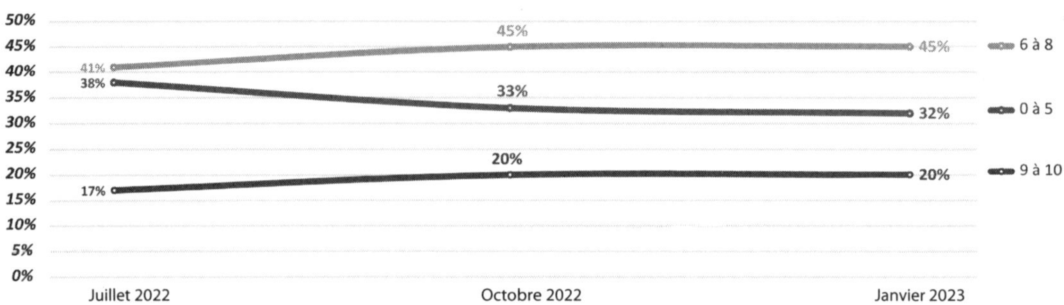

Actuellement, diriez-vous que le pays est... ?
- Socialement (entre les riches et les pauvres, les précaires et les emplois protégés...)

	Base	Sous-total divisé	Sous-total uni	Très divisé	Assez divisé	Assez uni	Très uni	No rep.
Age								
18-24 ans	108	92%	5%	49%	43%	2%	3%	3%
25-34 ans	156	86%	13%	56%	30%	9%	4%	1%
...moins de 35 ans	**264**	**89%**	**10%**	**53%**	**36%**	**6%**	**4%**	**1%**
...35 ans et plus	**799**	**94%**	**5%**	**55%**	**39%**	**5%**	**0%**	**1%**
35-49 ans	257	96%	4%	55%	41%	4%	0%	0%
...moins de 50 ans	**522**	**92%**	**7%**	**54%**	**38%**	**5%**	**2%**	**1%**
...50 ans et plus	**541**	**94%**	**5%**	**56%**	**38%**	**5%**	**0%**	**1%**
50-64 ans	259	96%	3%	60%	36%	3%	-	1%
65 ans et +	282	92%	7%	52%	40%	7%	0%	1%
CSP Interviewé								
CSP+	**307**	**94%**	**5%**	**57%**	**37%**	**3%**	**2%**	**1%**
Artisans, commerçants, chefs d'ent.	45	95%	1%	68%	27%	1%	-	4%
Cadres, prof. intel. supérieures	105	95%	5%	52%	43%	4%	1%	-
Professions intermédiaires	155	94%	6%	58%	36%	3%	3%	-
CSP-	**307**	**92%**	**7%**	**55%**	**37%**	**7%**	**0%**	**1%**
Employés	175	93%	6%	51%	42%	6%	0%	1%
Ouvriers	132	92%	8%	60%	32%	8%	-	-
1er tour présidentielles 2022								
Nathalie Arthaud	4	100%	-	47%	53%	-	-	-
Philippe Poutou	6	93%	-	56%	37%	-	-	7%
Fabien Roussel	17	92%	-	70%	22%	-	-	8%
Jean-Luc Mélenchon	162	94%	4%	63%	31%	3%	1%	2%
Anne Hidalgo	13	86%	14%	54%	32%	14%	-	-
Yannick Jadot	34	95%	5%	47%	48%	5%	-	-
Emmanuel Macron	206	90%	9%	40%	50%	9%	0%	1%
Valérie Pécresse	35	93%	5%	40%	53%	2%	3%	2%
Jean Lassalle	23	100%	-	57%	43%	-	-	-
Nicolas Dupont-Aignan	15	80%	20%	52%	28%	20%	-	-
Eric Zemmour	52	97%	3%	53%	44%	1%	2%	-
Marine Le Pen	171	96%	4%	57%	39%	3%	1%	0%
Abstention/Blanc/Nul/NSP	**324**	**92%**	**7%**	**61%**	**31%**	**5%**	**2%**	**1%**

La priorité pour la France face au monde qui change

Q. Avec laquelle des opinions suivantes êtes-vous le plus d'accord ?

Dans les années qui viennent, la priorité, c'est de… ?

	Base	Transformer en profondeur la France pour l'adapter au monde qui change	Préserver la France telle qu'elle est pour protéger son identité face au monde qui change	No rep.
TOTAL				
Total	1001	55%	44%	1%
Lieu de vie				
Commune rurale		57%	43%	-
Ville de 2000 a 19 999 habitants		57%	43%	-
Ville de 20 000 à 99 999 habitants		54%	45%	1%
Ville de plus de 100 000 habitants		50%	48%	2%
Agglomération parisienne		61%	39%	-
CSP Interviewé				
CSP+		**68%**	**32%**	**-**
CSP-		**50%**	**49%**	**1%**
1er tour présidentielles 2022				
Jean-Luc Mélenchon		65%	35%	-
Yannick Jadot		68%	32%	-
Emmanuel Macron		66%	34%	-
Valérie Pécresse		52%	48%	-
Eric Zemmour		26%	72%	2%
Marine Le Pen		41%	58%	1%
Abstention/Blanc/Nul/NSP		**55%**	**43%**	**2%**

Proportions et moyennes testées contre la base - 95%

**** base très faible (moins de 30) inéligible pour le calcul des différences significatives**

L'éventualité de voter pour chacun des partis politiques

Q. Pour chacun de ces partis politiques, direz-vous que ... ?

Vous ne voterez jamais pour ce parti ou ses candidats		Statut			Revenus mensuels			Niveau de diplôme			Catégorie d'agglomération				
	%Total	CSP+	CSP-	Inactif	Moins de 2000€	2000 à 3499€	3500€ et plus	Inférieur au Bac	Bac/Bac+2	Supérieur à Bac+2	Commune rurale	2 000 à 19 999 habitants	20 000 à 99 999 habitants	100 000 habitants et plus	Agglomération parisienne
Reconquête, le parti d'Éric Zemmour	**76%**	78%	70%	78%	76%	80%	73%	72%	77%	78%	77%	78%	71%	77%	76%
Le Parti Communiste	**66%**	68%	60%	68%	66%	63%	68%	68%	63%	68%	62%	70%	68%	68%	59%
Le MoDem	**64%**	58%	69%	65%	72%	66%	51%	75%	66%	52%	60%	68%	66%	66%	58%
La France insoumise	**63%**	63%	57%	67%	62%	58%	72%	72%	59%	62%	62%	67%	65%	63%	57%
Horizons ! (Le parti d'Edouard Philippe)	**60%**	57%	62%	59%	67%	62%	47%	67%	60%	52%	58%	67%	58%	60%	54%
La République En marche !	**57%**	48%	61%	60%	66%	57%	46%	66%	59%	46%	54%	56%	57%	57%	62%
Les Républicains	**56%**	55%	62%	53%	64%	57%	45%	58%	58%	52%	57%	59%	56%	58%	51%
Le Rassemblement National	**56%**	56%	48%	62%	54%	54%	63%	48%	54%	67%	52%	55%	53%	61%	55%
Le Parti Socialiste	**55%**	55%	53%	56%	57%	54%	52%	66%	52%	50%	51%	56%	59%	58%	51%
Europe écologie / Les Verts	**55%**	50%	48%	61%	56%	53%	54%	66%	53%	46%	54%	56%	57%	52%	55%

L’éventualité de voter pour chacun des partis politiques

Q. Pour chacun de ces partis politiques, direz-vous que … ?

Vous ne voterez jamais pour ce parti ou ses candidats

	TOTAL	Vote au premier tour de l’élection présidentielle de 2022						
	%Total	Jean-Luc Mélenchon	Yannick Jadot*	Emmanuel Macron	Valérie Pécresse*	Éric Zemmour*	Marine Le Pen	Abstention / Blanc / Nul
Reconquête, le parti d’Éric Zemmour	**76%**	94%	97%	91%	64%	5%	59%	75%
Le Parti Communiste	**66%**	37%	53%	82%	94%	90%	80%	62%
Le MoDem	**64%**	71%	28%	37%	65%	84%	83%	69%
La France insoumise	**63%**	6%	56%	89%	93%	96%	76%	61%
Horizons ! (Le parti d’Edouard Philippe)	**60%**	72%	49%	24%	48%	81%	79%	64%
La République En marche !	**57%**	71%	45%	10%	55%	85%	80%	62%
Les Républicains	**56%**	85%	69%	41%	-	54%	59%	56%
Le Rassemblement National	**56%**	76%	84%	79%	55%	28%	6%	59%
Le Parti Socialiste	**55%**	25%	21%	46%	80%	91%	78%	61%
Europe écologie / Les Verts	**55%**	26%	1%	54%	90%	99%	73%	54%

** En raison d’un faible nombre de répondants, les résultats doivent être interprétés avec précaution*

L’éventualité de voter pour chacun des partis politiques

Q. Pour chacun de ces partis politiques, direz-vous que … ?

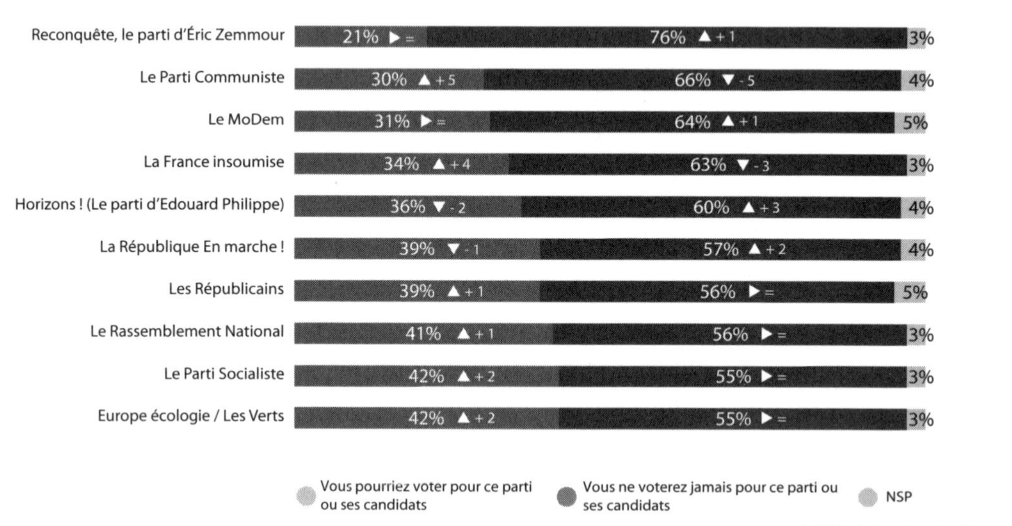

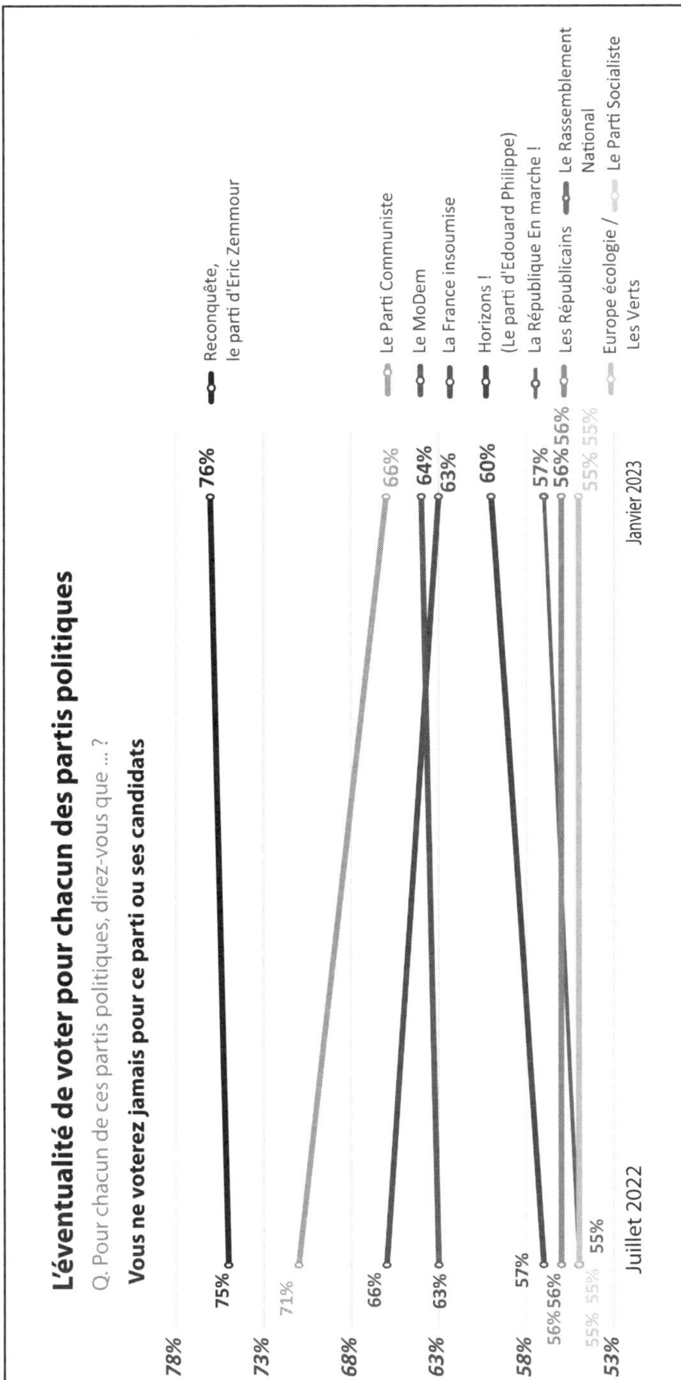
L'éventualité de voter pour chacun des partis politiques
Q. Pour chacun de ces partis politiques, direz-vous que ... ?
Vous ne voterez jamais pour ce parti ou ses candidats
78%
73%
68%
63%
58%
53%
Juillet 2022
Janvier 2023
75%
71%
66%
63%
57%
56% 56%
55% 55% 55%
76%
66%
64%
63%
60%
57%
56% 56%
55% 55%
Reconquête, le parti d'Eric Zemmour
Le Parti Communiste
Le MoDem
La France insoumise
Horizons ! (Le parti d'Edouard Philippe)
La République En marche !
Les Républicains
Le Rassemblement National
Europe écologie / Les Verts
Le Parti Socialiste

La personnalité politique la moins appréciée

Q. Laquelle de ces personnalités politiques aimez-vous le moins ?

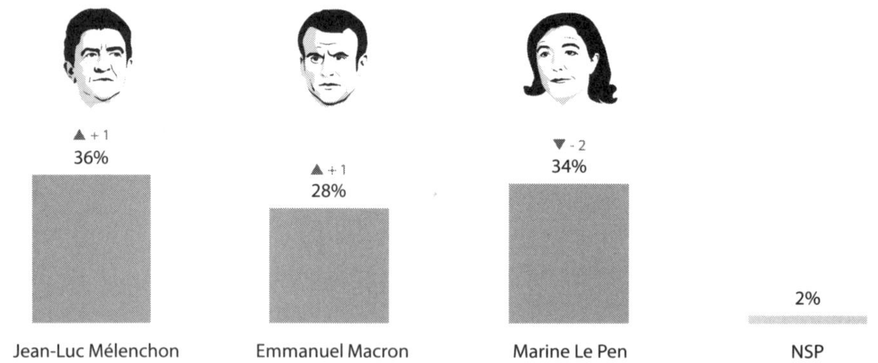

▲▼ *Évolutions depuis juillet 2022*

La personnalité politique la moins appréciée

Q. Laquelle de ces personnalités politiques aimez-vous le moins ?

La personnalité politique la moins appréciée

Q. Laquelle de ces personnalités politiques aimez-vous le moins ?

		Statut			Revenus mensuels			Niveau de diplôme			Catégorie d'agglomération				
	%Total	CSP+	CSP-	Inactif	Moins de 2000€	2000 à 3499€	3500€ et plus	Inférieur au Bac	Bac/Bac+2	Supérieur à Bac+2	Commune rurale	2 000 à 19 999 habitants	20 000 à 99 999 habitants	100 000 habitants et plus	Agglomération parisienne
Jean-Luc Mélenchon	**36%**	39%	33%	37%	33%	38%	40%	35%	36%	39%	33%	43%	33%	36%	37%
Marine Le Pen	**34%**	36%	27%	36%	33%	31%	39%	27%	34%	38%	35%	33%	28%	34%	36%
Emmanuel Macron	**28%**	23%	37%	25%	30%	29%	21%	35%	28%	21%	30%	24%	34%	27%	24%

La personnalité politique la moins appréciée

Q. Laquelle de ces personnalités politiques aimez-vous le moins ?

	%Total	Vote au premier tour de l'élection présidentielle de 2022						
		Jean-Luc Mélenchon	Yannick Jadot*	Emmanuel Macron	Valérie Pécresse*	Éric Zemmour*	Marine Le Pen	Abstention / Blanc / Nul
Jean-Luc Mélenchon	**36%**	21%	22%	44%	66%	54%	31%	37%
Marine Le Pen	**34%**	49%	63%	39%	9%	10%	25%	30%
Emmanuel Macron	**28%**	30%	15%	16%	25%	36%	43%	27%

** En raison d'un faible nombre de répondants, les résultats doivent être interprétés avec précaution*

Le parti le plus efficace pour protéger ses intérêts

Q. Lequel de ces partis politiques vous semble le plus efficace pour protéger les intérêts des gens comme vous ?

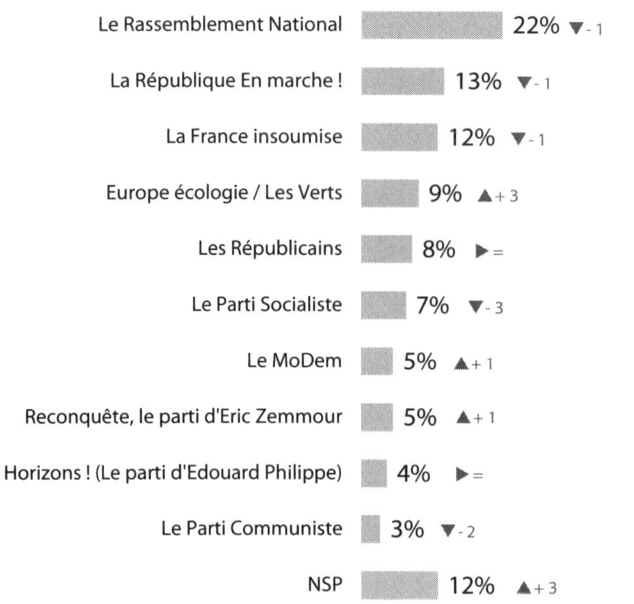

▲▼ Évolutions depuis octobre 2022

Le parti le plus efficace pour protéger ses intérêts

Q. Lequel de ces partis politiques vous semble le plus efficace pour protéger les intérêts des gens comme vous ?

	%Total	Statut			Catégorie d'agglomération				
		CSP+	CSP-	Inactif	Commune rurale	2 000 a 19 999 habitants	20 000 à 99 999 habitants	100 000 habitants et plus	Agglomération parisienne
Le Rassemblement National	**22%**	18%	31%	19%	25%	26%	26%	19%	18%
La République En marche !	**13%**	15%	11%	12%	16%	13%	11%	14%	8%
La France insoumise	**12%**	14%	12%	11%	12%	9%	9%	13%	16%
Europe écologie / Les Verts	**9%**	11%	10%	7%	5%	8%	7%	10%	14%
Les Républicains	**8%**	7%	4%	12%	7%	9%	8%	8%	9%
Le Parti Socialiste	**7%**	6%	6%	8%	11%	8%	7%	7%	1%
Le MoDem	**5%**	9%	2%	4%	5%	5%	5%	3%	6%
Reconquête	**5%**	7%	3%	6%	4%	5%	6%	5%	7%
Horizons !	**4%**	4%	3%	4%	3%	3%	3%	5%	4%
Le Parti Communiste	**3%**	2%	2%	4%	4%	2%	4%	2%	5%

Le parti le plus efficace pour protéger ses intérêts

Q. Lequel de ces partis politiques vous semble le plus efficace pour protéger les intérêts des gens comme vous ?

	%Total	Vote au premiert our de l'élection présidentielle de 2022						
		Jean-Luc Mélenchon	Yannick Jadot*	Emmanuel Macron	Valérie Pécresse*	Éric Zemmour*	Marine Le Pen	Abstention / Blanc / Nul
Le Rassemblement National	**22%**	4%	7%	4%	12%	12%	74%	21%
La République En marche !	**13%**	3%	2%	44%	2%	2%	3%	10%
La France insoumise	**12%**	56%	2%	3%	1%	-	2%	6%
Europe écologie / Les Verts	**9%**	10%	62%	4%	2%	-	1%	12%
Les Républicains	**8%**	1%	6%	9%	64%	8%	8%	5%
Le Parti Socialiste	**7%**	11%	8%	8%	2%	2%	-	7%
Le MoDem	**5%**	3%	10%	9%	1%	-	1%	6%
Reconquête	**5%**	-	-	2%	5%	71%	3%	2%
Horizons !	**4%**	1%	-	11%	9%	-	1%	1%
Le Parti Communiste	**3%**	5%	2%	1%	-	1%	2%	2%

** En raison d'un faible nombre de répondants, les résultats doivent être interprétés avec précaution*

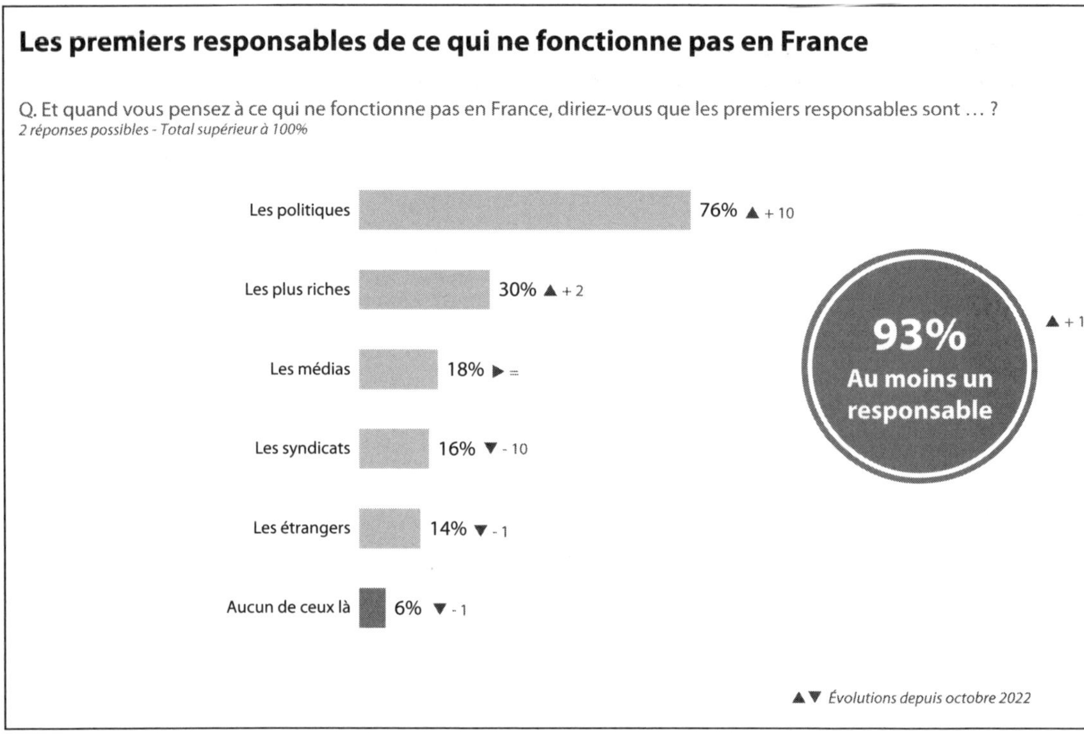
Les premiers responsables de ce qui ne fonctionne pas en France
Q. Et quand vous pensez à ce qui ne fonctionne pas en France, diriez-vous que les premiers responsables sont … ?
2 réponses possibles - Total supérieur à 100%
Les politiques 76% ▲ + 10
Les plus riches 30% ▲ + 2
Les médias 18% ▶ =
Les syndicats 16% ▼ - 10
Les étrangers 14% ▼ - 1
Aucun de ceux là 6% ▼ - 1
93% Au moins un responsable ▲ + 1
▲▼ Évolutions depuis octobre 2022

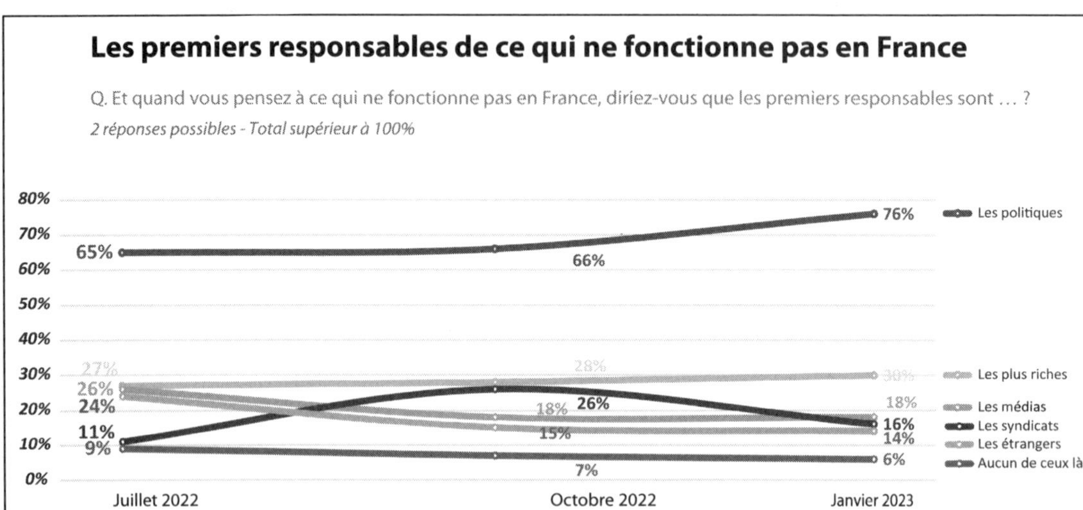
Les premiers responsables de ce qui ne fonctionne pas en France
Q. Et quand vous pensez à ce qui ne fonctionne pas en France, diriez-vous que les premiers responsables sont … ?
2 réponses possibles - Total supérieur à 100%
80%
70%
60%
50%
40%
30%
20%
10%
0%
65%
66%
76%
27%
26%
24%
11%
9%
28%
18%
26%
15%
7%
30%
18%
16%
14%
6%
Les politiques
Les plus riches
Les médias
Les syndicats
Les étrangers
Aucun de ceux là
Juillet 2022
Octobre 2022
Janvier 2023

Les premiers responsables de ce qui ne fonctionne pas en France

Auprès des électeurs de Marine Le Pen lors du premier tour de l'élection présidentielle 2022

Q. Et quand vous pensez à ce qui ne fonctionne pas en France, diriez-vous que les premiers responsables sont … ?
2 réponses possibles - Total supérieur à 100%

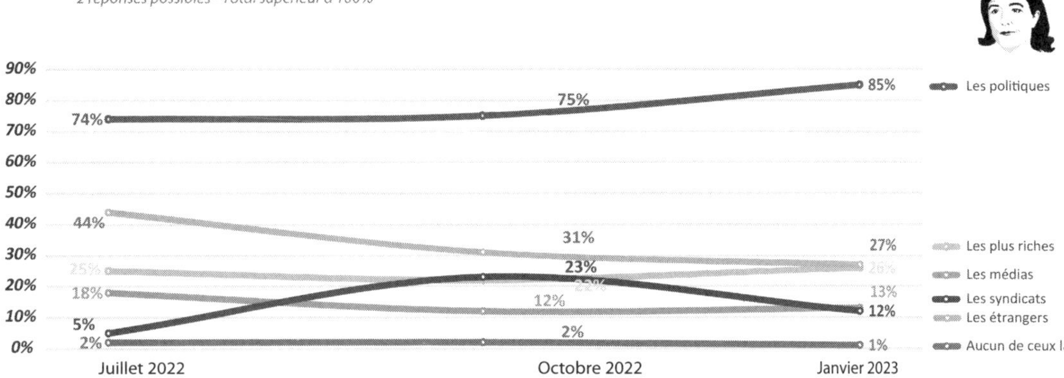

Les premiers responsables de ce qui ne fonctionne pas en France

Auprès des électeurs d'Emmanuel Macron lors du premier tour de l'élection présidentielle 2022

Q. Et quand vous pensez à ce qui ne fonctionne pas en France, diriez-vous que les premiers responsables sont … ?
2 réponses possibles - Total supérieur à 100%

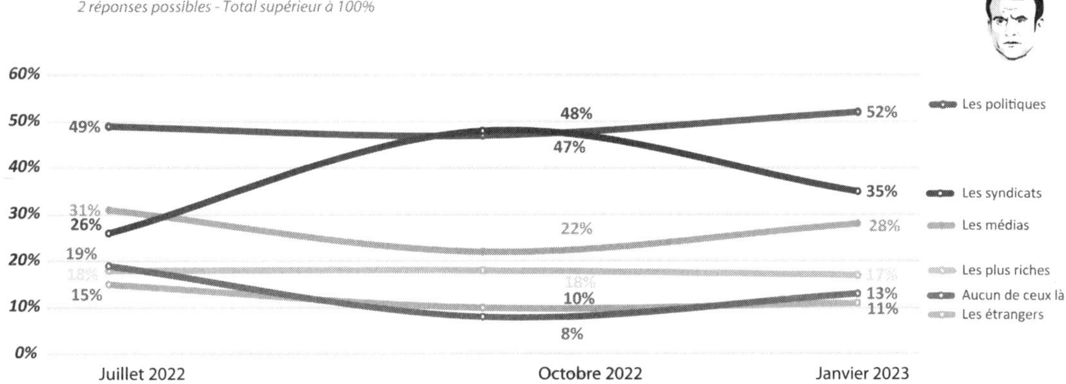

L'équilibre des pouvoirs en France

Q. Avec laquelle des opinions suivantes êtes-vous le plus d'accord. En France aujourd'hui… ?

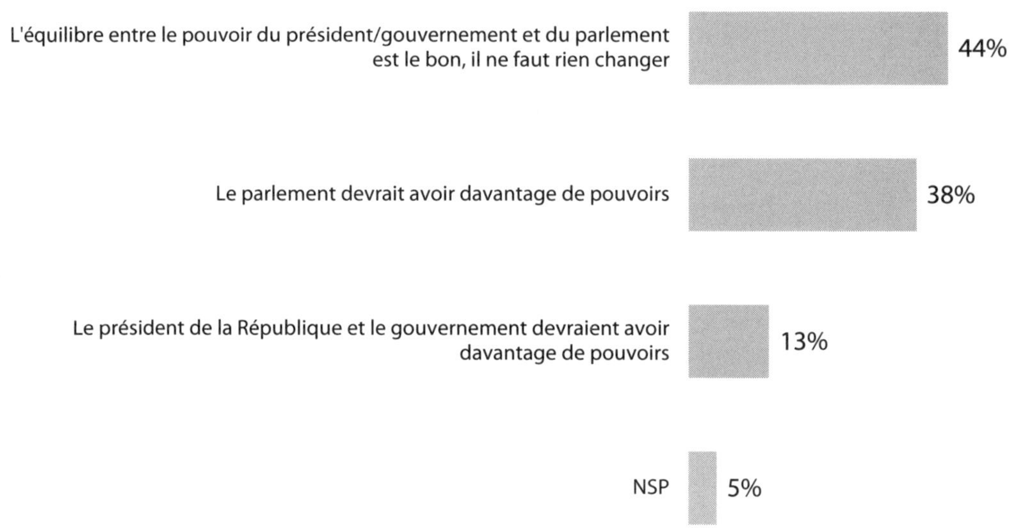

L'opinion sur le pouvoir des politiques à changer les choses

Q. Laquelle de ces opinions correspond le mieux à la vôtre ?

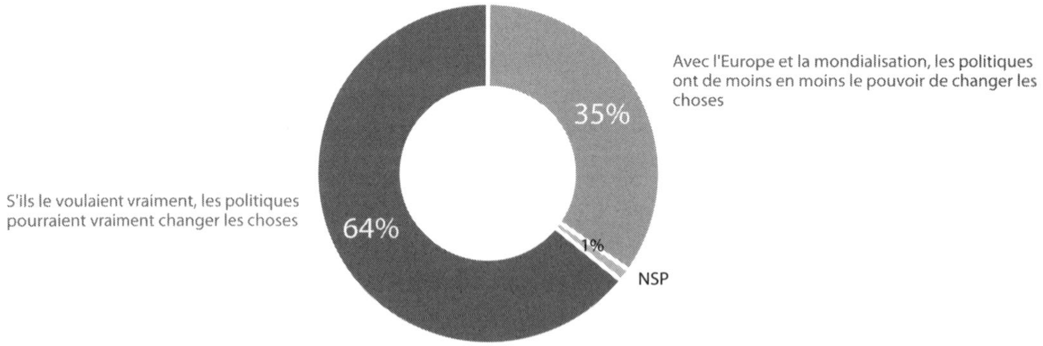

L'opinion sur les politiques et l'écoute des citoyens

Q. Selon vous en France aujourd'hui… ?

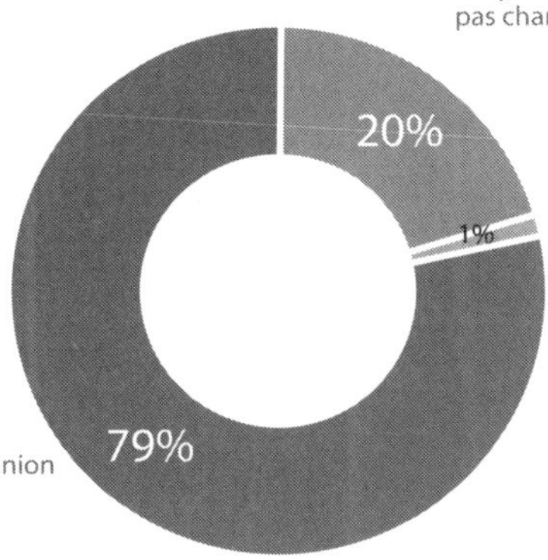

L'opinion sur la mise en œuvre de la transition écologique

Q. Pour mettre en œuvre la transition écologique avant que les effets du changement climatique ne soient trop graves et irréversibles, diriez-vous… ?

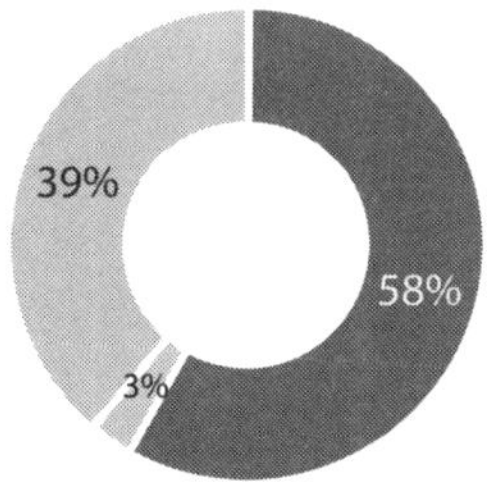

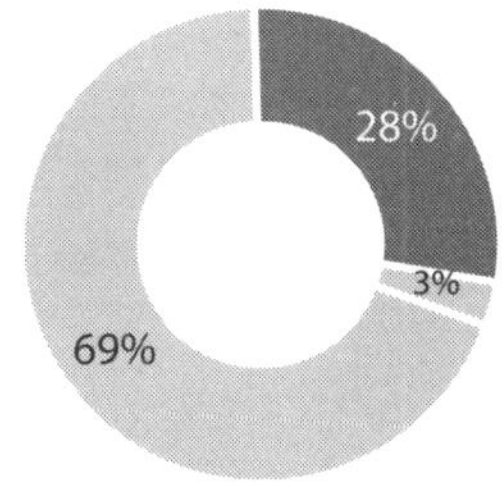

L'évaluation des autres candidats dans un rôle de président

Q. Si … était Président(e) de la République aujourd'hui, ferait-elle (il) mieux, moins bien ou ni mieux ni moins bien qu'Emmanuel Macron pour diriger le pays ?

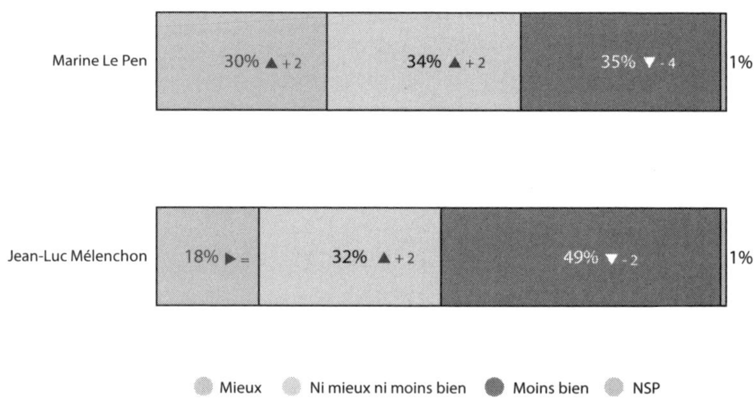

▲▼ *Évolutions depuis octobre 2022*

La prédiction du Président élu en 2027

Q. Pensez-vous que … sera élu(e) Président(e) de la République en 2027 ?

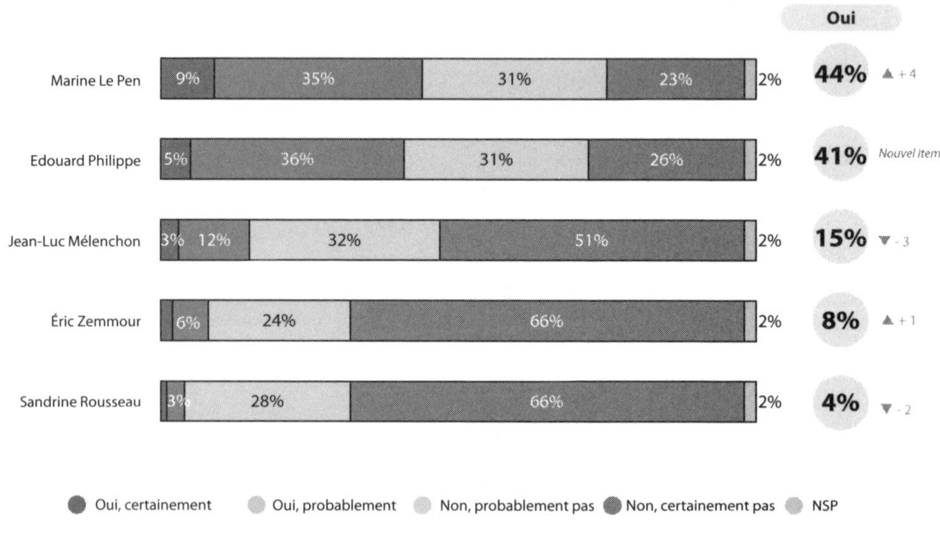

▲▼ *Évolutions depuis octobre 2022*

Liste des entretiens réalisés

- Louis Alliot (26 août)
- Laurent Berger (24 août)
- Xavier Bertrand (1er août, puis plusieurs échanges téléphoniques)
- Gilles Boyer (19 septembre)
- Jean-François Copé (18 novembre)
- Bernard Cazeneuve (3 octobre)
- Rachida Dati (16 novembre)
- Thierry Delaporte (14 septembre)
- Carole Delga (22 juillet)
- Emmanuel Faber (3 octobre)
- Stéphane Fouks (8 août)
- Guillaume Garot (18 octobre)
- Olivia Grégoire (7 décembre)
- Pierre Hurmic (28 septembre)
- Mathieu Klein (7 septembre)
- Pierre-René Lemas (24 septembre)
- Marine Le Pen (2 novembre)
- David Lisnard (23 août)
- Franck Louvrier (4 octobre)
- Philippe Martinez (22 juillet)
- Michel Mathieu (6 octobre)
- Pierre Moscovici (26 juillet)
- Adrien Nussenbaum (4 août)
- Valérie Pécresse (20 septembre)
- Édouard Philippe (28 septembre)
- Bernard Pignerol (11 octobre)
- Bruno Retailleau (1er août puis plusieurs échanges téléphoniques)
- Augustin de Romanet (22 juillet)
- Fabien Roussel (10 octobre)
- Geoffroy Roux de Bézieux (21 septembre)
- François Ruffin (7 septembre)
- Jean-Dominique Senard (26 octobre)
- Anne Sinclair (3 octobre)

Table

Troisième partie
État et administration : l'impuissance publique

Quatrième partie
Des corps intermédiaires écrasés

Cinquième partie
La responsabilité des médias

Sixième partie
La responsabilité de la classe politique

Achevé d'imprimer en février 2023
sur les presses de Normandie Roto Impression s.a.s.
61250 Lonrai (Orne)
pour le compte des éditions Fayard
13, rue du Montparnasse, 75006 Paris

Composition réalisée par Belle Page

PAPIER À BASE DE
FIBRES CERTIFIÉES

Fayard s'engage pour
l'environnement en réduisant
l'empreinte carbone de ses livres.
Celle de cet exemplaire est de :
0,700 kg éq. CO_2
Rendez-vous sur
www.fayard-durable.fr

33-2658-5/02
N° d'impression : 2301029

Imprimé en France